Isabelle CALLIS-SABOT

Marguerite et Philibert

Éditions Alexandra de Saint-Prix

De la même auteure

Éditions Alexandra de Saint-Prix :

Le Roman de Banyuls (***Grand Prix Roussillonnais 2017***)
– Tome 1 : Vers les plages de l'exil (2014)
– Tome 2 : Un sentier dans les vignes (2014)
– Tome 3 : Mañana (2015)

Le glaive ou la croix (2016)

Histoires d'une sorcière en pays catalan
– Grand-père Joan (2017) texte
– Le retour de Nas-de-Cagne (2018) texte

Association BD Laroque des Albères :
Les Albères sans Frontière BD (2018) scénario
(illustrations Carlo Maiolini)

Mon Petit Éditeur :
Des poèmes pour rêver (2013)

Retrouvez Isabelle sur son blog :
http://www.isabelle-callis-sabot.net/

Avant-Propos

1492 est une date qui perdure dans la mémoire des hommes. En effet, cette année-là, Christophe Colomb, pensant atteindre les Indes occidentales, découvre l'Amérique et promet ainsi aux rois d'Espagne de grandes richesses. Nous sommes à la fin du XVe siècle, le Moyen Âge s'achève.

Alors commence une période de transition ; le monde prend une nouvelle dimension et l'Europe se tourne résolument vers le grand large grâce à l'audace aventureuse de l'Amiral, mais aussi d'Henri le Navigateur, de Bartolomo Diaz et Vasco de Gama.

La soif de connaissance et de modernité ne s'arrête pas à ces conquêtes. Elle enflamme les esprits, engendre l'humanisme, influence considérablement la religion, la littérature, la politique et les arts. Et l'invention de l'imprimerie véhicule les idées. Une époque nouvelle se dessine, très riche en événements. Elle sera appelée Renaissance.

Quelle est alors la situation du vieux continent ?

Au levant la Russie apparaît avec Ivan III le Grand. « *Rassembleur de la Terre Russe* », il affranchit son pays du joug des Mongols et fait édifier les murailles du Kremlin. Istanbul remplace Constantinople en 1453. Mehmet II, conquérant et dominateur, règne sur l'Empire ottoman. Soliman le Magnifique, un de ses successeurs, assiègera Vienne en 1529.

L'Europe du centre vit les derniers instants du Saint Empire romain germanique dirigé par Frédéric II et dont les terres tendent à se confondre avec l'Allemagne actuelle. Maximilien Ier succèdera à son père et laissera le trône à son petit-fils Charles Quint.

Entre le Saint Empire et la France, le grand-duché de Bourgogne, dirigé par Charles le Téméraire, comprend la Franche-Comté, la Lorraine, le Luxembourg et les Flandres (Artois, Brabant, Hollande). Ce duché est alors un véritable royaume et le duc de Bourgogne est sans doute plus puissant que le roi de France Louis XI. Louis XI, fils de Charles VII, qui règne et qui se bat pour créer une unité royale en grappillant province après province. Il est d'ailleurs baptisé « *l'universelle araigne* » par Jean Molinet, grand rhétoriqueur à la cour de Bourgogne.

À l'ouest, le duché de Bretagne est dirigé par François II. L'île d'Albion est divisée en deux royaumes : l'Écosse sous la domination des Stuart ; l'Angleterre et l'Irlande, unique royaume sous la domination des Tudor.

À l'est, le duché de Savoie englobe le Turinois et s'étend jusqu'à Gênes. Il représente un carrefour important pour le passage des armées et de tous les commerces.

L'Italie ? Elle n'est à l'époque qu'une mosaïque d'états composée de la République de Venise, des duchés de Milan, d'Ancône et Romagne, du royaume de Naples et des deux Sicile, des duchés de Mantoue, de Ferrare et bien évidemment des États pontificaux. Tous ces petits territoires vivent sous la férule de puissants ducs se nommant Médicis, Sforza, Malatesta, Este pour les plus prestigieux. Les papes sont alors plus préoccupés de temporel que de spirituel.

Au sud enfin, la reine Isabelle de Castille a épousé le roi Ferdinand d'Aragon. *La Reconquista* a réussi et Boabdil, le dernier roi maure de Grenade, selon le reproche de sa mère « pleure comme une femme ce qu'il n'a pu défendre comme un homme ! » Avec Colomb, la puissance et la richesse de l'Espagne s'augmente du revenu des nouveaux territoires conquis au-delà de la mer Océane. Il subsiste dans la péninsule Ibérique les royaumes de Navarre et du Portugal.

Tous ces royaumes européens sont rivaux et les leviers de la politique sont simples : la guerre et les mariages…

C'est dans ce contexte de la fin du XVe siècle qu'apparaît Marguerite d'Autriche.

Rares sont les femmes qui, comme elle, ont possédé un tel pouvoir sur une aussi vaste partie du monde européen ; rares sont celles qui ont connu autant de fortunes et d'infortunes, de déceptions et de chagrins.

Née en 1480, fille de l'empereur Maximilien d'Autriche et de Marie de Bourgogne, cette auguste princesse devient très tôt dauphine puis reine de France par son mariage avec Charles VIII, fils de Louis XI. Répudiée par son mari qui choisit pour la remplacer sur le trône Anne de Bretagne, Marguerite prend le titre d'Infante d'Espagne en épousant don Juan d'Aragon, fils des Rois Catholiques, Isabelle de Castille et Ferdinand d'Aragon. À la mort de l'Infant, elle s'unit au duc de Savoie Philibert le Beau. La disparition tragique de ce troisième époux la détermine à se résigner au triste sort des veuves. Au trépas de son frère Philippe, elle se consacre entièrement à la régence des Pays-Bas jusqu'à son décès, en 1530.

Élevée d'abord à la cour de France, Marguerite reçoit une éducation de reine sous la tutelle d'Anne de Beaujeu, régente du royaume. Très tôt, elle apprend le latin, le français, le castillan. Elle s'adonne à l'écriture, à la poésie, à la peinture, à la musique, aux travaux d'aiguille. Ses précepteurs lui donnent le goût de la lecture et toute sa vie elle gardera une passion pour les beaux livres qu'elle collectionnera dans sa librairie. Il nous est difficile d'imaginer aujourd'hui la maturité exceptionnelle de cette enfant. Lors de sa répudiation par Charles VIII, elle réagit pratiquement en adulte, elle n'a alors que onze ans !

Éduquée par Anne de Beaujeu puis Isabelle de Castille, Marguerite agit en fine politicienne. En 1502 elle évince son beau-frère René de Savoie et administre habilement le duché. En 1519 elle œuvre pour l'élection de son neveu et filleul Charles Quint au trône du Saint Empire. En 1529 elle signe avec Louise de Savoie « *la paix des Dames* », de manière à réconcilier son neveu Charles et son autre neveu par alliance, François Ier.

Enfin, princesse de tous les talents et mécène avisé, Marguerite brille par son bel esprit. Elle a des contacts avec les poètes comme Jean Lemaire de Belges, les musiciens comme Pierre de la Rue, Ockeghem, des érudits comme l'humaniste Erasme. En 1505, lorsqu'elle décide de se faire enterrer à Bourg en Bresse aux côtés de Philibert, Marguerite engage les artistes de l'Europe entière pour le chef-d'œuvre de sa vie : l'église de Brou. En effet, Flamands, Italiens, Allemands, Bourguignons, Français, tous vont œuvrer pour elle. Les peintres comme Van Orley, les architectes et sculpteurs comme Jean Perréal, Michel Colombe, Jean de Roome, Conrad Meit vont travailler alors pour sa gloire.

Car depuis le testament de 1505, Brou n'est plus un simple monastère. Il est une histoire d'amour. Histoire que nous retrace, de façon romanesque, Isabelle Callis-Sabot.

La sensibilité de l'auteure de ce livre fait merveille et rappelle le « *roman courtois* ». La trame historique est fidèle et la peinture des personnages restitue avec brio l'ambiance de l'époque de la Renaissance si florissante dans tous les domaines.

Première femme emblématique de l'Europe moderne, Marguerite a inspiré de nombreux biographes. Son parcours a donné lieu à plusieurs ouvrages historiques, mais à peu de romans. Nous pouvons citer les ouvrages de Jules Baux en 1844, Quinsonnas en 1859, Max Bruchet en 1934 et tout récemment, en 2002, celui de Jean-Pierre Soisson, consacrés à Marguerite d'Autriche.

Cependant, dans le foisonnement des documents, dans la foule des recherches, nous voyons apparaître des contradictions certes déroutantes. Aussi devons-nous souligner que l'auteur de ce roman historique a dû faire un choix dans les thèses parfois fort différentes, voire contradictoires et imaginer certaines situations.

L'intérêt majeur de cette œuvre ne tient pas seulement au pittoresque de l'aventure de la grande Marguerite d'Autriche Bourgogne, mais aussi aux chatoyantes couleurs de cette fresque qui dépeint la vie dans le monde des cours d'Europe, aux sentiments des acteurs de cette épopée et à la condition féminine des princesses qui n'étaient qu'enjeux politiques dans le concert des nations.

Liberté de mœurs, violence aveugle, amour infini, passions en tous genres qui font l'actualité au temps de la Renaissance présentent beaucoup d'analogie avec ce que nous vivons en ce début du XXIe siècle.

Louis GUY

Membre des *Amis de Brou*

Président d'honneur de l'Association patrimoniale « le dreffia »

Première partie

*

Avec ma blessure mourrai

Amboise
Hiver 1488

L'Europe à la fin du XVe Siècle

Tableaux Généalogiques

Maison de Savoie et royaume de France

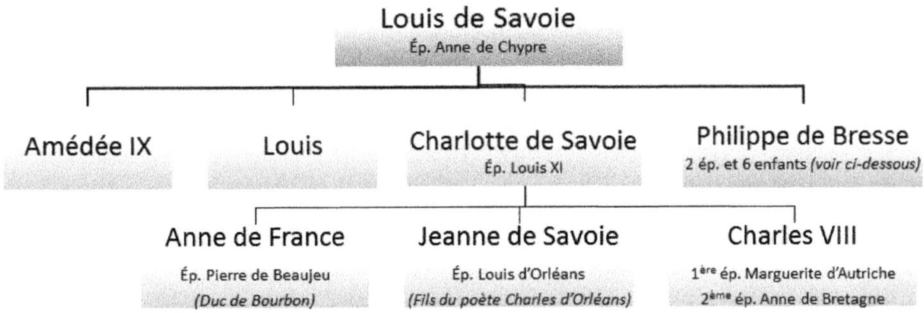

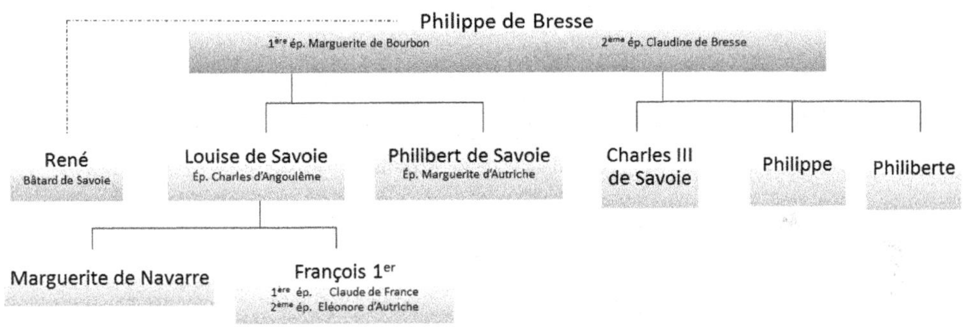

Maison d'Orléans

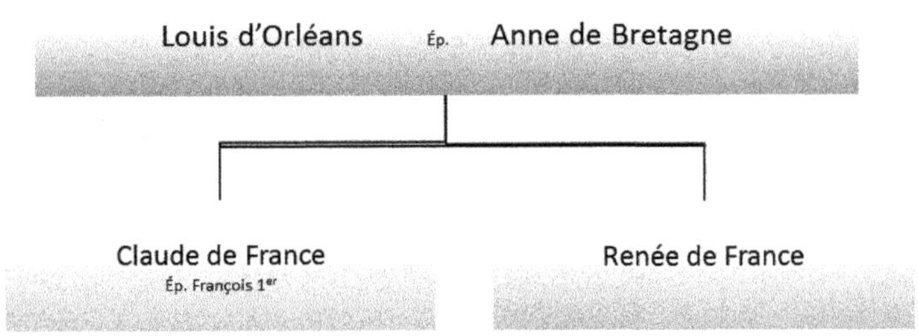

Royaumes d'Espagne

Isabelle de Castille Ép. Ferdinand d'Aragon

- Isabelle
- Juan
- Jeanne
  Ép. Philippe le Beau
  - Eléonore
  - Charles Quint
  - Isabelle
  - Ferdinand
  - Marie
  - Catherine
- Marie
- Catherine

Maisons de Bourgogne et d'Autriche

Jean Sans Peur

Philippe le Bon

Charles le Téméraire
Ép. Isabelle de Bourbon
(3ème ép. de Marguerite d'York)

Frédéric III
(Empereur)

Marie de Bourgogne Ép. Maximilien d'Autriche
(roi des romains, 2e ép. Blanche Marie Sforza)

- Philippe le Beau
  Ép. Jeanne d'Espagne
  (fille de Ferdinand d'Aragon et d'Isabelle de Castille)
- Marguerite d'Autriche
  1ère ép. Charles VIII
  2ème ép. Juan d'Espagne
  3ème ép. Philibert de Savoie

1. LA PETITE REINE

Une vive lumière pénétra soudain dans la chambre baignée jusqu'alors d'une austère pénombre. Sous l'effet de l'éclaircie, les tentures murales semées de fleurettes et d'animaux étranges s'ornèrent de reflets chatoyants et l'énorme bûche qui crépitait au creux de l'imposante cheminée sculptée parut perdre de son éclat. Marguerite abandonna son aiguille et sa broderie à Madame de Segré, sa gouvernante. Elle s'approcha de la fenêtre à meneaux de pierre, essuya délicatement un carreau. Puis elle colla son visage contre la vitre. Les demoiselles d'honneur suspendirent leurs travaux et cessèrent de deviser.

– Le ciel se dégage ! annonça la petite reine.

Elle repassa la main sur le verre que son haleine avait de nouveau embué, observa plus attentivement le paysage. Au pied de la forteresse, la Loire s'était mise à brasiller et les toits d'Amboise, à présent, miroitaient au soleil de janvier. Enfin la pluie avait cessé.

– Puisse le beau temps durablement s'installer, ajouta-t-elle en prenant soin de cacher sa mélancolie.

L'hiver lui semblait long. La cour, qui d'ordinaire égayait les heures creuses par son fastueux tumulte, avait déserté le château, emportant avec elle son tourbillon de fêtes, d'agitation, d'intrigues, mais surtout ses artistes et ses savants, laissant un vide difficile à combler. Il ne restait en ce lieu désormais comparable à une prison dorée que des hommes d'armes, des enfants de la plus haute noblesse, des domestiques et des dames de parage dissimulant avec peine leur ennui.

Marguerite s'assit sur le banc taillé dans l'épaisseur du mur. D'un geste gracieux, elle rajusta les plis de sa robe tandis que ses pensées se perdaient dans le lointain, à la recherche d'un secret espoir. Ces journées froides, grises et humides finissaient par l'alanguir et remplissaient son âme d'une indicible nostalgie. Vivre loin de son pays et de ses proches lui était alors un douloureux exil.

– Ainsi, peut-être, le roi daignera-t-il me rendre visite ? poursuivit-elle.

Elle interrogea sa gouvernante du regard et poursuivit, comme pour se convaincre elle-même :

– J'ai huit ans ce jour d'hui...

Devinant les sentiments de la petite reine, Madame de Segré jugea préférable de s'entretenir sur le ton de la confidence. Elle congédia les jeunes filles. Quand toutes eurent rangé les ouvrages et se furent retirées, elle s'installa en face de Marguerite.

– Le roi Charles est à Paris, expliqua-t-elle d'une voix douce mais ferme, où des événements fort importants le retiennent. La guerre menace. La Bretagne lui cause grand souci.

– Il est mon époux. Je souffrirai qu'il me néglige.

– Les affaires d'État passent avant les affaires de cœur, ma Princesse. Et vous devez dès maintenant apprendre à vous accoutumer à ses absences, à l'attendre dans la plus vertueuse fidélité.

– J'en conviens, admit Marguerite. Cependant il m'eût été agréable de passer un moment en sa compagnie.

Elle chassa ses regrets, se plia aux exigences que son rang, déjà, lui imposait.

– Je me sens esseulée, avoua-t-elle. Naguère Charles partageait mes jeux.

– Naguère il n'était que dauphin. Depuis sa majorité et son sacre, il y a quatre ans, ses obligations et ses loisirs ont changé. Son devoir désormais est de ceindre la couronne de France. Et puis, n'oubliez pas qu'il est de dix ans votre aîné, qu'il est devenu un homme.

– Ne pourrait-il pas m'emmener avec lui ? insista Marguerite.

– Vous êtes trop jeune, Princesse, bien trop jeune pour le suivre. Il vous incombe de prendre patience et d'employer ces années qui vous sont baillées afin de vous instruire et parfaire votre éducation.

Elle perdit volontairement un peu de son sérieux et dit d'un air complice :

– À ce propos, j'ai réussi à convaincre Maître Perréal de quitter la cour pour se consacrer entièrement à votre personne : il reviendra la semaine prochaine.

Les yeux bleus de Marguerite brillèrent de joie. Il lui plaisait à s'exercer au dessin et à pourtraire*, surtout sous la direction de Jean Perréal. Elle s'imagina un instant auprès de l'illustre peintre, en trembla d'émotion. Oserait-il encore saisir ses doigts pour guider son geste, lui insufflant, par ce

---

* Ce signe renvoie au glossaire. Tous les mots anciens y sont expliqués.

contact intime et sensuel, l'extase et le talent nécessaires à la création des belles choses ?

– Je savais que cette nouvelle vous réconforterait, sourit la gouvernante.

Marguerite hocha la tête, rêveuse, et prit une expression à la fois candide et grave. Il émanait de ses traits lisses et réguliers, de son teint transparent, une naïveté puérile doublée d'une maturité précoce.

La petite reine caressa les ondulations que formait, à la pliure de ses genoux, le velours cramoisi chamarré d'arabesques d'argent, et s'enferma dans un long silence. Elle se représenta d'autres moments heureux passés à Amboise : la musique, la lecture, l'écriture, les lettres… Ensuite ses pensées divaguèrent, rebondirent de souvenir en souvenir. Elle essaya de redécouvrir avec exactitude le chemin qui l'avait conduite jusqu'ici… Mais elle ne revit que dans un flottement imprécis l'instant où elle était partie de sa Flandre natale, son arrivée en France, son mariage avec Charles. Et avant cela, le vide immense, le déchirement causé par le deuil insupportable, le drame qu'elle tentait d'effacer et qui revenait toujours, plus angoissant et plus funeste. Elle se raccrocha aux principes qu'on lui inculquait et qui lui recommandaient de froides manières et un port honorable, qui lui conseillaient de réfréner ses paroles, de dominer ses élans et de ne point montrer ses faiblesses. De toutes ses forces, elle réprima l'envie d'épancher ses tourments.

La petite reine se mordilla nerveusement la lèvre. Madame de Segré, qui veillait avec sollicitude à son bien-être, supposa la nature de son trouble passager.

– Auriez-vous un désir particulier ? s'enquit-elle.

Marguerite hésita.

– Parlez-moi de ma mère, murmura-t-elle enfin.

Madame de Segré consentit à la tendre requête. En cette interminable matinée, il lui était permis de s'attarder auprès de Marguerite. Et puis, aborder les histoires de famille faisait partie de son travail. Cela initiait à la politique. Car incontestablement les unions matrimoniales étaient les fruits d'ingénieuses négociations. Madame de Segré s'appliqua néanmoins à accorder une plus grande importance au côté affectif de sa narration.

– Il était une fois, commença-t-elle, une jolie et gente damoiselle qui s'appelait Marie…

À l'évocation de ce prénom, la petite reine tressaillit. Marie ! Ce mot à lui seul symbolisait un destin tragique, un bonheur brisé, une enfance dérobée. Il figurait également un repère intime, un songe mystérieux où elle se délectait et dont elle ne pouvait se passer. Et si elle connaissait le récit si souvent raconté, elle ne se lassait jamais de l'ouïr.

– Continuez, implora Marguerite.

– Marie était la fille unique de Charles le Téméraire, puissant duc de Bourgogne, et d'Isabelle de Bourbon. Elle avait pour parrain Louis XI, votre feu beau-père. Elle habitait de vastes et somptueuses résidences entourées de splendides jardins possédant ménageries. Elle appréciait les arts, la poésie, en particulier celle de Charles d'Orléans.

– Comme moi ! s'interposa fièrement la fillette tandis que de sa mémoire surgissait une versification pleine de charme et de courtoisie.

– Oui, Princesse. Comme vous, Marie grandit au milieu d'une cour brillante et raffinée…

Madame de Segré considéra la petite reine et remarqua l'extraordinaire attention avec laquelle elle l'écoutait.

– Marie n'avait que huit ans lorsqu'elle perdit sa mère, enchaîna-t-elle. Immense fut son chagrin. Quant à Charles le Téméraire, il resta veuf durant trois années. Après quoi, pour renforcer l'alliance contre Louis XI, il épousa la jeune sœur du roi Édouard IV d'Angleterre, Marguerite d'York, votre marraine. Celle-ci n'ayant pas eu d'enfants, Marie, dès la disparition du Téméraire, se retrouva la plus grande héritière du monde. La plus convoitée, aussi. Moult prétendants demandèrent sa main. Marie n'était certes pas pressée de prendre époux. Néanmoins, elle comprit les manigances de Louis XI : le roi de France, qui toute sa vie avait lutté contre le Téméraire, feignait de protéger sa bonne* filleule alors qu'il ne pensait qu'à ruiner la Bourgogne. Marie déjoua ses manœuvres en se mariant avec Maximilien d'Autriche.

– Mon seigneur et père, chuchota Marguerite avec respect.

Madame de Segré s'abstint de rentrer dans la complexité des détails. Une autre fois, quand l'occasion se présenterait, elle expliquerait à la petite reine l'alternance des conflits et des alliances qui avaient opposé ou réuni la France et la Bourgogne.

– De leur amour naquirent trois enfants, reprit-elle. Philippe, vous Princesse, et l'infortuné François, qui ne vécut que quelques mois.

Un brusque coup de vent ramena de gros nuages noirs et s'engouffra dans la cheminée avec un sinistre sifflement. Au fond du foyer le feu crépita et des braises s'échappèrent une myriade d'étincelles incandescentes. La pièce s'obscurcit, s'imprégna d'une triste pénombre. Madame de Segré se tut. Marguerite blêmissait. Sous le fard, ses joues étaient ivoirines. La couleur de sa peau trahissait son émoi. Elle appréhendait les faits qui allaient être cités.

– Je puis m'arrêter, si vous le souhaitez.

– Non, fit la petite reine en venant se blottir dans les bras de sa gouvernante et en retenant ses larmes avec dignité.

– Ensuite un terrible malheur arriva. Au cours d'une partie de chasse, votre mère Marie tomba de cheval. Malgré tous les soins qui lui furent prodigués, elle succomba à ses blessures, en son palais de Bruges.

– Je ne puis me recorder* les souffrances et le décès de ma bien-aimée mère, culpabilisa Marguerite. Je me rappelle seulement avoir beaucoup pleuré quand elle me fit ses adieux. Savez-vous le pourquoi ?

– Vous n'aviez que deux ans. Et l'on voulut sûrement vous épargner ces cruelles disgrâces. D'autant plus que d'autres épreuves vous attendaient.

La petite reine se serra davantage contre sa gouvernante.

– Qu'advint-il après cela ?

– Votre destin bascula. Le roi Louis XI se réjouit de la mort de Marie, sa dite chère filleule, et exploita sournoisement la situation, profitant des circonstances, agissant comme si votre père n'existait pas. Désirant ardemment récupérer les possessions bourguignonnes, il s'arrangea pour dresser les villes flamandes contre Maximilien. Puis il proposa un traité pour établir une paix durable. Signée à Arras, cette convention mentionnait expressément votre mariage avec le dauphin Charles, futur Charles VIII, fils de Louis XI et de Charlotte de Savoie. Votre père fut contraint de l'accepter, ainsi que les humiliations qui en découlaient. Parce qu'en dot vous apportiez à la couronne de France, en plus des territoires déjà occupés par le roi, les comtés d'Artois et de Bourgogne.

– Mon mariage n'est point un mariage d'amour, soupira Marguerite.

– Il pourra le devenir au fil du temps, laissa espérer la gouvernante.

Marguerite douta un instant de l'officialisation de ses épousailles. Elle en était encore à l'époque où l'imaginaire et la réalité se mêlaient étroitement :

– Charles et moi avons bien été unis devant Dieu ? Je ne l'ai pas supposé, n'est-ce-pas ?

– J'ai assisté à la cérémonie et au banquet, Princesse. C'était en été quatorze cent quatre-vingt-trois. Vous veniez juste d'arriver à Amboise. En raison de votre très jeune âge, le roi avait daigné ajourner votre départ. Le voyage en hiver eût été trop pénible.

– Qui d'autre participa aux fêtes ?

– Votre belle-mère Charlotte, quelques hauts personnages de la Maison de Savoie, dont le comte Philippe, vos belles-sœurs, Anne et Jeanne de France, votre beau-frère et cousin Louis, duc d'Orléans…

– Le fils du poète Charles d'Orléans, rêva Marguerite.

Avec plaisir elle se remémora le beau et galant Louis, puis elle revint à de plus sobres préoccupations.

– Mon beau-père le roi n'était point là ? se soucia-t-elle.

Madame de Segré s'abstint d'ébruiter que Louis XI s'était retiré dans son château de Plessis-lès-Tours non seulement pour s'y reposer, mais aussi pour savourer solitairement sa vengeance sur la Maison de Bourgogne.

– Il était indisposé et fut contraint de s'aliter, dit-elle. D'ailleurs, sa santé déclina rapidement et il mourut d'étrange malaise le mois suivant.

– J'ignorais, fit Marguerite.

Elle réfléchit à ce qu'elle venait d'entendre. Cette conversation lui avait donné de la sagesse, lui avait fait acquérir du jugement. Elle s'échappa du giron de sa gouvernante, ouvrit la fenêtre. Une bouffée d'air froid pénétra dans la salle. La petite reine se pencha à l'extérieur, contempla l'horizon. Un soleil radieux brillait entre deux masses nébuleuses mais il n'était plus porteur d'illusions.

– Le roi ne viendra pas, comprit-elle.

Et elle s'inventa une idylle chevaleresque pour surmonter sa déception.

2. PLAISANT DÉDUIT* ET TRISTE ESPOIR

Notablement entourée d'une troupe d'enfants dociles et fort bien accoutrés, Marguerite traversa la cour ensoleillée du château, en prenant soin de conserver une attitude froide mais humble, une démarche gracieuse et pleine de majesté, en évitant de dégrafer sa pelisse ou d'enlever son béguin de velours. Devant elle avançait Madame de Segré dont la beauté sévère inspirait une obéissance absolue, un profond respect.

Marguerite avisa avec un secret amusement la coiffure de sa gouvernante. Le haut cône tendu d'étoffe semblait s'élancer vers le firmament et donnait à celle qui le portait des allures de fée. Elle se souvint de l'irrésistible envie qu'elle avait, l'année dernière encore, de sauter afin d'attraper le voile dansant au rythme des enjambées... Comme ses rêves avaient changé ! Peu lui importait à présent de faire choir le hennin ! D'ailleurs, cette distraction ne méritait plus qu'elle s'y intéressât. Elle avait tant grandi que l'objet convoité se trouvait désormais à sa portée. Et puis d'autres aspirations avaient remplacé l'ancien désir inassouvi.

La petite reine pensa aux jeunes nobles qui la côtoyaient et parmi lesquels figuraient ses meilleurs amis. En leur aimable compagnie, elle aimait s'adonner aux jeux de plein air, prenait plaisir à discuter ou tirait agrément de nourrir ses animaux familiers. Et ce début d'après-midi se prêtait à merveille aux si plaisants déduits. Dans sa large indulgence, Dame Nature avait offert à la Terre un éphémère répit. Ainsi, en dépit de l'hiver, l'haleine du zéphyr répandait des douceurs printanières et, par-dessus les remparts et les tours, le ciel déployait un magnifique dais d'azur.

La clémence du temps n'était cependant pas la seule raison de cette gaieté passagère. D'autres événements contribuaient à l'épanouissement du bonheur. Ce mois-ci, l'arrivée du comte Philippe de Bresse, puis le mariage de sa fille Louise de Savoie[1] et enfin la venue du roi, allaient sans nul doute rompre la monotonie des jours.

Marguerite s'en réjouissait à l'avance : bientôt la forteresse d'Amboise serait le théâtre de somptueuses fêtes, de banquets plantureux, de spectacles de danse et de musique, d'exhibitions d'acrobates, de tournois… Son âme se remplit d'une folle allégresse et elle aborda les jardins sans même s'être aperçue de la distance qu'elle avait parcourue. La voix de madame de Segré la rappela à l'ordre.

– Prenez garde où vous posez les pieds, Princesse, et tâchez de ne point marcher sur votre vêtement, conseilla-t-elle en se retournant et en montrant de son doigt fin l'escalier de pierre menant aux espaces surélevés réservés aux divertissements.

Marguerite souleva son manteau et sa robe avec une délicatesse infinie. L'élégance de son mouvement plut à la gouvernante qui la récompensa d'un regard bienveillant. Lentement, le cortège atteignit un vaste enclos bordé d'arbres, de buissons et de statues antiques où quelques servantes attendaient.

Conformément à l'étiquette, les domestiques honorèrent la petite reine d'une révérence et s'inclinèrent ensuite devant Madame de Segré.

– Je vous confie mes enfants, déclara celle-ci. Qu'ils s'ébattent et s'épanchent sans trop de retenue.

Puis s'adressant à la demoiselle chargée d'occuper personnellement la petite reine :

– Clarisse, je ne tolérerai ni disputes ni pleurs.

– Bien, Madame.

Sur ces recommandations, la gouvernante s'éloigna. Clarisse s'approcha alors de Marguerite.

– J'ai préparé vos arcs et vos flèches, ainsi que vous le souhaitiez, Princesse, dit-elle aimablement.

– Merci, Clarisse.

– Et quels seront vos heureux adversaires, ce jour d'hui ?

Marguerite désigna ses compagnons restés en retrait.

– Louise et Philibert de Savoie !

– Venez, fit Clarisse. Nous allons nous installer dans un coin tranquille.

Et elle entraîna ses protégés derrière une haie d'arbrisseaux au branchage savamment entrelacé.

* * *

---

[1] *Elle sera la mère du roi de France François Ier.*

– À présent nous voudrions jouer à colin-maillard ! dit Marguerite.

Clarisse ramassa les traits et les armes qu'elle rangea dans un coffret d'ébène incrusté de nacre.

– Qui commence ? demanda-t-elle en sortant d'un sac une écharpe de soie.

– Honneur à la reine, proposa galamment Philibert.

La servante banda consciencieusement les yeux de Marguerite, la fit tournoyer jusqu'à ce qu'elle en perde l'équilibre et la lâcha. N'ayant plus aucun repère, Marguerite avança à tâtons. Après quelques pas bien hésitants, elle rencontra le premier obstacle qu'elle palpa tandis que des rires joyeux fusaient autour d'elle.

– Un arbre ! s'exclama-t-elle en changeant de direction.

Les joueurs se concertèrent en aparté mais au moment où ils décidaient que Philibert irait au-devant de la petite reine, un jeune homme arriva sans bruit, leur faisant signe de garder le silence. Il se plaça devant Marguerite, s'agenouilla pour paraître à sa hauteur. Deux petites mains se posèrent sur les larges épaules, touchèrent le cou épais, modelèrent le visage anguleux.

– Il ne s'agit ni de Clarisse, ni de Louise de Savoie, ni de Charlotte de Tarente !

Intriguée, Marguerite poursuivit sa recherche. Ses doigts agrippèrent des mèches de cheveux. Elle s'étonna de leur longueur.

– Je ne reconnais pas Philibert ! Vous avez triché !

Elle dénoua l'étoffe légère.

– René !

– Pour vous servir, Souveraine, repartit le Bâtard de Savoie.

Il se releva avec un grand sourire.

– Je désirais rencontrer mon frère et ma sœur. Et saluer la première dame de France.

En prononçant ces mots, René s'inclina avec emphase devant l'épouse de Charles VIII. Il y avait, dans chacun de ses gestes, une humilité affectée, un manque de naturel traduisant un dévouement intéressé que Marguerite n'appréciait guère et qui lui inspiraient une certaine méfiance.

– Je ne voudrais nullement rompre le charme de votre récréation, s'excusa l'intrus.

– Vous ne nous gênez point, messire René, répliqua poliment Marguerite.

Elle montra les bancs nichés au creux des taillis.

– Asseyons-nous et prenons le temps de discourir.

René accepta sans se faire prier puisque le véritable motif de son inavouable dessein était de rencontrer Marguerite. Il aimait tant profiter de sa douce présence, admirer ses belles manières, entendre ses propos relevés. Elle parlait un français si admirable avec ce délicieux et pur accent du Val de Loire. Et puis, son titre lui conférait une certaine inaccessibilité qui la rendait plus attirante encore.

René déplorait que la princesse fût mariée. Surtout au fils de Louis XI. Ce dégénéré, atteint de toutes les tares accumulées depuis des générations par les alliances consanguines, ne la méritait pas. D'autant plus que la fidélité n'était pas sa qualité première. La rumeur divulguait même qu'il se vautrait dans une vile débauche, fréquentant les plus belles créatures du pays, qu'elles fussent marquises, chambrières ou courtisanes... Imbu de sentiments romanesques, transporté par la fougue de ses quinze ans, fier de sa beauté et de sa vigueur, René de Savoie ambitionnait parfois de venger et libérer Marguerite de cet époux difforme, chétif et libertin ! Seulement, que pouvait-il espérer en retour ? Il n'était qu'un bâtard, un garçon né hors du lit de Philippe de Bresse, et l'héritage de Savoie reviendrait plus tard à son demi-frère Philibert. À moins de se distinguer en acquérant une fameuse renommée, il n'avait aucune chance de s'attirer la faveur de Marguerite. Mais il pouvait encore se rapprocher d'elle en lui rappelant l'existence des liens de parenté qui les unissaient.

Après s'être enquis des préparatifs du futur mariage de sa demi-sœur Louise avec l'illustre Charles d'Angoulême et des progrès de Philibert dans l'art de la fauconnerie, René aborda des sujets familiaux et s'adressa directement à la petite reine.

– Saviez-vous, ma mie, que je suis votre cousin ?

Froissée par cette discourtoise incivilité, elle ne répondit pas.

– Par alliance, bien entendu !

– Expliquez-vous, enjoignit-elle, et cessez de m'appeler « ma mie ».

– Il s'avère, Souveraine Princesse, que ma tante, la défunte Charlotte de Savoie, sœur de mon père, fut la deuxième et malheureuse épouse du roi Louis XI. Philibert, Louise et moi-même sommes donc les cousins en première lignée de Charles VIII.

Marguerite approuva. Bien qu'elle eût envie de mettre un terme à l'entretien, elle poursuivit la conversation car un détail avait mis sa curiosité en éveil.

– Pourquoi « malheureuse épouse » ?

– Votre beau-père Louis, dit « le Cruel », n'avait rien d'un prince charmant, et les reines qui partagèrent son règne menèrent une morne vie de recluse, passèrent leurs heures à tromper leur triste solitude. Leur rôle se borna à assurer une descendance, à concrétiser un traité. Stérile et abandonnée, la première femme de Louis se laissa mourir de chagrin. Quant à ma tante Charlotte, cloîtrée dans ce château et trahie par un mari adultère...

Il montra le donjon où se situait la librairie.

– C'est par la lecture qu'elle se consola.

Une étrange sensation pénétra l'esprit de Marguerite. Pendant un instant sa confiance bascula, remplacée par un vertige douloureux qu'elle repoussa violemment.

– Charles ne ressemble pas à son père, se défendit-elle, il m'aime et jamais il ne manquera à sa promesse.

– Je n'en doute pas, mentit René.

La cloche de la chapelle égrena un clair tintement, rappelant chacun à ses obligations, interrompant les mystérieux aveux. Marguerite se leva, invita ses amis à la suivre.

– Madame de Segré m'a ordonné de vous reconduire jusqu'à la salle de musique où elle vous attend, intervint Clarisse. Mais auparavant vous devez tous changer de tenue afin de revêtir vos habits d'apparat. Venez, il serait inconvenant d'arriver en retard.

À l'idée de chanter la poésie, de retrouver son luth, d'en pincer mélodieusement les cordes, Marguerite céda à un ineffable ravissement. Son cœur s'enflamma et se mit à palpiter, pareil à celui d'une oiselle étourdie par le retour de la belle saison.

***

La nuit était tombée depuis fort longtemps. Après avoir assisté aux rituelles cérémonies du coucher, les demoiselles de parage avaient regagné leurs appartements. Clarisse avait alors remis une bûche dans l'âtre, tiré les courtines, soufflé une à une les chandelles. Elle était ensuite allée s'étendre sur sa paillasse, dans l'antichambre qu'elle partageait avec les autres servantes. Un simple voilage séparant cette pièce exiguë et inconfortable de la chambre royale, elle pouvait veiller sur le précieux sommeil de sa jeune maîtresse tout en respectant son intimité.

Ce soir, sous ses draps d'or et ses couvertures incrustées de riches motifs, Marguerite ne dormait pas. Elle s'agitait, se retournait, se nichait au creux du lit bien trop grand pour elle, désespérant de ne point succomber à l'assoupissement qui aurait dû l'emporter depuis longtemps déjà. Tant d'images se bousculaient dans sa tête ! La fête prestigieuse donnée en l'honneur de Philippe de Bresse, le festin, le bal, mais aussi les propos vexatoires du comte dont elle essayait en vain d'atténuer l'humiliant souvenir. En proie à une profonde inquiétude, harcelée de soucis que l'obscurité amplifiait démesurément, emprisonnée par les lourdes tentures et le baldaquin de velours, suffoquant d'appréhension, la petite reine se mit à sangloter.

Clarisse se précipita à son chevet.

– Je vais chercher votre gouvernante, décida-t-elle en ouvrant le rideau et en rallumant les bougies.

Madame de Segré apparut bientôt. Sa longue chemise noire et ses sombres cheveux dénoués lui donnaient un air de madone. Elle prit une escabelle, s'assit à côté de la fillette en larmes, essuya de son mouchoir brodé les joues humides.

– Auriez-vous été déçue par le banquet ou le spectacle offert en cette vêprée* ? demanda-t-elle, car ne possédant pas de hautes distinctions, elle n'avait pu prendre place à la table royale.

La petite reine secoua négativement le chef.

– Que s'est-il donc passé, Princesse ?

– Le comte Philippe n'a pas cessé de vanter son accident de chasse.

– Il ne savait peut-être pas…

– Je lui ai fait remarquer qu'un drame semblable avait coûté la vie à ma mère. Cela ne l'a pas empêché d'insister lourdement sur les conditions de son miraculeux rétablissement.

– Le comte de Bresse n'est qu'un odieux personnage, un homme sans scrupule. Son impudence et sa déloyauté lui ont autrefois valu deux années d'incarcération…

Madame de Segré raconta que Philippe de Bresse s'était jadis rallié au parti bourguignon et avait intrigué contre le roi de France, d'où ses séjours en prison. Elle cita ses complots, ses traîtrises, et les tentatives d'assassinat dans lesquelles il avait trempé.

– Il a osé affirmer, reprit la petite reine, que mon père n'avait pas assez prié. Il paraît que son épouse a fait vœu de bâtir un monastère pour obtenir sa guérison.

– Et où se trouve ce monastère ?

– Il n'a jamais été construit. La femme du comte Philippe est morte avant d'avoir satisfait sa promesse.

– A-t-il l'intention de remédier à cette défaillance ?

– Pas à ma connaissance.

– C'est là une erreur funeste, murmura madame de Segré en se signant. Puissent ses enfants, Louise et Philibert, ou René au pis-aller, songer à s'acquitter plus tard de cette dette envers Dieu.

Marguerite saisit les mains de sa gouvernante. D'autres sujets la tourmentaient.

– Le comte de Bresse m'a appris qu'une révolte avait éclaté en Flandre et que mon père Maximilien avait été capturé par les gantois. Il m'a aussi laissé entendre que Charles envisageait de partir en croisade, de mener des campagnes en Bretagne et en Italie.

Marguerite ne pleurait plus mais sa voix révélait une immense détresse.

– Que vais-je devenir ?

– Le métier de reine est un difficile métier, compatit madame de Segré. Vous devez vous armer de patience et de courage. Et vous verrez que tout finira par s'arranger.

Elle se leva, remit le lit en ordre et posa un tendre baiser sur le front encore moite.

– Il faut fermer vos jolis yeux maintenant, et faire de beaux rêves.

– Pouvez-vous rester jusqu'à ce que le sommeil m'emporte ?

– Bien sûr…

Madame de Segré se rassit et veilla sur Marguerite comme une mère sur son enfant.

3. POUR CELA BIEN TROP VOUS AIME

L'heure convenait merveilleusement à une douce flânerie. Jeanne de France s'appuya sur l'épaule de Marguerite et lui proposa d'arpenter les allées fleuries du parc.

– Le temps a laissé son manteau
De vent, de froidure et de pluie,
Et s'est vêtu de broderie,
De soleil luisant, clair et beau... récita-t-elle.

Tandis qu'elle traînait sa silhouette claudicante, sa voix enchanteresse résonnait dans l'air parfumé du matin. Elle reprit son souffle, puis continua sur le même ton empreint de délicatesse et de magie :

– Il n'y a bête ni oiseau
Qu'en son jargon ne chante ou crie :
Le temps a laissé son manteau !

Jeanne se tourna vers sa belle-sœur, l'invita de son regard à déclamer le rondeau.

– Rivière, fontaine et ruisseau
Portent, en livrée jolie,
Gouttes d'argent d'orfèvrerie,
Chacun s'habille de nouveau :
Le temps a laissé son manteau, acheva la petite reine.

Un moment passa, calme, paisible, égayé par les gazouillements légers des moineaux.

– J'ai toujours aimé ces vers de Charles d'Orléans, confia Jeanne. Ils chantent si bien le retour des beaux jours.

Elle murmura :

– Cette œuvre ravit mon cœur, et votre joyeuse venue charme mon ennui.

– Votre ennui ? s'étonna Marguerite. N'êtes-vous point heureuse et fière d'avoir épousé Louis, le fils du poète ?

– Je le suis. Mais hélas, lui ne l'est pas.

– Je ne comprends pas. Que vous reproche-t-il donc ?

– Ma laideur et mon infirmité. Je lui déplais tellement qu'il désire annuler notre union. En douze années de mariage, il ne m'a rendu que quelques rares visites. Non point de son plein gré, mais sous la contrainte. Mon père le roi de France le menaçait de malemort pour l'astreindre au devoir conjugal.

La petite reine observa la fille cadette de Louis XI à la dérobée. Certes, la nature l'avait défavorisée. Mais elle brillait d'intelligence, respirait la bonté. Une mystérieuse sérénité émanait de sa personne, faisant oublier toutes les malformations dont le sort l'avait accablée.

– Pourquoi demeurez-vous dans ce sombre manoir ?

– Dès ma naissance, mon très redouté* père me fiança à Louis dans l'unique but de souder une entente entre la branche d'Orléans et la branche capétienne régnante. Puis, à cause de ma disgrâce, il décida de m'envoyer en pension chez de nobles mais sobres gens.

Jeanne fut assaillie de funestes souvenirs : la mélancolie des adieux, les cris déchirants de Charlotte de Savoie, l'indifférence de sa sœur Anne, et les cinq jours de voyage la conduisant vers un irrémédiable exil.

– J'appris à vivre en modeste compagnie, reprit-elle, loin de ma famille, séparée de ma pauvre mère qui n'obtenait qu'exceptionnellement le droit de me voir.

Il n'y avait, dans son intonation, ni haine ni rancune. Seulement une résignation teintée d'amertume.

– Ne pourriez-vous pas vous installer à Amboise ? suggéra Marguerite.

– Ma sœur aînée Anne, votre tutrice, ne le souhaite pas. Comme mon défunt père, elle préfère me maintenir à l'écart de la cour. Bien qu'elle ait cessé d'assurer la régence à la majorité de notre frère le roi Charles, votre époux, son influence et son pouvoir restent incontestés. Quel intérêt aurais-je à aller à l'encontre de sa volonté ? À devenir la risée de tous ? Je ne tiens aucunement à ce que l'on me rappelle les lamentations de mon promis, lors de la bénédiction nuptiale. Ou que l'on me dénonce bassement ses conquêtes féminines.

Jeanne emprunta une sente ombragée menant à un sanctuaire, poussa une grille en fer forgé en partie dissimulée par les tendres frondaisons.

– Je n'ai jamais été libre, continua-t-elle. Je chéris un homme qui m'ignore et me fuit, passe ma vie à vainement l'attendre, mais ne m'en plains pas.

– Comment pouvez-vous donc supporter tant de malheurs ? susurra la petite reine, outrée par les agissements de Louis d'Orléans qu'elle avait jusqu'alors idéalisé, et craignant soudain que Charles VIII ne s'enfonce dans de tels errements.

La princesse dédaignée utilisa la magnifique ballade de Christine de Pisan pour alléguer sa soumission :

– *Seulette suis et seulette veux être,* répondit-elle. *Seulette m'a mon doux ami laissée…*

Les deux belles-sœurs pénétrèrent à l'intérieur d'un jardinet clos par un treillis de rosiers aux fleurs à peine écloses. Dans l'eau calme d'un bassin se reflétait un petit édifice sacré abritant une Vierge en bois doré. Perchées sur de souples rameaux, des tourterelles roucoulaient langoureusement.

– Aidez-moi à m'agenouiller, demanda Jeanne.

Marguerite retint la jeune femme, lui évita une chute brutale et prit, comme elle, une attitude de recueillement.

– Mon destin a changé depuis que la Dame du ciel s'est à moi manifestée, avoua la sœur du roi.

– L'avez-vous vue ?

– Non, mais elle m'a parlé à plusieurs reprises, lorsque j'étais enfant. Chaque fois, elle prononçait mon nom.

Jeanne s'enferma dans une sainte quiétude.

– Dédions ensemble un Ave à Marie.

Elles unirent leurs âmes et leurs voix le temps d'une oraison puis se relevèrent. Jeanne s'agrippa au bras de Marguerite.

– Votre amitié me réconforte, sourit-elle en finissant de redresser son corps bossu. Savez-vous que j'implore souvent la bienheureuse Mère de Jésus afin qu'elle vous épargne les cruautés du destin ?

– Je vous en remercie. Moi aussi je pense à vous lorsque je prie.

– Vous êtes bien la seule, murmura Jeanne.

Elle succomba à une vague tristesse, plissa les yeux, sonda un paysage déformé par une mauvaise vision, s'égara dans un flou lointain, scruta les tréfonds de sa conscience, s'évertua à dominer sa morosité.

– Rentrons, dit-elle. Je voudrais vous montrer ma collection de livres et quelques-unes de mes œuvres avant que vous ne repartiez.

La sœur et l'épouse de Charles rebroussèrent chemin et, suivie à une distance respectable des gardes chargés d'assurer leur protection, se dirigèrent vers la gentilhommière. Ne prêtant aucune attention aux soldats du roi, elles continuèrent d'échanger d'exquises paroles, illustrèrent leur promenade de pensées poétiques, exaltant ainsi par leur imagination candide et pure les splendeurs éphémères que leur offrait le renouveau.

***

L'obscurité de la pièce contrastait avec la clarté vive du dehors. Marguerite ferma les paupières un instant. Quand elle les rouvrit, sa gêne s'estompa, sa vue s'habitua peu à peu à la pénombre feutrée. Elle fut alors frappée d'admiration.

L'éblouissement se révélait tout autre. Ici, il n'était point de rosée brasillant au soleil, de couleurs éclatantes, de brise et de bruyants ramages, de parfums capiteux, mais une lumière moelleuse, un chatoiement d'étoffes moirées, une lueur tamisée par des tentures aux reflets mordorés, un silence ouaté, une odeur suave de cire, de cuir et de bois précieux.

Marguerite s'avança timidement vers la bibliothèque qui occupait le pan complet d'un mur. Sous ses pas, le vieux parquet craqua et elle éprouva un certain embarras à profaner le charme paisible de ce lieu de travail. Jeanne, qui avait pris place sur un banc à dossier, comprit son trouble et devina sa curiosité.

– Ouvrez la vitrine et contemplez les ouvrages tant qu'il vous plaira, dit-elle avec complaisance.

La petite reine céda à son envie. En dépit de son jeune âge, elle avait acquis le goût de la lecture. Son regard caressa amoureusement les joyaux de littérature disposés en bon ordre sur les rayonnages. Il y avait là de rares manuscrits somptueusement reliés, des incunables traitant de piété, de morale, de médecine ou d'histoire, des récits de pèlerinages, de croisades, des recueils d'images, mais aussi des œuvres qu'elle connaissait déjà, comme le fameux *Roman de la Rose* ou le *Livre des trois fils de rois*. Jeanne laissa sa belle-sœur consulter de nombreux volumes. Elle sortit ensuite de son aumônière une clef en or ciselé dont la partie large était sertie de diamants, désigna la table où d'ordinaire elle s'installait pour écrire et peindre.

– Mon bien le plus précieux est dissimulé au fond de ce tiroir…

Avec une curiosité mêlée de fascination, Marguerite prit le bijou, ouvrit le casier secret, en retira un fascicule recouvert de velours noir et orné de boutons de bronze. Elle dégrafa le fermoir, souleva la couverture, tourna avec une infinie précaution les pages superbement enluminées.

– Il s'agit de poèmes que j'ai copiés et illustrés pour vous, expliqua Jeanne, émue. La plupart ont été écrits par mon beau-père, Charles d'Orléans. Les autres sont de ma composition. Personne n'en soupçonne l'existence. Lisez le premier, je vous en prie…

Marguerite posa les yeux sur la feuille aux bordures garnies de rinceaux, de fleurs et d'oiseaux, parcourut les lignes si joliment disposées :

– Durant d'interminables heures
De vous attendre je n'ai cessé ;
Las ce soir seule je demeure*
Et déçue, longtemps encor, serai.

Mon cœur en ces temps si fragile
De vous voir grande joie se faisait,
Jà pourchassait son humeur vile*
Et d'espérance s'endimanchait.

Je pourrais certes vous fuir, même
Mon infortune vous reprocher,
Mais pour cela bien trop vous aime
Lors avec ma blessure mourrai.*[2]

Puis elle se tourna vers l'auteur de cette pièce sublime entrelaçant de façon ingénieuse des vers de huit et neuf syllabes.

– Ce poème est dédié à votre mari, n'est-ce pas ?

Jeanne ne répondit pas. Son âme désolée errait en quête d'un impossible amour.

– Je n'en connais de plus beau, affirma Marguerite, troublée. Pourquoi ne le montreriez-vous pas à Louis ? Il y serait certainement sensible.

– Louis refuse tout ce qui vient de moi. Il n'a que mépris et répulsion. Ah ! Mon enfant, je n'ai pas personnage* pour un tel prince.

L'épouse éconduite se releva péniblement, changea de ton :

---

[2] Auteure du poème : Isabelle CALLIS-SABOT.

– Je ne voudrais point que mes soucis vous assombrissent ou gâchent votre bonheur. Dans trois jours, mon frère le roi vous honorera de sa visite. Vous devez vous habiller d'espoir.

Elle maîtrisa son désenchantement, se ressaisit d'une manière admirable.

– Votre gouvernante et vos demoiselles de parage vont finir par s'impatienter. Rejoignons-les dans le salon de compagnie.

***

Le capitaine de la garde vint annoncer à la petite reine que son équipage se tenait prêt au départ. Madame de Segré vérifia que rien n'avait été négligé. Puis elle remercia Jeanne de son hospitalité.

– Ce fut un tel plaisir pour moi, répliqua la fille de Louis XI, tandis que la gouvernante prenait congé.

Elle embrassa Marguerite en essayant de retenir ses larmes.

– Que Dieu vous protège…

– Je tâcherai d'intervenir auprès du roi en faveur de votre bien-aimé Louis.

– Votre promesse me touche, cependant je crains que vous ne réussissiez à obtenir la moindre indulgence. Nos époux sont devenus les pires ennemis depuis que Louis s'est rallié aux Bretons, contre le royaume de France. Et ma sœur Anne par la ruse et le complot, attise leurs querelles, favorise leurs dissensions. Elle a incité Charles à tenir un lit de justice au parlement de Paris. Durant cette séance solennelle et exceptionnelle, mon cher Louis a été proclamé coupable de crime de lèse-majesté. Récemment, tous ses biens lui ont été confisqués.

– Que puis-je faire pour vous ?

– Me jurer que cette rivalité ne détruira jamais les liens affectifs qui nous unissent.

– Je vous le jure, s'engagea Marguerite sans hésiter.

Et elle sortit, navrée d'abandonner la princesse à son sinistre sort.

***

Le roi Charles n'avait fait qu'une courte halte à Amboise. Il n'avait consacré à son épouse qu'une brève entrevue durant laquelle il l'avait couverte de tendresse, s'était confondu en amabilités, lui avait confié son projet d'agrandir le château mais avait refusé d'entendre parler de son beau-frère Louis. Puis il l'avait quittée sous prétexte de se rendre au Plessis-lèz-Tours. Marguerite l'avait supplié de l'emmener. Étrangement, il avait accepté.

La petite reine, accompagnée de madame de Segré et entourée de sa suite, s'était retrouvée dans la froide forteresse où elle n'avait guère pu profiter de la présence de son mari. Rapidement, Charles avait regagné Angers, la laissant seule encore.

Au moment des adieux, il avait saisi galamment sa main, l'avait portée à ses lèvres.

– M'en garderez-vous rancune ? avait-il murmuré.

– Pour cela bien trop vous aime, avait pleuré la petite reine en se souvenant du poème de Jeanne.

Il avait été surpris par la réponse, subtile et délicate, mais s'était esquivé sans dire mot. Car la belle Clarisse l'obsédait. Pour elle, malgré les conflits et la guerre qui le préoccupaient, il s'était déplacé jusqu'à Amboise. Pour elle, il ne s'était pas opposé à la demande innocente de sa femme, avait feint des sentiments généreux. Pour elle il éprouvait une passion immorale, égoïste.

Et, dans la chambre royale où s'était éteint son père, il l'avait possédée une dernière fois, juste avant de partir.

4. LA PRÉDICTION DE SAINT FRANÇOIS

Charles émergea brusquement de son sommeil, le cœur battant, les tempes bourdonnantes, le corps noyé de sueur. Comme une faible lueur rosée transparaissait au travers des courtines de velours pourpre, il sut que le soleil était déjà levé. Il sortit du lit en hâte, enfila un vêtement léger. Non point parce que la pudeur lui dictait de cacher sa nudité, mais plutôt parce que son physique lui procurait honte et écœurement. Puis il réveilla la comtesse qui avait partagé une partie de sa nuit, la pria de réintégrer son logis avec promptitude. À présent, il désirait être seul.

Le souverain se mit à arpenter nerveusement la pièce toute tendue de soie rouge, tâcha de recouvrer pleinement ses esprits. À chacun de ses passages, l'imposant miroir de Venise serti de pierres précieuses lui renvoyait son image. Mais il baissait la tête, de crainte de découvrir un visage ingrat aux traits creusés par l'angoisse, aux yeux rougis par la fatigue et le tourment. Il n'osait se regarder en face, préférait fuir l'inacceptable vérité. Car il refusait de croire la terrible prédiction. Pourtant au fond de son crâne retentissaient encore les paroles de l'ermite François de Paule : *Le mariage de Charles VIII et d'Anne de Bretagne se fera, mais trop tard. Trop de sang aura coulé pour rien.* Depuis plusieurs mois, cette prophétie torturait son entendement, empoisonnait son existence. Il en perdait le dormir. Ah ! Que n'aurait-il donné pour connaître l'avenir !

Le roi ouvrit la fenêtre, considéra la campagne assoupie sous la brume du matin. Il n'aimait pas cette époque de l'année. La lente agonie de l'été lui causait un vif déplaisir. Malgré l'agréable tiédeur, les jours raccourcissaient et le vent commençait à défeuiller les arbres. Sournoisement, la nature s'enfonçait dans un mortel engourdissement, traînant derrière elle son cortège de famines, d'épidémies et de grande misère.

– *Hiver vous n'êtes qu'un vilain !* se plut-il à songer, en se remémorant un rondeau de Charles d'Orléans.

Son élan lyrique, hélas, ne dura qu'un court instant. De nouveau la sentence du frère minime le harcela et il se remit à marcher de long en large, ruminant l'idée insensée si lourde de conséquences.

Certes, il était maître de sa vie. Sa sœur Anne, dont il avait subi l'intransigeante tutelle, s'était définitivement retirée de la cour. Héritière avec son mari du duché de Bourbon, elle avait enfin consenti à abandonner le pouvoir royal afin de se consacrer entièrement à ses intérêts. Charles était donc affranchi de son étouffante autorité. Aujourd'hui, il devait décider sans son conseil, et il s'en trouvait presque désemparé.

Le roi analysa avec minutie la situation politique. L'été l'avait couronné de succès. Il ne pouvait que s'enorgueillir de ses victoires militaires survenant au début de son règne personnel. La Bretagne n'était toujours pas annexée, cependant ses dernières places fortes avaient été prises. La capture et l'emprisonnement de Louis d'Orléans avaient mis fin à cette « guerre folle », la *paix du Verger* laissait espérer un durable répit. Elle lui procurait en outre maints avantages : le duc François II de Bretagne s'était déclaré son sujet et avait promis de ne jamais marier ses filles sans son agrément. La mort récente de ce duc avait plongé la Bretagne dans le chaos. Dorénavant, le sort des Bretons dépendait du choix du futur époux de la princesse Anne.

Il était évident qu'une union matrimoniale entre la France et la Bretagne eût réglé sans heurts tous les problèmes. Mais Louis XI avait, avant son trépas, arrangé les accordailles de son fils. Charles, à défaut d'obtenir dès son plus jeune âge la main de sa très éloignée cousine Marie de Bourgogne, s'était vu attribuer, à l'adolescence, celle de sa fille Marguerite d'Autriche. Il ne pouvait plus se permettre de rompre cette alliance, gage du traité d'Arras, symbole de la réconciliation des Maisons de Bourgogne et d'Anjou. Il n'avait pas le droit d'aller à l'encontre des décisions de son défunt père, de détruire son œuvre. D'autant plus que le renvoi de Marguerite représentait un grave danger pour la France.

Ce raisonnement lui semblait évident. Charles pourtant ne goûtait au repos. Pourquoi diable le saint homme du Plessis avançait-il de tels propos ? Possédait-il réellement le pouvoir de lire l'avenir ? S'il n'avait été sûr de ses dires, il se serait abstenu de les révéler. Il n'aurait pas non plus avoué au roi ses vingt-deux jours de jeûne et de prières dans l'intention d'aider les combattants, en juillet dernier. Charles lui devait la victoire. Il lui devait aussi un respect infini, une éternelle reconnaissance. Les quelques cabanes qu'il avait achetées pour lui à Amboise dans le but qu'il fondât un second couvent de minimes témoignaient-elles suffisamment de sa gratitude ?

Le roi de France sonda sa conscience. Longtemps, son imagination erra. Dans ses mirages résonnaient les noms de deux enfants : Anne et Marguerite d'Autriche. Puis venaient s'ajouter ceux de Louis d'Orléans et de François de Paule. Tous ces mots se superposaient, tourbillonnaient jusqu'à l'amener au seuil d'un insupportable délire.

– Il suffit ! décida-t-il en se postant devant la glace de verre étamé.

Il s'attendait à croiser un regard franc, décidé ; il ne rencontra que de sombres prunelles ternies par une expression hésitante. Il comprit sa faiblesse face à la détermination fatale des événements. Néanmoins, il se résolut à tout entreprendre pour savoir à l'avance ce que le futur lui réservait.

Charles eut l'idée de consulter Maître Hamelet. Mais l'astrologue attaché à sa Maison ne s'occupait pas d'affaires conjugales. Il se bornait à proposer des dates favorables aux déplacements. Il pensa alors à Simon de Pharès. Ce célèbre devin, versé à la fois dans l'art des conjectures, des étoiles et de la médecine, saurait le satisfaire. On lui en avait beaucoup parlé. Sa réputation rayonnait au-delà des frontières. L'inconvénient était qu'il résidait à Lyon et refusait de se déranger. Et le roi ne pouvait entreprendre un tel voyage en ces périodes troublées.

– Peu m'importe ! se dit-il. Je l'obligerai à venir, sous la menace s'il le faut.

Il n'éprouvait aucun scrupule. Son père n'avait-il pas utilisé des moyens peu honnêtes, forçant François de Paule à quitter son ermitage italien pour l'assister dans ses derniers moments ?

Charles soupira d'aise. La perspective de s'entretenir avec l'illustre voyant soulageait son âme martyrisée par les épreuves. Il ne lui restait plus qu'à patienter.

Il supposa la façon dont il emploierait son temps. Il irait à Amboise visiter la petite reine. Il en profiterait pour calmer les rumeurs. Il s'offrirait aussi quelques moments de plaisir : le jeu, la chasse, les tournois. Et, entre deux divertissements, il rejoindrait Clarisse, la servante au sourire ensorcelant.

Charles se mira encore. Cette fois, ses yeux brillaient de mille espoirs. Il avait, grâce à ses rêves, recouvré sa bonne humeur.

***

Le roi Charles raccompagna Clarisse jusqu'à la porte dérobée, chuchota aux creux de son oreille quelques propos indécents, tout en lui enjoignant de toujours se tenir à sa disposition. Intérieurement, il se réjouissait qu'elle se conformât à ses fantaisies. Auprès d'elle il cédait aux délices étourdissantes d'une voluptueuse tentation et ses transports amoureux dissipaient son sentiment d'infériorité, lui donnaient l'illusion de se comporter en parfait amant. Mais il ignorait qu'il n'inspirait à sa belle amie qu'une horrible répugnance, que celle-ci feignait d'apprécier ses mœurs dépravées, qu'elle usait de sa vénusté pour obtenir sa préférence. Il ne se doutait pas qu'elle briguait, nonobstant sa modeste condition sociale, de devenir sa maîtresse attitrée. Et ce afin de tirer vengeance d'une ancienne humiliation.

Encore ivre de ses instants de débauche, Charles regagna sa chambre et se dirigea, en empruntant l'escalier officiel, vers le cabinet privé où la petite reine l'attendait.

Deux gardes armés de lances étaient postés sur le seuil, empêchant toute intrusion. Ils s'inclinèrent bien bas devant leur souverain. Le roi se fit annoncer comme l'usage l'exigeait, puis entra sans frapper. Madame de Segré l'honora d'une révérence et se retira aussitôt dans l'antichambre.

Charles s'agenouilla alors devant l'enfant, la salua avec la plus grande courtoisie, remarqua le charme et la majesté se dégageant de sa personne. Il admira son teint de lys, son air décidé, sa bouche pulpeuse, ses cheveux aureins* retenus par une résille de dentelles rehaussée de pierreries. Elle était radieuse, vêtue de cette robe à collerette qu'il lui avait offerte et qui lui seyait à merveille. Il continua de la contempler. Elle respirait la fraîcheur, la santé, elle promettait d'être belle. Sa haute taille, sa robustesse contribueraient, d'ici quelques années, à lui donner de beaux héritiers. Pour ravir définitivement la couronne à l'héritier présomptif du trône, son cousin et beau-frère Louis d'Orléans, Charles était pressé d'assurer sa descendance.

– Comme vous voilà bien parée ! complimenta-t-il en ôtant son bonnet de velours noir et en s'asseyant à côté d'elle.

Les manières chevaleresques émurent Marguerite. Elle se tourna vers le jeune homme, le dévisagea avec une candeur puérile. Et tandis qu'il lui déclarait amour et fidélité, elle ne sut retenir ses larmes, laissa déborder son cœur, le vida des sentiments trop longtemps contenus.

– J'ai eu ouï dire que vous aviez l'intention de mettre fin à la guerre en épousant Anne de Bretagne, sanglota-t-elle.

Charles se rapprocha de Marguerite tout en conservant les distances respectueuses imposées par la bienséance.

– N'écoutez pas ces médisances, m'amie. Feu mon père à moi vous a baillée. Vous pouvez être sûre que tant que vous vivrez je n'aurai d'autre femme que vous.

Il exhalait une odeur âcre qu'un parfum entêtant parvenait mal à estomper.

– Pour vous réconforter, je puis vous affirmer que la princesse a moult prétendants, dont votre père Maximilien !

– Mon père ?

Le fait que sa rivale, âgée d'à peine onze ans, pût devenir sa belle-mère la troubla fortement.

– Au sujet de votre père, renchérit le roi, pensez-vous que j'aurais obligé les Flamands à le libérer si j'avais voulu rompre mon engagement avec vous ?

Il exagérait volontairement les faits. Il était intervenu en faveur de Maximilien, mais les Gantois avaient relâché leur prisonnier et cessé leur révolte parce que le pape les menaçait d'excommunication.

– Voulez-vous qu'avec moi je vous mène ? proposa-t-il pour atténuer ses ultimes soupçons.

Elle essuya ses larmes en tâchant de ne point enlever son fard, se souvint des tristes châteaux où il l'avait conduite et sitôt abandonnée.

– Je préfère demeurer à Amboise. Ici, le temps m'est moins long. La présence de mes amis et de Maître Perréal m'aident à supporter ma solitude.

– Je m'incline devant votre choix.

Comme il se levait, elle agrippa sa main, la couvrit de baisers.

– Vous me quittez déjà ? regretta-t-elle.

– Hélas, ma petite reine, les affaires du royaume me retiennent ailleurs, allégua-t-il. Je m'en retourne à Angers.

– Quand donc vous reverrai-je ?

– Bientôt, affirma-t-il en accompagnant ses paroles de gestes de civilité.

– Bientôt, répéta Marguerite avec amertume.

Elle le regarda partir. Lorsqu'il eut passé la porte, et lorsqu'elle ne distingua plus l'écho de ses pas, elle appela sa gouvernante.

– Que souhaite ma chère Princesse ? demanda Madame de Segré d'une voix douce et consolante.

– Jouer à la toupie avec Philibert de Savoie, répliqua Marguerite sans hésiter.

Madame de Segré distribua les ordres aux servantes afin que les vœux de l'épouse du roi fussent immédiatement comblés.

***

– Je doute que votre venue soit dénuée d'intérêt, présuma Jeanne sur un ton exempt de reproches mais rempli de regrets.

Anne de France connaissait la bonté de sa sœur, sa discrétion et sa lucidité. Il s'avérait inutile de la tromper.

– Vous avez parfaitement raison, admit-elle froidement sans même chercher à ménager la sensibilité de sa cadette.

Jeanne dissimula la peine que ce manque d'égards lui procurait.

– Vous avez parcouru une très longue distance, vous devez être épuisée. Prenez place auprès du feu et confiez-moi votre requête.

Anne fit quelque pas en direction du foyer, resta debout, exposa les faits franchement, sans user de détours.

– Je vous demande d'unir vos prières à celles de l'ermite François de Paule, afin que Dieu me permette de donner vie à un enfant vigoureux.

Malgré sa supplication, elle restait digne, conservait son maintien altier, son allure majestueuse. Jamais elle n'affichait quelconque faiblesse.

– Les épreuves que j'ai subies m'ont rendue stérile.

Elle évoquait la naissance d'un garçon mort-né et d'une fille si contrefaite qu'elle rendit l'âme au berceau.

– Je suis pourtant la seule de la famille à n'avoir subi les tares de l'hérédité, ajouta-t-elle sans la moindre compassion.

– Il est vrai que vous êtes jolie et possédez un corps aux formes harmonieuses.

Jeanne s'avança vers les flammes, se laissa bercer par leur lumière dansante. Elle avait besoin, plus que jamais, de leur chaleur réconfortante.

– Si les mortifications du saint ermite s'avèrent inefficaces, croyez-vous que mes supplications aboutiront ?

– J'en suis persuadée. Votre piété et votre ferveur remédieront à mes maux. Il ne peut en être autrement.

– Soit, concéda Jeanne qui ne souhaitait rien d'autre qu'accomplir de bonnes actions.

– Mon époux, le sire de Beaujeu, et moi-même, sauront récompenser vos efforts et votre dévouement.

Elle se dirigea vers la fenêtre, écarta les rideaux, constata que la pluie continuait de tomber.

– Qu'est-ce qui vous plairait ?

– Une indulgence apaiserait mon immense désarroi.

– Parlez !

– Louis d'Orléans, mon mari, est retenu prisonnier…

– Je m'en réjouis ! coupa sèchement Anne. Au moins pendant ce temps ne courtise-t-il pas les femmes !

– Vous n'aimez pas Louis.

– Je le hais ! Sa conduite scandaleuse envers vous, son opposition à ma politique et la façon dont il a débauché notre frère Charles en font mon pire ennemi !

– Accepteriez-vous néanmoins de le tenir moins éloigné de moi en le changeant de geôle ?

Anne avait déjà prévu de transférer le détenu tant elle redoutait la clémence de Charles. Le roi serait bien capable d'excuser l'ignoble traître, d'ordonner sa libération. Une trop longue amitié unissait les deux beaux-frères. Elle devait absolument éviter qu'ils se rencontrassent. Cependant elle cacha la vérité, simula un élan de générosité.

– Vos désirs seront exaucés, dit-elle après un court silence.

– Je vous en remercie de toute mon âme.

Jeanne voulut embrasser Anne mais celle-ci se déroba. Elle jugeait inutiles ces effusions de tendresse. Elle observa la chambre, avisa le pupitre sur lequel était posé un ouvrage splendidement relié. Sur la couverture bleue, le titre apparaissait en lettres d'or.

– *En la forêt de longue Attente*, lut-elle.

– Ce sont les poèmes que mon beau-père écrivit quand il fut captif des Anglais.

– Vous les porterez à votre bien-aimé Louis ! Il aura tout le loisir de les méditer, derrière les barreaux !

– Que Dieu pardonne la dureté de votre cœur.

– Qu'il pardonne aussi votre stupidité ! Vous adulez un homme indigne de considération ! Un charmeur qui vous bafoue, qui court les aventures et qui, de surcroît, cherche à obtenir la main d'Anne de Bretagne pour s'approprier son duché !

– Je sais, gémit Jeanne.

– Le pape n'annulera pas votre mariage ! Je ferai tout ce qui est en mon pouvoir pour l'en dissuader !

Elle se radoucit, poursuivit d'un ton mielleux :

– Louis n'épousera pas Anne de Bretagne ! D'après l'ermite François, il se pourrait que ce soit notre frère Charles qui se marie avec la princesse.

Jeanne fut prise d'un soudain vertige, se retint au dossier d'une chaise. Anne se précipita, l'empêcha de tomber.

– Seigneur Tout-Puissant, évitez à ma petite Marguerite de si grandes souffrances, murmura-t-elle avant de se pâmer dans les bras de sa sœur.

Anne aida Jeanne à s'allonger sur le lit, frictionna ses joues livides. Il n'y avait dans son attitude ni affection, ni gratitude. Simplement de la pitié.

– Je resterai avec vous, ce soir, décida-t-elle.

***

La chapelle de la forteresse d'Angers, vaste et claire, résonnait de prières et de litanies. Depuis son balcon privé, le roi Charles VIII dominait l'assemblée des nobles qu'il s'amusait à épier. Parmi les participants figuraient des princes, des gentes* dames de la cour. Il y avait aussi ses conseillers, dont l'intrépide Philippe de Bresse, ses capitaines, ses espions. Le souverain, plus attentif à ses sujets qu'au sermon de l'évêque, assistait à la messe célébrée en mémoire des valeureux soldats, français et bretons, morts sur les champs de bataille. Entre deux oraisons, le dignitaire prônait le courage, la foi, mais aussi la morale et la fidélité. Ces exhortations au sacrifice, à l'abnégation, indisposaient Charles, finissaient même par l'irriter. Personne n'ignorait les intrigues galantes et les scandales qui agitaient le clergé.

Le souverain essaya de concentrer son attention sur l'office, écouta d'une oreille distraite la parole de Dieu. Il ne parvenait pas à s'abîmer dans de sincères dévotions. Au milieu de ses pieuses pensées surgissaient maints soucis. Il ferma les paupières. Mais alors qu'il aspirait à une pieuse quiétude, une autre préoccupation, plus grave, plus lancinante, l'agressa.

Hier, l'astrologue avait confirmé la prédiction de l'ermite François.

5. À BON ESPOIR MON CŒUR S'ATTEND

Anne de France froissa la lettre de Jeanne et la jeta dans le feu. Avec une joie morbide, elle regarda les flammes dévorer l'insignifiant morceau de papier, le réduire en cendres. Puis elle ferma les yeux, posa les mains sur son ventre, se laissa mollement bercer par son fauteuil à bascule, réfléchit à la réponse qu'elle allait donner.

Elle n'avait pas revu sa sœur depuis deux ans. Deux ans au cours desquels la sainte femme n'avait cessé d'implorer sa mansuétude et celle du souverain afin d'obtenir la libération de son mauvais époux. Anne se crispa à la seule idée d'imaginer le retour de son beau-frère à la cour. Louis d'Orléans croupissait au fond de la Grosse Tour de Bourges et il y resterait. Il était hors de question qu'elle cédât.

Anne examina la situation dans laquelle se trouvait le pays, avisa aux conséquences qui en découlaient, médita sur le rôle qu'elle pouvait sournoisement jouer. Car elle tenait encore les rênes du gouvernement, à l'insu de son frère le roi. Et tant que l'affaire de Bretagne ne serait pas réglée, elle n'abandonnerait pas le pouvoir.

Des événements fort importants avaient marqué ces derniers mois. Charles VIII avait repris les hostilités, déclaré la guerre à la Bretagne. La petite princesse Anne avait répondu en se faisant couronner duchesse à Rennes, affichant ainsi son indépendance, sa volonté, et prouvant la légitimité de son titre. Une ligue européenne l'avait bientôt soutenue, lui envoyant des promesses de soutien et quelques troupes en renfort. Contre le Royaume se dressaient dangereusement l'Espagne, l'Angleterre et l'Autriche. Entre-temps, le pape avait lancé plusieurs appels contre le roi de Naples. Il spéculait aussi sur une croisade contre les Turcs.

Les relations d'Anne de France et de son frère le roi Charles avaient souffert de ces tensions. Leur rivalité, leurs divergences d'opinion, les avaient un instant dressés l'un contre l'autre. Des intérêts communs avaient vite mis un terme aux querelles fraternelles.

Enfin avait eu lieu, en cette ville de Moulins, un autre couronnement : celui d'Anne et de son mari, Pierre de Beaujeu, héritiers du Bourbonnais. À présent, Madame rayonnait sur son fief, mais surtout, elle n'attirait plus l'attention. Cela l'aidait à œuvrer dans l'ombre, à utiliser la ruse et la corruption sans éveiller les soupçons. « Dissimuler pour mieux régner », telle était la conduite que son père le roi Louis XI lui avait enseignée et qu'elle avait toujours appliquée. Elle s'en félicitait. Naguère elle avait réussi, par d'habiles stratagèmes, à annexer la Provence. Aujourd'hui, elle parviendrait à soumettre la Bretagne. Après quoi elle se retirerait à jamais de la scène politique.

Anne revint au problème du moment. Elle se retourna vers son secrétaire.

– Que dois-je noter, Madame ? demanda l'homme en saisissant sa plume.

– Annoncez à ma très chère sœur que j'attends un enfant, témoignez-lui ma gratitude. Dites-lui que Louis d'Orléans demeurera en prison. Sa rébellion mérite une sévère punition et il m'est impossible de lui accorder mon pardon.

Elle réfléchit, pesa la décision qu'elle s'apprêtait à prendre, envisagea de renforcer la garde du prisonnier.

– Cependant, pour la remercier de ses ardentes prières, j'ordonnerai que l'on supprime la cage de fer dans laquelle il est enfermé chaque nuit.

Le secrétaire rédigea le texte, le lut à voix haute.

– Ce sera tout, Madame ?

– Non, ajoutez donc que la petite reine Marguerite a suivi son époux ces temps, qu'elle a participé à tous ses voyages. Terminez en annonçant que le couple royal passera les fêtes de la Nativité en ma compagnie, ici, à Moulins.

Le secrétaire se remit au travail. D'un seul jet, il inscrivit les pensées de la duchesse. Puis il lui apporta le document et le nécessaire à écrire.

Comme cela lui convenait, elle signa au bas de la page.

– Vous pouvez disposer, dit-elle, satisfaite.

Le secrétaire roula la missive, y apposa le sceau d'Anne de France, et confia le courrier à un chevaucheur.

***

Madame de Segré referma le livre de comptes des *Menus Plaisirs de la reine*. Toutes les dépenses avaient été minutieusement relevées : garde-robe, joyeusetés, aumônes aux pauvres, dons aux églises, entretien des domestiques, des demoiselles d'honneur, frais de ménagerie, dont l'achat d'une grande cage verte. Cela représentait une somme colossale. Certes, ce voyage avait coûté une fortune, mais il avait permis à Marguerite de mener grand train, ainsi qu'elle le méritait. Dans chaque ville traversée, Lyon, Grenoble, Vienne, elle s'était montrée aux côtés de Charles VIII, avait été accueillie en véritable souveraine et son retour à Moulins avait été dignement fêté.

La gouvernante poussa un soupir de soulagement. Cette vie itinérante l'avait nerveusement épuisée. Outre les déplacements, les fêtes, les visites, elle avait veillé à la santé et à la sécurité de la fillette et, le soir venu, lui avait inculqué le sens du devoir, de la morale et de la vertu, tandis que le roi, cédant à ses humeurs fantasques, s'était octroyé les pires licences. On racontait qu'il avait gaspillé son temps chez un astrologue, dormi chez une voyante peu recommandable, achevé ses nuits en compagnie de danseuses…

La gouvernante n'était point dupe. En emmenant sa jeune épouse, Charles VIII proclamait son intention de maintenir son mariage. Il coupait court à la rumeur d'une rupture au profit d'Anne de Bretagne. Il prétendait conserver la dot concédée par son beau-père Maximilien d'Autriche. Et surtout, il donnait au peuple l'image chevaleresque d'un mari parfait, attendant sagement l'heure des justes noces.

Bien ingrat était le métier d'une reine. Plus ingrat encore était celui de la personne chargée de son éducation. Madame de Segré ressentait d'autant plus la difficulté de son rôle qu'elle nourrissait pour Marguerite une tendresse toute maternelle et souhaitait son bonheur. Mais comment inculquer à une enfant de onze ans que la plupart des rois se marient par intérêt et non par amour ? Comment avouer que Dame Nature, en son immense injustice, avait scellé dans le corps des jouvencelles l'irrévocable preuve de leur chasteté ? Comment élever une princesse dans la crainte du péché de chair et la livrer, dès sa nubilité, à un monarque rempli de vices et de mauvais penchants ? Il était des réalités qu'elle appréhendait de révéler. Mais Marguerite grandissait. Bientôt le jour viendrait où il faudrait aborder ces sujets délicats.

Pour l'heure, la petite reine jouissait des jours heureux. Pourquoi gâter son plaisir ? Pourquoi briser ses rêves, anéantir son espoir, ruiner ses si rares instants de joyeuse détente ? Il eût été injuste de lui dérober ses illusions, d'autant plus que le roi la comblait de largesses. Déjà, il avait permis que Charlotte de Tarente, sa meilleure amie, l'accompagnât. Il avait aussi accepté d'inviter ses cousins de Savoie. Enfin il avait consenti, à la demande de la petite reine, à poser devant le peintre officiel de la cour. Madame de Segré connaissait la raison de cette curieuse sollicitation. Il ne s'agissait point d'un caprice d'enfant. Marguerite désirait simplement posséder le portrait de Charles afin, lui avait-elle confié, d'avoir toujours son époux auprès d'elle.

La gouvernante demeura songeuse un instant, puis elle attacha son esprit à des préoccupations beaucoup plus matérielles. Comme elle se devait de contrôler méthodiquement les effets personnels de sa jeune princesse, elle entreprit de vérifier que tout fût en bon ordre et que rien ne manquât. Marguerite avait emporté de nombreux bagages : toilettes, mobilier, bijoux, œuvres d'art. Elle avait aussi fait suivre ses biens les plus précieux dont elle refusait de se séparer : le livre d'heures* de sa mère Marie et le perroquet que lui avait offert son père Maximilien, avant son départ pour la France. C'était, disait-elle, tout ce qui lui restait de ses parents et de son pays. Car la nourrice flamande, unique étrangère autorisée par Louis XI à demeurer dans l'entourage de la petite reine, avait été renvoyée. Madame de Segré, convaincue de sa liaison avec le roi Charles, s'était arrangée pour la congédier discrètement.

Elle ne supportait pas que le souverain corrompît les proches de Marguerite. Cette conduite abjecte la révoltait. Certes son pouvoir était fort limité mais elle avait l'autorité absolue sur les gens de maison et cela lui conférait le droit de choisir les domestiques. Sans cesse elle surveillait les servantes. D'ailleurs, ces derniers temps, l'attitude de Clarisse avait éveillé ses soupçons. Déjà, elle avait eu vent de son idylle avec Louis d'Orléans. Mieux valait donc qu'elle se méfiât.

Madame de Segré prit le cahier contenant la liste détaillée des affaires de la petite reine. Tout en se dirigeant vers les appartements privés, elle chercha un moyen de prendre au piège cette fille effrontée et décidément trop belle.

***

Une sonnerie de trompettes et de clairons annonça l'arrivée d'un nouveau plat. Les jongleurs s'éclipsèrent, faisant place aux valets en livrée portant de lourds plateaux d'argent regorgeant de nourriture. La petite reine réprima un bâillement, s'appliqua à bien se tenir et à ne point laisser paraître sa fatigue. Il était fort tard. Le banquet s'éternisait. Heureusement, il était coupé d'entremets* destinés à distraire plaisamment les convives. Pantomimes, acrobates, dompteurs rivalisaient d'ingéniosité, d'adresse et d'originalité pour égayer le festin du roi.

Philibert de Savoie profita du calme passager pour échanger avec sa voisine quelques propos courtois. Avec délicatesse, il engagea la conversation :

– Ce spectacle fut charmant, mais votre compagnie me le rendit encore plus agréable, dit-il à mi-voix.

Marguerite apprécia les paroles flatteuses, s'évertua à rendre le compliment :

– Il m'aurait lassée si vous n'aviez été près de moi.

Elle ne mentait pas. La présence de son jeune ami lui assurait une soirée sans ennui.

– Je me réjouis du mariage par procuration de votre père avec Anne de Bretagne, poursuivit Philibert. C'est un événement auquel personne ne s'attendait. On dit qu'il a eu lieu dans le plus grand secret…

– Parce que la princesse avait moult prétendants, s'insinua Charlotte de Tarente, qu'elle voulait choisir elle-même son époux, qu'elle préférait à tout autre galant son cousin Maximilien, le roi des Romains.

– Votre père est l'heureux élu ! s'émerveilla Philibert. Puissiez-vous l'en féliciter de ma part.

– L'heureux élu est plutôt l'ambassadeur chargé de représenter Maximilien lors de la cérémonie ! coupa Philippe de Bresse.

Il partit d'un rire gras.

– J'eusse aimé me trouver à sa place !

Marguerite n'apprécia guère la remarque destinée à la remplir de confusion. Cependant, elle ne perdit pas contenance.

– Votre impudence me désoblige.

Le comte Philippe, peu respectueux de la bienséance, s'amusa de son embarras. Il insista lourdement.

– Vous ignorez peut-être, Souveraine, quel droit possède le délégataire du futur mari, le soir des noces par procuration ?

Il prit un air égrillard.

– Il ne m'incombe de vous l'expliquer ! ajouta-t-il sur le ton d'une insultante moquerie.

– Vous semblez négliger que je suis l'épouse du roi, messire Philippe, se défendit-elle.

– Pas entièrement, que je sache !

Envahie soudain par une gêne indéfinissable, Marguerite rougit. Elle détourna la tête, évita le regard pénétrant de l'odieux comte, tenta de reprendre la discussion entamée avec son doux compagnon. Mais celui-ci, par politesse, s'était effacé devant son père et s'entretenait de tournois et de chasse avec d'autres gentilshommes.

Marguerite observa alors les commensaux. En face d'elle trônait Charles VIII, entouré de sa sœur Anne et de son beau-frère Pierre de Beaujeu, l'oncle de Philibert. Ingénument, elle dévisagea le mari que Fortune lui avait imposé. Il lui parut soudain aimable et élégant. Il n'était pas aussi laid qu'on le prétendait et lorsqu'il était assis, sa difformité passait presque inaperçue. La fillette trouva même une certaine beauté à l'homme que son cœur apprenait déjà à chérir. Ce soir, il avait fière allure dans son costume de velours vert. Mais surtout, il était le monarque, le monarque absolu, et elle demeurait sa femme, confirmant son titre de reine de France par cette union inespérée entre la Bretagne et l'Autriche.

Les domestiques posèrent sur la table les plats garnis d'un riche assortiment de volailles et de gibiers. Une succulente odeur de viande rôtie à laquelle s'ajoutait l'arôme piquant des épices s'exhala des morceaux encore fumants. Bannissant toute étiquette, René de Savoie servit avec empressement la petite reine, lui offrant la meilleure part. Il s'arrangea pour attirer son attention.

– Je constate avec grand plaisir, ma Reine, qu'en dépit des contrariétés, vous conservez bon appétit.

Il se rapprocha, chuchota dans le creux de son oreille :

– Veuillez excuser l'impertinence de mon père. Ce rustre ne mérite pas votre estime.

Elle semblait tant insensible à ses avances qu'il modula ses dires :

– Votre teint damoiselé montre à quel point le mariage vous réussit, s'aventura-t-il. Hélas, il n'en est point de même de ma sœur Louise. Voyez comme la tristesse se lit sur son visage.

Marguerite approuva d'un signe de tête. Le Bâtard de Savoie s'ingénia à influencer l'opinion de sa bien-aimée princesse.

– Louise m'a récemment confié son chagrin. Elle hait le dépravé à qui sa tante Anne de France l'a unie.

René saisit le bras de Marguerite, prit une voix mielleuse :

– Savez-vous que ce vieux ribaud l'a déjà trompée ? Croyez-moi, toute gente dame mariée contre son gré se doit de prendre amant si elle désire connaître le véritable amour.

Marguerite comprit l'allusion.

– Taisez-vous ! s'offusqua-t-elle en se dégageant de l'emprise de son cousin. Vous ne valez guère mieux que votre père.

Elle fut prise d'un léger malaise, parvint mal à dissimuler son indisposition, se sentit défaillir. Anne de Beaujeu, sa tutrice officielle, ne tarda pas à discerner son trouble. Inquiétée par la pâleur inhabituelle de sa belle-sœur, elle ordonna que l'on avertît madame de Segré et que l'on conduisît incontinent* la petite reine dans sa chambre.

Afin d'afficher en public tout l'intérêt qu'il portait à Marguerite et prétextant qu'il lui était impossible de festoyer en son absence, le roi Charles enjoignit à ses invités de poursuivre sans lui. Il quitta la table, satisfait d'avoir trouvé le moyen de s'étourdir auprès de sa sensuelle maîtresse.

***

Dehors, d'énormes flocons tombaient avec une mystérieuse légèreté. Ils recouvraient silencieusement le paysage, offrant un spectacle d'une extraordinaire féerie. Fascinée par la magie de l'instant, Marguerite se mit à imaginer des contes fantastiques où la légende se mêlait délicieusement à la réalité. Elle se regarda dans le miroir, comme si elle voulait s'assurer que l'héroïne de ses histoires lui ressemblait, sourit à la servante qui démêlait ses longues mèches aux reflets cuivrés.

En cette veille de la Nativité, la petite reine éprouvait une incomparable gaieté. Il lui était difficile de ne point la partager.

– C'est la première fois que je passe les fêtes en la fin de l'année auprès du roi, livra-t-elle à Clarisse.

La jeune femme ne dit rien. Elle tressa les beaux cheveux puis enferma les nattes dans une résille de dentelle.

– Je suis si heureuse qu'Anne de Bretagne ait choisi un mari.

– Vous voilà rassurée, Madame, émit la domestique qui, au fil des jours, devenait la confidente de la petite reine.

– À bon espoir mon cœur s'attend, avoua Marguerite en rêvant d'un éternel amour.

Une ombre effleura soudain ses prunelles.

– Je souhaite seulement que mon père n'oublie pas ma défunte mère Marie. Dans sa dernière lettre, il m'avait évoqué son douloureux veuvage, m'écrivant qu'il désirait parfois rejoindre sa femme dans la mort.

– Alors soyez sans crainte, Madame, il ne l'oubliera pas, affirma hypocritement Clarisse.

Elle n'en pensait pas un mot, persuadée que Maximilien était un prince comme un autre. Et des princes, elle en avait connu plusieurs. Jamais un seul n'avait été capable de tenir ses engagements.

6. ALAIN D'ALBRET

Le feu commençait à s'éteindre. Imperceptiblement, une atmosphère austère, glaciale, se substituait aux ardeurs crépitantes des flammes. Les reflets rouges et changeants qui dansaient sur les murs s'étiolaient, remplacés par une lueur insidieuse et blafarde. Dehors, une lune aux allures fantomatiques éclairait étrangement la campagne immaculée. On y voyait comme en plein jour. Assise devant sa fenêtre, chaudement revêtue d'une cape en hermine, Anne de France attendait, épiant le moindre frémissement, guettant le moindre bruit. Tout demeurait immobile et muet. Et rien, pour l'heure, ne semblait indiquer une présence humaine. La longue nuit s'écoulait lentement, trop lentement.

Anne douta un instant. Les agents qu'elle soudoyait l'auraient-ils trahie ? Auraient-ils vendu leurs indications à meilleur preneur ? Menaient-ils double jeu ? Non, cela ne se pouvait. Elle entretenait le meilleur réseau d'espionnage du royaume. Malheur à ceux qui la dupaient, car ils le payaient de leur vie.

Anne patienta. Personne ne devait l'apercevoir derrière les carreaux, aussi s'abstint-elle de raviver les tisons. Elle demeura, songeuse et obstinée, disséquant les informations qui lui avaient été révélées. D'après les missives interceptées et prudemment recopiées par ses affidés de manière à ne point éveiller la méfiance, elle avait pris connaissance de la venue clandestine à Moulins d'Alain d'Albret. Le prétendant éconduit d'Anne de Bretagne avait sollicité une audience secrète au roi afin d'accomplir sa vengeance. Anne n'avait point été avertie par son frère. Parce que le souverain entendait tout régenter à sa façon. Mais elle ne s'en inquiétait pas. Elle était absolument certaine que cet éternel immature finirait par la solliciter, qu'il la convierait à l'entretien, qu'il lui demanderait conseil. En usant de fourberie, elle parviendrait même à ce qu'il la laissât s'occuper entièrement de l'affaire.

Le roi Charles ignorait à quel point sa sœur profitait de son manque d'expérience. Contrairement à ce qu'il pensait, elle influait encore sur sa volonté, contrecarrait ses projets, se servait de lui pour parvenir à ses fins. Anne savait ses desseins à l'avance. Elle n'était jamais prise au dépourvu et c'est ce qui faisait son invincible force.

Anne était bien décidée à ne pas lâcher prise tant que le problème de la Bretagne ne serait pas résolu. La duchesse de Bretagne avait déjoué ses plans. Ah ! L'adolescente avait un caractère sacrément affirmé ! En choisissant elle-même son époux, elle dévoilait son indépendance et sa fermeté. En jetant son dévolu sur le roi des Romains, elle échappait au sire d'Albret qui la répugnait fortement, elle s'assurait la protection militaire de son duché et l'alliance solide de l'Espagne et de l'Angleterre. De ce fait, les Français se retrouvaient pris dans un étau. Ils hésitaient donc à poursuivre leurs conquêtes.

Mais il y avait autre chose : Maximilien d'Autriche avait bonne renommée. Il était beau, courtois, pas trop vieux, digne d'estime et surtout il avait éperdument aimé sa première femme Marie de Bourgogne, ce qui laissait présager un cœur noble, sensible et généreux. La petite duchesse visait ainsi, en plus d'un mariage de raison, un éventuel mariage d'amour. Elle se consolait peut-être aussi de n'avoir pu donner sa main à son dévoué protecteur, son cousin Louis d'Orléans.

Cependant la fille aînée de Louis XI ne se démontait pas. Déjà, elle avait échafaudé une perfide stratégie. Sur le damier de sa politique, d'Albret représentait le dernier pion capable de mettre le duché breton en échec. Sans pitié aucune, elle allait savamment l'utiliser. D'abord en le plaçant dans son camp. Ensuite en le manœuvrant à sa guise. Après quoi elle ménagerait sa santé et se consacrerait à cet héritier qu'elle portait dans son sein et qui, grâce à Dieu, naîtrait à la belle saison.

Des ombres floues apparurent soudain à l'horizon. Anne de France fronça les sourcils, scruta les alentours, distingua vaguement une troupe de cavaliers. L'escadron se rapprocha du château avec une rapidité surprenante. Avant qu'il ne franchisse le pont enjambant les douves, les chaînes du Pont-levis se mirent à grincer. Il s'agissait bien du sire d'Albret.

Anne quitta son poste d'observation. Elle jeta une bûche dans la cheminée, souffla sur les braises, ôta son habillement et se coucha.

***

Pierre de Beaujeu emprunta le passage privé reliant les deux appartements ducaux, entra sans frapper dans la chambre de son épouse, traversa la pièce à pas de loup, tira doucement les courtines, s'assit sur le lit.

– Pardonnez-moi de vous déranger de si bon matin, mon amie, chuchota-t-il en déposant un baiser sur le front de sa dame. Messire le roi, votre frère, vous prie de le rejoindre incessamment.

Anne de France ouvrit les paupières, se redressa aussitôt.

– Vous aviez raison, enchaîna-t-il, le souverain ne peut se passer de vous !

Il prit les vêtements posés soigneusement sur un coffre, les lui apporta.

– J'ai pris garde de ne point réveiller vos servantes. Habillez-vous en hâte, et surtout ne prenez pas froid.

Anne adressa à Pierre un discret sourire. Elle épanchait rarement ses sentiments, réfrénait toujours ses élans de tendresse. Elle éprouvait pourtant, à l'égard de l'homme auquel son père Louis XI l'avait unie, un attachement sincère et profond.

– Où dois-je me rendre ? demanda-t-elle en se levant.

– À la salle des Muses.

– M'accompagnerez-vous ?

– Non, le roi vous mande seule. Cette entrevue est placée sous le sceau de la confidence. Il m'a simplement chargé de vous envoyer quérir et d'assurer la surveillance des lieux. Nul ne doit soupçonner la présence du sire d'Albret en notre ville de Moulins.

Il songea aux graves conséquences dont il serait tenu responsable si la nouvelle se répandait.

– Ni en notre royaume de France, ajouta-t-il.

Anne s'apprêta avec promptitude sans se départir de son calme. En toutes circonstances, elle maîtrisait parfaitement ses émotions et s'extériorisait peu.

Malgré leurs différences de caractère et d'âge, puisqu'elle était de vingt-deux ans la cadette de son époux, les Beaujeu formaient un couple harmonieux et sans histoire. Au fil des années ils s'étaient liés d'amitié, de confiance et de complicité. Une même soif de pouvoir et de grandeur les avait conduits à une gloire commune. Une fidélité réciproque, une entente charnelle réduite au simple désir de procréation et dont chacun s'accommodait fort bien, en avaient fait des amants dévoués et loyaux. Seule la mort de leurs deux enfants avait altéré leur bonheur. Le mal héréditaire qui les avait épargnés s'était hélas acharné sur leur descendance.

Pierre ouvrit la porte donnant sur la galerie, s'assura qu'aucun rôdeur ne hantait les parages.

– Vous pouvez aller, susurra-t-il.

Anne se faufila dans le couloir désert. L'aurore n'avait pas encore blanchi l'horizon mais un dernier rayon de lune dispersait par les hautes lucarnes une ardente lumière argentée. Il s'avérait inutile de prendre une chandelle.

Pierre de Beaujeu referma l'huis à double tour tandis que l'élégante silhouette d'Anne disparaissait comme un spectre au fond de la silencieuse pénombre.

***

Alain d'Albret eut envie d'assener un violent coup de poing sur la table mais la présence du monarque l'en empêcha. Ce geste eût été inconvenant. Il ravala sa colère, marmonna quelques injures. Sa figure couperosée, hérissée de pustules, se boursoufla tandis qu'il essayait de contenir sa violence. Anne de France crut qu'il allait s'étouffer.

– Quel est le motif de cette visite non annoncée, messire d'Albret ? demanda-t-elle obséquieusement.

– Madame, je suis venu de Bretagne vous crier ma révolte et réclamer réparation ! fulmina-t-il. La diablesse a réussi à m'échapper en épousant Maximilien d'Autriche ! Bien que chef de l'armée bretonne, je suis prêt à présent à trahir mon propre duché pour me venger.

Anne s'abstint de dévoiler ses opinions, se tourna vers le souverain.

– Qu'en pensez-vous, mon frère le roi ?

Charles VIII sortit à regret de sa licencieuse rêverie. Depuis le début de la séance, il promenait un regard hébété sur les peintures du plafond où des scènes mythologiques louaient le mérite des neuf déesses présidant aux arts libéraux et célébraient lubriquement la beauté de leurs corps nus.

– Ce que j'en pense ? répondit-il en accompagnant ses paroles d'un geste évasif.

– Je vous rappelle, dit Anne pour exciter la colère et la haine de son puîné, que les princesses de Bretagne ne devaient point se marier sans votre consentement ! Or l'aînée, Anne, promise avec votre agrément au sire d'Albret, a donné sa main à votre beau-père Maximilien.

– Quant à Isabeau, sa sœur récemment défunte, ragea le soupirant évincé, Maximilien l'avait secrètement donnée à son fils Philippe alors qu'elle était fiancée à mon fils Gabriel ! Je considère cela comme un double affront !

Charles approuva, frémit d'indignation. Il prit soudain conscience de l'ampleur du drame. Une étincelle de folie alluma son regard d'ordinaire inexpressif. Anne craignit un instant qu'il ne cédât à une crise nerveuse mais la tempête qui agitait son esprit disparut sans laisser de trace.

– Mon autorité a été bafouée, protesta-t-il. Je considère cela comme un crime de lèse-majesté. Je jure devant Dieu que cette félonie ne restera pas impunie !

– Vous pouvez compter sur mon aide, Votre Altesse.

– Expliquez-vous !

– La gueuse s'est débarrassée de moi en m'envoyant garder sa forteresse de Nantes. Elle m'a nommé capitaine sachant qu'il me serait impossible de refuser ! Ceci n'était qu'un subterfuge destiné à mieux se dérober !

Il fut pris d'un accès de toux. Sa voix rauque chevrota. Ses yeux éraillés jetèrent des éclairs de jalousie.

– Cette petite peste a toujours refusé que je l'approche, nasilla-t-il. Sous prétexte que je possède un physique repoussant et de vulgaires penchants…

À ces mots, le roi partit d'un rire niais. Anne se garda d'extérioriser ses réflexions.

– Sur ce plan je ne puis qu'approuver la damoiselle, songea-t-elle avec dégoût.

Par l'intermédiaire de ses espions, elle connaissait les vices d'Alain d'Albret. Ce veuf de cinquante ans passés, aussi laid que paillard, aussi gras que grossier, ce père de huit enfants et d'au moins six bâtards, aimait exagérément les jouvencelles. Il dépensait des sommes colossales afin de s'octroyer leurs faveurs. Il avait aussi stipendié les domestiques de la princesse bretonne dans le but de pénétrer dans sa chambre pour la forcer à légitimer les noces avant l'heure. Madame de Beaujeu imagina la scène avec un certain amusement. L'horrible individu ne se vanterait sûrement jamais d'avoir été agressé par les servantes, et mis à la porte tel un piètre tire-laine, traîné par les cheveux !

– L'homme contre lequel je me suis battu me propose son appui ! se gaussa le roi. Et comment donc ?

– Je vous livre Nantes, Majesté.

Un silence pesant suivit la réponse du sire d'Albret. Charles resta figé sur place, bouche bée, tellement suffoqué par l'affirmation de son ennemi qu'il fut incapable de jugement.

– Qu'en dites-vous, ma sœur ? balbutia-t-il.

Sentant le moment opportun, Madame de Beaujeu dévoila une partie de ses opinions :

– Mon frère le roi, s'avança-t-elle en enveloppant sa pensée, votre honneur, votre grandeur et votre réputation sont en jeu. La princesse Anne a défié votre pouvoir, votre bonté aussi. De plus, elle se fait aimer de son peuple, ravive son patriotisme. Alain d'Albret vous offre les clés d'une cité imprenable : c'est une chance inespérée pour vous d'entrer en Bretagne sans coup férir.

Elle feignit de réfléchir.

– L'Europe entière finira par se dresser contre vous. Finissez-en avec le duché, prenez de l'avance. Vos voisins ne sont pas encore en mesure de riposter militairement. Pour l'heure, ils se bornent à des menaces sans importance.

– Mais Maximilien est prêt à défendre sa femme !

– Maximilien est ruiné, il ne tiendra pas ses promesses. Il est incapable d'envoyer le moindre renfort.

Anne se pencha vers son frère, lui adressa un sourire complice.

– Nantes vous résiste depuis trop longtemps, murmura-t-elle. Le sire d'Albret vous la livre. Vous n'avez qu'à vous servir.

– Soit ! conclut Charles en saisissant sa plume.

Il hésita, car il maîtrisait assez mal la lecture et l'écriture. Son père avait toujours négligé cette partie de son éducation, de peur que l'on ne fît de lui un lettré.

Se sentant incapable de rédiger un texte, ne voulant pas perdre la face devant son ancien adversaire, il tendit son nécessaire à Anne.

– Je vous charge de l'affaire, ma chère sœur.

Il se leva, inquiet et fébrile, alla vers la fenêtre, vit que le jour se levait.

– N'est-ce pas à l'aurore que débutent les parties de chasse ?

Anne acquiesça d'un signe de tête.

– Je ne suis point ici pour travailler mais pour profiter de plaisants déduits ! Traitez donc de la reddition de la ville avec le sire d'Albret !

Il fut pris d'une grande agitation. De violents tremblements secouèrent ses membres. Une immense confusion s'empara de son esprit. Il sortit brusquement de la pièce. D'Albret s'étonna de ce comportement étrange et inquiétant.

Anne de Beaujeu ne laissa pas à son interlocuteur le temps de souffler.

– Quel est le prix de votre trahison ? formula-t-elle simplement.

***

Madame de Beaujeu éprouvait une intense satisfaction. Elle avait amadoué d'Albret : il livrait Nantes et renonçait à ses droits sur la Bretagne. Celui-ci, persuadé à tort qu'elle ne faillirait pas à ses engagements en dépit de ses exigences exagérées, avait signé le protocole d'accord.

Il restait à mettre sur pied une armée efficace de manière à empêcher la princesse bretonne de rejoindre son époux autrichien. Il fallait aussi briser la puissance de Louis d'Orléans. Il représentait un inestimable danger. En effet, avant sa capture, il avait pris le parti de son cousin, le duc de Bretagne François II, avait même envisagé de se fiancer à sa fille Anne. La sœur du roi se donna deux objectifs : maintenir le duc en prison, et continuer à verser une confortable pension au prélat chargé de porter à Rome les demandes d'annulation de son union avec Jeanne. Mais si Anne corrompait dignitaires et ecclésiastiques, c'était par pure précaution. Le contrat ne pourrait en aucun cas être rompu. Louis XI avait forcé son gendre au devoir conjugal sous menace de mort et devant témoins. Des huissiers de justice, cachés derrière les rideaux le soir des noces, avaient confirmé les faits par écrit. Anne possédait ces témoignages. Avant de mourir, son père les lui avait confiés et personne ne savait qu'ils étaient en sa possession. Elle s'en servirait en dernier recours.

Car un mariage consommé était pratiquement impossible à annuler.

***

La demeure était presque vide. Excepté les domestiques, plus personne ne peuplait les salles somptueuses, les galeries richement décorées. Pierre de Beaujeu avait organisé pour son beau-frère le roi et ses courtisans une extraordinaire partie de chasse. Anne de France avait envoyé la petite reine, accompagnée de sa gouvernante et de ses demoiselles de parage, visiter un couvent de bénédictines.

Anne était donc libre d'agir.

Elle s'introduisit dans le logis de Marguerite, trouva Clarisse occupée à cirer le mobilier. À l'arrivée de la duchesse, la servante cessa son travail et s'inclina respectueusement.

– Suivez-moi, Clarisse, dit froidement Anne.

La jeune fille obéit et pénétra, derrière la maîtresse des lieux, dans l'antichambre de la petite reine. Anne se mit alors à la questionner sans ménagement :

– Êtes-vous parvenue à obtenir la confiance du roi ?

Clarisse baissa la tête.

– Oui, Madame.

– Avez-vous les renseignements que je vous ai demandés ?

– Oui, Madame.

– Regardez-moi quand je vous parle !

Clarisse se plia à la sommation. Anne la toisa du regard, ne put s'empêcher de contempler le visage d'ange et les jolis yeux de biche effarouchée.

– Alors ?

– Madame, son altesse le roi éprouve toujours une grande rancune envers monseigneur Louis d'Orléans seulement, depuis peu, il est assailli de remords. Pour la première fois, hier, il a évoqué son désir de le libérer.

– Voilà qui est intéressant. Est-ce tout ?

– Non, Madame, il m'a aussi fait part de son envie de m'élever au rang de favorite.

– Fort bien. Continuez à ne point le contrarier ni le décevoir. Vous voulez toujours châtier votre offenseur, je suppose ?

Clarisse s'agenouilla devant la duchesse de Bourbon, la supplia de l'aider.

– Madame, sanglota-t-elle, je n'avais pas quinze ans quand monseigneur Louis d'Orléans m'a déshonorée. Je l'aimais. Je croyais en ses serments. Mais il s'est servi de moi, m'a traînée dans la honte et la boue. Il a fait de moi une vulgaire ribaude. Je ne puis oublier cette infâme humiliation.

La jeune servante se remémora son calvaire, depuis ce jour maudit où le si séduisant prince lui avait adressé un regard langoureux. Elle était alors tombée dans un piège infernal. Usant d'elle comme d'un objet de plaisir, il en avait profité à sa convenance, l'avait ensuite offerte à ses amis, dont Charles VIII. Elle n'avait eu alors qu'une idée en tête : plaire au roi, obtenir sa protection et sa préférence de manière à pouvoir un jour rabaisser l'homme ignoble qui l'avait avilie.

– Faites votre travail et vous serez récompensée, dit durement Anne de France qui, informée de toutes les intrigues de la cour, tirait largement avantage de la situation.

Elle avait en effet juré d'anoblir la domestique et de la doter richement en échange de précieuses confidences.

– N'oubliez pas, chère enfant, tança-t-elle pour conclure, que votre avenir dépend de la qualité des révélations que vous me rapporterez.

Elle continua, sur un ton plus glacial encore :

– Il dépend aussi de la fidélité que vous m'accorderez. Je regretterais de voir votre joli corps transformé en torche vivante sur la place publique tel celui d'une sorcière. Comprenez-vous ?

– Oui, Madame.

– Relevez-vous et reprenez votre besogne.

Clarisse essuya ses larmes, acquiesça avec une soumission mêlée de terreur et d'espoir.

Jugeant l'entretien terminé, insensible au chagrin de la malheureuse, Anne de Beaujeu s'en retourna vers ses appartements, songeant que cette petite écervelée, une fois sortie de sa condition, constituerait un excellent parti pour le sire d'Albret.

7. LE SOMME DE SOUCI

Alertée par Clarisse, Madame de Segré accourut au chevet de la petite reine. La fillette dormait d'un sommeil agité. Elle semblait délirer, prononçait des paroles incompréhensibles entrecoupées de pleurs et gémissements. Avant de prévenir le médecin, la gouvernante toucha les joues rouges, passa tendrement la main dans les cheveux mouillés de sueur, dégagea les mèches collées sur le front lisse. Puis, avec une vive anxiété, elle palpa les aisselles brûlantes. Ses doigts tremblants recherchèrent la présence de grosseurs anormales. Grâce à Dieu, ils n'effleurèrent qu'une chair tendre et apparemment saine. Madame de Segré se sentit presque rassurée. La peste, maladie dont on n'osait prononcer le nom tant il terrifiait, hantait toujours les esprits. On vivait dans la hantise d'une nouvelle épidémie.

Marguerite se réveilla, tenta d'identifier la silhouette qui se mouvait autour d'elle.

– Qu'arrive-t-il ? Et pourquoi les chandelles sont-elles allumées ?

– Vous me sembliez en grande inquiétude, Princesse, dit la gouvernante en remettant la courtepointe en ordre.

– Où suis-je ?

– À Amboise.

– Et mon époux le roi Charles, est-il encore ici ?

– Non, Princesse, il vous a quittée hier matin.

Marguerite sortit peu à peu de son malaise. Les brumes de sa nuit commencèrent à se dissiper, laissant émerger des souvenirs plus précis, la ramenant dans l'instant présent. Madame de Segré supposa son désarroi. Avec une infinie douceur, elle l'invita à parler :

– Quel est donc le vilain tourment qui rend si tristes vos jolis yeux ?

– Un mauvais rêve.

– Contez-moi vos peines, ma Princesse, cela soulagera votre cœur.

La petite reine hésita mais les sentiments qu'elle portait si profondément en elle l'étouffaient. Elle livra sans retenue les images absurdes et incohérentes :

– Je me trouvais dans un immense parc. C'était l'automne, le vent soufflait, emportant toutes les feuilles. En dépit de la mauvaise saison, il y avait, au milieu du pré, une marguerite. On m'en avait baillé la garde…

La gouvernante replaça les coussins moelleux, s'assit sur le rebord du lit, demeura attentive au récit.

– Comme je m'appliquais à la surveillance, poursuivit Marguerite, arriva un âne qui me donna mille traverses car il convoitait la fleur… Je luttai de toutes mes forces…

La petite reine se tut un instant. L'émotion l'étranglait.

– J'eus alors l'idée d'implorer mon très honoré père pour qu'il me vînt en aide, reprit-elle, je l'appelai mais il était fort occupé et ne m'entendit pas.

Elle se tourna brusquement, enfouit son visage au creux de l'oreiller, éclata en sanglots.

– J'eus beau résister, la bête finit par brouter ma fleur, acheva-t-elle d'une voix étouffée.

Elle rassembla son courage, essuya ses larmes, s'évertua à dominer son angoisse.

– Je ne puis chasser cette vision de mon esprit. Ni ce qu'elle représente.

– Je ne décèle dans ce pénible cauchemar que le reflet de vos craintes inavouées, rasséréna la gouvernante.

La fillette ne semblait pas convaincue.

– J'ai si peur ! Ce songe serait-il prémonitoire ? Annoncerait-il ma prochaine disgrâce ?

– Il dénonce simplement votre mélancolie.

– L'âne détruisant la marguerite, Anne de Bretagne détrônant Marguerite d'Autriche, compara l'épouse de Charles VIII avec lucidité.

Madame de Segré se voulut rassurante. Elle répondit sur le ton de la plaisanterie :

– Cet âne mérite des coups de bâton ! Je suis persuadée que lors d'un prochain rêve vous parviendrez à le bouter hors de ce maudit jardin !

Les traits de Marguerite se détendirent ; un sourire discret flotta sur ses lèvres. Puis elle reprit son sérieux.

– Le roi est en route pour la Bretagne, se troubla-t-elle à nouveau, mue par un indéfinissable dépit.

– Ne pensez pas à la duchesse Anne, votre belle-mère, mais plutôt à la ville de Nantes qui a capitulé et qui se prépare à accueillir le roi de France.

Marguerite approuva, mais un étrange sentiment perturba ses espérances, révélant l'intérêt qu'elle portait déjà aux affaires politiques.

– Mon père Maximilien volera-t-il au secours de sa femme ? Deviendra-t-il, par cela, ennemi du royaume ?

– Dieu seul le sait, Princesse.

– À propos de mon père...

Une question lui brûlait les lèvres. Jamais encore elle n'avait pris la hardiesse de la poser. Cependant l'intimité de la chambre où régnaient une lueur tamisée, un silence ouaté, incitait à s'épancher.

– De quelle façon s'est-il uni avec Anne de Bretagne ?

Une grimace enfantine déforma les lignes de son visage. Gênée par la pertinence de ses propos, elle n'attendit pas la réponse, acheva dans un souffle :

– Je veux dire : comment se passe la cérémonie des épousailles par procuration ?

Madame de Segré saisit immédiatement le sens de l'interrogation. Depuis longtemps elle désirait aborder ce sujet délicat. Elle s'exprima sans ambages :

– Lorsque le mariage ne peut avoir lieu dans l'immédiat, le fiancé envoie un ambassadeur. Celui-ci est chargé de le représenter auprès de sa promise.

L'esprit de la petite reine s'emballa. Elle se remémora les paroles de Philippe de Bresse, débordantes de sous-entendus. Combien de fois les avaient-elles ressassées, sans jamais parvenir à en extraire la moindre signification !

– Tous les pouvoirs lui sont-ils conférés ?

– Symboliquement, Princesse. En aucun cas le mandataire ne s'octroie la liberté d'agir à la place de l'époux.

– Symboliquement, répéta Marguerite pour appuyer l'argumentation qui la réconfortait comme par enchantement.

– Au soir de la signature du contrat, après le banquet et les danses, les invités se pressent dans la chambre de l'épousée. Celle-ci, encore tout habillée, se glisse sous les draps. Entre alors l'émissaire du mari.

Marguerite s'enfonça sous la couverture ouvrée d'or, ainsi qu'elle le faisait jadis quand sa nourrice lui narrait en flamand les légendes de son pays, fabuleuses mais effrayantes.

– Conformément aux règles de chevalerie, il ôte sa botte droite, relève son bas-de-chausses jusqu'au genou et s'étend, la jambe dénudée, à côté de la damoiselle. Enfin il sort du lit, demande un baiser pour salaire, et jure de demeurer un loyal et fidèle serviteur.

– Quel curieux protocole ! s'étonna la petite reine.

– Ce sont de bien vieilles coutumes princières.

– D'où proviennent-elles ?

– Les seigneurs affirmaient, autrefois, que le premier contact charnel portait malheur. Afin d'éviter aux jeunes couples l'infortune, ils s'accordaient ainsi un privilège ignoble : celui de posséder la femme de leurs serfs la nuit des noces. L'usage heureusement s'est perdu ou plutôt, il s'est modifié, car la superstition est restée. Aujourd'hui il n'y a dans ce rite rien de malveillant puisque seuls les époux légitimes, après la bénédiction nuptiale, sont en droit de partager la même couche et de s'aimer.

Marguerite comprit subitement à quel point le comte de Bresse avait profité de sa naïveté. Elle évoqua le festin à Moulins, relata l'odieuse conversation, se plaignit de son sort.

– Le père de Philibert m'a couverte de ridicule, reconnut-elle froissée.

La gouvernante répliqua par quelques recommandations :

– Une reine, si jeune soit-elle, doit apprendre à se défendre. Hélas, Princesse, vous essuierez d'autres avanies. Ne vous laissez jamais impressionner et tâchez de ne jamais perdre contenance. Cela vous donnera l'avantage sur ceux qui souhaitent vous intimider ou vous bafouer.

Marguerite écouta les sages conseils. Puis elle s'en retourna vers d'insondables incertitudes.

– Vous devriez vous reposer, poursuivit Madame de Segré.

– Le roi me manque…

– Imaginez la lumière du printemps qui, demain, égaiera toute votre journée. Ainsi, dès votre réveil, vous pourrez chanter les beaux vers de Charles d'Orléans. Vous vous souvenez, Princesse ? Ceux que vous avez appris récemment et m'avez si bellement récités.

La fillette ferma les yeux, chuchota une partie de la magnifique ballade :

– Le beau soleil, le jour Saint-Valentin,
Qui apportait sa chandelle allumée
N'a pas longtemps entra un bien matin
Privéement en ma chambre fermée…

Elle ressentait tant d'émotion, s'identifiait tant à l'écrivain solitaire que sa gorge se noua. Elle continua en dévoilant une extraordinaire sensibilité.

– Cette clarté qu'il avait apportée
Si m'éveilla du somme de souci
Où j'avoye toute la nuit dormi
Sur le dur lit d'ennuyeuse pensée…

Elle releva les paupières, agrippa la main maternelle qui se tendait vers elle.

– J'appréhende de retomber dans le somme de souci.

Un moment s'écoula, lourd et oppressant.

– Pouvez-vous m'apporter le portrait de mon mari le roi ?

La gouvernante alla décrocher le tableau. La petite reine le saisit délicatement, le posa avec amour sur sa poitrine.

– Je souhaite parfois ne plus dormir seule, murmura-t-elle.

Elle se blottit contre la représentation du monarque, respira sereinement.

– Je crois que je vais pouvoir me rendormir, admit-elle en bâillant de fatigue.

Madame de Segré regarda Marguerite serrer le souverain dans ses bras. Devant cette scène si émouvante, si candide, son cœur se serra douloureusement.

8. CLARISSE DE MONTRICHARD

Clarisse enferma le peu d'affaires qu'elle possédait dans le coffre en bois sculpté offert par la petite reine en gage de ses bons offices. Elle procéda ensuite avec grande minutie au nettoiement de l'antichambre où, dès ce soir, logerait une autre domestique. Quand elle eut terminé sa besogne, Clarisse s'assit sur la malle et considéra la pièce exiguë avec un contentement où poignait un soupçon d'orgueil. Par ordre de Charles VIII, elle quittait la Maison de Marguerite pour entrer au service du souverain. Demain, l'insignifiante soubrette deviendrait la favorite du roi de France.

La joie qui inondait son cœur étouffait ses derniers sursauts de sagesse. Pas un scrupule n'effleurait sa conscience. Les adieux faussement déchirants à sa maîtresse, l'indifférence aux remontrances et à l'indignation de Madame de Segré, lui en avaient fourni la preuve.

Guidée par son insatiable désir de vengeance, éblouie par la perspective d'un destin fabuleux, la jeune servante avait banni tout sentiment de culpabilité. Mille rêves insensés, milles espérances immodérées envahissaient désormais son esprit jusqu'alors accoutumé à se confiner dans une avilissante et ingrate servilité. Le temps de la soumission et de l'obéissance était révolu.

Clarisse s'amusa à supposer les raisons que la gouvernante avait dû inventer de manière à justifier, auprès de la princesse, ce départ imprévu. Avait-elle évoqué un mal contagieux, la perte d'un être cher, un banal excès de paresse ou une simple négligence ? Peu lui importait. Elle s'estimait à présent tellement supérieure à cette femme toujours sombrement vêtue et dont les allures froides, distantes, rigides, témoignaient d'une incomparable vertu.

Fière de son pouvoir de séduction, Clarisse pénétra dans la chambre de Marguerite. Par la fenêtre ouverte entrait l'air enivrant et chargé de fragrances du joli mois de mai. Bravant les interdits, elle s'installa devant la table de toilette munie d'un large miroir aux bords brillantés, jeta sur la surface réfléchissante son sourire incendiaire, celui qu'elle utilisait pour conquérir la confiance du roi, celui qu'elle employait pour feindre la passion et masquer la répulsion. Tout en continuant de se contempler, elle ôta d'un geste lascif son bonnet de lin. De longues mèches rousses s'éparpillèrent sur ses reins comme une gerbe flamboyante. Clarisse saisit le peigne de la reine, se coiffa avec lenteur. Curieusement, elle n'éprouvait, vis-à-vis de la princesse, aucun remords. À quoi bon se tourmenter ? Charles, mari volage, infidèle, tromperait éternellement son épouse. Il assouvirait toujours ses vils penchants dans les bras de vulgaires ribaudes ou de nobles courtisanes. Alors, que ce fût elle ou une autre…

La servante se demanda si elle parviendrait à dominer longtemps encore sa répugnance. Il lui arrivait parfois, aux moments les plus intimes, les plus insupportables, de souhaiter la mort de son odieux partenaire tant il la rebutait. Afin de se donner du courage, elle se figurait alors le détestable Louis d'Orléans. Un jour elle se rendrait à la Tour de Bourges, solliciterait une entrevue. Le geôlier annoncerait au captif la visite inopinée d'une gente dame. Et le duc prisonnier se prosternerait aux pieds de Mademoiselle Clarisse, implorant ses largesses, l'adjurant d'intervenir en sa faveur auprès du roi de manière à obtenir sa libération. Mais elle n'en ferait rien. Elle se bornerait à lui rappeler les promesses d'amour auxquelles il avait failli.

Les cloches de l'église d'Amboise sonnèrent à toute volée, marquant la dixième heure du matin. Clarisse sursauta, s'arracha de ses songes merveilleux. Elle arrangea ses cheveux, se couvrit le chef et sortit en hâte.

Le chapelain l'attendait pour une ultime confession.

***

Clarisse se faufila derrière le rideau léger, s'agenouilla sur la petite marche cirée. Aussitôt s'ouvrit l'ajour destiné à laisser passer les paroles du repentir.

– Pardonnez-moi, mon père, parce que j'ai péché.

À travers la grille de bois, l'homme en soutane adressa à la pénitente un regard complice et néanmoins concupiscent.

– Parlez, ma fille, chuchota-t-il, je vous écoute dans la plus absolue discrétion.

Il avait utilisé le langage convenu, garantissant que le moment s'avérait opportun et signifiant qu'il se tenait prêt à recueillir les précieuses confidences. Clarisse joignit les mains, simula une pieuse attitude, s'exprima à mots couverts :

– Je quitte Amboise pour le Plessis, selon la volonté de mon amant.

– Bien.

– Il a reçu récemment plusieurs lettres émouvantes. Il en souffre. Je crains qu'il ne cède aux supplications, par excès de bonté.

L'espion d'Anne de France tendait une oreille attentive aux précieuses révélations. Son esprit tortueux traduisait avec aisance les termes voilés, aussi saisissait-il parfaitement les allusions : l'épouse délaissée du duc d'Orléans harcelait son frère Charles de missives touchantes. Le roi finirait par céder à ses instances.

– Avez-vous d'autres informations à me communiquer ?

– Non, mon père.

Elle se souvint des menaces de Madame de Beaujeu, s'inquiéta soudain :

– À qui devrai-je rendre compte par la suite ?

Le ton devint âpre, sévère.

– À personne d'autre que moi.

Clarisse approuva. L'ecclésiastique devina son angoisse, se radoucit.

– Le roi fait construire pour les minimes de François de Paule une nouvelle église et un nouveau couvent au Plessis, expliqua-t-il. J'irai de temps en temps visiter les frères, ainsi que l'ermite, afin de m'assurer du bon déroulement des travaux. Il me sera alors aisé de vous rencontrer.

La servante parut soulagée. Il avait prévu cette réaction, se félicita intérieurement de l'ascendant qu'il possédait sur la prostituée du souverain.

– Je crois qu'il serait plus prudent de nous séparer, dit-il d'une voix condescendante. La reine Marguerite ne tardera pas à venir prier en ce lieu saint. Je déplorerais qu'elle vous trouve ici, à une heure qui n'est point celle de la contrition.

Il marmonna quelques prières, conclut rapidement l'entretien.

– Allez en paix, mon enfant.

Clarisse se signa tandis que dans un grincement lugubre se refermait le volet de bois.

– Son audace et ses illusions la conduiront sur le bûcher, songea-t-il sans la moindre compassion.

***

Des pas retentirent dans le couloir. Louis se redressa, quitta la paillasse moisie sur laquelle il s'était assoupi, tendit l'oreille, distingua des éclats de voix. Son cœur s'emballa. D'ordinaire, le geôlier approchait seul de la lourde herse bardée de fer, ouvrait le fenestron, attendait que le prisonnier, dans un geste dégradant de mendicité, vînt quérir sa maigre pitance.

Louis ressentit les frémissements de la mort parcourir son corps meurtri par l'inactivité et l'insalubrité. Un horrible pressentiment l'oppressa. Peut-être venait-on procéder à son exécution ? Peut-être vivait-il, entre les quatre murs poisseux et imprégnés d'eau croupie de cet horrible cachot, les derniers instants de son existence ?

Il se hissa sur la cage de fer que l'on avait récemment réinstallée, colla son visage émacié contre le mince interstice filtrant une faible clarté. Une vive douleur l'étreignit, des larmes amères embrumèrent son regard. Il eut une folle envie de revoir les belles prairies que l'été avait dû émailler de fleurs, de respirer de nouveau l'air subtilement parfumé de sa chère campagne.

Pourquoi l'avait-on subitement transféré à l'étage des condamnés ? Pourquoi avait-on resserré la surveillance au point de lui interdire toute visite, excepté celle de sa détestable mais inoffensive épouse ? Pourquoi le privait-on de la distrayante compagnie des filles de mauvaise vertu ? Jeanne n'était pas d'humeur jalouse, elle s'évertuait à adoucir ses maux. En aucun cas elle ne pouvait être à l'origine de son ignoble claustration… Alors, qui avait commandé ce brusque changement, cette séquestration indigne d'un prince de son rang ? Louis se surprit à regretter son ancienne cellule. Derrière les barreaux, il lui était permis de contempler un coin de ciel, d'entendre chanter les oiseaux.

Une clé s'enfonça dans la serrure. Louis descendit de son perchoir. De grosses gouttes de sueur ruisselèrent sur son front. La porte s'ouvrit. Des torches éclairèrent le seuil.

L'homme richement habillé ordonna aux soldats qui l'accompagnaient de demeurer en retrait et d'assurer la surveillance du corridor. Il saisit un flambeau, avança vers le captif, s'inclina respectueusement.

– Je viens vous délivrer, Monseigneur.

Louis secoua la tête, incrédule, recula de quelques pas. La déception qui suivait toujours les vaines espérances lui avait appris à se méfier des rutilantes illusions.

– Si c'est une plaisanterie, elle est de fort mauvais goût, parvint-il à articuler.

L'ancien gouverneur du Berry tendit une lettre.

– Voici le pli du souverain attestant de ma mission.

Le duc d'Orléans déroula prestement la missive, parcourut les lignes avec une hâte fébrile. Il reconnut l'écriture et la signature de Charles VIII.

– Je ne comprends pas… Je pensais que le roi…

– Ne pensez pas, je vous en conjure. Le temps presse. Partons avant que vos ennemis n'aient vent de votre évasion. Vous ne serez en sécurité qu'auprès de votre cousin.

Il observa Louis. Ses yeux s'étant accommodés de l'obscurité, il remarqua l'épuisement de son protégé.

– Son Altesse vous attend à quelques lieues d'ici. Vous sentez-vous capable de chevaucher ?

Louis agrippa la manche de soie brochée de fils d'argent.

– Plus que jamais, répliqua-t-il, enflammé par la rage de recouvrer la liberté.

***

Assis sur le petit pont enjambant un clair ruisseau, Charles guettait le retour de Louis. Une indicible allégresse animait son âme assoiffée de générosité et d'indépendance. Il débordait d'alacrité, délirait d'enthousiasme. Il ressemblait à un enfant ayant réussi, sans permission aucune, son premier exploit. Et il se remémorait avec délice son incroyable cavalcade.

Il était parti du Plessis à l'aurore, entouré d'une escorte réduite. Prétextant une partie de chasse, il était parvenu à atteindre le château de Montrichard sans éveiller les soupçons. Là, il avait organisé l'évasion du duc d'Orléans.

Par cet acte valeureux qu'hier encore il n'aurait osé accomplir, il s'arrachait irrémédiablement de la pesante tutelle de sa sœur. En agissant seul, il remportait sur elle la plus éclatante des victoires. Il avait certes bénéficié d'un moment favorable : considérablement affaiblie par la naissance de sa file Suzanne, alitée depuis plus d'un mois, tremblant pour la santé de son héritière chétive et légèrement contrefaite, Madame de Bourbon, ainsi que son mari Pierre de Beaujeu, s'avérerait incapable de riposter. Elle serait mise devant le fait accompli.

Le roi imagina la colère d'Anne de France lorsqu'elle apprendrait l'extraordinaire événement. Elle abandonnerait le pouvoir et, pour ne point perdre la face, se réconcilierait officiellement avec son pire adversaire ! Un gloussement moqueur s'échappa de sa gorge. Il essaya de l'endiguer mais les cris s'amplifièrent démesurément, se transformèrent en un incontrôlable rire niais qui finit par tordre tout son être en d'irrépressibles convulsions.

Le tumulte d'un galop ramena miraculeusement le roi à la raison. Le prisonnier arrivait et sa présence confirmait le succès de sa folle entreprise.

Le duc d'Orléans mit pied à terre, s'agenouilla, prononça un émouvant serment d'allégeance :

– Je vous jure un dévouement absolu et une entière fidélité.

– Relevez-vous, cher cousin, et oublions le passé.

Louis se soumit, saisit la main chaleureuse que Charles lui tendait, profita de l'inestimable chance qui s'offrait à lui. Le bel après-midi de juin invitait à la promenade, aux déduits, inoculait l'ivresse du bonheur. Les deux beaux-frères grimpèrent sur leurs montures, se dirigèrent vers la forteresse de Montrichard où avaient été célébrées autrefois les noces de Jeanne de France et du duc d'Orléans. Ils chevauchèrent côte à côte, évoquant d'heureux souvenirs. Une simple et sincère amitié les unissait de nouveau.

Charles, tout à coup, retrouva son sérieux :

– J'ai la ferme intention de vous restituer tous les biens qui vous ont été confisqués, déclara-t-il avec gravité.

– Je ne sais comment vous en remercier…

– Ne me remerciez pas. Votre réhabilitation condamnera ma sœur à reconnaître mon autorité. C'est le meilleur présent que vous puissiez m'apporter.

Louis acquiesça.

– Mais pour l'heure, poursuivit Charles, fêtons nos retrouvailles, jouissons pleinement de la vie !

Une étincelle alluma son regard.

– Que diriez-vous, mon cher beau-frère et cousin, de partager avec moi les mêmes repas, le même équipage, et… la même ribaude ! Comme naguère !

Louis arbora une expression radieuse. Puis il se rembrunit.

– Comme jadis, modifia-t-il.

Car les trois années qu'il avait passées en prison lui semblaient une éternité.

***

Le pavillon n'avait pas été habité depuis longtemps. Aussi, pour supprimer l'inconfortable humidité suintant sur les vieux murs, un feu avait été allumé dans la cheminée. Une vapeur tiède emplissait la pièce aux volets clos, une lumière tamisée conviait à une voluptueuse paresse.

Le roi avait donné de mystérieuses directives auxquelles Clarisse s'était pliée sans protester. Après avoir vécu quelques semaines au Plessis-lès-Tours elle avait rejoint, cette nuit et dans le plus grand secret, la construction isolée au fond de l'immense parc du château de Montrichard. Des archers l'avaient accompagnée, lui avaient prescrit de ne point sortir.

L'ancienne domestique n'avait pas l'intention de désobéir. Elle patientait au cœur de sa cage dorée. Le jeu valait bien qu'elle se sacrifiât. Le souverain léguait à sa favorite la magnifique demeure. Désormais, elle s'appelait Clarisse de Montrichard.

La maîtresse attitrée de Charles VIII s'allongea sur le lit douillet, songea à tous les outrages qu'elle avait endurés, aux avantages qu'elle obtiendrait, au gentilhomme qu'un jour elle épouserait et qu'elle aimerait d'amour pur. Un vertige exquis la submergea. Elle se laissa bercer, étourdir, s'abandonna à ce délicieux malaise.

Une agitation inhabituelle troubla le silence enchanteur. Clarisse de Montrichard se dégagea de ses chimères, se redressa sur un coude, prit une pose alanguie. Quoi qu'il pût lui en coûter, elle devait plaire à son royal amant, montrer sa reconnaissance, de peur de perdre ce privilège inespéré. Il lui incombait de se surpasser.

Avant qu'elle n'ait eu le temps d'élaborer ses sortilèges, la porte s'ouvrit à deux battants.

Clarisse vit entrer Charles VIII et Louis d'Orléans.

***

Désemparée, couverte de honte, accablée de chagrin, Clarisse courait à perdre haleine. Dans ses oreilles vibrait l'écho des vulgarités, dans sa chair macéraient les souillures de l'humiliation.

La peau de son visage, tuméfiée, brûlée, lui causait d'horribles souffrances. Ne supportant plus sa beauté qui l'avait à jamais ruinée, elle s'était volontairement défigurée. Quand Charles et Louis avaient relâché leur emprise, elle s'était précipitée sur le tisonnier. Ils n'avaient même pas retenu son geste. « Une sorcière ! s'étaient-ils écriés, qu'elle aille au diable ! » Elle n'était plus qu'un jouet cassé, un misérable objet qui ne les amusait plus.

Depuis, Clarisse fuyait sur le chemin de l'enfer, de l'irréparable. Il la mènerait au tombeau. Plus tôt elle cesserait de vivre, plus tôt elle serait délivrée.

Essoufflée, anéantie par la détresse, la servante s'effondra. Elle resta longtemps étendue sur le sol empierré du sentier. Ses jambes tremblaient. Ses paupières gonflées l'empêchaient de distinguer les formes et les couleurs. Le supplice l'aveuglait. Elle sombra dans l'inconscience.

Des hennissements, le froissement d'une robe, parvinrent cependant à l'extraire de sa torpeur. Une femme venait.

– Seigneur Tout-Puissant, s'exclama-t-elle en entourant la servante d'une étrange bienveillance.

– Allez-vous-en, supplia Clarisse. J'ai choisi de mourir.

– Je vais m'occuper de vous.

Il y avait tant de bonté dans la voix qu'elle n'opposa pas de résistance. Elle se mit à pleurer doucement.

Le capitaine qui servait la dame s'approcha à son tour, s'inquiéta de ce qu'il avait à faire.

– Elle a besoin de soins et d'amour. Rentrons.

Délicatement, l'homme prit Clarisse dans ses bras, la porta jusqu'à la litière, l'installa confortablement.

– Nous n'allons plus à la prison de Bourges ? insista-t-il.

– Non, dit Jeanne de France, je visiterai mon époux une autre fois.

9. LA RÉPUDIATION

– Ma venue ne semble point vous réjouir, constata Louis d'Orléans.

Anne de Bretagne se tourna vers la fenêtre, considéra avec nostalgie le morne jour qui s'étirait. Il ne cessait de bruiner. L'humide grisaille automnale obstruait l'horizon de sa chape funeste. Inlassablement le ciel atone déversait d'imperceptibles pleurs.

– J'espérais mon époux, et je vois arriver un traître, répliqua-t-elle froidement.

Louis s'approcha de la duchesse, posa la main sur son épaule, l'attira vers lui. D'un geste sec, elle se dégagea. Il insista pourtant, saisit le bras frêle avec une délicatesse qui rappela à la jeune fille les souvenirs d'une tendre amitié. Elle tressaillit. Le duc en éprouva une douce plaisance*. Ce simple frissonnement témoignait de l'attrait qu'il exerçait encore sur sa cousine. En dépit de son apparente rancune, elle continuait de l'estimer, de lui vouer un certain attachement. Il persévéra dans sa périlleuse démarche.

– Ne vous ai-je pas aidée par le passé ? Ne l'ai-je pas chèrement payé ? se disculpa-t-il d'une voix onctueuse. Comment aurais-je pu deviner que le vent ainsi virerait ? Durant ma captivité, le cours des choses a changé, ma mie. Les événements ont pris une toute autre tournure…

– Peu m'importe le passé, coupa-t-elle. Vous voilà rallié à la cause française. N'éprouvez-vous donc aucune honte à m'avoir abandonnée ?

Il détourna la question à son avantage :

– Détrompez-vous, Anne. Je demeure votre fidèle serviteur. D'ailleurs, ce jour d'hui, je me présente à vous en tant que médiateur. Je vous amène une solution de paix.

– Comment vous croirais-je ? Depuis la mort de mon père, je vis entourée de félons. Tous ceux en qui j'avais confiance m'ont abusée : mes capitaines, mon chambellan, mes conseillers, mes anciens prétendants, et même ma gouvernante ! Peut-être ignorez-vous qu'elle était l'espionne d'Anne de France et rapportait tous mes faits et gestes à la sœur de votre roi ?

Louis s'abstint de répondre. Il ne connaissait que trop bien la déloyauté de la dame. Lorsqu'il était officieusement promis à la duchesse Anne, il l'avait soudoyée de manière à pouvoir épier son accordée. Caché derrière un rideau, il avait observé l'enfant au moment du coucher. Des médisants affirmaient qu'elle était contrefaite et la difformité de Jeanne, dont il comptait bien divorcer, l'obsédait. Il avait ainsi vérifié que, mis à part une légère claudication, le corps ne présentait aucun défaut majeur.

– Quelle solution de paix me proposez-vous donc ? reprit Anne d'un ton railleur. Je vous avertis, Rennes ne se rendra pas !

Elle pointa le doigt en direction des murailles. Louis remarqua qu'elle portait toujours l'anneau d'or qu'il lui avait offert.

– Le roi de France a conquis toute la Bretagne sauf cette ville qu'il assiège. Au-delà des remparts se déploie son armée. Mais tant que je vivrai, Rennes résistera et ses portes ne s'ouvriront pas. Jamais je ne capitulerai !

– Il ne s'agit pas de capituler, dit posément Louis, il s'agit d'épouser Charles VIII.

L'adolescente blêmit, observa un lourd silence. Puis elle se retourna brusquement, fit face à son interlocuteur, lui lança un regard féroce, l'assaillit de propos véhéments. Impassiblement, le duc d'Orléans laissa éclater l'orage. Mais comme Anne ne décolérait pas, il emprisonna avec force ses poignets, l'empêcha de se débattre, l'obligea à contenir sa violence. Quand il sentit qu'elle se calmait, il lâcha prise, la serra affectueusement. Cette fois, elle accepta son étreinte. Il la berça alors de paroles réconfortantes.

– Vous vous êtes toujours comportée de façon admirable devant les épreuves. J'admire votre courage, ma mie. Je sais que vos proches ont déjà évoqué cet hyménée, et que vous avez vaillamment refusé. Cependant l'heure est grave. Je vous supplie de m'écouter.

Elle leva vers lui ses yeux limpides où brillait encore un fond de suspicion. Mais elle semblait vouloir prêter une oreille attentive à ses propos. Aussi poursuivit-il :

– Votre choix est limité, gente damoiselle : prisonnière ou femme du roi.

Elle secoua la tête, considéra le portrait de Maximilien d'Autriche, se ravisa avec fermeté et détermination :

– Je suis déjà mariée, et Charles VIII aussi, rétorqua-t-elle effrontément en recouvrant la fierté et l'énergie qui la caractérisaient. Et je préfère un beau prince cultivé à un monarque illettré et repoussant !

L'inflexion cinglante ne désarçonna pas Louis. Charles l'avait choisi pour détourner Anne de ses projets, il mènerait à bien sa mission. Il chercha des arguments plus convaincants.

– Écoutez-moi, répéta-t-il. Votre union avec le roi des Romains n'a aucune valeur. Elle a été contractée de manière illicite, sans l'autorisation de votre tuteur, en l'occurrence le souverain. Et, que je sache, elle n'a point été consommée.

Anne essaya de dissimuler sa gêne mais ne put empêcher ses joues de s'empourprer.

– La lâcheté de Maximilien devrait annihiler vos scrupules. Songez qu'il ne se presse pas de vous rejoindre afin de légitimer les noces, et qu'il ne vous a point envoyé les renforts militaires et financiers promis lors du mariage par procuration. Croyez-moi, le pape n'émettra aucune objection quant à l'annulation...

– Mais qu'adviendra-t-il de Marguerite ? coupa Anne.

– Louis XI avait prévu l'éventuel renvoi de Mademoiselle de Flandre. Avant ses douze ans révolus. Il ne reste que trois mois.

Elle acquiesça.

– Ainsi vous me demandez de sacrifier l'indépendance de la Bretagne...

– C'est la voie la plus raisonnable. Celle que votre peuple affamé, persécuté, réclame présentement.

– Je vais y réfléchir.

– Non, Son Altesse demande une réponse incontinent, en vue de convenir à des fiançailles secrètes.

Consciente que le bonheur de ses sujets dépendait de sa sagesse, Anne se résigna.

– Je dois partir et rendre compte au roi, annonça Louis.

Il formula ses adieux, traversa la pièce. Mais elle le rappela avant qu'il n'ait eu le temps d'en franchir le seuil.

– Louis ! Attendez !

Devinant l'importance de sa requête, il revint sur ses pas.

– Louis, j'ai si peur d'être une reine sans amour !

Il la dévisagea avec insistance, étonné de sa lucidité.

– Belle, que je tiens pour amie,
Pensez, quelque part que je sois,
Que jamais je ne vous oublie...

La mélancolique délicatesse des vers si joliment, si sincèrement déclamés, emplit l'âme de la duchesse d'une insondable langueur, exacerba sa sensibilité. Elle sourit au fils du poète.

– Mon cœur de foy vous requerra,
Quand temps et besoin en sera, lui confia-t-elle tout bas.

***

– Je ne parviens pas à achever mon dessin, Maître, se désola Marguerite.

Jean Perréal, inquiet de cette inhabituelle tristesse, s'approcha de son élève, attrapa doucement sa main, guida son mouvement. Le crayon glissa sur le papier, se déplaça et, comme par enchantement, insuffla au visage de Charles VIII une expression de vie.

– Merci, dit la petite reine en admirant le portrait de son époux.

– Le roi sera fier de vous, ajouta l'artiste. Je suis certain qu'il saura apprécier votre talent.

– Le roi, se troubla Marguerite, ne songe qu'à la Bretagne…

Elle s'apprêtait à confier ses tourments mais un garde fit irruption dans la salle, interrompant la conversation.

– Pardonnez-moi, s'excusa-t-il. Un gentilhomme demande à être reçu par Votre Altesse.

– Faites-le attendre dans mon cabinet privé.

Le soldat s'absenta un instant.

– Il insiste, il affirme détenir des informations de la plus haute importance et qui vous concernent personnellement.

Marguerite soupira. Cette visite la contrariait. Elle n'aimait guère qu'on la dérangeât pendant ses leçons de peinture. Néanmoins, elle n'eut pas le loisir de décider. Le messager bouscula la sentinelle et entra avant même d'être convié. Jean Perréal s'en alla discrètement par un passage dérobé.

Le gentilhomme avait dû effectuer un très long trajet. Ses vêtements ruisselaient encore des pluies glacées de novembre. Il ôta son chapeau de feutre en s'inclinant.

– Votre cousin et chevalier servant, René de Savoie, dit-il en prenant un siège.

Elle le reconnut à peine. Comme il avait changé en si peu de temps ! Sa taille était maintenant gigantesque, sa carrure imposante. La guerre, les combats avaient durci ses traits, gonflé ses muscles. Devant elle ne se tenait plus un jouvenceau gracile mais un garçon au charme puissant et viril. Cependant il semblait toujours posséder ce caractère anguleux, cette arrogance, cette désinvolture qu'elle exécrait.

– Ma Princesse, commença le Bâtard de Savoie, ému, ce que je vais vous avouer est fort désagréable à entendre.

Elle baissa les yeux, contint son appréhension.

– Parlez.

– Le roi, ma Dame, s'est fiancé avec Anne de Bretagne.

– Vous mentez, balbutia-t-elle, et torturez mon âme à votre bon plaisir.

René comprit qu'elle l'accusait pour se donner contenance.

– Je le sais de source sûre. Les accordailles ont eu lieu à Rennes, dans la plus grande confidence. Je me suis hâté pour devancer le chevaucheur chargé de vous remettre la lettre de rupture.

Marguerite protégea son honneur en feignant l'indifférence. Mais son cœur battait déjà douloureusement. Elle se raccrocha à un détail rassurant.

– Je ne puis être répudiée à cause de ma dot, se défendit-elle. Et mon père ne permettra jamais qu'on lui ravisse sa femme.

– Hélas il en est autrement.

Il profita de l'accablement de la princesse, entreprit de la consoler galamment :

– Ma mie, le souverain ne vous méritait pas. Il vous trompait. Je l'ai surpris, une nuit, avec une de vos servantes...

– Taisez-vous !

– Jamais il ne vous aurait rendue heureuse !

Marguerite sombra dans une profonde détresse. Le monde s'écroulait autour d'elle. Ses rêves s'envolaient. Cependant elle refuserait d'admettre les faits tant qu'elle n'en aurait pas l'absolue certitude.

– Allez-vous-en ! ordonna-t-elle.

– Pas avant d'avoir demandé votre main, ma bien-aimée.

Elle demeura pétrifiée par les avances quelque peu cavalières.

– Je vous déteste ! Disparaissez avant que j'appelle ma gouvernante.

René de Savoie se leva, assena un violent coup de poing sur la table.

– Vous avez tort de m'éconduire ! fulmina-t-il, vexé. Vous risquez de le regretter !

– Partez ! intima Marguerite.

Il tourna des talons et sortit en claquant la porte.

Lorsque Jean Perréal revint, il vit la princesse occupée à effacer son œuvre. Sa main tremblait sur la feuille mouillée de larmes.

***

Le crépuscule du matin n'avait pas encore teinté le firmament de ses pâles lueurs. Un brouillard dense et tenace occultait l'horizon, pesait sur la ville et la campagne alentour. Le jour tarderait à poindre. Cependant au sein du campement français régnait une vive agitation. On s'activait à la lumière des torches, on se bousculait. Des ordres fusaient de toute part. Les chevaux, déjà harnachés, trépignaient d'impatience. Charles VIII quittait Rennes pour regagner le Plessis.

Le siège de la capitale n'en était pas moins levé. Afin de ne point éveiller les soupçons, la situation demeurait apparemment figée. Les ambassadeurs de Maximilien ne devaient en aucun cas supposer l'imminence du mariage entre le roi et la princesse bretonne. Il fallait agir vite et de manière insidieuse. Jusqu'à présent, le plan avait fonctionné à merveille et les événements s'étaient succédé à une allure vertigineuse sans la moindre fausse note.

Cet automne de l'an de grâce mille quatre cent quatre-vingt-onze avait été le théâtre d'un prodigieux bouleversement. Il resterait longtemps ancré dans la mémoire du souverain. Après maintes hésitations, Charles avait préféré l'acquisition du duché rebelle aux possessions de la Maison de Bourgogne. Il avait compris qu'une alliance austro-bretonne eût fini par être néfaste à la France. Il avait banni la bienséance et la foi jurée au profit de la politique. Il avait anticipé la double dispense du pape.

En enfourchant sa monture, le roi s'enorgueillissait des graves résolutions prises récemment et qui bouleversaient l'avenir du royaume.

Le quatre septembre, par les accords de la Flèche, il réconciliait officiellement les Maisons d'Orléans et de Bourbon. Anne de France, son époux et Louis juraient, sur les Saints Évangiles, *de se reprendre en amour perpétuel, d'oublier les anciennes rancœurs, haines et malveillances, pour bien et loyalement servir le roi Charles*.

Dès la mi-octobre, il s'installait, avec sa sœur et ses deux beaux-frères dans un cantonnement situé à quelques toises de la cité assiégée. Commençait alors la délicate opération consistant à persuader la duchesse Anne de renoncer à l'alliance autrichienne au profit d'une union française.

Le douze novembre, après l'avoir rencontré deux fois, la princesse bretonne acceptait à contrecœur l'humiliant examen prénuptial destiné à déceler les anomalies de son corps et à prouver sa vertu. Les témoins, Louis d'Orléans et les Beaujeu, devant lesquels elle s'était présentée dévêtue, attestaient de son insignifiante infirmité et de sa chasteté incontestable, la jugeaient apte à procréer.

Le quinze novembre, le roi signait le traité de Rennes fixant les clauses du contrat de mariage et la ville était remise en gage entre les mains des ducs d'Orléans et de Bourbon. Un émissaire partait sur-le-champ porter à Marguerite la missive annonçant sa répudiation et la priant de quitter Amboise pour l'austère forteresse de Baugé. Sa place, désormais n'était plus à la cour de France.

Le dix-sept novembre il se fiançait secrètement avec Anne de Bretagne. Puis il décrétait que la cérémonie se déroulerait le six décembre à Langeais. Craignant l'enlèvement de sa promise par Maximilien, il ne communiquait qu'à ses affidés cette importante décision. La future reine de France feindrait de rejoindre l'Autrichien afin de se rendre à ses noces.

Enfin, ce matin du dix-huit novembre, il regagnait précipitamment le Plessis. Pour des raisons diplomatiques, il avait été prévu qu'il irait dire adieu à l'épouse trompée et essaierait d'expliquer les causes de cette pénible séparation.

C'était de loin la tâche la plus ingrate. Et il répugnait à l'accomplir.

***

Le roi, entouré de sa suite, arpentait les sombres couloirs du château de Baugé. Le moment fatidique approchait. Il ne pouvait s'esquiver. À quelques pas de là, derrière la porte de sa chambre, Marguerite l'attendait. Comment allait-il se présenter ? Commencerait-il par se justifier ? Réciterait-il une ballade pour émouvoir la princesse, ainsi que le lui avait soufflé Louis d'Orléans ? Son cousin était de bon conseil. Il savait parler aux femmes, les amadouer, les enjôler. N'avait-il pas réussi, par d'aimables paroles, à convaincre Anne de Bretagne ? Charles répéta à voix basse le quatrain que le séduisant duc avait choisi pour la circonstance :

– Belle, bien avez souvenance,*
Comme certainement je crois,
De la très plaisante alliance
Qu'Amour fit entre vous et moi.

Charles lança un regard furtif en direction de l'abominable obstacle qu'il devrait bientôt franchir et sentit ses jambes se dérober. Jamais il ne parviendrait à articuler ces sublimes pensées. Il renonça à la manière poétique d'exprimer le remords de sa conscience. Il valait mieux qu'il se fiât à son intuition. Le cœur battant, il se dirigea vers son supplice. Sa main moite agrippa la poignée, hésita. Les yeux chargés de larmes, et plein de regrets, il pénétra dans l'hostile pièce baignée de pénombre et de tristesse. Puis il s'agenouilla devant celle qu'il avait lâchement bafouée.

– Votre renvoi, ma Dame, se fait à mon grand déplaisir, allégua-t-il d'une voix éteinte.

Marguerite ne sourcilla pas. Son regard, rempli d'amertume et de ressentiment, demeurait rivé sur les plis de sa robe.

– Sachez que je vous aime passionnément, persévéra Charles. Et que je fus contraint de briser les convenances du mariage entre vous et moi…

– Et entre mon père et son épouse !

Le roi baissa la tête. Cette scène lamentable portait atteinte à son honneur. Il n'inspirait plus à Marguerite que dédain, rancune et mépris. Il se releva, alla chercher une escabelle, s'assit auprès d'elle.

– Vous avez préféré la Bretagne à mes riches contrées, m'avez dénuée du titre de reine. Pourtant, vu la petitesse de mon âge, je pense ne vous avoir en rien déplu.

Elle soupira, reprit sa respiration.

– On ne m'accusera pas de vous avoir offensé. Sur vous uniquement tombera le reproche de ce piteux divorce. Quant à mon père, je doute fort que vous ne le puissiez compter parmi vos alliés dorénavant.

Sa voix se brisa soudain. Elle ne pu retenir le chagrin, laissa éclater sa déception, pleura sans retenue. Pour la première fois de sa vie, elle ressentait les ravages et les meurtrissures de la jalousie. Une autre la supplantait.

– Ma très desconfortée* Princesse, murmura le roi, touché par cette désespérance dont il était coupable.

Mais tandis qu'il s'apitoyait, un sursaut d'orgueil ranima Marguerite, réveilla sa dignité. Elle se souvint des conseils que Madame de Segré lui avait si gentiment prodigués. *La petite-fille de Charles le Téméraire ne devait point ennuyer. Elle était fille d'un grand roi, sœur d'un grand prince, ne pouvait donc faillir d'être une grande princesse. Et puisqu'elle n'avait pu avoir le roi de France, elle en aurait un autre.*

– Vous avez renié votre serment, avez affligé à mon pays un double affront. Dépit et honte vous pourchasseront. Croyez-moi, vous déplorerez d'avoir fait de l'Autriche votre ennemie.

Charles esquissa une moue de dépit. Il ne savait que dire, désirait prendre congé. Cette éprouvante entrevue avait assez duré. Il marmonna d'ultimes et piètres excuses, se retira misérablement. Dehors, gémissant de compassion, les gentilshommes et les nobles dames de parage patientaient. Tous usaient de simagrées et se morfondaient pour plaire à leur souverain.

Se retrouvant seule, Marguerite s'enferma à double tour. Elle se jeta sur son lit, enfouit sous les coussins de brocard son immense détresse. Puis elle réclama sa défunte mère, sollicita son amour et son aide par-delà le silence éternel de la mort. Longtemps, ses plaintes résonnèrent dans les sinistres dédales de sa prison.

Personne, ce soir-là, ne fut en mesure d'atténuer sa douleur.

10. À CE JOUR DE SAINT-VALENTIN

Louis d'Orléans laissa son cheval aller l'amble et profita de la bonne heure. La matinée était radieuse. Dans le froid sec et piquant, le soleil rayonnait d'un vif éclat. L'azur, d'une incomparable pureté, ressemblait aux ciels des peintres flamands. La lumière modelait le paysage, le givre rutilait, déployait sur la campagne encore assoupie un voile parsemé de diamants. Bien que défeuillés, les arbres semblaient déborder de vie. Une vie magique, merveilleuse, féerique. Chaque branche, figée dans une étincelante beauté, scintillait mystérieusement. Comme l'hiver avait mignonnement paré Dame Nature à ce jour de Saint-Valentin ! Était-ce pour fêter dignement les oiseaux qui, en cette date précise de l'année, s'appariaient ? Était-ce pour honorer l'amoureux événement célébré par le calendrier courtois ? Nul ne le savait, et peu en importait. À la mi-février, la passion enflammait les esprits, les sentiments l'emportaient sur la raison... C'était le moment de déclarer ses doux penchants et chacun en faisait grand cas.

Louis chercha la chanson la mieux adaptée aux circonstances et se plut à l'évoquer :

– Que me conseillez-vous, mon cœur ?
Irai-je par-devers la belle
Lui dire la peine mortelle
Que souffrez pour elle en douleur ?

Pour votre bien et son honneur
C'est droit que votre conseil cèle.
Que me direz-vous mon cœur,
Irai-je par devant la belle ?

Si pleine la sais de douceur
Que trouverai merci en elle.
Tôt en aurez bonne nouvelle.
J'y vais, n'est-ce pour le meilleur ?
Que me conseillez-vous, mon cœur ?

Ainsi, tout en se dirigeant vers le château de Melun, le duc d'Orléans goûtait au bonheur et se délectait de l'enivrant lyrisme du prince-poète. Un certain regret l'effleurait pourtant. Pourquoi son père ne lui avait-il donc pas transmis son talent ? Il lui eût été si agréable de composer, de sentir, sous sa plume, frémir le souffle de l'inspiration. Hélas Charles d'Orléans n'avait pas daigné accorder à son fils ce fameux privilège, il l'avait dépossédé de cet extraordinaire héritage. À moins que la rumeur ne dît vrai : Louis n'était peut-être pas l'enfant de ce vieillard affaibli par une longue captivité, mais celui du tendre ami de sa jeune mère, la réputée infidèle Marie de Clèves... Cependant aucune preuve ne pouvait l'accuser de bâtardise. La seule à connaître la vérité était celle qui l'avait mis au monde. Elle avait emporté le secret dans la tombe et cela valait mieux pour lui. À présent, personne ne contestait plus ses origines royales. Cela, certes, le soulageait.

Depuis toujours, sa situation s'avérait fort complexe car elle se modifiait considérablement selon le cours des événements politiques. Mais le duc d'Orléans savait s'adapter afin de tirer de toute conjoncture le meilleur profit. Sous des apparences chevaleresques se dissimulait l'homme avide de pouvoir, le sordide calculateur dont l'âme vindicative ne tolérait ni l'affront, ni l'échec.

Contre des adversaires perfides, Louis avait appris à mener de sourds combats. Les hostilités débutèrent quand Louis XI contraignit le fils du poète à épouser Jeanne. En lui imposant sa fille contrefaite et probablement stérile, l'ancien roi, qui n'avait pas encore de descendant mâle, espérait l'extinction de la branche d'Orléans. Louis d'Orléans était en effet, à cette époque, l'héritier présomptif de la couronne. Habile manœuvre que le duc s'évertuait à déjouer par une demande d'annulation de mariage.

La naissance du dauphin Charles bouleversa de façon inattendue le destin. La couronne repassait dans le camp des Valois, à moins que l'enfant, chétif et difforme, ne mourût avant d'avoir pu la ceindre.

La mort de Louis XI ne contribua pas à améliorer le sort de Louis. Anne de France reprit en main les affaires, devint l'ennemie de son beau-frère, s'employa avec une énergie féroce à contrecarrer la dispense nécessaire à son divorce. Louis répliqua en se ralliant au parti breton, en envisageant une union avec la duchesse Anne. Madame de Beaujeu l'envoya en prison.

Les revirements n'avaient point fini de surprendre. Bientôt Charles VIII se révoltait contre la tutelle de sa sœur, affirmait son indépendance en libérant Louis, demandait à celui-ci de l'aider à dénouer les problèmes de Bretagne. Le roi répudiait Marguerite, épousait la petite duchesse.

Le contrat stipulait que si le roi Charles VIII décédait sans enfant mâle, sa femme se remarierait avec son successeur, en l'occurrence Louis d'Orléans. Le duché resterait ainsi une possession française.

Louis conservait donc une chance de monter sur le trône. Une chance que l'infortune tentait encore de lui ravir : la duchesse Anne était enceinte.

Le duc d'Orléans avait analysé toutes les hypothèses, prémédité de savantes solutions.

Voilà pourquoi, à ce jour de Saint-Valentin, il s'empressait d'offrir, sinon son cœur, du moins son amitié à la fille de Maximilien. Dans tous les cas, d'excellentes relations avec l'Autriche ne pourraient que lui être salutaires.

Certain de cheminer sur les sentiers tortueux de la gloire, il respira de grandes bouffées d'air pur, poussa sa monture au galop.

– Allons par-devers la belle ! lança-t-il jovialement aux gens d'armes qui l'escortaient.

***

– Comme vous voilà ravissante, m'amie ! Je ne m'attendais pas à pareille beauté !

Marguerite dévisagea le duc tout en continuant d'égrener sur son luth une triste mélodie. Puis ses yeux se reposèrent sur les doigts qui se mouvaient mélancoliquement. Louis vint se placer en face de la princesse esseulée, à l'embrasure de la fenêtre, tandis que Charlotte de Tarente et Madame de Segré se retiraient poliment. Marguerite cessa de jouer. La dernière note demeura en suspens, s'évanouit lentement, se perdit dans le silence glacial de la pièce obscure. Le faible crépitement du feu en absorba l'ultime écho.

– Cela fait si longtemps que je ne vous ai vue ! reprit Louis pour rompre le malaise qui s'infiltrait insidieusement. À quand donc remonte notre dernière rencontre ?

– Au temps où vous m'appeliez « Petite Reine », dit-elle en posant sur ses genoux son instrument de musique.

– Au temps où vous étiez si jeune que je vous hissais sur mes épaules ! reprit-il avec une infinie compassion.

Elle esquissa un vague sourire à l'évocation de ces heureux souvenirs. Il attrapa ses deux mains, les pressa fortement, s'exprima avec gravité :

– Je suis venu déclarer mon indignation quant à votre répudiation. Vous ne méritiez point une telle offense. Sachez que je n'approuve pas l'attitude du roi à votre égard.

Marguerite se rembrunit. Ces propos ravivaient sa blessure. Elle se leva, fit quelques pas, s'arrêta devant la grande cage où somnolait son perroquet.

– Que vais-je devenir ? murmura-t-elle. Et combien de temps vais-je rester cloîtrée dans ce château ?

– Charles VIII ne se résout point à rendre votre dot. Il vous garde en otage, il se méfie des réactions belliqueuses de votre père.

– Devrai-je supporter indéfiniment cette solitude, cette existence monotone ?

– Je le crains…

Il saisit le luth, pinça délicatement les cordes. Un air gracieux, langoureux, emplit la chambre austère. Marguerite sentit son cœur palpiter. Un ravissement profond, puissant et sensuel l'enveloppa, adoucit son ennui.

– À moins que vous ne daigniez unir votre destinée à la mienne, proposa Louis en arpégeant l'accord final d'une manière suave et élégante.

Elle manifesta son égarement par un rapide battement de cils. Ces mêmes mots prononcés par un autre eussent suscité sa colère. Mais dits par le duc d'Orléans, ils engendraient un trouble indéfinissable, un vertige délicieux. Il y avait dans la voix qui les véhiculait tant de charme, de douceur ! Louis excellait dans l'art de plaire, de captiver, de séduire. Elle fut incapable de l'accabler de reproches.

– Vous êtes marié, Louis, et je refuse que votre femme subisse par ma faute une telle souffrance. Non, je ne permettrai pas qu'elle endure les mêmes vexations que moi.

Elle eut soudain envie de lui montrer l'œuvre sublime que l'épouse délaissée avait composée à son intention. Cependant d'étranges scrupules la retinrent de dévoiler les secrets les plus intimes de son ancienne belle-sœur.

Elle évita de croiser le regard attirant, ouvrit la petite porte grillagée, attrapa l'oiseau apprivoisé. Celui-ci donna quelques coups d'ailes de manière à reprendre son équilibre puis trouva son appui. Marguerite le caressa, lui causa gentiment.

– Toi au moins tu n'as pas de soucis, tu es toujours gai !

– Détrompez-vous, ma mie, et ne vous fiez point aux apparences.

– Il est toujours gai, insista-t-elle.

– Pensez-vous que sa place soit derrière des barreaux ? demanda-t-il sur un ton plein de morosité.

– Il aime sa volière, et il chante souvent ! N'est-ce pas la preuve de sa félicité ?

Louis se rapprocha de la princesse, lui parla avec une amertume, une maturité qu'elle ne lui connaissait pas :

– Vous vous imaginez qu'il chante mais en réalité il pleure. Il pleure ses contrées lointaines, sa sylve perdue. Il se lamente aussi de ne point avoir pu s'accoupler à ce jour de Saint-Valentin.

Marguerite hocha la tête.

– Je ne vous crois pas.

– Mon père a passé vingt-cinq années en prison. Vingt-cinq interminables années pendant lesquelles il a écrit ses plus belles ballades, ses plus beaux rondeaux, ses plus belles chansons. Était-il heureux pour cela ?

Il effleura l'animal captif.

– Moi aussi j'ai connu la privation de liberté, livra-t-il. J'en conserve un affligeant souvenir.

Elle ne fit pas cas des états d'âme de Louis. La vie du poète la passionnait et devant elle se tenait son fils.

– Puis-je savoir pourquoi votre père erra autant de temps en *la forêt de longue attente* ?

Il fut surpris par la façon dont elle avait posé la question.

– Venez, asseyons-nous près de la fenêtre, et je vous conterai son parcours.

Marguerite posa le perroquet sur un perchoir. Ils s'installèrent sur le banc de pierre taillé dans l'épaisseur du mur.

– Charles d'Orléans, petit-fils du roi Charles V, fut d'abord un valeureux seigneur. Très tôt l'infortune le marqua de son sceau : orphelin à quatorze ans, père et veuf à quinze ans…

– Mon ancêtre Jean sans Peur assassina son père, intervint Marguerite, comme si elle voulait s'excuser du différend ayant jadis opposé les branches d'Orléans et de Bourgogne.

– Votre érudition m'étonne, chère Princesse.

– J'ai reçu l'éducation d'une future reine, soupira Marguerite. J'ai été élevée dans le goût des arts, des lettres. J'ai étudié l'histoire de ma famille pour mieux comprendre celle de l'Europe…

– Peut-être ignoriez-vous qu'une deuxième hyménée unit alors mon père à la fille du comte d'Armagnac, soudant ainsi les deux Maisons ?

– J'ignorais, avoua-t-elle franchement.

– Dès lors, Charles d'Orléans prit la tête des Armagnacs, et pour se venger, poursuivit le duc de Bourgogne qui avait commandité le meurtre. Une guerre éclata entre les deux partis. Les Anglais, contre lesquels nous nous battions depuis presque cent ans, profitèrent de ces luttes intestines et de la folie du roi de France Charles VI. Ils reprirent l'avantage sur la France.

– Et ils remportèrent la victoire à Azincourt !

– Oui. Et c'est là que mon père fut blessé et capturé.

Louis ajouta, dans un souffle :

– Il venait d'être adoubé, la nuit précédant la bataille.

– Votre père était noble. Ses ennemis n'ont-ils pas proposé une somme d'argent en échange de sa liberté ?

– La rançon exigée s'avérait si importante qu'elle aurait provoqué la faillite du duché. Charles d'Orléans demeura prisonnier outre-mer. Ainsi, pour tromper son chagrin, le brave chevalier se consacra-t-il à l'écriture.

Marguerite s'adonna à une intense réflexion. Puis quelques vers jaillirent spontanément de sa mémoire, à la profonde satisfaction de Louis.

– En regardant vers le pays de France,
Un jour m'advint, à Douvres sur la mer,
Qu'il me souvint de la douce plaisance
Que je soulais au dit pays trouver ;*
Si commençais du cœur à soupirer,
Combien certes que grand bien me faisoit
De voir France que mon cœur aimer doit, récita-t-elle

– Quand Jeanne d'Arc délivra Orléans et bouta les Anglais hors de France, des négociations furent entreprises. Votre bisaïeul, le duc de Bourgogne Philippe le Bon, fils de Jean sans Peur, intervint en sa faveur et tenta des réconciliations. Il dépensa beaucoup d'énergie afin de hâter la libération de mon père, paya même une partie de la rançon.

– La générosité de Philippe le Bon demeure célèbre dans les esprits, intervint fièrement Marguerite.

– Sa loyauté et son honnêteté également. Il ne rompit pas ses engagements, il scella l'entente entre nos deux Maisons en accordant sa nièce à mon père de nouveau veuf. Sa nièce qui n'est autre que ma propre mère, Marie de Clèves !

Marguerite fronça les sourcils. Jamais encore elle n'avait pris conscience de ce lointain mais réel cousinage.

– Alors, nous sommes unis, vous et moi, par des liens de sang ?

– Bien sûr…

Elle réfléchit.

– Tous les princes de ce monde possèdent donc un ascendant commun, et aucun de leur mariage n'est un mariage d'amour, conclut-elle, déçue.

Elle songea à ses parents, se reprit :

– Enfin, presque aucun.

– Presque aucun, répéta Louis avec une inflexion touchante.

Un moment s'écoula, durant lequel chacun s'adonna à ses rêves. Puis Marguerite rompit le silence :

– Vous me feriez grand plaisir de partager cette journée avec moi, et de rester au souper.

Parce qu'il agissait toujours par intérêt, Louis commença par supputer égoïstement ses avantages. Le roi l'espérait. Étouffé par la jalousie de la reine, l'amour exclusif qu'elle lui portait, Charles VIII avait, après une période de fidélité forcée, repris sa vie de libertin. Depuis qu'Anne de Bretagne portait un attachement démesuré à sa maternité, il manquait à ses devoirs conjugaux, se plaisait à se divertir en compagnie de son si cher beau-frère et cousin.

– Je suis fort occupé, répondit Louis. Néanmoins pour vous, jolie cousine, je me soustrairai à mes obligations.

Il s'était fixé comme règle de conduite la courtoisie et le respect envers les nobles dames. La plus grave erreur eût été de froisser la princesse de Flandre. Aussi préféra-t-il accepter l'invitation.

La précieuse alliance avec l'Autriche valait bien qu'il sacrifiât une nuit de débauche.

***

Le duc d'Orléans saisit son verre en dévisageant Marguerite, but à petites gorgées. L'assistance patienta, guettant son jugement.

– Ce vin est fort vert ! décréta-t-il en réprimant une grimace. Son âcreté débilite l'estomac !

Le maître d'hôtel, embarrassé, s'excusa de la mauvaise qualité du breuvage.

– Le temps fut pluvieux, cet automne, Monseigneur. Les raisins ne purent parvenir à maturité. Je ne puis hélas, vous proposer meilleure boisson.

– Nous nous en contenterons, pardonna Louis.

Il s'adressa à Marguerite :

– N'est-ce pas, m'amie ?

La reine répudiée acquiesça en arborant un sourire espiègle.

– Il ne se faut point ébahir, cher cousin, si le vin est vert cette année, puisque les serments n'ont rien valu !

Les convives, gênés, s'interrogèrent du regard.

– Vous faites sans doute allusion aux serments du souverain ? osa Louis de manière à détendre l'atmosphère.

– Ils sont pareils aux sarments de vigne : nullement efficaces. Et n'apportent au cœur que verdeur et aigreur de tristesse.

Rassérénée, la tablée accueillit le calembour en grande risée et louange. Marguerite leva son récipient de cristal, observa ironiquement le liquide vermeil, se tourna vers Madame de Segré, autorisée, pour la circonstance, à participer au repas.

– Buvons à ce jour de Saint-Valentin !

Il y eut des mots de félicitation, des marques d'amitié, des rires. Puis tous l'imitèrent avec joie.

– À ce jour de Saint-Valentin ! répétèrent-ils en chœur.

***

– Vous fûtes merveilleuse ce soir, confia Madame de Segré en tirant les courtines de velours. Et extrêmement brillante. Votre astuce, fort bien placée, ébaudit vos convives !

Elle posa un baiser sur le front de Marguerite, ramena la courtepointe de manière à couvrir ses épaules, arrangea les coussins.

– Ah, ma Princesse je vous aime tant...

Elle pointa un index malicieux vers la jeune fille.

– Méfiez-vous du duc d'Orléans, je le soupçonne d'être amoureux de vous et je trouve sa démarche bien curieuse, un jour de Saint-Valentin !

– Sa présence me ravit et me fit oublier mes tourments.

– Ne vous désolez pas. Moult prétendants vous courtiseront. Et vous ne tarderez pas à trouver un mari, j'en suis persuadée.

Marguerite tressaillit.

– Celui qui m'était destiné m'a trahie.

– Vous le connaissiez à peine, consola la gouvernante, vous l'oublierez bien vite.

– Le plus éprouvant est d'admettre qu'une autre soit sacrée reine de France à ma place, qu'elle bénéficie des privilèges que je possédais, qu'elle vive entourée de mes amis, de ma cour, qu'elle étudie le dessin avec Jean Perréal. Que me reste-t-il de mon séjour à Amboise ? Avant de partir, j'ai dû supplier le roi afin d'emmener Charlotte, ma meilleure amie.

– Courage, ma Princesse, bientôt votre calvaire prendra fin.

Marguerite agrippa la main maternelle.

– Pouvez-vous rester auprès de moi, comme quand j'étais enfant ?

Pressentant l'immense désarroi, Madame de Segré consentit à la tendre requête, se coucha à côté de l'adolescente désemparée.

– Je ne vous quitterai pas, promit-elle en éteignant la bougie.

11. LE TRÉSOR DE REGRETS

Clarisse s'engagea dans l'allée principale du jardin, passa devant le grand saule dont le pâle feuillage se déployait en rameaux retombants et dont la mystérieuse présence, à la croisée des chemins, symbolisait le choix malaisé que Fortune lui présentait. Combien de temps encore hésiterait-elle entre la tentation d'aimer et l'acceptation d'un célibat empreint de religiosité ?

Sans trop réfléchir, Clarisse détourna son attention du sentier menant au logis des gardes. Cependant, avant de se diriger vers le sanctuaire, elle s'arrêta, le cœur palpitant d'émotion. Les pelouses étaient jonchées de pétales odorants, le ruisseau enjolivé d'un clair murmure, l'air empli de chants d'oiseaux et de douce lumière, le sous-bois revêtu d'une livrée tissée d'ombre fraîche et de tendre verdure. Comme le parc, pour la circonstance, s'imprégnait de poésie ! Il s'habillait de renouveau et tout n'était que délice, émerveillement, promesse de félicité. Avec le premier mai commençait le mois de l'espérance.

Clarisse songea au capitaine qui galamment la courtisait. Certes, il l'attirait en secret mais elle refusa une fois encore de céder à cette inclination pourtant tellement agréable. Si l'homme éveillait en elle de nobles sentiments, s'il suscitait son désir de plaire, effaçait, sans le savoir, la haine et l'aversion qu'elle éprouvait envers tout soupirant, il ne parvenait pas à ôter sa réticence, à déjouer son hésitation. Renoncer aux passions terrestres, n'était-ce pas la meilleure façon de se racheter ? Ne devait-elle pas, à l'instar de Jeanne de France, sa maîtresse, sa bienfaitrice, prôner une existence chaste et pure, dans la longanimité et l'abnégation ? Pour l'extraire de l'enfer, le destin l'avait placée sur la route du salut. Par la patience, la compréhension, la gentillesse, la sainte femme avait guéri les brûlures, atténué les blessures morales, compris l'horreur de la situation, pardonné les péchés de la rivale immonde. Clarisse frémit. Sans cette intervention providentielle, elle eût sombré dans une irréversible démence. Cependant, bien que repentie, elle demeurait l'esclave de ses anciennes erreurs. Des remords pesaient incommensurablement sur sa conscience, la harcelaient en permanence. De quelle façon parviendrait-elle à s'en acquitter ?

Mue par un sentiment d'intense piété, Clarisse s'avança vers l'enclos. Elle poussa la petite porte grillagée, s'agenouilla devant la statue de la Vierge, récita la prière du matin. Une ferveur nouvelle, une allégresse inaccoutumée la saisirent d'emblée. Elle vénéra longuement l'Immaculée. Puis, ses louanges achevées, elle se releva et laissa son âme louvoyer vers des intentions plus personnelles. Elle formula alors, troublée par un vague scrupule, gênée par sa démarche égoïste, les paroles rituelles nécessaires à l'accomplissement de ses vœux les plus chers :

– Mère de Jésus-Christ, je vous supplie de m'aider. Permettez que je trouve le bonheur. Je vous jure, en retour, de ne plus jamais m'égarer.

Les mots étaient simples, car ils jaillissaient du plus profond de son être. Clarisse les disait avec une sincérité candide, une foi naturelle.

– Guidez mes pas, je vous en supplie, poursuivit-elle, en ce jour béni où les amants osent se déclarer…

Clarisse sortit de son aumônière le chapelet que Jeanne lui avait donné, fit rouler les grains d'ivoire entre ses doigts. Ce contact la rassura. L'objet de dévotion rappelait la rémission, le pardon. Elle le contempla un moment, le remit ensuite dans la petite bourse attachée à sa ceinture. Elle n'avait pas l'intention de s'adonner à une autre oraison. Bientôt le carillon de la chapelle sonnerait huit heures et elle prendrait son service auprès de la sœur du roi.

La servante s'apprêtait à se signer. Un bruit inhabituel dérangea son geste. Elle se retourna vivement.

– Enguerrand ?

Il se tenait tout près d'elle, les mains derrière le dos. Elle recula, surprise et confuse.

– Que faites-vous ici ? ajouta-t-elle de manière à rompre le silence.

Le capitaine de la garde tendit le bouquet qu'il dissimulait maladroitement derrière son dos.

– Je ne suis point venu prier, expliqua-t-il, mais présenter les fleurs de mai à l'élue de mon cœur.

Elle ne sut que répondre. Tant de délicatesse de la part d'un homme la déconcertait.

– Enguerrand, balbutia-t-elle, vous ignorez tout de moi.

Il insista avec douceur :

– Prenez ces myosotis, je les ai cueillis pour vous.

Clarisse baissa les yeux, submergée par une épouvantable honte.

– Enguerrand, je ne mérite pas votre considération. Vous le comprendriez si vous connaissiez mon passé.

Il s'approcha un peu plus.

– Peu m'importe, Clarisse.

Elle releva les paupières. Il la dévisagea. L'intensité de son regard trahissait sa passion.

– Je vous ai aimée dès que je vous ai vue, poursuivit-il, en dépit de vos plaies, en dépit de votre histoire.

Il y avait tant de loyauté dans sa voix qu'elle n'eut aucune peine à le croire.

– Quand je vous ai tenue dans mes bras, blessée, fragile, sans défense, proche de la mort, j'ai réalisé que vous étiez ma promise. Il ne s'agissait point de pitié, Clarisse, mais d'amour. Le destin vous avait placée sur ma route. Il avait enfin décidé de mettre un terme à la dure tristesse de mon veuvage.

Bouleversée, la jeune femme accepta, saisit le présent d'une main tremblante.

– Qu'espérez-vous ? murmura-t-elle.

– Une épouse pour moi et une mère pour mes fils.

Il l'attira contre lui, l'enlaça. Clarisse lutta contre le vertige qui l'étourdissait, tâcha de rassembler ses idées. Mais tandis qu'il l'embrassait tendrement, elle succomba à l'étreinte.

Depuis si longtemps elle rêvait de ce moment-là…

***

Jeanne de France secoua la clochette posée sur son bureau. Le clair tintement alerta Clarisse qui arriva aussitôt.

– Vous m'avez mandée, Madame ?

Jeanne montra un siège en s'excusant. Elle répugnait à sommer ainsi sa servante, à disposer d'elle selon son bon vouloir. C'était contraire aux règles d'humilité et de sacrifice qu'elle s'était fixées. Cependant son impotence, aggravée par une mauvaise chute, l'obligeait à solliciter un appui constamment. Elle ne pouvait se déplacer.

Jeanne posa un regard inquiet sur sa belle protégée.

– Ma sœur Anne m'annonce sa visite prochaine, dit-elle en désignant la lettre posée sur sa table de travail.

Clarisse blêmit.

– Il me déplairait de la rencontrer, susurra-t-elle, en proie à d'angoissants souvenirs.

– Je conçois votre alarme et partage votre effroi.

Jeanne soupira. La venue de sa sœur tourmentait son esprit lassé par les querelles du monde. Pour quelle raison obscure la duchesse de Bourbon daignait-elle se déplacer ?

– Ma sœur ne demeurera pas ici bien longtemps. Ma santé ne la soucie guère, ma solitude et mon malheur lui sont indifférents. J'ignore le véritable motif de sa démarche.

La princesse disgraciée évoqua les dissensions opposant, malgré la réconciliation officielle, Anne et Louis d'Orléans. Puis, devinant l'affolement de sa servante, elle élimina le thème de la vengeance.

– Mon frère le roi gouverne seul, mon mari est sorti de prison, Marguerite d'Autriche, hélas, est répudiée, la nouvelle reine attend un héritier. Anne n'a plus besoin de vous. Vous avez certainement disparu de sa vie. Peu lui importe votre sort.

– Ne chercherait-elle pas à me punir ? insista Clarisse.

– Je ne pense pas. Néanmoins, il serait préférable que je vous accordasse un congé, le temps de son séjour.

– Je vous en serais infiniment reconnaissante, Madame.

Une expression bienveillante éclaira le visage ingrat de Jeanne.

– Clarisse, mon capitaine m'a parlé de vous. Il m'a confié les sentiments qu'il nourrissait à votre égard, son intention de vous épouser. C'est un homme en qui j'ai grandement confiance. Il est honnête, courageux, sincère.

Les yeux de Jeanne s'embrumèrent de larmes.

– N'hésitez pas, mon enfant, cueillez le bonheur qui fleurit dans les jardins du cœur. Je suis si heureuse pour vous, j'ai tant sollicité la Vierge afin qu'elle intercède en votre faveur.

– Madame…

– Le fait que vous n'ayez point de famille n'entrave en rien ce projet d'union. Je constituerai moi-même votre dot.

Devant la charité, l'indulgence de sa maîtresse, Clarisse éprouva une vive douleur. Au contact de Jeanne, elle avait peu à peu compris le calvaire qu'endurait une femme trompée. Des images insupportables surgirent de son enfer, lui rappelèrent l'innocente petite reine. De nouveau, elle se culpabilisa.

– Je ne vous remercierai jamais assez, chuchota-t-elle en déplorant son attitude infâme.

***

La duchesse de Bourbon confia sa fille à une gouvernante, congédia ses dames de parage et pénétra seule dans le salon de compagnie. Jeanne, allongée sur un divan, l'attendait.

– Pardonnez-moi de vous recevoir ainsi, dit la cadette de Louis XI, mais mon médecin m'a préconisé le repos.

– C'est sans importance.

Anne s'installa dans un fauteuil de velours. Jeanne ne pu s'empêcher de la contempler. Elle était plus belle, plus majestueuse que jamais. Sa robe en satin tanné ennoblissait sa silhouette. Sa coiffe, brodée de pierreries, rehaussait son teint. Il émanait de sa personne un luxe et une élégance hors du commun. Elle impressionnait par sa prestance et son éblouissante supériorité. La princesse infirme se surprit à regretter son sort. Comme Louis l'aurait aimée si Nature ne l'avait désavantagée !

– Vous devez vous douter, ma chère sœur, que je ne me suis point dérangée pour vous entretenir de futilités.

Jeanne sortit de ses chimères.

– De quoi s'agit-il ? demanda-t-elle avec appréhension.

Anne jugea préférable d'aborder le sujet en usant de prudents détours. La situation misérable de sa sœur lui inspirait une profonde pitié. Néanmoins, elle la soumettrait à sa dure décision. Devant les gémissements, elle ne fléchirait pas.

– Notre frère le roi aura bientôt un héritier. La santé de la reine, sa jeunesse, les prédictions de l'ermite François de Paule... Tout laisse présager que l'enfant sera vigoureux, que ce sera un garçon.

– Je me réjouirais davantage de cet événement s'il n'était lié au malheur de ma bien-aimée Marguerite.

– Bannissez Marguerite de votre mémoire ! Désormais notre belle-sœur se nomme Anne de Bretagne !

– Vous n'avez donc aucun sentiment...

– Sachez que la politique ne tient nullement compte des états d'âme.

– En tant que mère et épouse comblée, il vous est commode de l'affirmer, avança tristement Jeanne.

– La naissance, reprit Anne, imperturbable, sera suivie comme il se doit d'un baptême. Le protocole exige votre présence.

– Cela signifie...

– Que vous assisterez à la cérémonie, aux côtés de votre époux !

– Je refuse, haleta Jeanne. Ce que vous exigez est inhumain. Je n'ai pas revu mon mari depuis plusieurs lustres.

Anne afficha un air sévère.

– Je tiens à rappeler au duc d'Orléans que vous demeurez sa femme légitime, déclara-t-elle sans la moindre sensibilité. Il ne cesse de réclamer au pape l'annulation de votre mariage. Sachez que ses demandes restent sans effet uniquement parce que je soudoie largement les prélats chargés de l'affaire.

– Pourquoi vous acharner ? Il me hait, me trahit…

– Pour lui ôter toute chance de ceindre la couronne ! Vous oubliez que Charles et Anne se sont mariés sans attendre les dispenses ecclésiastiques. Leur union est donc suspectée ; leur enfant considéré comme bâtard ! Tant qu'Innocent III n'enverra pas la bulle antidatée réclamée par le couple royal, votre beau Louis prétendra au trône ! Et cela m'étonnerait fort qu'il consente à le partager avec vous !

Jeanne haussa les épaules en signe de dépit et de résignation. Puis, dans un dernier sursaut de fierté, elle s'opposa courageusement aux injonctions de sa sœur.

– Je ne me rendrai pas au baptême du dauphin, osa-t-elle. Mon infirmité justifiera mon absence.

Anne esquissa un sourire ironique. Le moment était venu d'utiliser sa dernière arme, la plus sûre, la plus meurtrière.

– Je trouverais fâcheux que mon espionne infidèle, en l'occurrence votre servante, pâtisse de votre obstination. En se faisant accuser de sorcellerie, par exemple.

Jeanne se sentit défaillir. Son cœur battait follement, la sueur inondait son front. Anne s'avérait plus cruelle qu'elle ne l'imaginait. Son pouvoir, son influence dépassaient l'entendement.

– Vous n'avez aucune preuve, réussit-elle à prononcer.

– Ma chère sœur, les faux témoignages s'achètent et j'ai déjà versé un généreux acompte. Désormais le sort de la ribaude est entre vos mains.

Jeanne sombra dans un désarroi proche de la folie. Jamais elle n'avait traversé de plus rude épreuve.

– Veuillez vous retirer, implora-t-elle d'une voix entrecoupée de sanglots. Je désire être seule à présent.

– Nous nous reverrons à l'automne, conclut la duchesse de Bourbon.

Et elle sortit de la pièce obscure en savourant sa victoire.

***

Depuis l'aube, un vent frais et humide chassait les jolies heures ensoleillées. Il soufflait en bourrasques, pareil à une bise d'automne, déflorait furieusement le parc, balayait, de ses averses cinglantes, la beauté calme de cette fin de printemps. Jeanne méditait au coin du feu tandis que Clarisse dressait l'unique couvert.

– Dois-je amener le premier plat, Madame ? se soucia la servante.

La princesse opina de la tête, se releva de son siège en se contorsionnant, vint s'asseoir à la modeste table. Depuis quelques jours elle parvenait à se mouvoir sans l'assistance de quiconque.

Avec tendresse et dévouement, Clarisse poussa la chaise de manière à installer confortablement sa maîtresse.

– Je me réjouis de vos progrès, complimenta-t-elle.

Jeanne saisit la main de sa protégée, toucha de ses doigts difformes l'anneau nuptial qui brillait comme une étoile dans la nuit.

– Si vous saviez combien je vous estime, Clarisse, combien je souhaite votre bonheur !

– Madame, j'éprouve tant de peine à vous avoir blessée, tant de remords à avoir contribué à votre malheur.

– Je vous ai pardonnée, ma chère enfant. Et vous vous êtes rachetée par votre bonne conduite.

– Je ne puis oublier ces années de débauche…

– Clarisse, *c'est une dangereuse épargne d'amasser Trésor de Regrets*. Éloignez ces tourments de votre cœur avant qu'ils ne ruinent votre existence. Je mourrai de chagrin, vous sachant malheureuse.

– Je m'y efforcerai, promit la jeune femme.

Le son d'une clochette retentit, annonçant que la cuisinière s'impatientait.

– Allez quérir mon repas, demanda gentiment Jeanne.

Alors que sa servante s'éloignait, la sœur du roi de France récita la prière de midi. Elle tourna ensuite ses pensées vers Marie. Marie dont elle avait, récemment encore, perçu les appels mystérieux. Dorénavant ces voix donnaient un sens à sa pauvre vie.

Car la Vierge l'inondait de son immarcescible* amour.

12. PERFLANT ALTISSIMA VENTI

Quelques coups sourds résonnèrent sur la porte capitonnée. Madame de Segré posa sa broderie et alla ouvrir. Une servante s'inclina.

– Pardonnez-moi de vous importuner, mais un moine demande à s'entretenir avec Mademoiselle de Flandre, annonça-t-elle. Il dit s'appeler frère Jean.

La gouvernante fronça les sourcils. Aucun visiteur ne franchissait la herse du château de Melun sans un laissez-passer du roi.

– Frère Jean… réfléchit-elle.

Elle ne connaissait personne de ce nom-là et se méfiait des intrus. Qui, à la pointe du jour, pouvait se permettre de solliciter une entrevue ?

– Où se trouve le religieux ?

– Il attend dans la cour d'honneur.

Madame de Segré marcha vers la fenêtre, dissimula sa nervosité. Une vive anxiété l'envahissait insidieusement.

– La princesse a passé une mauvaise nuit, elle se repose encore, répondit-elle en écartant discrètement les lourdes tentures moirées.

– Vous ne pouvez l'apercevoir, s'insinua la domestique. Il est assis sur le banc de pierre, près de la tour carrée.

Madame de Segré tira entièrement le rideau. Dans la grisaille du matin, elle distingua un homme vêtu d'une soutane blanche et d'un scapulaire noir. Comme s'il épiait le moindre mouvement ou s'il guettait le moindre signe, le dominicain releva la tête. Sa capuche masquait en partie son visage mais découvrait un regard où brillait une expression étrangement familière.

– Frère Jean… se souvint la gouvernante.

Puis se tournant vers la jeune fille :

– Je me charge de conduire notre hôte à la chapelle. Veuillez avertir la princesse et priez-la de nous rejoindre incontinent.

***

Marguerite sortit de son lit en grelottant. Elle enfila un vêtement d'intérieur, saisit un chandelier et s'engouffra dans l'étroit corridor reliant sa chambre au lieu de prière. Jamais sa gouvernante n'aurait hâté son lever sans fondement. Jamais elle ne l'aurait laissée s'aventurer seule dans ce couloir qui l'effrayait tant. Le cœur palpitant d'inquiétude, Marguerite parcourut à grands pas le long passage peuplé d'ombres fantomatiques. On racontait que jadis, dans l'épaisseur de ces pierres, un seigneur emmurait ses amantes après les avoir possédées.

La princesse s'efforça d'oublier la légende et son cortège de spectres, songea au mystérieux inconnu. Venait-il lui annoncer sa libération et son prochain départ pour la Flandre ? Elle n'osait l'espérer. Le dernier messager venu à sa rencontre avait été porteur de nouvelles alarmantes : Maximilien d'Autriche avait déclenché la colère de Charles VIII en affichant dans toutes les églises de l'Empire des portraits du roi félon et en répandant au sein des cours d'Europe des poèmes calomnieux décrivant le double adultère commis par le couple royal.

– Frère Jean, se tourmenta Marguerite.

Avec un immense soulagement, elle atteignit enfin le bout du tunnel, ouvrit l'huis sans bruit, se retrouva sur le balcon surplombant le chœur. Se penchant à la balustrade, elle aperçut, au fond de l'oratoire niché derrière l'autel, sa gouvernante en compagnie du moine.

Marguerite descendit précipitamment l'escalier à vis menant à la nef. Madame de Segré s'empressa de l'accueillir.

– Le chapelain s'est absenté, chuchota-t-elle au creux de son oreille. Et j'ai fermé à double tour le portail permettant l'accès commun. Vous n'avez rien à redouter.

– Je ne comprends pas. Pourquoi cet excès de prudence ?

– Venez, fit simplement la gouvernante.

***

– Ma bien-aimée Princesse ! dit le religieux en esquissant une révérence.

Marguerite demeura interdite. Cette voix, ce sourire, cette façon de saluer… Il n'y avait aucun doute.

– J'ai pris de grands risques pour vous rencontrer, continua-t-il.

Elle secoua la tête, refusant de l'écouter, ne songeant qu'au bonheur perdu, qu'à ces heures bénies qu'une autre, dorénavant, lui dérobait.

– Je tenais à vous assurer de mon fidèle et loyal dévouement, persévéra-t-il.

Le regard bleu de Marguerite s'embruma. L'amertume accompagnant les paroles du dominicain travesti témoignait de sa sincérité. Parce qu'il devinait ses pensées, ses reproches muets, il s'exprima nuement :

– Il m'était impossible de vous suivre, Princesse. En tant qu'attaché du roi, j'étais condamné à rester à la cour.

Marguerite accepta la vérité. Son cœur réfutait encore les arguments de Jean, mais sa raison se résignait douloureusement. Débordant de chagrin, elle cacha son visage dans ses mains.

– Maître Perréal ! sanglota-t-elle.

Bravant les convenances, Jean Perréal serra paternellement la princesse dans ses bras. Un délicieux moment de tendresse réunit le peintre et son ancienne élève. Marguerite cessa de pleurer, puis elle reprit de respectueuses distances tandis que Madame de Segré s'éloignait poliment.

– J'ai honte de me présenter ainsi à vous : ni fardée, ni coiffée, si incorrectement vêtue…

– La beauté d'une femme se découvre à son réveil, rétorqua Jean. Et je vous trouve ravissante.

Marguerite rougit, changea de sujet :

– Personne ne peut défier la garde. Comment êtes-vous parvenu jusqu'ici ?

– Il est aisé à l'artiste que je suis d'imiter écriture et signature.

– J'admire votre courage, sourit-elle, et loue votre bonté. Pardonnez mon égarement.

– Votre malheur m'afflige, bien-aimée Princesse. Je déplore l'attitude du souverain. Que Dieu le maudisse, lui et sa descendance !

Marguerite approuva d'un battement de cils. Puis elle refoula ses ressentiments. Son confesseur l'exhortait à l'indulgence, non à la haine. Hier encore elle avait promis de supporter les offenses dans l'amour et la foi du Christ.

– Sa descendance, répéta-t-elle d'un ton morose.

Elle soupira. Son expression ensuite se durcit.

– Vous avez assisté au baptême du dauphin, n'est-ce pas ?

– Je suis le peintre officiel de Charles VIII, se disculpa Jean.

– Racontez-moi.

– Princesse, cela ne ferait que raviver votre blessure. Je n'ai nulle envie de retourner le fer dans la plaie.

– Le destin m'amènera inexorablement à gouverner. Je dois dès à présent m'intéresser aux choses du monde, en dépit des soucis qui taraudent mon cœur.

Maître Perréal consentit.

– La plus belle cérémonie qui oncques* fut sur Terre… rêva-t-il.

Il revint quelques semaines en arrière, retourna grâce à l'imagination dans la chapelle du Plessis, revécut par la pensée ce treize octobre quatorze cent quatre-vingt-douze, décrivit à Marguerite la splendeur somptueuse, l'éclat de la cérémonie. L'épouse répudiée buvait ses paroles en retenant ses larmes. Malgré sa douleur, les images l'enivraient : le roi en prières tenant la main de l'ermite François, les cinq cents archers portant torches ardentes, le cortège solennel. Des personnages prestigieux l'envoûtaient : la reine de Sicile, la marraine ; le Prince d'Orange et Louis d'Orléans, les parrains ; Anne de Beaujeu, la première dame d'honneur ; Jeanne de France la disgraciée. Mais un prénom étrange revenait sans cesse, torturait son esprit, déchirait son âme meurtrie, résonnait comme un glas : Charles-Orland. Car ainsi s'appelait le dauphin, ce nourrisson alors âgé de trois jours, cet enfant qu'elle aurait dû engendrer, offrir au royaume, ce futur monarque dont elle aurait dû être la mère, celui qui maintenant causait sa perte et sa déchéance et qu'elle détestait en secret.

– Charles-Orland, dit-elle évasivement, quel curieux prénom !

– D'après la rumeur, le saint homme du Plessis a conseillé au roi de nommer son fils Orlando. Mais un scandale a failli éclater. Personne, en effet, ne fut consulté. Pour remédier à l'indignation, le duc d'Orléans aurait proposé Charles-Orland en dernier recours.

– Pourquoi Orland ? demanda Marguerite. Je ne connais aucun monarque ainsi désigné.

Une affligeante nostalgie l'absorba.

– Moi, j'aurais choisi Maximilien, regretta-t-elle.

– Orland, continua Jean, signifie Roland…

– Le preux chevalier qui se battit aux côtés de Charlemagne contre les Sarrasins et qui mourut à Roncevaux. Quelle fantaisie !

– N'oubliez pas l'engouement de l'Europe pour la croisade, depuis la prise de Grenade, en janvier. Isabelle de Castille et Ferdinand d'Aragon ont chassé les Maures d'Espagne. Charles VIII veut les surpasser en boutant les Turcs, en délivrant la chrétienté, en se dirigeant vers Jérusalem. Sa devise *Plus qu'autre* résume fort bien son orgueil, et le prénom de son fils ses desseins.

Jean Perréal prit une longue inspiration.

– Orlando fut également un vaillant prince catholique qui conduisit en Calabre ses troupes avec succès, poursuivit-il. Or l'ermite François de Paule est originaire de cette province. On suppose qu'il pousse Charles VIII à faire valoir ses droits sur le royaume de Naples, à intervenir militairement de manière à ravir la couronne au despote sanguinaire qui la détient illicitement.

Marguerite ébaucha une moue de dédain.

– Pendant ce temps il ne se soucie de mon sort. Il me retient prisonnière dans cette horrible forteresse, ne se résout pas à me rendre ma dot.

Elle saisit le bras de l'artiste.

– Ne pourriez-vous pas lui évoquer mon infortune ?

– Hélas, Princesse, je n'ai que fort peu d'ascendant sur Son Altesse.

Il hésita à parler, de peur de dévoiler de trop lourdes confidences, puis s'épancha hardiment :

– Il serait inopportun de rappeler votre bon souvenir au roi. Les Anglais ont débarqué à Calais et ont assiégé Boulogne. Ils réclament le remboursement des dettes dérivées d'une part des engagements non tenus de Louis XI, et d'autre part de l'aide apportée à Anne de Bretagne lorsque son duché était en guerre contre l'armée royale.

– En quoi cela me concerne-t-il ?

– Louis XI avait jadis fiancé Charles VIII à Élisabeth, fille du souverain anglais Édouard IV. Or, non seulement il n'avait jamais fait venir la princesse à la cour, comme le prévoyait le traité, mais en plus avait-il rompu ce lien au bout de sept ans.

– Pourquoi ?

– Pour marier Charles VIII à… Marguerite d'Autriche !

– Je suis la cause de ce nouveau conflit, constata la princesse, désemparée.

– Je le crains. Le roi d'Angleterre Henri VII veut venger l'ancienne vexation portée à son père Édouard IV, et obtenir réparation.

Marguerite comprit ; elle n'insista pas.

– J'écrirai à Anne de Beaujeu, décréta-t-elle en surmontant sa déception. Peut-être daignera-t-elle intervenir en ma faveur.

– Ma gente damoiselle, s'apitoya Jean, votre misère n'émeut plus Anne de Beaujeu. Seuls son duché de Bourbon et sa fille Suzanne l'intéressent. Madame la Grande s'est entièrement retirée du gouvernement.

Il baissa la voix :

– La reine ne supporte pas que l'on commande à sa place. Elle n'écoute aucun conseil, ne reçoit aucun ordre. Elle ne s'est point gênée d'afficher sa domination, de prier son ancienne rivale politique de s'écarter de ses affaires.

– Anne de Beaujeu n'est-elle pas sa première dame ?

– De manière à ne point rompre les liens familiaux, la reine a proposé à sa belle-sœur, par pure courtoisie, cette place d'honneur. Madame a accepté, par hypocrisie et par profit, une confortable pension lui étant octroyée en gage de son titre.

– J'en ai assez entendu, s'attrista Marguerite. Toutes ces intrigues, ces félonies me répugnent. La droiture et la justice ne guideront-elles jamais les gens de pouvoir ?

– Jamais, accusa Jean Perréal.

Un silence malsain enroba sa réponse. Lui aussi agissait de façon à conserver ses privilèges. S'il désapprouvait le roi, il n'avait point le courage de ses opinions. Face à l'autorité suprême, il perdait contenance, s'effaçait, se contentait d'acquiescer. Il redoutait tant d'être banni de la cour ! Cependant sa démarche audacieuse compensait ses défauts. Ce matin, il était parvenu à surmonter sa lâcheté. Par cet acte de bravoure, il avait apporté à Marguerite l'indéniable preuve de ses sentiments généreux et dévoués.

Maître Perréal serra dans sa main moite le sauf-conduit qu'il avait illégalement recopié.

– Je ne saurais abuser du délai qui m'est imparti, annonça-t-il, la gorge nouée par une soudaine appréhension.

– J'eusse aimé profiter de votre présence plus longtemps, dit Marguerite d'un ton mélancolique, mais par prudence je ne vous retiendrai pas.

Elle fit signe à sa gouvernante d'approcher.

– Frère Jean doit nous quitter, expliqua-t-elle.

– Je vais vous raccompagner, proposa Madame de Segré.

Elle conseilla à Marguerite de regagner ses appartements sans tarder. Jean Perréal regarda la princesse s'éloigner, traverser un faisceau de lumière. Un rayon de soleil joua un instant avec ses longs cheveux défaits, nimba sa silhouette gracile. Ses vêtements arborèrent des reflets chatoyants, glissèrent dans un étrange chuchotement sur les dalles glacées. Jean fixa dans son esprit la scène éphémère qui se déroulait devant ses yeux. Un jour, il immortaliserait sur la toile cette image divine, nébuleuse et furtive.

– Le temps finira par oblitérer sa peine, se persuada-t-il en amorçant un geste d'adieu.

***

La nuit était tombée. Une noirceur opaque, sinistre, assortie d'un froid glacial, régnait sur la campagne désolée. Novembre engendrait déjà une solitude absolue, un irréversible isolement.

Dans sa chambre éclairée par la faible lueur d'une chandelle, Marguerite veillait. Elle ressassait les mêmes histoires, se replongeait dans ces incertitudes qui la meurtrissaient cruellement. Hier, un porteur de dépêches lui avait officiellement rapporté les quelques faits nouveaux dont se réjouissait la cour. Par missive interposée, elle avait donc pris part aux relevailles de la reine et à la légitimité des noces de son ancien époux le roi. La dispense antidatée du pape annulait inexorablement son mariage avec Charles VIII et celui de son père Maximilien avec Anne de Bretagne. Marguerite en éprouvait une vive déconvenue, une sombre rancune. Le message lui apprenait aussi la fin des hostilités de la France et de l'Angleterre. Par le traité d'Étaples, la paix était revenue. Henri VII, ayant obtenu le remboursement de ses dettes, s'était retiré sans coup férir.

La princesse de Flandre relut le parchemin. La veille, elle avait parcouru les lignes en toute hâte. Sous l'emprise de l'agitation, des subtilités avaient donc pu lui échapper. Un espoir soudain effleura son cœur en détresse. Elle tenta de déceler une allusion la concernant mais ne trouva que des propos égoïstes, des phrases banales et protocolaires glorifiant le royaume. Rien, absolument rien ne laissait supposer son éventuel retour.

– Plus qu'autre, se remémora-t-elle.

Elle s'assit à sa table de travail, saisit fébrilement sa plume, dessina des montagnes au bas de la page envoyée par le souverain avide d'exploits et si indifférent aux malheurs de la fiancée trompée. En dessus de la plus haute cime, elle griffonna quelques arabesques folles, quelques traits gras et tourbillonnants représentant les tempêtes déchaînées. Ensuite, en dessous de la figure, elle inscrivit consciencieusement trois mots.

– *Perflant altissima venti,* dit-elle en formant les jolies lettres. Telle est ma devise.

Se souvenant alors que Charles VIII ignorait le latin, elle ajouta à son intention : *Ceux qui sont placés au faîte des grandeurs sont plus exposés que les autres aux caprices du sort et aux vents de l'adversité.*

Marguerite s'assura que l'encre ne coulait pas, roula la feuille entre ses doigts fins, s'interrogea longuement. Qu'allait-il advenir de ce pli ? Le renverrait-elle au roi ? Le détruirait-elle ? Non, il était l'ultime symbole de son séjour en France, il contenait neuf années de sa vie et pour cela, elle le conserverait.

La princesse posa la précieuse relique sur son cœur déchiré. Une question la taraudait. Si la reine et le dauphin venaient à disparaître, ne réintégrerait-elle pas sa place ? N'aurait-elle pas une chance de reconquérir celui qui l'avait abandonnée et qui, peut-être, continuait de lui vouer une affection douce et délicate ?

L'adolescente chassa vite ses illusions car une dure réalité s'imposa de nouveau. Charles ne ressemblait nullement à un héros de roman chevaleresque, il avait failli à son serment, il s'était couvert de déshonneur. Et maintenant, il la négligeait vilement.

Jamais elle ne se consolerait de ce premier chagrin d'amour.

13. LE TRAITÉ DE SENLIS

Anne de Bretagne se regarda dans le miroir serti de pierres précieuses, remarqua son teint blafard et les cernes ternissant la couleur de ses yeux. Sa beauté, flétrie par le souci, avait ce jour d'hui perdu l'éclat de la jeunesse. Son visage accusait la fatigue.

– Je n'ai que seize ans, pensa-t-elle, et je me sens déjà vieille.

La reine dissimula sa lassitude derrière un air sévère et hautain, évitant ainsi d'afficher sa faiblesse passagère.

– Mettez du rose sur mes joues, commanda-t-elle à la servante chargée de la maquiller.

– Bien, Majesté.

Quelques touches de fard savamment posées égayèrent aussitôt ses traits. Anne semblait de nouveau respirer la santé. Elle sourit, satisfaite et réconfortée.

– Je mettrai mon chaperon noir, décida-t-elle.

La domestique s'empressa d'obéir. Elle posa sur la tête de la souveraine l'élégante coiffure bretonne ornée d'une myriade de diamants.

Tout en contemplant son image, la reine se ressaisit. Elle s'enorgueillit de sa prestance, se délecta de son autorité qui ne fléchissait pas. Chaque fois qu'elle arborait cette coiffure, elle confirmait sa position, s'imposait en duchesse souveraine et non en vassale du roi. Imbue d'une certaine prétention, elle jouissait de son influence, dominait, se donnait l'illusion de vaincre toute rivalité, étouffait dans son cœur les affres de la jalousie. Personne ne lui ravirait le pouvoir. Elle se battrait pour conserver la première place dans les affaires d'État et dans le cœur de Charles VIII.

Le plus éprouvant serait d'obtenir de son mari qu'il ne la trompât point. Car la reine n'était pas dupe. Des rumeurs d'adultère circulaient. La naissance du dauphin avait fait d'elle la maîtresse incontestée du royaume, mais hélas elle n'avait pas contribué à construire son bonheur. Charles avait profité de sa maternité pour reprendre d'anciennes habitudes et déserter son lit. Depuis quelque temps, il se disculpait en lui rendant visite tous les soirs. Cependant, arguant de la froideur de sa compagne, il quittait la chambre sitôt le devoir conjugal accompli. Anne se retrouvait seule, vivant le reste de la nuit dans un malaise indicible où se mêlaient le désagréable souvenir de ce rituel obscène et l'insupportable soupçon de l'infidélité du roi.

Durant de longues heures, la jeune épouse se morfondait. Qui allait-il rejoindre ? Que lui reprochait-il ? Elle outrepassait sa dignité de femme, contenait sa répugnance, s'évertuait à accepter le corps difforme et les manières odieuses, sacrifiait à cette tâche qui consistait à enfanter des héritiers.

Anne avait compris que son mariage ne servirait jamais les causes de l'amour. Dès la nuit de ses noces, sa candeur s'était envolée, ses rêves s'étaient éteints. Où se trouvaient la douce harmonie, l'éternel dévouement, l'attachement profond si joliment décrit dans les romans de chevalerie ? Anne avait tant espéré, tant désiré cette confiance mutuelle qu'elle se livrait parfois, afin de surmonter son désenchantement, à quelque inavouable péché. Elle bâtissait un monde chimérique, se réfugiait dans les bras de Maximilien d'Autriche, ce premier époux qu'elle n'avait jamais rencontré et qu'elle pouvait se permettre d'idéaliser. Il lui arrivait aussi de s'inventer une idylle avec son galant cousin Louis d'Orléans. Comme il lui était alors agréable de reconquérir la naïveté de son adolescence aux côtés d'un prince qu'elle supposait charmant, prude et délicat ! Elle parvenait à effacer, le temps d'un songe, cette humiliante lune de miel à laquelle avaient assisté des prélats chargés de valider la consommation de l'union royale. Elle substituait à l'époux grossier, d'une laideur et d'une moralité repoussantes, un amant imaginaire pour s'abandonner encore à un plaisir suave et puéril.

– Sa Majesté est prête, annonça la servante.

Anne contint une subite nausée, lutta pour ne point défaillir. Car elle avait la ferme intention de pénétrer les secrets de Charles avant son retour de la chasse. Hier un de ses affidés lui avait confié la présence de lettres mystérieuses. L'une d'elles portait le sceau de Marguerite d'Autriche.

– Donnez-moi ma pelisse, enjoignit-elle en se levant, et dites à mes dames d'honneur de ne point me suivre. Il me plairait de m'isoler un moment.

La reine enfila son long manteau doublé d'hermine, sortit par la porte dérobée. D'une démarche légèrement claudicante, elle traversa la cour transformée depuis quelques mois en un vaste chantier, longea le corps de bâtiment en construction. À son passage, les ouvriers cessèrent leur activité et lui adressèrent un respectueux salut. Anne contempla les travaux avec fierté. Bientôt le château d'Amboise deviendrait une résidence fastueuse, à la mesure de ses goûts. Rénovée, agrandie, l'austère forteresse de Louis XI surpasserait les plus belles demeures d'Europe. Déjà les meilleurs artistes s'activaient. Le peintre Jean Perréal et le sculpteur Michel Colombe rivalisaient de talent.

Une rafale perturba soudain le calme apparent du matin. Anne oublia ses projets luxueux, laissa flotter son manteau dans le vent déchaîné, respira profondément l'air capricieux et humide d'avril. Le souffle puissant venait de l'Ouest, chargé de souvenirs merveilleux. Il transportait les senteurs brumeuses et salées de la mer Océane, les odeurs suaves des bruyères. Il fleurait les tempêtes, embaumait les embruns, exhalait le parfum des marées, les vagues du grand large. Il était toute sa raison d'exister, il la confortait dans son obstination.

– Je ne tolérerai aucune maîtresse, décréta-t-elle en empruntant le corridor menant au cabinet du roi.

***

Charles avait dû travailler une bonne partie de la nuit en compagnie de son secrétaire et de ses conseillers. Un désordre inimaginable régnait dans la pièce réservée aux affaires d'État. Anne promena son regard sur le bureau jonché de livres et de parchemins, souleva les documents en prenant garde de ne pas les déplacer. Elle reconnut le récent traité de Barcelone restituant aux rois d'Espagne, et contre la volonté des Beaujeu, la Catalogne et la Cerdagne. Elle relut l'accord secret signé par Isabelle de Castille, Ferdinand d'Aragon et leur fils Juan, stipulant que *les infants ou infantes ne pourraient être liés par mariage avec le roi des Romains, ni avec celui d'Angleterre, ni avec leurs enfants, ni avec d'autres ennemis déclarés du roi de France sans l'assentiment de ce roi.*

Avec une persévérance qui frôlait l'entêtement, Anne continua ses recherches. Elle finit par ouvrir le tiroir situé sous la table, découvrit un pli daté du mois de mars quatorze cent quatre-vingt-treize.

– Ma chère belle-sœur Anne de Beaujeu ! marmonna-t-elle. Je pensais qu'elle ne s'immisçait plus dans la vie du souverain !

Elle lut la première ligne :

– Je vous envoie l'émouvante supplique que Mademoiselle de Flandre m'a adressée...

Anne enragea.

– Il suffit !

Elle reposa la feuille, trouva la missive écrite par la princesse d'Autriche, la saisit d'une main tremblante et parcourut les lignes frénétiquement. Il était question de Charlotte de Tarente que Charles rappelait à la cour pour quelque projet d'accordailles.

– *Elle est tout le passe-temps que j'ai...* survola Anne d'une voix haletante, *et quand je l'aurai perdue, je ne sais plus que je ferai... Qu'elle ne me soit ôtée, car plus grand déplaisir ne me saurait-on faire... Le roi lui écrivit qu'elle s'en alla... Toutes fois je ne l'ai pas voulu souffrir jusqu' à ce que vous en eusse avertie, en espérance que m'y seriez en aide. Comme j'ai en celle et en autre chose ma parfaite fiance*...*

Il n'y avait là rien de compromettant mais la reine, enragée d'avoir été tenue à l'écart des confidences, continua de fouiller. Une troisième lettre, rédigée par Charlotte elle-même, louait Charles d'avoir renoncé à ces desseins.

– Mon époux trame des manigances avec son ancienne fiancée ! fulmina-t-elle en serrant les poings. Je veux que cette Autrichienne parte sur-le-champ !

Un bruit de pas accompagné d'un cliquetis d'armes avertit Anne de l'arrivée imminente du roi. Elle rangea en hâte la correspondance, avisa un tabouret sur lequel elle s'empressa de s'asseoir.

– Que faites-vous donc ici, ma Dame ? s'étonna Charles en entrant. Et à pareille heure ?

– Je vous espérais, mentit Anne effrontément.

Il considéra l'amoncellement de parchemins.

– Vous m'espériez ? insista-t-il lourdement. L'endroit est mal choisi !

La reine ne perdit pas contenance, sourit benoîtement. Elle avait conçu sa réponse à l'avance et la vérité qu'elle allait révéler la disculperait entièrement.

– Je tenais à vous voir en particulier, Sire. Car la nouvelle que je vais vous apprendre…

Elle feignit un excès de timidité pour le laisser dans une inquiétante incertitude.

– De grâce, dites-moi, geignit-il.

– Vous n'avez point deviné ?

– Deviné quoi ?

Elle montra son ventre encore plat.

– Je suis enceinte.

Charles demeura bouche bée. Puis sa joie explosa. Il se mit à rire, à virevolter, à danser follement. Enfin il se calma, se prosterna devant sa femme, saisit ses mains frêles qu'il embrassa goulûment.

– Ma douce amie, mon tendre oiseau, combien je vous désire…

Anne l'observait à la dérobée. Elle détestait son comportement immature et cette expression stupide qu'il arborait lorsqu'il lui parlait d'amour.

***

Charles VIII caressa d'une main distraite le lévrier couché à ses pieds. Devant lui, les dignitaires du royaume patientaient, debout, attendant qu'il rompît le silence oppressant. À ses côtés, la reine, magnifique dans sa robe de soie entremêlée de fils d'or, se mordillait nerveusement les lèvres.

Le roi lorgna le décolleté de perles que soulevait une respiration saccadée. Quelques idées licencieuses hantèrent son esprit graveleux et malsain. Comme si elle lisait dans ses pensées, Anne, dans un geste de pudeur démesurée, rabattit un pan de son voile sur sa maigre poitrine.

Désabusé, le souverain abandonna ses rêves libertins. Il bâilla bruyamment. Certes, il était épuisé par ses débauches nocturnes, avait hâte de clore la séance. Cependant il hésitait encore. Ses meilleurs conseillers désapprouvaient, freinaient ses initiatives. Pourquoi s'opposaient-ils à ce qu'il ceignît la couronne de Naples usurpée par les Aragon ? Pourquoi le dissuadaient-ils de se rendre en Palestine, de chasser les Turcs et de délivrer le tombeau du Christ ? Cet excès de prudence l'irritait. Que risquait-il ? Les richesses de l'Italie et les trésors de l'Orient financeraient l'expédition.

Distraitement, Charles leva les yeux vers le baldaquin d'étoffe situé au-dessus du trône et dont la couleur écarlate suscitait le pouvoir et la passion. Non, il ne fléchirait pas. Il n'écouterait que les partisans de la guerre. Et il s'en référerait à Dieu qui lui dictait son destin. Sa voie était déjà tracée et, comble de bonheur, au détour du chemin l'attendaient les plus belles femmes du monde, ces Italiennes que l'on disait affriolantes, sensuelles, luxurieuses.

– En tant qu'héritier de la Maison d'Anjou, moi, Charles le huitième, déclare la guerre au royaume de Naples afin de reconquérir le trône qui m'appartient.

L'assemblée s'inclina devant la décision du roi.

– Je vous approuve, Sire, s'interposa la reine. Néanmoins je me permets de vous rappeler un détail fâcheux. Vous avez, à juste raison, assuré la paix à nos frontières en signant des accords avec l'Angleterre et l'Espagne. Mais vous n'avez point éliminé l'adversité du roi des Romains. Tant que vous n'aurez pas rendu Mademoiselle de Flandre à son père, l'Autriche demeurera un ennemi dangereux, capable de déjouer vos plans. N'oubliez pas que Maximilien cherche à venger le double affront que la France lui a fait subir.

– Il est dans mon intention de restituer Marguerite et sa dot, déclara fermement Charles. Cependant je tiens à me garantir de la traîtrise de Maximilien d'Autriche. Sa fille à Melun, il ne pourra agir.

Le prince d'Orange prit la parole :

– Ce félon a envahi la Franche-Comté pour réclamer la totalité de l'héritage bourguignon. Notre armée a essuyé une défaite au défilé du Dournon. Je crains l'invasion du Lyonnais, et l'enlèvement de la princesse.

– N'avez-vous point ménagé une trêve ?

– Certes. La respectera-t-il seulement ?

Le roi réfléchit.

– Pressez les pourparlers et arrangez-vous pour recevoir les Flamands à Péronne.

Il s'adressa à l'assemblée :

– J'irai conclure une paix séparée avec leurs ambassadeurs ainsi qu'avec le frère de Marguerite, l'archiduc Philippe.

Puis il se pencha vers Anne.

– Il me tarde, autant que vous, d'en finir avec cette affaire, susurra-t-il à son oreille.

***

Depuis la tombée du jour Anne, entourée d'une suite élégante et nombreuse, parcourait les allées du jardin. La nuit était douce, sereine. De charmantes fontaines égayaient les recoins obscurs de leur clair murmure. Des flambeaux montraient mystérieusement le chemin, invitaient à une promenade nocturne, à un rendez-vous galant. Anne ne s'ennuyait point en l'absence du roi.

Quand elle ressentit une légère fatigue, la reine décida d'abréger son divertissement. Le médecin lui avait préconisé des marches longues et régulières mais elle ne voulait, par quelque imprudence, compromettre la vie de son futur enfant.

– Nous rentrons, décréta-t-elle.

Les dames et les gentilshommes l'escortant se plièrent à ses exigences. Ils la raccompagnèrent jusqu'à ses appartements, lui souhaitèrent le bon dormir. La reine leur donna alors l'ordre de se retirer, entrouvrit la porte de la chambre. La servante qui préparait son coucher se précipita à sa rencontre.

– Le secrétaire de Sa Majesté est ici, bredouilla-t-elle.

La reine trouva Jean Lemaire de Belges appuyé contre le rebord de la cheminée. Elle renvoya la domestique.

– Je vous attendais, Majesté, pour vous entretenir en aparté de choses fort regrettables, dit-il en s'inclinant.

– Vous êtes-vous acquitté de votre mission ? se soucia Anne.

– Comme convenu, j'ai porté le cadeau d'adieu de Son Altesse à Mademoiselle de Flandre.

Le jeune homme baissa la tête.

– Alors ?

– Elle l'a refusé, avoua-t-il, et m'a chargé de vous dire que les joyaux, aussi merveilleux fussent-ils, ne possédaient aucunement le pouvoir de consoler des chagrins.

Il montra le coffret contenant la parure de tête et les templectes* d'or. Anne serra les dents, dissimula sa vexation.

– Peu m'en chaut ! J'offrirai cette parure à ma chambrière !

Elle ajouta, dédaigneusement :

– Elle vaut bien plus que cette impertinente et saura certainement apprécier ma générosité !

Le jeune homme acquiesça.

– J'ai d'autres nouvelles à vous apprendre, poursuivit-il. Un courrier m'est parvenu certifiant que les Autrichiens n'avaient pas voulu conclure de traité à Péronne.

Anne s'assit sur son lit.

– La paix n'a point été signée ? demanda-t-elle d'une voix qui trahissait son affolement.

– Si, mais à Senlis, et après bien des atermoiements.

– Dieu soit loué, murmura Anne.

Elle remercia son secrétaire, le congédia. Jean la salua courtoisement et tout en s'éclipsant, lui récita quelques vers de sa composition. Mais elle n'écoutait pas.

– De quand date l'accord ? s'inquiéta-t-elle, tandis qu'il franchissait le seuil.

– Du vingt-trois mai, Majesté.

– Du vingt-trois mai, répéta-t-elle, comme pour se convaincre qu'il ne s'agissait pas d'un rêve.

14. DEDANS L'ABÎME DE DOULEUR

– J'ai tant désiré ce moment et voilà qu'à présent je redoute...

Marguerite ne put achever. L'émotion l'étreignait. Elle se pencha à la fenêtre, respira les senteurs enivrantes du joli soir d'été, chercha l'espoir qui la consolerait. Mais trop vive était sa blessure. Son cœur ne distillait plus que de lugubres pensées. Dans les brumes vaporeuses voilant peu à peu l'horizon, le beau paysage de France s'éteignait sinistrement. Jamais un crépuscule ne lui avait paru aussi mélancolique. Jamais le cri des hirondelles ne lui avait semblé aussi déchirant.

– Le jour me ressemble, acheva-t-elle en sanglotant. Il n'en finit pas de mourir.

Madame de Segré enlaça sa pupille avec une tendresse infinie, l'invita à s'étendre sur son lit.

– Tous ces déplacements vous ont épuisée, dit-elle d'une voix douce en s'asseyant à son chevet. Depuis un mois vous parcourez de longues distances, on vous traîne de ville en ville, de château en château.

Elle évoqua le parcours éprouvant : Melun, Meaux, Amiens, Saint-Quentin. Elle rappela les épreuves endurées : l'humiliant échec de Péronne, la paix de Senlis concrétisant le renvoi définitif de Marguerite ainsi que la renonciation de Maximilien au titre de duc de Bretagne, et surtout le serment sur la Croix et les Évangiles par lequel la petite reine répudiée avait solennellement renoncé à toute prétention sur son mariage avec Charles, *sans en pouvoir jamais faire poursuite ni demande.*

– Cela n'est rien au regard de ce qui m'attend, se lamenta la princesse.

Elle leva sur sa gouvernante ses grands yeux bleus pleins de tristesse.

– N'êtes-vous point heureuse de rentrer chez vous ?

– Je reviens, déshonorée, dans un pays que je ne connais pas. Et j'ai si peur de retrouver un père, un frère, une marraine dont je n'ai même pas souvenance.

– Vous vous accoutumerez bien vite, rassura Madame de Segré. Et puis, vous ne demeurerez pas longtemps sans amour…

Elle caressa la joue humide, chuchota au creux de l'oreille :

– Je suis persuadée que les princes les plus valeureux s'empresseront de demander votre main.

Constatant que ses propos adoucissaient la peine de Marguerite, elle ajouta, sur le ton de la plaisanterie :

– Le roi de France ne vous méritait pas. Songez comme il est laid, grossier et petit !

La princesse de Flandre éclata d'un rire nerveux. Mais bientôt son absurde gaieté se mua en remords et elle se rembrunit. Des images angoissantes la supplicièrent de nouveau. Elle saisit la main maternelle qui se tendait vers elle, épancha ses sentiments :

– Je ne veux pas vous quitter. Restez avec moi, je vous en supplie. Vous êtes ma seule famille.

La gouvernante laissa couler ses larmes. L'heure n'était plus à la pudeur, ni à la fierté, mais au chagrin de deux êtres qui s'aimaient et que l'infortune s'acharnait à séparer.

– Ma fille chérie, mon enfant, il m'est impossible… pleura-t-elle.

Marguerite n'insista pas. Elle se blottit dans les bras protecteurs, enfouit son visage au creux de l'épaule secouée de spasmes.

– Alors je vais perdre une mère pour la deuxième fois, gémit-elle, désemparée.

***

Marguerite acheva de lire sa prière. Puis elle tira délicatement le ruban qui servait à marquer sa page de prédilection et contempla longuement les miniatures ornant le début des vêpres de l'office funèbre.

– *L'allégorie des trois Vifs et des trois Morts*, frémit-elle.

Sur la feuille de gauche, l'artiste avait peint une partie de fauconnerie fort étrange. Dans la campagne verdoyante, trois chasseurs, deux hommes et une femme, étaient poursuivis par trois cadavres. Mais seule la cavalière semblait remarquer leur présence. L'enluminure de la page de droite représentait un autre défunt enveloppé dans un drap blanc, portant un cercueil sous un bras et brandissant une flèche de l'autre. Il s'apprêtait à lancer son trait en direction de la dame. Marguerite frissonna. Elle n'ignorait pas la prophétie du trépas de sa mère se rattachant à ces tableaux. En lui offrant le livre d'heures de Marie de Bourgogne, sa marraine, la duchesse d'York, léguait un grand mystère. Elle avait d'ailleurs écrit une lettre expliquant que l'artiste, poussé par une intuition divine, avait substitué au visage d'un chasseur celui de Marie, bien avant l'accident de celle-ci.

Marguerite considéra le portrait de sa mère. Sa méditation la ramena vers ce lointain passé qu'elle refoulait de toutes ses forces et vers lequel le sort, inéluctablement, la ramenait. Entre son départ et son retour, dix années s'étaient écoulées. Dix années peuplées de joies, de peines, d'attentes, de vains espoirs. Dix années anéanties, gâchées par un insupportable affront et la perspective de douloureux adieux. Bientôt elle perdrait l'amitié de Charlotte de Tarente, l'affection de Madame de Segré.

Que restait-il de son séjour à Amboise sinon un vide immense, une amertume infinie ? Quels souvenirs heureux emportait-elle ? Les poèmes de Jeanne de France et le précieux souvenir de Philibert de Savoie ne constituaient qu'une bien maigre consolation.

La vie, ailleurs, allait recommencer. Un autre destin guiderait la jeune fille aigrie par l'infortune, déçue au plus profond de son âme et convaincue que le mariage n'était point affaire d'amour mais manœuvre politique. Car les enfants des rois étaient conçus pour devenir des objets de négociations.

Marguerite ferma l'ouvrage d'oraisons, le rangea soigneusement dans le sac en cuir destiné à le protéger durant le voyage. Elle s'enfonça mollement dans les coussins de velours et se laissa balancer au rythme du pas des juments.

Un ralentissement suivi de quelques éclats de voix annonça que la frontière était en vue. Le cortège s'arrêta. La princesse flamande tira le rideau de sa litière afin d'observer la campagne alentour. Elle aperçut le capitaine de son escorte chevauchant à sa rencontre.

– Nous voilà aux confins du royaume, Madame, dit l'homme quand il parvint à sa hauteur.

Marguerite acquiesça, descendit de son véhicule. Les gentilshommes et gentes dames l'imitèrent et mirent pied à terre. La petite reine répudiée plissa les yeux tant la lumière était vive. Un soleil radieux brillait dans le ciel d'azur. À quelques toises seulement un ruisseau délimitait le tènement royal et ducal. Au-delà de cette limite naturelle, à côté du moulin de Vend'huile, les seigneurs flamands attendaient.

Marguerite sentit soudain son cœur s'emballer. Un désagréable bourdonnement l'assourdit. Un voile opaque brouilla sa vue. Un nuage l'enveloppa et elle se mit à flotter, comme dans un rêve. Elle tituba.

– Accrochez-vous à mon bras, Madame, dit le représentant de Charles VIII.

Elle obtempéra sans trop comprendre, lutta contre le terrible malaise qui s'emparait de sa raison. Personne ne devait pénétrer son trouble. Personne ne devait deviner son mal-être. Courageusement elle redressa la tête et marcha, cramponnée au jeune comte qui la conduisait vers les siens.

C'est dans un flou vertigineux que la petite-fille du Téméraire signa l'acte de renonciation à son mariage français, qu'elle remercia les gardes du roi qui l'avaient accompagnée et qu'elle s'engagea sur la route de Flandre.

***

Marguerite se jeta sur son lit, harassée mais heureuse.

– Je commence à me sentir chez moi, avoua-t-elle.

La duchesse d'York se réjouit de l'humeur de sa filleule :

– Vous m'en voyez ravie, répondit-elle avec une gentillesse naturelle et sincère.

– Jamais je n'oublierai l'accueil chaleureux de cette ville de Cambrai, les habitants m'acclamant aux cris de « Vive Bourgogne » ! Comme cela a réchauffé mon cœur ! Comme la France me semblait loin alors !

– Vous voilà la plus belle, la plus riche héritière d'Europe !

Marguerite approuva tout en réprimant un bâillement. La marraine s'aperçut de sa lassitude, retrouva son sérieux :

– Vous devriez vous reposer à présent. Demain, dès l'aurore, je ferai préparer vos bagages.

La princesse soupira :

– Je suis à peine arrivée et déjà je dois penser au départ.

– Valenciennes s'apprête à fêter dignement votre retour. De somptueuses fêtes ont été commandées en votre honneur : des mystères*, des jeux, des tournois, des festins et tant d'autres déduits.

– Charlotte et Madame de Segré y participeront-elles ?

– Certes, ensuite vous leur remettrez les cadeaux d'adieu et elles s'en retourneront.

Marguerite se renferma dans un silence angoissé, son visage s'assombrit.

– Je comprends votre affliction, mais vous êtes une noble dame et devez surmonter cette épreuve.

– Je n'y parviendrai point.

– Je vous aiderai à vaincre le tourment. Et votre frère Philippe, qui a grand hâte de faire votre connaissance, saura distraire votre ennui.

– Mon frère… Comment est-il ?
– Imaginez un magnifique jeune homme, grand, séduisant, fort bien élevé.
– Parle-t-il le français ?
– Et le latin, le castillan, le flamand.
– Ah, fit Marguerite, impressionnée.
– Et mon redouté seigneur Maximilien d'Autriche ?
– Il ne faut point compter sur sa présence.
– Il ne viendra pas ?
Sentant la déception de Marguerite, la duchesse regretta d'avoir parlé trop vite. Elle se reprit :
– Enfin, pas dans l'immédiat, corrigea-t-elle.
Mais il était trop tard. Le chagrin, une fois encore, torturait l'âme déjà ébranlée par les duretés de la vie. Un autre rêve s'écroulait : celui d'une adolescente désireuse de se réfugier dans les bras de son père. La princesse fondit en larmes.
– Comme vous ressemblez à votre mère lorsque vous pleurez, se troubla la duchesse.
Elle se souvenait de sa belle-fille lui abandonnant ses enfants avant d'entrer en agonie.
– Ma mère… L'avez-vous bien connue ?
– Oui, et tant chérie !
– Qui étiez-vous pour elle ?
– La troisième femme de son père, Charles le téméraire. Mais son amie surtout.
Elle sourit :
– J'avais seulement onze ans de plus qu'elle !
Elle observa la fille de Marie, attendrie, s'ingénia à la soulager :
– Plus tard, je vous conterai des milliers d'histoires la concernant, voulez-vous ? Mais pour l'heure, il faut dormir. Je vais appeler la chambrière.
Puis, posant un baiser sur le front de sa filleule :
– Passez une douce nuit, mon ange.
Marguerite apprécia ce geste délicat, ces paroles réconfortantes.
– Je crois que je vais vous aimer, confia-t-elle dans un murmure.

***

On avait ralenti l'allure pour se prémunir contre la fatigue et contenir la nervosité des chevaux. L'après-midi touchait à sa fin. Une chaleur suffocante alourdissait l'atmosphère. Le ciel s'ennuageait, devenait menaçant. Déjà quelques grondements de tonnerre résonnaient à l'horizon.

Prônant la prudence, les gens de Maximilien avaient décidé de raccourcir l'étape. Une estafette* avait donc été envoyée en reconnaissance car une halte improvisée s'imposait. Jamais la ville de Mons ne serait atteinte avant la nuit. Mieux valait loger à l'auberge, en bord de route.

Le capitaine de l'escorte vint avertir Mademoiselle de Flandre de sa décision et la rassura quant au bon déroulement du voyage. Il s'inquiéta aussi du confort de sa protégée. La princesse masqua sa fatigue, le remercia de sa courtoisie. Elle n'aimait pas se plaindre, ni témoigner son impatience ou sa peur, surtout devant des soldats aussi courageux qu'aguerris et qui la servaient en l'admirant.

Les premières gouttes de pluie rebondirent bruyamment sur les pierres du chemin. Une forte odeur de terre mouillée s'engouffra par la fenêtre ouverte, tandis qu'un brusque coup de vent faisait claquer le rideau. Marguerite attrapa le morceau d'étoffe. Elle tentait de l'accrocher lorsqu'un garde autrichien s'approcha de sa litière.

– Accordez-moi un instant, Princesse.

L'homme parlait avec un pur accent du val de Loire.

– À qui ai-je l'honneur ? demanda-t-elle, méfiante.

– Au messager du roi de France.

Marguerite obstrua rageusement la lucarne mais il saisit son poignet et le maintint fortement.

– Ne criez surtout pas, ordonna-t-il tout en continuant de guider sa monture. Je ne viens point en ennemi, ni en espion. Son Altesse m'a envoyé secrètement à votre rencontre dans le but de vous remettre un présent.

Le ton ne comportait aucune agressivité, seulement de la fermeté. Sentant qu'elle se radoucissait, il lâcha prise.

– Je refuse, maugréa-t-elle.

– Il s'agit d'un cadeau royal. Je vous supplie de l'accepter, insista-t-il en tendant un magnifique coffret bleu parsemé de fleurs de lys.

Marguerite s'effondra. Sa raison lui dictait de décliner cette largesse, mais elle écouta son pauvre cœur l'invitant à la recevoir. D'une main agitée de soubresauts, elle souleva le couvercle. Une chaîne d'or d'un très grand prix brillait sur un coussin de velours.

– Le roi m'a chargé de vous dire ceci : « Puisse ce bijou, symbole d'amitié éternelle, atténuer le chagrin de ma toujours bien-aimée petite reine ».

– Taisez-vous, implora Marguerite, pantelante.

Elle posa la boîte sur ses genoux.

– Il vous adjure de ne point lui garder rancune et désire connaître vos sentiments à son égard.

La princesse ne répondait pas. L'homme réitéra sa question, la formula autrement :

– Il attend un mot de vous, Princesse. Que dois-je lui rapporter ?

– Dites-lui que j'ai trop grand regret de lui, prononça-t-elle du bout des lèvres, et qu'*avec ma blessure mourrai.*

Comme il s'attardait, elle le pria de s'en aller.

– Mon devoir m'oblige à vous communiquer d'autres révélations.

Elle haussa les épaules, perdue dans une incommensurable détresse.

– Le comte Philippe de Bresse, ainsi que son fils Philibert de Savoie, vous transmettent leurs respectueux hommages.

Il baissa le ton, gêné par la confidence qu'il s'apprêtait à divulguer, sembla hésiter.

– Quant à René de Savoie…

Elle lui adressa un regard rempli de haine.

– Il renouvelle sa demande en mariage.

– Partez ! s'insurgea Marguerite. Partez avant que je dénonce vos intrigues aux ambassadeurs de mon père !

L'envoyé de Charles VIII s'inclina. Puis il disparut dans un galop effréné tandis qu'un éclair ébranlait le cortège et que la grêle se mettait à tomber violemment.

– Le sort cessera-t-il de m'importuner un jour ? se désola Marguerite en passant la chaîne autour de son cou.

***

Marguerite ne reconnaissait plus rien. Tout lui paraissait déformé et confus. Elle poursuivit néanmoins sa folle promenade, erra un long moment parmi les galeries souterraines du château, persuadée que sa mère hantait l'empire des ténèbres. Elle longea les murs glacés et humides, terrorisée par les fantômes habitant les lieux, évolua sur des traînées de brumes irréelles. Elle marcha jusqu'à ce que ses jambes se dérobassent. Elle sentit alors le sol se ramollir, s'effondrer, tomba dans un gouffre profond au fond duquel débouchait un couloir de lumière. Marguerite emprunta l'étrange corridor orné de rinceaux fleuris, lutta contre le souffle puissant qui entravait son avancée. Au loin se dessinait la silhouette vaporeuse de Marie.

– Mère, attendez-moi, hurla-t-elle.

La jeune femme se retourna.

– Ne me retardez point, ma fille. Une fameuse chasse à l'oiseau a été organisée ce matin à laquelle je suis conviée. Ne voyez-vous pas que ma jument piaffe d'impatience ?

– Quelle jument ?

Marguerite plissa les yeux, aperçut la bête et courut à perdre haleine. Cependant, lorsqu'elle parvint au bout du tunnel, une grille s'abaissa.

– La chevauchée fatale ! cria la princesse.

Elle s'accrocha aux barreaux, considéra l'endroit qu'elle ne pouvait atteindre et qui se déformait à une allure vertigineuse.

– La chevauchée fatale ! répéta-t-elle.

Mais sa mère ne l'entendait pas, elle avait déjà enfourché sa monture. Déjà, deux cavaliers l'avaient rejointe. Il s'agissait de Philippe de Bresse et René de Savoie.

– Et mon père, où est-il ? s'inquiéta Marguerite.

– Votre père ne songe qu'à devenir empereur, ricana le roi. Il ne se soucie guère de vous, ni de son épouse.

Il tira sur une chaîne en or et une armée de spectres apparut. Parmi ces chevaliers diaboliques se trouvait la reine, Louis d'Orléans et Anne de Beaujeu.

Marguerite succomba à l'affolement, tourna le dos aux monstrueux trépassés, assista, impuissante, au déroulement de la scène morbide. Trois morts, Madame de Segré, Charlotte et Maître Perréal, surgissaient de l'enfer. Ils brandissaient leurs flèches en direction de Marie. Derrière eux, Jeanne de France, vêtue d'un linceul blanc, préparait un cercueil.

Marguerite avertit du danger. Les chasseurs prirent la fuite mais leurs chevaux se cabrèrent. René contrôla sa monture, Philippe de Bresse se rattrapa de justesse. Marie chuta lourdement et se rompit les os. Ensuite le mirage s'estompa, remplacé par un vide obscur.

– Marguerite… fit une voix.

Elle se retourna, découvrit, étonnée, Philibert de Savoie.

– Je vous ramène à Amboise, proposa-t-il en glissant sa main autour de sa taille.

Elle se serra contre lui, le suivit avec complaisance, ondoyant sur des vapeurs légères. Comme cet instant la comblait d'aise !

– Mon père a eu la vie sauve, expliqua-t-il. Je construirai un monastère pour commémorer le miracle.

Philibert possédait un tel charme que le drame de Marguerite s'en trouvait édulcoré.

– Et moi, je construirai un tombeau, répliqua-t-elle sans grande tristesse.

– Peut-être pourrions-nous œuvrer ensemble ?

Marguerite consentit. Cependant Philibert s'éloignait lentement. Elle chercha à le retenir mais il s'évanouissait, emportant la clarté lénifiante, l'abandonnant à une horrible solitude. Soudain, la foudre déchira l'espace. La terre s'ouvrit et une gigantesque crevasse les sépara. Marguerite chancela devant le trou béant.

– Je ne veux pas choir dedans l'abîme de douleur, suffoqua-t-elle, épouvantée.

Une main secourable se tendit. Elle l'agrippa, ouvrit des yeux hagards. Déjà le cauchemar s'estompait.

– Où suis-je ? appréhenda-t-elle.

– À Mons, ma Princesse.

La duchesse d'York tira les tentures, ouvrit la fenêtre. Le chaud soleil de juin inonda la pièce jusqu'alors baignée de pénombre, effaçant les affres de la nuit.

La princesse flamande recouvra ses esprits. Elle se rappela le voyage harassant, le départ émouvant des dames françaises à Valenciennes, le présent de Charles VIII.

– Vous devriez ôter ce bijou ou il vous portera malheur, conseilla la duchesse, superstitieusement.

Marguerite voulut s'opposer mais devant le dévouement, l'amour de sa marraine, elle se résigna à quitter le passé, à se tourner vers l'avenir, vers ce bel avenir que lui avait promis son confesseur. Elle défit le collier, le rangea dans son écrin.

Désormais, le royaume de France n'était plus qu'un mauvais souvenir.

Deuxième partie

**

Dans le jardin d'Amoureuse Espérance

Malines
Été 1493

1. LA PAIX PERDUE À SENLIS

Un grand vent frais et généreux chassait les orages de la nuit. Il s'acharnait à dégager le ciel, dispersait de gros nuages cotonneux, ramenait un soleil radieux, éblouissant. Il balayait les mauvais souvenirs, les ultimes ressentiments. Il insufflait la confiance et la joie.

Dans les jardins de l'hôtel de Malines, la princesse de Flandre flânait. Elle avait décidé de s'accorder une heure de plaisant repos. Elle souhaitait profiter du bonheur à peine éclos. Un bonheur simple, presque puéril et qui la submergeait délicieusement : celui de sentir ses joues s'empourprer sous l'effet de la bise, celui de voir les étendards aux couleurs de son pays claquer au gré du souffle impétueux. Ce matin d'août exhalait les premières senteurs de l'automne, refoulait ses incertitudes, lui rendait l'espoir. Une émotion violente, dont elle ignorait l'origine, la transportait vers des rêves nouveaux. Elle s'épanouissait sur son sol natal, elle reconquérait sa dignité perdue. Rien n'entravait son intense désir de vivre. Car elle n'était plus l'épouse répudiée de Charles VIII mais la fille de Maximilien de Habsbourg et de Marie de Bourgogne. Désormais l'avenir lui appartenait. Et il s'avérait prometteur.

Après avoir arpenté les allées encore fleuries, Marguerite pénétra dans la cour et s'assit sur la margelle du puits. Elle tourna son visage vers le firmament, respira profondément, avec un immense plaisir, de grandes bouffées d'air pur. Il lui semblait distinguer les parfums de son enfance. Longtemps elle pensa, essayant de percer les secrets d'un passé oublié.

– Marguerite !

Surprise, la princesse tressauta, se retourna vivement.

– Philippe !

– Voilà un moment que je vous cherche !

Il y avait dans sa voix l'ombre d'un reproche qui la blessa.

– Vous ne semblez point joyeux de me trouver, mon cher frère, constata-t-elle.

Elle baissa les paupières, avoua dans un murmure :

– Il m'est si doux de vous revoir…

L'archiduc haussa nonchalamment les épaules. Le dur apprentissage au métier des armes et les responsabilités auxquelles son père le soumettait l'avaient aguerri, prématurément endurci. Il n'était guère enclin à écouter les femmes, et leur sensiblerie, le plus souvent, l'agaçait. Néanmoins, il s'aperçut de la peine infligée à sa sœur par maladresse, se posa près d'elle, prit affectueusement son bras.

– Pardonnez mon impatience et mon irritation, Margot. Mais j'ai une bien triste nouvelle à vous apprendre.

La princesse fronça les sourcils, son cœur se mit à battre follement.

– Il s'agit de notre grand-père, Frédéric. Dieu vient de le rappeler à lui.

Il s'attendait à un débordement de lamentations et de dolents soupirs.

– Au moins ne souffre-t-il plus, dit-elle simplement.

– Ce malheur ne semble guère vous émouvoir, s'étonna-t-il.

– Je déplore la mort de cet empereur que je n'ai par ailleurs jamais connu, mais je n'ai plus de larmes.

Philippe se souvint des recommandations de la duchesse d'York quant au chagrin de Marguerite. Il la considéra donc avec compassion. Sa répudiation l'avait meurtrie davantage qu'elle ne le laissait entendre. Si elle affichait une force de caractère exceptionnelle, elle n'en demeurait pas moins fragile.

Dans un sursaut d'orgueil, Philippe se posa en protecteur. Certes, la rancune qu'il nourrissait à l'égard du roi de France le rapprochait de sa sœur. Le félon ne s'était point contenté de renvoyer Marguerite et d'épouser la femme de Maximilien. Il s'était aussi approprié une partie des biens, refusant de restituer l'intégralité de la dot. Il avait ainsi passé sous silence les droits de l'archiduc concernant la Bourgogne, lui usurpant les terres qui lui revenaient et ce jusqu'à sa majorité.

– *Par cette paix, toute rancune, haine et malveillance des uns envers les autres sont abolies et éteintes*, se souvint-il avec amertume. Dire que j'ai apposé ma signature au bas de ce traité !

Philippe jeta à sa sœur un regard droit et franc. Ses claires prunelles reflétaient un impérieux besoin de représailles.

– Je comprends, dit-il enfin. Et je promets, sur mon honneur et sur ma foi, de punir celui qui vous a fait pleurer.

– Dieu seul peut châtier l'offenseur, répondit-elle, encore imbue des pieuses paroles de son confesseur.

L'archiduc se crispa. Marguerite devina la colère qui rongeait son âme noble et trop fière. L'agressivité et la violence qu'elle contenait l'effrayaient.

– J'ai moi aussi subi un affront, poursuivit-il d'un ton âpre et glacial. Charles VIII va bénéficier pendant cinq ans des duchés que j'ai hérités de notre mère ! Sous prétexte que je suis mineur ! L'Artois, la Franche – Comté, le Charolais, la seigneurie de Noyers et les meilleures forteresses lui appartiennent. Ce traité de Senlis est bien avantageux pour la France !

La princesse s'engagea dans une politique de conciliation, se voulut compréhensive et modérée.

– Monseigneur notre père a ratifié le contrat par le biais de ses ambassadeurs. Je suppose qu'il en approuvait les clauses.

– Il ne put agir autrement. Votre retour sans cesse ajourné et soudain cette précipitation nous prenant au dépourvu… Il accepta de crainte que le roi ne durcît ses conditions.

Marguerite se remémora l'interminable attente au château de Melun, puis la cuisante déception lorsqu'elle apprit que Maximilien n'était point là pour l'accueillir.

– Son absence à Senlis me causa grand déplaisir, avoua-t-elle. Je sais que l'invasion de la Croatie par les Turcs le retint éloigné, qu'il se préoccupa de défendre nos frontières. Néanmoins j'eusse aimé qu'il vînt à ma rencontre.

– Il aurait dû prévoir l'attaque des Musulmans et installer des postes de renfort, critiqua sévèrement Philippe.

– Oseriez-vous le contredire ? Vous opposer à sa manière de gouverner ?

Philippe afficha un air dominateur L'ambition qui l'habitait aiguisait son jugement. L'envie d'atteindre à la gloire et au pouvoir le torturait déjà.

– Maximilien est irréfléchi, et faible de surcroît, affirma-t-il avec l'arrogance de ses quinze ans. Il se lance dans des aventures qu'il abandonne à la moindre difficulté. Il s'éparpille, change souvent d'avis, dilapide le trésor.

– Je ne puis me permettre de le blâmer, répondit modestement la princesse.

Elle baissa la tête. Son exil l'avait tenue à l'écart de bien des événements. À côté de son frère, elle se sentait une étrangère. Et l'indifférence de Maximilien ne l'aidait pas à se réhabiliter aux yeux de l'archiduc.

– Monseigneur mon père se soucie-t-il seulement de moi ? demanda-t-elle dans un soupir.

Philippe sourit.

– Pour l'heure, sa principale préoccupation est de prendre épouse. Il compte sur une alliance intéressante qui lui permette de renflouer ses caisses afin de bouter les musulmans hors de la chrétienté ! Ensuite il vous cherchera un prétendant. Vous deviendrez alors le principal objet de ses pensées, le précieux instrument servant à venger l'humiliation.

Marguerite se rembrunit. Elle était à peine de retour que l'on envisageait de la remarier. Cependant la sagesse lui dictait de dissimuler sa révolte. Elle orienta la conversation vers un autre sujet :

– Et vous Philippe ? Auriez-vous quelque projet d'accordailles ?

– Rien de sérieux…

Il s'apprêtait à vanter ses exploits amoureux mais les remontrances de la duchesse d'York lui revinrent à l'esprit. La veuve du Téméraire, qui l'avait élevé comme son propre fils, n'appréciait guère ses conquêtes et tentait de le ramener vers une inhumaine chasteté. « Au moins garderez-vous d'évoquer vos indécentes prouesses devant Marguerite », lui répétait-elle inlassablement.

Le ciel s'obscurcit soudain et quelques gouttes de pluie présagèrent l'arrivée de nouvelles averses. Philippe se leva promptement, invita sa sœur à le suivre.

– En attendant de porter le vêtement des noces, allons revêtir le costume de deuil, proposa-t-il crûment.

***

– Désirez-vous que je vous accompagne ? proposa l'évêque en enfonçant l'énorme clé de bronze au fond de la serrure.

– Merci, Monseigneur, confirma Marguerite, mais je préfère aller seule.

Elle se tourna vers sa marraine qui lui adressait un regard anxieux.

– Il me plaît mieux, ainsi…

La duchesse d'York, bouleversée, serra sa filleule dans ses bras.

– Nous vous attendons, balbutia-t-elle.

Marguerite poussa la lourde herse de l'église Notre-Dame. Son cœur s'emballa. Elle hésita à entrer, en proie à un incontrôlable malaise. Le courage, brusquement, la délaissait.

– Je me suis déplacée jusqu'à Bruges afin de vous rendre visite, mère, confessa-t-elle, et voilà que je me sens défaillir, que j'éprouve l'envie de me dérober.

La princesse rassembla le peu de force qui lui restait, avança lentement. La pénombre feutrée dégageait d'enivrantes vapeurs d'encens, l'enveloppait d'un silence mystique et angoissant. Au fur et à mesure qu'elle approchait de l'autel, elle s'abîmait dans un isolement cruel, dans un passé qu'elle refusait encore d'affronter. Mais des images s'imposaient à son esprit, déformant la tranquillité du lieu, la transportant au-delà du temps, vers ce jour maudit auquel elle tentait vainement de s'arracher.

Marguerite ne possédait que de vagues réminiscences de la triste cérémonie. Cependant sa marraine lui avait tant de fois décrit la scène qu'elle arrivait à confondre les faits imaginés avec ses propres souvenirs. Il lui semblait pourtant revoir Maximilien, habillé de noir, conduisant le cortège funèbre, la foule remplissant les nefs, débordant jusqu'à l'extérieur du porche, la fosse creusée au milieu du chœur, le cercueil que l'on descendait…

La princesse étouffa ses sanglots, s'agenouilla devant la dernière demeure de Marie de Bourgogne. Elle récita d'ardentes prières. Puis, dans le secret de son cœur, elle s'adressa à la défunte :

– Combien vous me manquez, mère, combien je vous aime, dit-elle en s'effondrant.

Durant un long moment, elle épancha sa souffrance, comblant, par des plaintes déchirantes, le vide qui la séparait de Marie. Enfin, lorsque son chagrin s'allégea, elle sut avouer son tourment.

– Puissiez-vous reposer en paix en dépit du scandale qui agite la cour. Puissiez-vous, là où vous êtes, ne point pâtir de l'infidélité de mon père, de son projet de remariage. Il vous avait promis l'amour par-delà la mort et il vous a trahie. Bientôt, en dépit de son serment, il s'unira à cette riche Italienne sensée lui apporter, non pas le bonheur, mais la fortune. Serez-vous capable de lui pardonner sa lâcheté ?

Tout en abandonnant ses craintes et sa déconvenue, Marguerite effleurait la pierre obstruant le caveau. Depuis onze douloureuses années, sous cette dalle glaciale, reposait le joli corps embaumé. Ce contact étrange, unique lien physique avec la chère disparue, lui procura quelque réconfort.

– Cette sépulture n'est point digne de vous, mère, regretta-t-elle. Mais Philippe m'a livré son intention de commander un magnifique mausolée.

Elle confia tout bas :

– Il rendra hommage à l'unique épouse de l'empereur Maximilien.

Marguerite succomba soudain à d'éblouissantes chimères. Elle imagina Jean Perréal réalisant le pourtraict* du tombeau. Comme par enchantement, sous les doigts de l'artiste apparaissaient l'esquisse du monument funéraire, l'ébauche du gisant. Marguerite se concentra sur l'œuvre supposée. Elle discerna alors le visage aux traits purs et juvéniles, aux yeux éternellement fermés.

– Mère ! se troubla-t-elle.

Elle se signa, joignit les mains, fixa la grande représentation de la Vierge accrochée sur le mur. Marie avait tant de fois regardé et invoqué ce tableau. Elle-même avait demandé, à la veille de trépasser, qu'on l'installât ici. La princesse vénéra l'effigie telle une relique. Alors le temps s'arrêta. Figée, prostrée, elle s'absorba dans une fervente méditation, se faufila jusqu'aux portes du Paradis.

Inquiète de ne la voir reparaître, Madame d'York prit la liberté d'entrer. Elle aborda la jeune fille doucement, de manière à ne point l'effrayer.

– Venez, mon enfant, fit-elle avec une sollicitude toute maternelle.

Marguerite émergea de sa plénitude.

– Je priais pour le salut de son âme, s'excusa-t-elle, comprenant qu'il s'était écoulé une période infinie.

Et elle s'arracha à regret de ses rêves dévotieux.

***

Le mariage par procuration de Maximilien d'Autriche et de la Milanaise Blanche Marie Sforza avait été célébré dans la plus grande discrétion. L'empereur, conscient de l'indignation que cette alliance engendrait, avait secrètement envoyé à sa belle le chevalier chargé de le représenter, ainsi que les indispensables témoins. Cependant l'affaire s'était vite ébruitée et la nouvelle s'était répandue dès les premiers mauvais jours de l'hiver.

Depuis qu'elle avait eu confirmation de ces noces par pouvoir, Marguerite traversait une sombre période. Une tristesse inhabituelle embrumait sa vie, une indicible morosité se devinait au travers de son attitude. La duchesse d'York, vigilante et attentionnée, discernait le mal-être, en pressentait les raisons. Elle décida donc de s'entretenir avec sa filleule et choisit d'effectuer sa visite à l'heure du coucher, si propice aux confidences.

Après s'être fait annoncer, la duchesse pénétra dans la chambre que seules éclairaient les braises du foyer.

– Pardonnez-moi de vous importuner, mon ange. Je venais vous souhaiter le bon soir. Je vous pensais couchée…

La princesse posa son luth, convia sa marraine à s'asseoir à côté d'elle, près de la cheminée.

– Je ne puis trouver le sommeil, lui avoua-t-elle.

– Et si vous me disiez ce qui vous contrarie ?

Le cœur de Marguerite débordait d'amertume. Aussi parla-t-elle sans détours.

– Père à moi ne s'est point manifesté. J'ai quitté la France depuis quatre mois. Et depuis quatre mois je désespère de le revoir.

– Il faut vous armer de patience.

– Nous entrons dans l'hiver. Son prochain prétexte sera les routes impraticables. Je m'incline à croire que je l'indiffère. Je suis pourtant son enfant.

– Votre père a fort à faire, il est la risée de tous. Son hyménée avec une femme du peuple, une arrière-petite-fille de cordonnier, choque l'opinion, suscite la méfiance.

– Mon sort le préoccupe moins que ses noces ! La fille de Marie ne l'intéresse plus !

Madame d'York décela chez sa filleule une profonde jalousie.

– J'apprécie Maximilien. Jadis, j'ai vivement favorisé son mariage avec votre mère. C'est un preux chevalier. Jamais il ne reniera son premier amour. Son union n'a rien de sentimental. Elle s'avère purement politique. Votre père cherche à s'attirer l'amitié des puissants Sforza contre Charles VIII, à contrecarrer les visées de la France sur l'Italie. Quant à la fastueuse dot de Blanche Marie, elle lui permettra d'arrêter les musulmans aux frontières de l'Est.

Elle eut une inflexion tendre et mélancolique :

– Vous devez admettre, ma mie, que sur la couche nuptiale se scellent les traités de paix. Pour ces raisons je devins la troisième épouse de votre grand-père, Charles le Téméraire. J'étais la sœur d'Édouard IV et la Bourgogne briguait alors un rapprochement durable avec l'Angleterre.

La duchesse d'York s'égara dans des songes lointains.

– Il s'avéra que j'aimasse mon époux, ainsi que son unique héritière Marie, et que seule ma stérilité portât ombrage à notre bonheur conjugal.

Marguerite écoutait, captivée par les propos rassurants. Elle reprit son instrument de musique, joua une gracieuse mélodie. Soudain sa voix se superposa aux notes claires et suaves.

– J'aspire à passer les fêtes de la Nativité et à fêter mon quatorzième anniversaire à Bruges.

Elle poussa un léger soupir, ajouta dans un souffle :

– Auprès de ma mère Marie.

La duchesse acquiesça. Puis elle pensa à se retirer.

– Il est tard, dit-elle en embrassant sa filleule. Promettez-moi d'aller bientôt dormir.

– Je vous le promets, sourit Marguerite.

Elle bâilla de fatigue, regarda sa marraine s'éloigner, se souvint avec nostalgie de son ancienne gouvernante. Tant de traits communs unissaient les deux femmes ! Il y avait les gestes, les qualités, le port digne et sobre, la gentillesse excessive, la sévérité nécessaire, l'indéfectible complaisance.

Mais il y avait surtout le hennin, ce hennin si beau et si élégant, et dont l'ombre dansante, sur le mur fleuri, se profilait mystérieusement.

***

– L'empereur d'Autriche va vous recevoir en audience.

Les ambassadeurs français s'adressèrent un regard plein de suspicion en pénétrant dans le vaste salon du palais de Vienne. Combien de fois le traître s'était-il soustrait à ses engagements ! Combien de fois avait-il simulé un empêchement, de manière à retarder les négociations !

– Je vous attendais, affirma Maximilien d'un ton mielleux avant que les envoyés de Charles VIII n'aient eu le temps de le saluer.

Il ne bougea pas de son fauteuil, fit signe à ses interlocuteurs de prendre place en face de lui, s'accouda à la table de bois incrustée d'ivoire et de nacre. Il était difficile de percevoir ses desseins. Son visage rude, son air conquérant et assuré masquaient une ambition démesurée, une folie latente, un caractère versatile et turbulent.

– Montrez-moi l'acte de renonciation, dit-il d'un ton qui se voulait autoritaire.

Il avait hâte d'en finir. Dix jours plus tôt, le dix-huit décembre, en ce même lieu, il avait été contraint de signer les accords secrètement prévus en mai à Senlis, ainsi qu'une « fraternité » avec son ennemi le roi de France dans la perspective d'une croisade contre les Turcs. Fraternité qu'il qualifiait de captieuse mais qu'il avait hypocritement approuvée.

Maximilien négligea les convenances, saisit brutalement et sans mot dire la feuille sur laquelle étaient couchées les volontés de son ancien beau-fils. Il parcourut les lignes d'où émanaient les ordonnances qu'il connaissait déjà :

– *Le roi des Romains renonce au titre de duc de Bretagn*e, lut-il à voix basse, *ainsi qu'à tout engagement contracté par lui ou par sa fille... Il renonce également à tous les prétendus pourparlers de mariage... Il délie ses anciens sujets bretons de tous serments à lui prêtés...*

L'empereur saisit sa plume et, sans plus réfléchir, apposa son seing. Son mariage avec Anne était définitivement dissous, ses prétentions sur le duché irrémédiablement anéanties. Désormais, il devait s'empresser de valider ses noces avec Blanche Marie.

– Vous pouvez disposer, enjoignit-il aux ambassadeurs étonnés de la manière expéditive dont s'étaient déroulées les opérations.

Il garda le silence tandis que sortaient les négociateurs français. Avec eux disparaissait son dernier espoir de victoire sur le royaume qu'il exécrait. Il avait lamentablement échoué. Une partie de l'héritage de Marie demeurait à la merci de son pire ennemi.

Maximilien serra rageusement les poings. Il avait perdu la paix à Senlis. Marguerite personnifiait l'insuccès de sa politique. Mais Charles VIII ne resterait pas impuni.

– Qu'il aille en Italie, conspira-t-il. Pendant ce temps-là, j'ourdirai un plan infaillible. Par le jeu des alliances matrimoniales je le condamnerai à la défaite, je récupérerai les avantages perdus.

Il décida de se lancer incontinent en quête d'un nouveau gendre. Car de ce choix habile dépendrait le succès et l'ampleur de sa revanche.

2. L'HOMME ÉGARÉ QUI NE SAIT OÙ IL VA

Marguerite pénétra dans le petit salon jouxtant la chambre à cheminée.

– Vous m'avez mandée, Marraine ?

La duchesse d'York acquiesça et congédia, d'un délicat mouvement de la main, ses dames de parage.

– Je souhaiterais vous entretenir des épousailles de votre père, déclara-t-elle en fixant sa filleule de ses sombres prunelles.

– J'aurais plaisir à discourir dehors, répondit Marguerite.

Elle tira les tentures de drap d'or, ouvrit la porte donnant sur le courtil. Aussitôt une vive lumière répandit sur les murs tendus de taffetas cramoisi ses reflets flamboyants.

– Profitons de cette charmante saison, reprit la princesse. L'avril renaît, les fleurs éclosent…

– Comme votre beauté, mon ange ! Elle s'épanouit de jour en jour, tandis que la mienne se fane. Mais ainsi va la vie, et l'éclat de votre jeunesse, de même que le renouveau, ravit mon pauvre cœur.

– Vous ne paraissez pas votre âge ! s'opposa Mademoiselle de Flandre.

– Ce compliment me touche, ma douce enfant. Cependant j'ai déjà quarante-huit ans et le temps, hélas, ne m'épargne nullement.

La duchesse se remémora les festivités données en l'honneur des noces de Maximilien. Un indicible regret l'effleura.

– Une femme se sent vieillir lorsqu'elle s'aperçoit que sur son passage les hommes ne se retournent plus, et que le poète ne couvre plus son corps d'éloges.

Puis, d'un geste résigné, elle chassa sa morosité.

– Il serait inconvenant que je vous ennuie avec mes tracasseries !

Elle entraîna sa filleule vers le lieu baigné de soleil et de chants d'oiseaux, montra un banc de pierre.

– Ce long voyage m'a fatiguée, s'excusa-t-elle. Je suis percluse de douleurs.

Marguerite contint son impatience, aida la duchesse à s'installer.

– Racontez-moi ce sacrement auquel vous eûtes le privilège d'être conviée, pria-t-elle avec une certaine rancune.

Madame d'York narra l'aventure en s'efforçant de n'omettre aucun détail :

– Ce fut une étrange cérémonie, se souvint-elle. Il neigeait sur Innsbruck. La nuit était tombée, les rues étaient désertes, les façades des maisons n'étaient point décorées. Car jusqu'au dernier moment, par prudence, le secret concernant l'heure et le lieu du mariage impérial avait été savamment gardé.

Marguerite écoutait, bercée par un mélange de tristesse et de fascination.

– Dans une église glaciale, presque vide, à peine éclairée par de modestes chandeliers, poursuivit la duchesse, l'assistance, très réduite, assista à la bénédiction nuptiale, célébrée en toute hâte. Il fallut alors songer à emprunter des draps aux habitants de la ville, à réquisitionner des chambres pour loger les quelques invités.

Devant le regard interrogateur de la princesse, elle s'expliqua plus amplement :

– Pour ne pas éveiller les soupçons, rien n'avait été prévu à l'avance et les réjouissances débutèrent seulement le lendemain, après la consommation effective du mariage.

À l'annonce de la validation de l'union, la princesse ressentit une vive contrariété. En son for intérieur elle avait envisagé une annulation, un renoncement, un empêchement de dernier instant. Dépitée, elle chercha auprès de Dame Nature une apaisante quiétude. Elle respira calmement les senteurs enivrantes du printemps, écouta les tendres gazouillements, retrouva un espoir où subsistait toujours une nuée d'incertitudes.

– Quand reverrai-je mon très redouté père ? se troubla-t-elle.

– Bientôt, ma Princesse, lors de la Joyeuse Entrée de Blanche Marie Sforza dans notre bonne ville de Flandre.

– Le temps me dure…

Madame d'York devina le déconfort dont souffrait Marguerite. Cependant, elle teinta ses propos d'une indispensable sévérité :

– Il vous incombera de lui réserver un excellent accueil.

Après quoi elle se montra rassurante :

– Maximilien ne vous oublie pas, ma mie. Il n'oublie pas votre mère, non plus. Marie n'a jamais quitté son cœur puisqu'en dépit de son remariage il fait reproduire et afficher ses portraits, afin d'avoir son image auprès de lui, où qu'il aille. Si vous saviez combien il l'aime encore, combien il reste inconsolable !

Elle saisit le bras de sa filleule, avoua sur le ton de la confidence :

– La veille de ses épousailles avec Blanche Marie, il récitait encore en sanglotant la ballade de *l'homme égaré...*

– Père connaît ce poème de Charles d'Orléans ?

– Il l'apprécie jusqu'à s'identifier à son malheureux auteur !

– *L'homme égaré qui ne sait où il va*... rêva Marguerite.

– Vous plairait-il d'entendre cette sublime complainte ?

– J'aimerais la dire avec vous.

Une expression radieuse illumina le visage de la princesse.

– Je fais la voix de l'amoureuse déesse ! annonça-t-elle, débordant d'enthousiasme.

– Et moi celle du veuf éploré, concéda la duchesse.

Et elle commença, sur un ton de délicate mélancolie :

– Dans la forêt d'Ennuyeuse Tristesse,
Un jour m'advint qu'à part moi cheminais,
Si rencontrai l'amoureuse déesse
Qui m'appela, demandant où j'allais.
Je répondis que par Fortune étais
Mis en exil en ce bois, longtemps a,
Et qu'à bon droit appeler me pouvait
L'homme égaré qu'il ne sait où il va.

En souriant, par sa très grande humblesse,
Me répondit :

– Ami, si je savais
Pourquoi tu t'es mis en cette détresse,
À mon pouvoir volontiers t'aiderais ;
Car, jà piéça, je mis ton cœur en voie
De tout plaisir, ne sais qui l'en ôta ;
Or me déplaît qu'à présent je te voie
L'homme égaré qui ne sait où il va.

– Hélas ! dis-je, souveraine Princesse,

Mon fait savez, pourquoi le vous dirais ?
C'est par la mort, qui fait à tous rudesse,
Qui m'a tollu celle que tant aimais,
En qui était tout l'espoir que j'avais,
Qui me guidait, si bien m'accompagna,
En son vivant, que point ne m'en trouvais
L'homme égaré qui ne sait où il va.

Aveugle suis, ne sais où aller dois ;
De mon bâton, afin que ne fourvoie,
Je vais tâtant mon chemin çà et là ;
C'est grand pitié qu'il convient que je sois
L'homme égaré qui ne sait où il va !

Les voix s'étaient éteintes mais un silence plein de charme et de nostalgie suivait les pensers du prince-trouvère. Madame d'York compatissait au deuil de Maximilien. Marguerite, bouleversée, se reprochait ses obscures médisances. Au rythme des vers, son désenchantement, son aigreur, ses ressentiments, s'étaient sourdement estompés. Parce que son père nourrissait son esprit de belles choses, qu'il demeurait fidèle à son serment d'amour, elle pardonna l'indifférence et la froideur dont, jusqu'alors, il avait fait preuve à son égard.

***

– Le pape vient d'accorder l'investiture du royaume de Naples à Alphonse de Calabre, fils du défunt roi Ferrante.

Philippe observa son espion. Un sourire narquois flotta sur ses lèvres.

– En êtes-vous certain ?

– Absolument.

– Ainsi, se gaussa l'archiduc, le souverain pontife refuse délibérément que Charles VIII ceigne la couronne de Naples ! Quand je pense que le Français s'est lui-même proclamé roi de Naples et de Jérusalem ! Quelle impudence ! Je me réjouis de la honte et de l'affront que cette sainte décision lui inflige ! Qu'il soit puni comme il le mérite !

– Cela ne le dissuadera pas. Il se croit pourvu d'une mission divine.

– Son projet de conquête en Italie ne me tourmente nullement.

– Détrompez-vous, Monseigneur. Le roi est à Lyon, où il prépare son armée. Il n'a aucunement renoncé à son projet insensé.

– Ne m'avez-vous point dit qu'il dilapidait son temps et sa fortune en compagnie des ribaudes ?

– Certes, mais il trame un plan perfide, soudoie un cardinal de Rome dénommé Julien[3].

L'espion cligna des yeux et chuchota :

– Un homme d'Église à l'âme guerrière, au cœur de pierre et aux mœurs douteuses, qui possède maîtresse attitrée et enfants légitimes…

Philippe partit d'un rire moqueur puis il retrouva son sérieux.

– Dois-je m'en m'inquiéter ?

– Assurément. Car ce cardinal corrompu brigue le trône pontifical. S'il parvient à ses fins, il délivrera l'investiture napolitaine au roi de France.

– Comment renverserait-il Alexandre VI ?

– En l'accusant, à juste titre, de simonie ; en invalidant son élection.

– Mon père a-t-il eu connaissance de ces intrigues ? se soucia l'archiduc.

– Votre père convole en justes noces. Il ne songe présentement qu'à parfaire sa renommée. Son titre d'empereur et sa nouvelle épouse semblent l'étourdir !

– Qu'il profite du plaisir, répondit Philippe d'une voix grinçante. Cela me permettra de le devancer.

Il fouilla la poche de son bliaud, sortit une bourse remplie de pièces d'or.

– Merci, Monseigneur l'Archiduc, murmura l'informateur en recevant son salaire.

Il s'inclina et disparut discrètement.

Philippe demeura seul dans son cabinet de travail. Longtemps, il réfléchit à la manière d'évincer le roi de France.

***

Le somptueux repas servi au Prinsenhof de Bruges, en présence des notables et des échevins, témoignait de l'accueil chaleureux que la ville avait réservé au couple impérial. Il effaçait toute trace de rancune et d'indignation, attestait de la fidélité des sujets, de leur profond respect envers celui qui les gouvernait.

Il n'avait point été aisé pour ce peuple versatile, porté à la révolte, à l'insoumission, de se montrer obéissant et accommodant, d'oublier ses ressentiments. Anciennement les Brugeois avaient emprisonné Maximilien,

---

[3] Futur pape Jules II.

décapité son conseiller et dans les esprits demeurait encore le souvenir cruel des sanglantes représailles. Néanmoins l'heure appelait à la réconciliation, et ces jours de fêtes honorant le mariage de l'empereur, invitaient à l'accommodement. Il eût été préjudiciable d'entretenir une haine inutile. Il n'était plus question d'insurrection mais de paix.

Ainsi, en dépit du scandale, Bruges avait fait montre d'indulgence, déployant un faste inégalé lors de la Joyeuse Entrée de la nouvelle épousée. Jamais la cité n'avait été pareillement décorée. La foule, en grande liesse, s'était précipitée à la rencontre de l'Italienne, la louant par des vivats et des cris d'allégresse.

Au milieu de ce monde délirant de joie, Marguerite n'avait pu approcher son père. Cependant, lorsque le cortège était passé à sa hauteur, elle avait esquissé un geste timide de la main. Stupéfait, il avait répondu par une expression médusée puis attendrie. Maximilien et sa fille s'étaient reconnus. En un instant, en un regard, ils avaient cru effacer les années d'absence et d'éloignement. Ils ignoraient alors qu'un vide continuait de les séparer insidieusement, un vide que ces étranges retrouvailles ne parvenaient à combler puisqu'ils restaient encore, l'un pour l'autre, des inconnus.

À sa grande déception, Marguerite avait dû attendre la fin de la journée pour aborder son père véritablement. Or, elle s'était vite aperçue que le protocole de la cérémonie et du banquet creusait un considérable fossé, empêchait l'épanchement des sentiments. Maintenant, Maximilien se tenait à côté d'elle, mais il l'impressionnait et elle n'osait l'interpeller. Sa gorge se nouait, les mots manquaient et une sombre amertume supprimait peu à peu ses illusions. Comment attirer son attention ? Il semblait l'ignorer, conservait d'insupportables distances. La princesse de Flandre bascula vers une affligeante solitude. Rien ne se passait comme elle l'avait imaginé. Elle avait pourtant revêtu sa plus jolie robe et s'était parée de ses plus beaux atours…

Maximilien frappa soudain dans ses mains pour obtenir le silence.

– À notre bonne ville de Bruges ! s'écria-t-il en levant son verre. À l'impératrice Blanche Marie !

D'un seul élan, les convives l'imitèrent.

– À Blanche Marie ! répétèrent-ils en chœur.

Chacun formula de sincères souhaits de bonheur. Les vœux fusèrent de toute part. L'agitation de nouveau reprit. Philippe profita du trouble général, fit signe au laquais de verser à boire à son illustre voisine.

– Je vois que vous appréciez la boisson que j'ai commandée en votre honneur, dit-il avec un sourire charmeur.

Blanche Marie bu le breuvage vermeil avec avidité.

– Et moi je crois que nous allons fort bien nous entendre, mon cher beau-fils.

Le nectar l'avait déjà étourdie. Son langage se faisait plus familier, ses manières plus lascives. Philippe la dévisagea avec insistance. Elle avait des yeux de biche effarouchée, des formes avantageuses et il émanait de sa personne une certaine volupté à laquelle il n'était point insensible.

– Si vous me parliez de votre famille, proposa-t-il aimablement, cela m'aiderait à mieux vous connaître.

Blanche Marie obtempéra. Comme toutes les femmes, elle aimait se trouver au centre des conversations.

– Je suis hélas la nièce de Ludovic Sforza, se plaignit-elle de façon à ce que le jeune homme s'apitoyât sur son sort.

– Pourquoi hélas ? s'intéressa-t-il en feignant l'étonnement.

Elle se pencha vers lui, chuchota au creux de son oreille :

– C'est un homme vil, cynique, ambitieux !

– Vous semblez le détester…

– Durant la minorité de mon frère Jean Galéas, commença-t-elle en dégustant le vin moelleux et capiteux, il a gouverné le duché de Milan.

L'archiduc fit semblant de deviner :

– Je suppose qu'il veut reprendre ce qui ne lui appartient plus.

– Par tous les moyens, y compris les crimes, les emprisonnements et les pires bassesses.

– Userait-il de traîtrise ?

– Bien avant mes fiançailles, il a conclu un accord avec le roi Charles VIII. Il s'est engagé à lui laisser le libre passage, à l'aider militairement à obtenir le royaume de Naples. En contrepartie, Charles VIII lui a garanti la promesse du duché de Milan.

Blanche Marie succomba à une légère mais si agréable griserie.

– Quant à moi, je concrétise l'alliance de Ludovic avec l'Autriche. Mon oncle se rit des Français. Il compte sur les troupes de Maximilien pour les bouter hors d'Italie, dès le Milanais reconquis.

– Vous ne perdez point au change, consola Philippe. Vous voilà impératrice et… je n'en doute pas, heureuse !

Elle rougit un peu, adressa à son mari un regard langoureux.

Mais Maximilien ne prêta pas attention au signe d'amoureuse connivence. Il avait posé sa grosse main sur les doigts effilés de Marguerite, semblait s'abandonner à un tourment oppressant. Comme sa fille ressemblait à Marie ! Comme elle l'entraînait, sans le savoir, vers des rêves douloureux.

L'empereur comprima un vertige angoissant.

– Suis-je donc condamné par Fortune à éprouver une éternelle détresse ? À rester toute ma vie *l'homme égaré qui ne sait où il va* ? songea-t-il.

Il considéra la princesse de Flandre avec une gravité empreinte de tendresse, se surprit à déplorer son manque d'affection et d'égards.

– Demain, avant de partir pour Anvers, je lui consacrerai un peu de temps, décida-t-il.

3. CONFORT* ET MÉLANCOLIE

Marguerite sortit de la chapelle, l'esprit en paix, l'âme contrite et lavée de tout péché. Son confesseur avait absout ses fautes, lui pardonnant ses mauvaises pensées, son manque d'ardeur, sa distraction dans les prières. Mais surtout, il l'avait exhortée à mener une vie pieuse, charitable, en conformité avec la foi chrétienne. « *Je vous adjure de ne point vous écarter du chemin tracé par la Sainte Église Catholique* », avait-il sévèrement recommandé. Ces propos presque menaçants avaient intimidé, effrayé Marguerite. Pourtant elle n'avait rien à se reprocher. En ces périodes troublées où le péril turc grandissait, où l'Inquisition, par-delà les Pyrénées, combattait impitoyablement l'hérésie, où d'un bout à l'autre de l'Europe l'on chassait le diable en allumant des bûchers, comment aurait-elle pu subir l'influence de doctrines sacrilèges ? Comment n'aurait-elle pas adhéré au magnifique dessein de croisade contre les Infidèles ?

La princesse de Flandre ferma sa cape doublée d'hermine, rabattit le capuchon fourré sur son élégante coiffure. Le froid s'intensifiait. Le matin gris tentait d'apparaître mais une brume opaque obstruait l'horizon, retenait sa frêle lumière, étouffait sa morne clarté. À la pluie fine et glaciale se mêlaient par moments quelques flocons épars.

– Hiver est de retour, constata-t-elle.

Puis, évoquant le temps s'écoulant délicieusement dans l'intimité chaude et feutrée des salons, elle ajouta, défiant la morosité du jour :

– *Auprès du feu convient croupir*.

Car la tristesse du ciel ne l'atteignait nullement. Ici, à Malines, en l'hôtel de Madame la Grande sa marraine, il n'était ni déplaisance ni ennui. On goûtait à la douceur du foyer, on discourait sur l'art ou la littérature, on lisait, on jouait de la musique, on s'adonnait aux travaux d'aiguilles, on oubliait les désagréments, les affres de la male saison.

Marguerite traversa la cour d'un pas alerte, emprunta le corridor décoré de fresques représentant des scènes de l'Antiquité. Ses dames de compagnie l'attendaient en brodant au coin du feu. Cependant, avant de les rejoindre, elle devait rencontrer son frère. Il l'avait en effet convoquée pour l'entretenir confidentiellement d'une affaire fort importante. Marguerite s'interrogeait sur les motifs de cette mystérieuse audience lorsqu'elle entra dans le cabinet privé de l'archiduc.

– Vous semblez bien songeuse, Margot !

Elle haussa les épaules, retira son manteau, s'assit sur le fauteuil que désignait Philippe.

– Seriez-vous en proie à quelque inquiétude ? continua-t-il. Ou… en mal d'amour ?

– Pourquoi dites-vous cela ? balbutia-t-elle, déconcertée.

Philippe prit un air malicieux et néanmoins dominateur.

– Serait-ce René ou Philibert ?

Marguerite blêmit, oscilla entre la colère et l'indignation.

– Vous avez lu ma lettre, susurra-t-elle. Vous vous êtes introduit dans ma chambre et avez lu ma lettre ! De quel droit ?

– Ne vous fâchez pas, ma chère sœur. J'ai frappé à votre porte avant de pénétrer chez vous. Je venais vous rendre une simple visite. La missive était sur votre table, dépliée.

– Vous auriez pu éviter d'y poser votre regard.

– Les noms de ces gentilshommes ont attiré mon attention, se disculpa-t-il. J'avoue avoir craint un moment que votre cœur ne fût déjà pris.

Elle ne savait s'il plaisantait ou s'il tentait de percer ses secrets.

– Où voulez-vous en venir ? demanda-t-elle sèchement.

Philippe respira profondément ; son beau visage exprimait une gravité, une dureté qu'elle ne lui connaissait pas.

– Les victoires de Charles VIII en Italie contrarient vivement l'Espagne, poursuivit-il. Les rois de Castille et d'Aragon suggèrent donc une alliance avec l'Autriche visant à contrecarrer l'entreprise française. Une alliance que scellera un double mariage. Vous épouserez don Juan, et j'épouserai Jeanne[4], sa sœur.

Il ne lui laissa pas la parole, redoutant un déferlement de questions, d'inutiles contestations.

– La nouvelle est encore officieuse, mais les démarches sont d'ores et déjà engagées.

---

[4] *Connue, plus tard, sous le nom de Jeanne la Folle.*

Il se rallia à la décision de Maximilien, affirma, impassible et orgueilleux :

– Margot, l'heure de la vengeance a sonné.

Marguerite contint avec difficulté toutes les émotions qui l'assaillaient. L'annonce de ces accordailles provoquait dans son cœur meurtri une tempête, une agitation difficiles à maîtriser. Si la perspective d'une union matrimoniale avec un des plus grands princes d'Europe l'enchantait, suscitait sa fierté, l'appréhension de donner sa main à un inconnu la remplissait d'effroi. Néanmoins elle contint ses sentiments. Philippe l'observait et en aucun cas elle n'afficherait devant lui la moindre faiblesse. Elle fit mine, dans l'intention de brouiller son jeu, de considérer les choses avec détachement.

– Croyez-vous Leurs Altesses d'Espagne capables de trahir le traité leur restituant Barcelone et établissant la paix « éternelle » avec la France ?

Et pour lui montrer qu'elle s'intéressait à la politique, qu'elle n'était pas aussi ignorante qu'il l'espérait, elle ajouta :

– Un des articles, il me semble, stipulait que les infants et infantes d'Espagne ne pourraient s'unir avec le roi des Romains ni avec ses enfants sans l'assentiment de Charles VIII. L'avis du souverain, je présume, n'a pas été sollicité.

– Charles VIII vous a lâchement répudiée. Il n'a pas respecté ses engagements, rétorqua implacablement l'archiduc.

Marguerite approuva, bien qu'une étrange amertume la poussât à l'indulgence, comme si le pardon prévalait sur la revanche, comme si, en dépit des funestes événements, le roi l'aimait encore. Discrètement, elle passa la main sous son col de dentelle. Ses doigts frôlèrent les fins maillons d'or pur, tremblèrent au contact de ce cadeau d'adieu dont elle ne parvenait à se séparer.

– Alors vous ne respecterez pas les vôtres, blâma-t-elle.

– Défendriez-vous ce gueux, ce félon qui nous a humiliés, outragés ?

– Je défends la loyauté. Je m'insurge simplement contre la corruption, la violation des contrats, par acquit de conscience.

– Par acquit de conscience, maugréa l'archiduc, révolté.

Il n'éprouvait nulle envie de poursuivre la conversation ou même de justifier sa position. Son émancipation, récemment octroyée par Maximilien, lui conférait les pleins pouvoirs.

– De toute façon, il fallait bien que l'on vous remariât un jour, conclut-il sans ménagements.

Marguerite accusa une immense déception. L'impression de ne représenter aux yeux de son père et de son frère qu'un simple objet de négociations lui causait un vif chagrin.

Parce qu'il regrettait de l'avoir tant blessée, Philippe se radoucit. Il enchaîna, en usant de gentillesse :

– Fortune vous sourit, ma chère sœur. Don Juan, que je sache, est un prince séduisant, très cultivé, très probe de surcroît.

– Et votre promise ? se soucia-t-elle, pleine de prévenances.

– Je crois qu'elle me plaira, rassura-t-il.

Il mentait. Seule la perspective de posséder des héritiers lui faisait apprécier cet hyménée. Jurer fidélité à une femme ne l'enchantait guère. Devenir son chevalier servant l'exaspérait. Il aimait trop sa liberté et l'on disait les Espagnoles froides, possessives et jalouses. Déjà la duchesse d'York l'accablait de conseils moralisateurs, surveillait sa conduite qu'elle jugeait trop libertine.

– Vos demoiselles d'honneur vont s'impatienter, décréta-t-il en se levant.

Marguerite comprit. Elle n'insista pas, se leva à son tour.

– Je vais vous raccompagner, proposa Philippe.

Dans l'entourage de la princesse se trouvaient de séduisantes créatures. Et il avait décidé de profiter pleinement de ses derniers jours de célibat.

***

Marguerite renvoya sa chambrière en demandant qu'on ne la dérangeât point. Elle s'installa devant sa table à écrire, prit une feuille de parchemin, saisit sa plume, réfléchit longuement.

– Ma bien aimée cousine, commença-t-elle.

Elle griffonna quelques phrases insignifiantes qu'elle ratura aussitôt. L'inspiration lui manquait.

Marguerite s'efforça de se souvenir de la lettre de Louise de Savoie, cette fameuse lettre que Philippe avait lue à son insu. Elle avait eu tort de la détruire. Son frère ne s'en serait pas emparé. Ce qu'il y avait appris ne l'intéressait déjà plus.

– Je ne puis employer un ton trop amical ni familier, se corrigea-t-elle. Louise n'est plus ma cousine, ni ma tendre amie d'enfance, mais une noble dame.

Elle se remémora le texte de Louise, déplora son style distant, hautain. La jeune femme abordait avec une nostalgie quelque peu affectée le temps de l'innocence, les jours heureux passés à Amboise. Elle annonçait ensuite personnellement à *Mademoiselle de Flandre* la naissance de son fils

François[5], couvrait de louanges l'ermite François de Paule dont la prophétie s'était enfin réalisée. Elle insistait sur la santé, la vigueur de l'enfant, donnait des nouvelles rassurantes de sa fille, âgée maintenant de deux ans. Il était aisé de comprendre les déboires de sa vie conjugale, de sentir sa solitude mais il était aussi flagrant de deviner ses vaniteux desseins. Une sorte d'arrogance, de dédain, transparaissait au travers des lignes. Certes elle plaignait la pauvre fiancée délaissée, mais n'était-ce pas une façon d'afficher sa position privilégiée ? Bien que prisonnière d'un mari odieusement infidèle, éloignée de la cour de France par Anne de Bretagne, terrée en son duché d'Angoulême, Louise de Savoie réapparaissait sur le devant de la scène politique. Elle avait mis au monde un garçon et redevenait, pour la reine, une dangereuse rivale. Car si la mort emportait le dauphin Charles-Orland, si Anne de Bretagne n'avait point d'autre héritier mâle, et si Louis d'Orléans venait à trépasser, la couronne reviendrait à son fils François.

D'un ton faussement compatissant, Louise adhérait à l'infortune de son ancienne compagne de jeux. Elle lui rappelait les moments agréablement passés au *doux verger de France*. Elle transmettait les respectueux hommages de ses frères René et Philibert, de son père Philippe de Bresse, vantait leur départ pour l'Italie, aux côtés du roi Charles, et les recommandait à ses prières. Elle faisait également allusion à Jean Perréal, chargé d'immortaliser les campagnes victorieuses.

Marguerite regarda son manuscrit. Tandis qu'elle se languissait, de grosses gouttes d'encre avaient coulé. Elle froissa la page constellée de taches noires, la jeta dans le feu. Les flammes s'en emparèrent aussitôt.

– Je vous répondrai plus tard, chère Louise, pensa la princesse en voyant l'esquisse de sa dépêche se consumer, tels ses souvenirs.

Car pour l'heure elle n'avait aucune bonne et gracieuse nouvelle à lui présenter. Mais elle attendrait. Elle attendrait le jour où, avec une indicible fierté, elle serait en mesure de lui annoncer ses épousailles avec l'héritier des royaumes de Castille et d'Aragon.

***

La domestique souffla les chandelles et s'éloigna. Marguerite entendit ses pas résonner sur le parquet, la porte se refermer. Elle se blottit sous l'épaisse couverture, ferma les yeux, s'évertua à chasser sa gêne*, se raccrocha

[5] Futur François Ier.

malgré ses doutes, à son fragile espoir, à sa tendre promesse. De toutes ses forces, elle imagina l'infant don Juan mais l'image de Charles VIII vint se superposer à celle du fiancé et les rêves merveilleux s'effacèrent devant les terribles tourments.

Le roi de France, fort courroucé, cherchait par mille conduits à faire échouer la double union. Marguerite tâcha de se raisonner. D'après sa marraine, les tentatives du souverain demeureraient vaines. L'affaire était déjà bien lancée. Un ambassadeur des rois d'Espagne arriverait sans tarder à la cour de Maximilien, porteur d'un contrat. D'autre part, selon la duchesse d'York, le Français ne pouvait jouer sur tous les plans à la fois. La révolution de Pise et de Florence, ses victoires sur les villes insoumises, son entrée triomphale dans Rome, la perspective d'une paix avec le pape Alexandre VI ne lui laissait guère le loisir de s'opposer au projet austro-espagnol.

Longtemps la princesse ressassa ses appréhensions. La nuit, au lieu de l'apaiser, contribuait à amplifier sa défiance, refusait de lui accorder le moindre répit. Et du tréfonds des ténèbres surgissait la lettre de Louise et ses sournoises allusions au saint homme du Plessis.

Avec une incroyable justesse, Marguerite se recorda les sinistres révélations.

C'était à Amboise. À cause du mariage que sa tante, Madame de Beaujeu, lui avait imposé, Louise avait quitté la cour. Mais par un beau printemps, elle était revenue saluer son ancienne amie, ainsi que ses frères.

– Comme votre retour me réjouit ! s'était exclamée la petite reine.

– Je suis venue voir François de Paule au Plessis, avait expliqué la jeune fille, solliciter ses prières et sa clairvoyance. J'en ai profité pour vous rendre visite.

– Seriez-vous souffrante ?

– Je m'inquiète de ne point avoir encore d'enfant.

Louise avait pleuré. Entre deux sanglots, elle avait livré à Clarisse la cruauté de son sort. Les maîtresses de son époux, dont elle était contrainte de partager la vie, étaient déjà mères. L'épouse attitrée craignait d'être répudiée à cause de sa stérilité.

– Vous n'avez que treize ans ! s'était interposée la domestique.

La servante tenant les mêmes propos que le moine, Louise s'était calmée, divulguant le secret de l'ermite :

– Il m'a promis un fils. Un fils qui un jour serait roi.

Elle avait pris un air hésitant, puis pleine de scrupules, avait poursuivi :

– Je lui ai demandé pour vous, Marguerite.

– Qu'a-t-il prédit ?

– Il a refusé de me l'avouer. Il a dit seulement qu'il prierait beaucoup.

Marguerite avait tremblé d'effroi. Seule madame de Segré, à qui elle s'était confiée par la suite, avait su la rasséréner. Grâce à la gouvernante, le malheureux présage était tombé dans l'oubli.

Mais à présent il réapparaissait, plus sordide, plus monstrueux, et il torturait son cœur marri par les épreuves.

Parce qu'il la tourmentait encore, Marguerite maudit son premier époux et se repentit soudain d'avoir négligé l'avertissement de sa marraine. Envahie de regrets superstitieux, elle ôta sa chaîne d'or, la glissa sous l'oreiller. Demain, à la première heure elle en ferait don à l'Église. Elle s'en séparerait à jamais, elle briserait de façon irrévocable le plus petit espoir de conserver pour le roi un soupçon d'éternelle amitié.

Harassée, vaincue par la fatigue et le souci, la princesse de Flandre s'endormit. Un sommeil agité l'emporta vers des rêves pénibles, angoissants. Ensuite les cauchemars s'estompèrent, remplacés par des mirages enchanteurs. L'Espagne ouvrait pour elle ses frontières magiques. Marguerite, radieuse, avançait, guidée par une mystérieuse étoile. Elle découvrait des terres chaudes, ensoleillées, des parfums délicieux, des couleurs éclatantes. Elle s'engageait vers de fabuleuses aventures, vers un avenir glorieux.

Et au bout du chemin, l'Infant don Juan lui souriait.

4. BLANCHE MARIE

La matinée était déjà bien avancée lorsque la troupe de cavaliers parvint à la croisée des chemins. Ici, les routes se séparaient, les paysages changeaient. L'immense plaine s'échouait au pied de la forêt profonde, égrenant en lisière des bois un chapelet de marécages. L'endroit s'avérait propice à la halte. L'archiduc décida d'un arrêt, décrétant qu'hommes et bêtes méritaient un moment de repos. La partie de chasse n'était nullement terminée, mais il convenait de reprendre des forces.

Les seigneurs et leurs varlets* mirent pied à terre, mais contrairement à ses compagnons, Philippe resta en selle. Il confia son oiseau et son gant de cuir au maître de fauconnerie.

– Je vous rejoindrai plus tard, lança-t-il en agrémentant ses dires d'un clin d'œil.

Il tourna bride incontinent, emprunta la sente qui s'enfonçait dans les fourrés obscurs et se dirigea vers le petit pavillon perdu au milieu de la sylve épaisse et ténébreuse.

Tandis qu'il chevauchait, Philippe exultait. Une sensation de bonheur et de liberté l'habitait. Il avait rarement éprouvé un tel plaisir, une telle ivresse. L'existence le comblait de ses largesses. Le gibier abondait sur ses terres flamandes, le printemps dégageait un revif* d'allégresse, une indéniable promesse de vie. Il se retourna, vérifia à plusieurs reprises qu'il n'était point suivi, poussa sa monture pour mieux apprécier la fougue de l'animal. Son galop le transportait vers d'imaginaires et périlleuses aventures, comme dans la *Chanson de Roland*. Il débordait de jeunesse et de virilité.

L'archiduc atteignit la clairière recelant l'élégante demeure qui avait tant de fois abrité d'illicites liaisons. Il descendit de sa haquenée. Un palefrenier, qui semblait guetter sa venue, se précipita à sa rencontre.

– Madame vous attend, haleta-t-il en saisissant les rênes.

Philippe ignora les gardes, franchit le seuil d'un pas décidé, emprunta sans hésiter les larges escaliers. Combien de fois avait-il gravi ces marches, en proie à l'amoureuse inquiétude ? Il atteignit l'étage, gratta discrètement à la porte, entra sans avoir reçu de réponse. Ce jour d'hui, il ne s'agissait pas d'un rendez-vous galant, du moins l'espérait-il. Et pourtant il contenait mal son émotion. Son cœur palpitait.

– Venez près de moi, proposa Blanche Marie d'une voix sensuelle.

Philippe vint s'asseoir sur le canapé de velours cramoisi. Il saisit la main où rutilaient des bagues de grand prix, la porta à ses lèvres. La peau claire et douce exhalait un parfum capiteux qui l'étourdit, l'envoûta aussitôt.

– Je ne tomberai pas dans le piège que vous me tendez, songea-t-il.

Blanche Marie s'étira mollement et s'arrangea pour qu'au cours de son geste lascif son pied vienne effleurer la jambe de son interlocuteur.

– Vous devez trouver incongru que je vous convoque en ces lieux…

– Je connais vos penchants.

Il désigna le lit défait.

– Et ceux avec qui vous les assouvissez.

L'archiduc la dévisagea d'un air faussement sévère.

– N'éprouvez-vous donc point de honte à tromper votre mari ?

– Ne soyez pas hypocrite, mon cher beau-fils ! Vous savez pertinemment que Maximilien m'a épousée pour ma dot et pour ses prétentions sur le Milanais. Il ne se soucie guère de moi, continue de vénérer votre mère.

Elle se pencha, confia dans un chuchotement :

– Il m'a follement désirée le temps de notre lune de miel… Depuis il me néglige, m'abandonne.

Constatant qu'il ne réagissait pas à sa provocante invitation, elle soupira.

– Mais je ne vous ai pas dérangé pour vous parler d'amour.

Elle se leva, arpenta la pièce d'un pas nonchalant, voluptueux. Tout, chez elle, n'était que parade, mise en scène. Elle accompagnait chacun de ses mouvements d'une exquise lenteur, d'une sensualité à laquelle il était difficile de résister. Cependant, soulagé de ne plus la sentir aussi proche, Philippe recouvra pleinement ses esprits et son jugement.

Le manège auquel s'adonnait Blanche Marie n'était point innocent. Il se révélait même fort dangereux. S'il éconduisait la belle Italienne, l'archiduc perdait une précieuse alliée. S'il cédait à ses avances, il se constituait prisonnier. Sous la menace de révélations scandaleuses, elle le dirigerait à sa guise, le tiendrait à sa merci. Philippe se résolut à l'évidence. La partie n'était point gagnée mais il déploierait toute son ingéniosité. Il satisferait sa belle-mère sans tomber dans ses rets.

Blanche Marie se plaça devant la fenêtre, regarda au-dehors. Des rayons de soleil filtraient à travers les frondaisons. Sous la brise légère tremblaient les tendres ramures. L'ombre jouait avec la lumière, créant des effets de contraste mouvants parmi l'abondant feuillage.

– J'ai la certitude que la mort de mon frère n'est pas naturelle, dit-elle soudain.

Elle versa des larmes sincères. Philippe la soutint par des paroles réconfortantes.

– À son trépas, en octobre dernier, j'ai sollicité des épieurs. Harsoir*, ceux-ci m'ont rapporté que mon oncle Ludovic a empoisonné Jean Galéas afin de s'emparer du duché.

– Cela ne m'étonne pas.

Blanche Marie vint se poster derrière le jeune homme. Ses doigts se posèrent sur la nuque épaisse, se faufilèrent sous la chemise, caressèrent les épaules musclées.

– Je compte sur vous pour venger ce forfait.

D'un bond, Philippe se leva.

– Il n'en est pas question ! fulmina-t-il.

Elle s'éloigna vivement, se tint à distance.

– Pourquoi ?

– Parce que votre oncle Ludovic est l'allié de l'Autriche.

– Quelle importance ? Cela restera entre nous. Personne ne soupçonnera notre complicité, ni notre part dans le complot.

– Je refuse.

– J'userai de patience et de ruse mais j'obtiendrai réparation, maugréa Blanche Marie.

Elle ajouta, d'un ton glacial :

– Avec ou sans vous.

Un silence lourd et pénible les sépara. Ils s'enfermèrent chacun dans leurs pensées, forgèrent d'inavouables intrigues. Philippe regrettait d'avoir parlé trop vite. Son manque de précaution, son emportement, risquaient de lui nuire fortement. Il se radoucit, saisit le bras de Blanche Marie.

– Je vous aiderai, promit-il. Mais à cette heure, je vous conjure de ne rien entreprendre. Si nous perdons l'appui de Ludovic, le roi de France triomphera.

Il hésita à révéler le secret, puis se décida. De toute façon, elle l'apprendrait tôt ou tard.

– Nous venons de signer, en connivence avec Sa Sainteté, une ligue contre Charles VIII. Allemands, Espagnols et Vénitiens se rallient présentement sous la bannière de Ludovic dans le but de barrer son retour et de faire échouer son entreprise.

Blanche Marie éprouvait une haine farouche à l'égard du souverain. La confidence eut un effet enchanteur.

– Alors j'attendrai, concéda-t-elle.

Elle alla s'étendre sur le siège confortable et moelleux.

– Ainsi Charles VIII s'en retourne en son royaume de France... rêva-t-elle. Abandonnerait-il son maudit projet ?

Philippe comprit qu'elle était mal informée des manœuvres militaires, qu'elle se leurrait sur les intentions du roi, qu'elle nourrissait de fausses espérances.

– Détrompez-vous, ma Dame. Il a promis aux Napolitains de revenir l'année prochaine, accompagné de la reine.

L'archiduc retraça les principales phases de la conquête.

Le trente et un décembre, Charles VIII arrivait devant les portes de Rome. Alexandre VI l'avait auparavant menacé d'excommunication, mais le souverain détenait une arme redoutable : celle du scandale. Ou le pape le laissait entrer, ou il l'accusait, preuves à l'appui, de simonie. Le roi et son armée envahirent donc la Ville Éternelle. Une paix fut rapidement conclue.

Bientôt, le Français prêtait obédience au pontife, de manière à ne point encourir de disgrâce et à obtenir plus tard du Saint-Père l'investiture solennelle du royaume de Naples. Puis, apprenant la fuite et l'abdication du roi de Naples, il marchait vers la ville promise. Le vingt-deux février quatorze cent quatre-vingt-quinze, il y a à peine deux mois, il entrait dans la cité convoitée, en prenait le pouvoir.

Philippe évoqua avec délice les faiblesses du gouvernement français, les maladresses politiques, les exactions, le libertinage effréné de son ancien beau-frère. Il aborda l'humeur nostalgique des troupes. Les soldats réclamaient le retour au pays, la reine Anne et le peuple s'impatientaient. Mais Charles VIII, grisé par les succès, étourdi par la clémence du climat, la beauté des paysages méditerranéens, profitait de la vie, dilapidait le trésor, se dissipait dans le vice et la débauche. Il n'était nullement pressé de rentrer. Néanmoins, il prévoyait le voyage. Et c'est là que la coalition le surprendrait.

Blanche Marie écoutait le récit, captivée mais soucieuse. Elle n'estimait guère les Espagnols, leur tempérament fougueux, leur caractère versatile.

– Comment pouvez-vous prétendre qu'Isabelle et Ferdinand ne vous trahiront pas, s'inquiéta-t-elle, ou qu'ils ne se désisteront pas au dernier moment ?

L'archiduc esquissa un sourire fier, presque méprisant.

– Le jour même de la signature de la Ligue anti-française, mon mariage avec l'infante a été ratifié par les rois de Castille et d'Aragon, dit-il d'un ton assuré. Celui de ma sœur Marguerite avec le prince héritier don Juan également.

L'annonce des accordailles enchanta Blanche Marie. Elle retrouva sa gaieté, laissa les soucis, préféra s'occuper de frivolités.

– Je me réjouis à l'avance des fêtes somptueuses qui seront données en l'honneur de ces épousailles.

Elle songeait déjà aux toilettes, aux bijoux qu'elle porterait, aux courtisans qu'elle côtoierait.

– Je m'ennuie tant, loin de mon cher duché, expliqua-t-elle.

Philippe ne saisit pas l'allusion, offrit ses services avec courtoisie.

– Je puis peut-être remédier à vos contrariétés, proposa-t-il galamment.

Elle se joua de son imprudence, triompha aisément de sa faiblesse passagère.

– Certes, fit-elle.

– Comment ?

– En me comblant de vos faveurs, aussi souvent qu'il me plaira…

L'archiduc chercha un moyen de se dérober. Il avait manqué de méfiance et la diablesse en avait tiré avantage. Il voulut la repousser, mais elle le devança, agit avant qu'il n'ait eu le temps de la fuir. Elle était là, contre lui, l'enrobant dans son piège infernal, l'envoûtant de ses manières félines, de ses gestes voluptueux.

– Mais pour l'heure, un simple baiser me suffira.

Philippe ne put reculer. Il s'avoua captif, céda à l'indécent caprice. Il laissa s'écouler un long moment, puis il rompit la douce étreinte.

– Il est tard, prétexta-t-il maladroitement.

Il avait surtout besoin d'échapper au langoureux malaise, de mettre de l'ordre dans ses sentiments et ses idées. Il se dirigea confusément vers la porte.

– Vous partez déjà, mon cher beau-fils.

– Je dois rejoindre mes compagnons.

Ayant obtenu ce qu'elle désirait, elle n'insista pas. Son expérience lui avait maintes fois prouvé que pour garder un amant, il ne fallait en aucun cas le retenir mais plutôt lui donner une impression de liberté. Les hommes ne supportaient pas d'être commandés, aussi valait-il mieux se soumettre à leurs exigences et manier leur cœur, à leur insu.

L'archiduc reprit ses distances, salua l'épouse de son père.

– Je feindrai les maris fidèles pour m'extirper de ses griffes, envisagea-t-il en sortant.

***

L'été s'en était revenu, porteur de belles espérances, de journées chaudes et ensoleillées. Entourée de sa cour, Blanche Marie goûtait aux joies éphémères de l'agréable saison. Elle consacrait une bonne partie de ses matinées à se parer, ses après-midi à flâner ou deviser sous les grands arbres des jardins. Quant aux longues soirées, elle les dédiait aux déduits. Festins et bals constituaient ses occupations préférées.

De temps à autre, la visite d'un messager de l'archiduc l'informait des derniers événements survenus. L'épouse de Maximilien savait ainsi que le pape avait refusé l'investiture à Charles VIII, que celui-ci s'était tout de même déclaré roi de Naples. Elle avait appris que Maximilien n'avait pas encore touché sa dot, qu'il avait songé à envahir la Bourgogne, puis avait abandonné le projet, faute d'argent. Mais d'alarmantes nouvelles l'avaient plongée dans le souci : la Ligue avait attaqué les Français, comme prévu, et avait essuyé une terrible défaite, à Fornoue. Le roi de France rentrait chez lui couvert de mérites et de gloire.

Par l'intermédiaire de son affidé, Philippe ne manquait jamais de rappeler le bon souvenir de son père et d'évoquer sa situation. Blanche Marie avait ainsi la certitude que l'empereur poursuivait aux côtés de ses alliés sa campagne en Italie, qu'il ne reviendrait pas avant l'automne.

Cela d'ailleurs ne lui causait aucun déplaisir. Elle s'était tellement habituée à son absence qu'elle ne souhaitait plus son retour.

5. EN LA NEF D'ESPÉRANCE

La matinée était radieuse. Pas un souffle de vent ne troublait la quiétude presque magique de l'instant, pas un nuage n'entachait la sérénité du ciel. Le paysage entier dégageait une sérénité profonde, une pureté mystique. Il flottait alentour une tiédeur digne d'un printemps flamand.

Au pied du château érigé jadis par les Maures, l'Èbre se lovait, tel un long serpent paresseux, brillant sous le soleil éblouissant de décembre. Il coulait avec une lenteur majestueuse, jusqu'à s'évaser et se fondre, au loin, dans les flots bleus de la Méditerranée.

Juchée sur la plus haute colline, la forteresse surplombait la contrée. En contrebas, la cité de Tortosa étalait fièrement ses maisons blanches. Des cultures d'orangers et d'oliviers jonchaient la vallée puis s'étageaient sur les collines aux pentes remodelées et protégées par des murets de pierre. La plaine s'étendait à perte de vue. En dépit de l'hiver, aucune brume ne voilait l'horizon.

Les ambassadeurs de Philippe et Maximilien arpentaient nerveusement les terrasses baignées d'une vive lumière. Depuis leur arrivée, trois jours auparavant, ils n'avaient guère eu le temps de se reposer, ni de goûter aux douceurs du climat ou à la beauté de l'endroit. Les négociations s'avéraient difficiles. En ce moment-même, les souverains délibéraient avec leurs conseillers. L'inquiétude, au fil de la longue attente, grandissait.

Les accordailles par procuration qui avaient eu lieu à Malines, en novembre, ne faisaient l'objet d'aucune controverse et seraient bientôt confirmées solennellement par les infants et leurs parents. Par contre, des différends concernant le transfert des princesses opposaient encore les deux Maisons. On se devait pourtant de régler avec minutie tous les détails du voyage et conclure rapidement un accord. La délicate mission des envoyés autrichiens consistait surtout à occulter le fait que l'empereur était désargenté, qu'il ne pouvait financer un tel déplacement.

– Leurs Altesses vont vous recevoir.

Perdus dans leurs considérations, les diplomates n'avaient pas vu le cardinal s'approcher. Ils s'empressèrent de le suivre et pénétrèrent dans la grande salle d'apparat où trônaient, sous un dais de pourpre, Isabelle de Castille et Ferdinand d'Aragon.

– Reprenons les pourparlers, enjoignit la souveraine lorsque ses invités eurent magistralement salué et se furent assis. Rappelez-nous vos exigences.

L'envoyé de l'empereur prit la parole :

– Majestés, il est hors de question de traverser la France.

Il évoqua la répudiation de Marguerite, les hostilités que cette double alliance engendrait, la sainte Ligue montée contre Charles VIII. Il n'était nullement dans les intentions de Maximilien de provoquer le roi en passant par ses terres.

– Nous en convenons, approuva sèchement Isabelle.

– Notre bru partira la première, enchaîna Ferdinand. Son époux, notre fils, l'accueillera à Laredo. Quant aux cérémonies du mariage, elles se dérouleront à Burgos.

Le représentant de l'archiduc prit la parole :

– Vos Altesses, les vaisseaux vont longer les côtes françaises. Négliger l'éventualité d'une attaque serait une grossière erreur.

Il enroba son désaccord de propos flatteurs :

– Vous possédez la plus belle, la plus puissante flotte du monde…

Il croisa le regard glacial d'Isabelle mais ne se démonta pas.

– Je suggère que votre fille Jeanne embarque d'abord. Vos navires, qui la conduiront chez nous, ramèneront Mademoiselle de Flandre.

Ferdinand, hésitant, se tourna vers son épouse.

– Qu'en pensez-vous, ma Dame ?

– Charles VIII ne dispose pas de moyens suffisants pour contrecarrer nos desseins, dit-elle d'un ton assuré, et son esprit est ailleurs. Ses projets de croisade, son obstination à conquérir l'Italie en dépit de la capitulation de Naples et du retour de l'ancien roi Ferrandino, le préoccupent plus qu'une bataille navale qu'il perdrait à coup sûr.

Elle réfléchit.

– Néanmoins, je juge préférable de le dissuader en l'impressionnant.

Elle possédait une volonté bien arrêtée, un caractère que l'on ne pouvait fléchir. Aussi cette dernière solution fut rapidement adoptée, au grand soulagement des Autrichiens. Cependant les débats, longtemps, se poursuivirent. Enfin, après moult tergiversations, il fut décidé que pour escorter les princesses et les mener à bon port en grand déploiement de faste et en dépit de tous les périls, les rois espagnols rassembleraient cent dix navires et mobiliseraient dix mille hommes d'équipage en armes.

***

Don Juan s'approcha de la cheminée. Sur le tapis moelleux posé près de l'âtre, profitant de l'ardeur bienfaisante des braises et du repos tant mérité, son chien dormait paisiblement.

– Brutus… prononça-t-il d'une voix teintée de tendresse et de fierté.

Il s'accroupit à côté du lévrier, le caressa affectueusement. Celui-ci poussa un bruyant soupir de contentement, leva sur son maître des yeux remplis de bonté et d'amour.

– Tu n'avais pas ce regard lorsque tu courais derrière le cerf ! remarqua le prince.

Il continua de passer la main sur le poil soyeux.

– Bientôt je ne serai plus seul, confia-t-il, et toi, tu auras une nouvelle maîtresse.

Il se pencha contre l'oreille chaude et veloutée, chuchota :

– Je suis sûr qu'elle te plaira…

Brutus ne bougea pas mais un sourd grondement s'échappa de sa gorge. Don Juan se redressa, se dirigea vers la porte et l'ouvrit.

– Vous m'aviez entendu arriver, Prince ? s'étonna Francisco en s'inclinant respectueusement.

Don Juan secoua la tête négativement. Un sourire de satisfaction flottait sur ses lèvres. Il montra son fidèle compagnon.

– Il avait décelé votre présence.

Puis, comme le chevalier demeurait sur le seuil :

– Il ne se lèvera pas sans en avoir reçu l'ordre, rassura-t-il. Entrez.

Il prit place sur un fauteuil capitonné. Francisco ignora l'animal et s'installa en face de l'Infant.

Devinant l'embarras du prince, et connaissant sa timidité, Francisco de Roja engagea la conversation en usant d'une délicatesse infinie. Il considéra le portrait de Marguerite d'Autriche, suspendu près de la fenêtre.

– Votre promise est encore plus jolie dans la réalité, affirma-t-il.

Le visage du jeune homme, d'ordinaire si blême, se colora sous l'effet d'une vive émotion. Ensuite le teint redevint livide, accentuant les cernes au-dessous des yeux.

– Parlez-moi d'elle, rêva Juan.

Francisco narra la cérémonie des épousailles par procuration. Il décrivit la fiancée, la couvrit d'éloges.

– Comme je vous envie, déclara Juan.

Son imagination s'emballa. Il se figura l'homme agissant en son nom, la cuisse dénudée, couché à côté de l'élue. Un éclair de jalousie durcit son regard.

– Avez-vous dignement exercé votre rôle ? Je veux dire… En toute innocence ?

– Prince, votre mère la reine m'a choisi non seulement parce que je suis son conseiller et ambassadeur, mais aussi parce qu'elle admire ma droiture et de ce fait m'accorde une confiance absolue.

Il fixa le futur marié.

– Et vous savez qu'elle ne tolère aucun écart de conduite, aucune déviance de l'esprit.

Don Juan approuva, rasséréné. Cependant une question le persécutait encore. Francisco seul était en mesure de l'aider. Désireux de se libérer du tourment qui l'oppressait, il surmonta sa confusion.

– Francisco, osa-t-il d'un timbre à peine audible, je n'ai jamais connu de femmes et j'appréhende de décevoir mon épouse au soir des noces.

Le chevalier prit les craintes au sérieux. Il saisit aussi la requête que dissimulait cette confidence. Mais il ne céderait pas, il ne favoriserait pas une rencontre, fût-elle sans lendemain. Car jamais il n'irait à l'encontre de l'éducation qu'imposait à son fils Isabelle de Castille. Sa vie en dépendait.

– Mon Prince, consola-t-il d'un ton paternel, il n'est nul besoin de vous embarrasser de tels tracas. Le charme de Marguerite vous envoûtera, vous remplira de fièvre, de passion. L'amour ensuite vous guidera.

Don Juan s'enferma dans un étrange mutisme, s'égara un moment, entraîné malgré lui par de folles pensées, revint enfin à de plus concrètes préoccupations.

– Mon présent a-t-il plu à ma fiancée ? se soucia-t-il soudain en songeant à la pépite qu'il avait offerte à Marguerite par l'intermédiaire du chevalier. N'avez-vous point omis de révéler sa provenance ?

– Conformément à vos ordres, mon Prince, j'ai expliqué à Mademoiselle de Flandre qu'un navigateur nommé Christophe Colomb avait atteint les Indes Occidentales[6]en traversant la mer océane par l'Ouest. J'ai ajouté que les terres nouvellement conquises abritaient des hommes étranges et pacifiques, des forêts idylliques, et que le sol recelait quantité de pierres et métaux précieux.

---

[6] *Toute sa vie, Christophe Colomb restera persuadé d'avoir atteint les Indes.*

– Qu'a-t-elle répondu ?

– Elle semblait fort étonnée…

– Cette expédition n'a-t-elle donc suscité aucune passion ? se lamenta l'infant.

– Elle est simplement passée inaperçue. Les cours d'Europe se sont intéressées à des sujets bien plus importants : la prise de Grenade, l'expulsion des Juifs, les guerres de Bretagne puis d'Italie et, récemment, la mort de Charles-Orland, l'unique enfant du roi de France.

– Combien je le déplore. Et dire que l'Amiral a franchi les limites du monde connu par-delà les Ténèbres, qu'il est parvenu aux portes de l'Éden, qu'il est rentré de son premier voyage avec de l'or.

– Si peu… modéra l'ambassadeur.

Don Juan céda à une grande mélancolie :

– Hélas personne ne croit en ses découvertes, hormis mes parents et mes précepteurs.

– La prétendue réussite ne s'avère guère à la hauteur des promesses.

– Laissez au navigateur le temps de faire ses preuves.

Francisco restait hermétique aux arguments.

– Colomb est reparti voilà bientôt trois ans et il n'est toujours pas revenu. Vous n'ignorez pas que l'on doute, à l'université de Salamanque, de l'exactitude de ses calculs. Les savants les plus éminents sont persuadés qu'il réduit trop les dimensions du globe, rapprochant ainsi, par l'ouest, l'Inde de notre continent. Quant à l'Église… Elle qualifie certains de ses propos de blasphématoires.

Il hésita puis susurra :

– D'aucuns l'accusent d'hérésie.

– Le seigneur Colomb reviendra, s'obstina l'Infant, et couvrira l'Espagne de gloire et de richesse.

Du revers de la main, il essuya son front moite.

– Cette pépite est le symbole de ma réussite, du royaume puissant et prospère que je gouvernerai avec ma promise et que je léguerai plus tard à mon héritier.

Il bâilla de fatigue. Francisco remarqua l'extrême pâleur de son teint. Aussi demanda-t-il à se retirer. L'infant acquiesça. Et tandis que le chevalier s'éloignait, il appela Brutus. Le lévrier obéit, vint se coucher aux pieds de son maître.

Juan éprouvait une profonde lassitude, aspirait au repos. Mais avant de s'abandonner aux douceurs confortables de son lit, il devrait se plier au cérémonial fastidieux et pompeux du coucher. Après quoi il cesserait de lutter contre l'épuisement qui, depuis la tombée du jour, essayait d'engourdir son corps, s'acharnait à happer sa conscience. Dans l'intimité de sa solitude, il replongerait alors au cœur d'un délire onirique, pressentirait une insatiable envie d'aimer, goûterait à des sensations d'ordinaire réprouvées, défendues. Il succomberait aux divagations, aux images obsédantes que lui apportait le sommeil et qui, depuis l'annonce de son mariage, peuplaient démesurément ses nuits.

***

Marguerite ouvrit la fenêtre du carrosse, scruta l'horizon, ne distingua qu'une vaste étendue d'eau immensément vide et bleue.

– Il est encore trop tôt, sourit Madame d'York. Votre future belle-sœur a quitté l'Espagne il y a à peine une semaine.

À son tour elle observa le paysage. Le cortège longeait le littoral. Des plages de sable fin, auréolées de cordons de dunes, s'étendaient à perte de vue. La mer brasillait. De petites vagues chargées d'une écume légère déferlaient sur le rivage.

La duchesse leva les yeux. Quelques nuages gorgés de soleil émaillaient le ciel. Des goélands tournoyaient dans l'azur, planaient au-dessus des flots. Des hirondelles cinglaient l'air de leurs battements d'ailes, s'aventuraient vers le large, songeaient déjà à se rassembler.

Madame d'York frissonna. L'été se mourait. Incessamment les beaux jours ne seraient plus qu'un souvenir. Ainsi le calme momentané engendrait dans son âme une infinie mélancolie, véhiculait une nostalgie lancinante, douloureuse. Il représentait un éphémère répit, un bonheur provisoire avant les adieux.

– Ce n'est point le moment de verser des larmes, se convainquit-elle en s'évertuant à masquer son chagrin pour ne pas altérer le contentement de sa filleule.

Car peu à peu Marguerite s'était résignée, habituée, puis réjouie de son sort. La marraine avait décelé sans peine la lente métamorphose. Elle s'interrogeait cependant sur ce qui avait pu déclencher une telle évolution. Était-ce le portrait où le fiancé apparaissait dans tout l'éclat de sa jeunesse et de sa beauté ? Était-ce la mystérieuse pépite d'or ? Elle ne pouvait le dire, se contentait de constater que le cœur de Marguerite, insensiblement, s'était épris du prince des Asturies. Dorénavant, à la seule évocation de l'Infant, la jeune fille se troublait et dissimulait, derrière ses paupières à demi closes, des yeux pleins de langueur…

– Nous arriverons à Anvers bien avant Jeanne de Castille, reprit la duchesse. Cela nous laissera le temps de préparer son accueil.

Marguerite afficha une certaine contrariété :

– Je déplore l'absence de mon frère. Il lui incombait d'attendre son accordée, de lui souhaiter la bienvenue. Au lieu de cela, il chasse en Autriche avec notre père.

– J'ai tenté vainement de le dissuader, de lui rappeler son devoir, mais il ne m'a point écoutée, prétextant mettre à profit les dernières heures de liberté qui lui étaient baillées.

– Le mariage ne ressemble pas à une prison, s'offusqua Marguerite, et la compagnie de l'être cher prime sur tout autre plaisir.

Madame d'York approuva, fort surprise.

– Vous ferez une merveilleuse épouse, pressentit-elle. Et je suis persuadée que votre mari vous portera un attachement infaillible et constant.

Marguerite se rembrunit.

– Si épouse je deviens, se plaignit-elle. Voilà presque un an que je suis promise à don Juan par procuration. Tant que Dieu n'aura pas béni cette alliance, je douterai…

– Ne cédez pas au découragement, ma princesse.

– Jeanne et Philippe vont s'unir prochainement cependant que je resterai à la merci d'un serment pouvant être rompu à tout moment.

– Patientez, mon ange, dans quelques jours à l'horizon apparaîtra une formidable flotte.

– Il me déplaît de sillonner les océans. Ne pourrais-je pas voyager par voie de terre ? Charles VIII ne se soucie plus de moi. Il s'en est retourné en Italie et…

– Vous devez vous plier aux exigences, coupa la duchesse d'un ton ferme.

Marguerite n'insista pas, mais elle interrogea anxieusement sa marraine du regard.

– Vous n'avez rien à craindre, confirma celle-ci en étouffant sa propre appréhension. Vous embarquerez *en la Nef d'Espérance* et voguerez vers un fabuleux destin.

– Puisse l'avenir vous donner raison, murmura Marguerite.

Elle considéra de nouveau les flots bleus, s'évada vers d'amoureuses chimères.

– À quoi songez-vous, douce enfant ? demanda gentiment Madame d'York.

– À une merveilleuse ballade…

– Daigneriez-vous me la réciter ?

– La première fois, ma maîtresse,
Qu'en votre présence viendrai,
Si ravi serai de liesse,
Qu'à vous parler je ne pourrai.
Toute contenance perdrai,
Car quand votre beauté luira…

Marguerite hésita à continuer. Sa voix tremblait. Elle regrettait presque d'avoir déclamé ces vers délicats, tant ils suscitaient l'émoi.

– J'ai relu cette pièce il n'y a pas bien longtemps, dit la marraine. La suite est tout aussi enchanteresse, si j'en crois ma mémoire :

– Pource, non pareille princesse,
Quand ainsi devant vous serai,
Veuillez par votre grande humblesse
Me pardonner, si je ne sais,
Parler à vous comme devrais… poursuivit-elle.

Elle prit la main de sa filleule.

– Et comment avez-vous découvert ce poème, ravissante damoiselle ?

Marguerite baissa la tête, se mordilla la lèvre.

– C'est un secret que je ne saurais révéler, avoua-t-elle dans un souffle.

La duchesse comprit et sourit avec une tendresse emprunte de malice : depuis quelque temps, Marguerite ne lui montrait plus ses lettres et elle tenait, dans un coffret fermé à clé, le courrier provenant de Castille.

Un silence éloquent s'installa durant lequel chacune suivit librement ses pensées.

– Vous avez raison, affirma soudain la princesse de Flandre, je ne dois point me tourmenter.

Elle reprit les termes employés par sa marraine :

– Bientôt j'embarquerai *en la Nef d'Espérance* et voguerai vers un fabuleux destin.

6. CONTRE LES VAGUES DE TOURMENT

Philippe se détacha doucement de l'étouffante étreinte, se glissa hors du lit conjugal. Pour ne point réveiller son épouse et entendre ses sempiternels reproches, il s'abstint d'allumer les chandelles et se rhabilla en hâte, profitant de la faible lueur émanant du foyer. Mais Jeanne ressentit cruellement sa fuite.

– Vous me quittez ? balbutia-t-elle, tout engourdie de sommeil.

Des pensers angoisseux assaillirent son esprit tourmenté, ranimèrent sa jalousie. Pourquoi l'homme tant chéri ne demeurait-il pas la nuit entière à ses côtés ? Qui allait-il rejoindre à pareille heure ? La trompait-il déjà, après seulement trois mois de mariage ? Ne comprenait-il pas qu'elle ne tolérait aucunement la solitude, qu'elle redoutait le néant occasionné par son absence, qu'elle grelottait d'appréhension et de froid lorsqu'il désertait sa chambre, qu'elle se sentait une étrangère en proie à un intolérable isolement ? Ne se doutait-il pas qu'il était son unique réconfort, son grand espoir, et qu'elle se raccrochait à lui afin de supporter ce climat humide et glacial, ce peuple inhospitalier, ce pays terne, rude et hostile auquel ni elle, ni sa suite, ne parvenaient à s'accoutumer ?

– Puis-je connaître vos intentions ? reprit-elle d'un ton accusateur.

Parce qu'il avait promis à Madame d'York, sa grand-mère par alliance, de ne point user de violence, Philippe s'efforça de rester calme. Pourtant, l'attachement exclusif que lui vouait sa femme l'exaspérait. Jusqu'à quand parviendrait-il à contenir sa colère ?

– Votre rôle n'est point de me surveiller, récrimina-t-il.

– Mon beau prince, que dois-je donc faire pour vous plaire ? se lamenta-t-elle.

– Commencez par cesser de vous plaindre de votre sort devant la duchesse.

Comme elle se taisait, il ajouta, d'une voix cinglante :

– Contentez-vous de me donner un héritier.

Blessée par les répliques acerbes, Jeanne enfouit sa tête sous l'oreiller et pleura amèrement. L'archiduc ne prêta nulle attention à son chagrin pourtant sincère. Il sortit en claquant la porte, indifférent aux larmes de celle qui l'aimait.

Laissant avec un certain soulagement les contraintes de la vie de couple, Philippe emprunta le sombre couloir et se dirigea vers l'extérieur du château. Il traversa la cour enneigée, gravit avec précaution les marches glissantes conduisant à la tour de guet offrant la meilleure vue sur le port de Flessingue. La sentinelle en faction se poussa respectueusement.

L'archiduc observa les alentours par la meurtrière, découvrit un paysage féerique. Sur la mer enténébrée, le frimas qui jusqu'alors obstruait entièrement l'horizon se dissipait enfin, comme par enchantement. La pleine lune apparaissait entre les volutes de nuées vaporeuses, se reflétait sur la mer étale, pailletait d'une myriade de diamants le manteau immaculé recouvrant la cité. Des étoiles scintillaient dans un ciel presque pur. Une forêt de mâts étincelants de givre se dressait au cœur de l'immobilité hivernale, semblait figée pour l'éternité.

– Jamais l'escadre ne lèvera l'ancre, songea Philippe avec rage.

Il maudit l'infortune retardant depuis de longues semaines l'embarquement de sa sœur : au début des vents contraires, puis une brume tenace et à présent une détestable accalmie, un temps plat, sans brise, sans mouvement d'air, sans souffle susceptible de gonfler les voiles.

Exaspéré, Philippe oublia les splendeurs de la nuit. Cet ajournement le lancinait et il commençait à perdre espoir et patience. Les récents événements prouvaient qu'il était primordial de s'unir contre le royaume de France. Or la double alliance avec l'Espagne ne serait définitivement scellée qu'après la consommation du mariage de l'Infant avec Marguerite.

En effet, profitant de la mobilisation de la flotte espagnole, Charles VIII avait traîtreusement attaqué ses ennemis sur deux fronts. Dans le Roussillon, il avait repris la forteresse de Salses à Ferdinand d'Aragon. En Italie, grâce à la vaillance et au courage de Philippe de Bresse, il avait forcé Maximilien à lever le siège de Livourne. Ces défaites avaient mis un terme au fabuleux projet de conquête de l'Espagne et de l'Autriche : envahir insidieusement le royaume de France en l'enserrant dans un indestructible étau.

Philippe se remémora les révélations de Blanche Marie quant aux véritables intentions de son père, précieuses confidences qu'il n'avait obtenues qu'en cédant à ses voluptueuses fantaisies : jaloux du succès de l'entreprise de Charles VIII, Maximilien prétendait d'abord réaliser une marche sur Rome dans le but de se faire sacrer empereur par le pape[7]. Hélas, il avait dû se contenter, à Milan, de l'inutile couronne des rois lombards. Il n'avait pu atteindre Pise et pour masquer son échec avait donné l'ordre d'attaquer la place stratégique de Livourne. L'opération militaire s'était soldée par une lamentable défaite. Déshonoré, Maximilien avait rebroussé chemin et repassé les Alpes, en dépit de la mauvaise saison.

Par l'intermédiaire des tendres aveux, Philippe avait eu aussi la confirmation que son père désirait fortement reprendre la Bourgogne par les armes. La capitulation de Gaète, le port le plus important d'Italie, venait d'infliger au souverain français une grave déconvenue et renforçait l'empereur dans ses rêves de victoires, celui notamment de reconquérir le duché de Marie.

– Il ferait mieux de hâter le départ de sa fille, tempêta l'archiduc, car si les froidures persistent, les vaisseaux se retrouveront prisonniers d'une mer rigide et gelée.

Il quitta son poste d'observation en maugréant. Il se sentait captif de cette ville et de ses piètres ribaudes, de cette austère bastille, de cette épouse qui l'avait séduit au premier regard mais dont il s'était si vite lassé.

Philippe considéra le firmament. Demain, à la première heure du jour, sans même consulter son père, il donnerait au commandant de l'armada l'ordre d'appareiller.

***

Quand Madame d'York entra dans la chambre de sa filleule, les demoiselles de compagnie et leurs servantes, conscientes de la gravité de l'instant, se retirèrent aussitôt. La pièce se vida, et un silence poignant remplaça l'inimaginable effervescence qui régnait jusqu'alors. Marguerite avança vers sa marraine. La robe de velours bleu ornée de broderie d'or que Blanche Marie lui avait offerte au jour de ses dix-sept ans lui seyait à merveille.

– Je suis prête, fit-elle simplement.

La duchesse pâlit. Sa gorge se noua et sa mémoire défaillit. Le discours qu'elle avait préparé pour adoucir l'au revoir, les mots qu'elle avait choisis pour exprimer ses vœux de bonheur, s'emmêlaient, se déformaient,

---

[7] *Maximilien a hérité du titre d'empereur à la mort de Frédéric II, mais, à son grand regret, jamais il n'obtiendra le sacre du pape.*

s'effaçaient. Elle demeura sans défense face à l'émotion violente qui soudain l'étreignait.

– Que vous voilà bellement parée, prononça-t-elle confusément de manière à masquer son désarroi.

Sentant son courage s'amollir, elle s'efforça de forger d'agréables idées susceptibles de détourner sa peine :

– Votre époux vous trouvera…

Cependant un sanglot vint briser sa voix et elle ne put achever.

– Ne pleurez pas Marraine, je vous en supplie.

Marguerite maîtrisa ses sentiments mais les larmes de la duchesse ravivèrent une douleur qu'elle était parvenue à réprimer jusqu'à présent. Son cœur se déchira. Brusquement ses années de bonheur s'écroulaient, l'enfance qu'elle avait retrouvée, la tendresse maternelle, basculaient, dérivaient vers le passé, se volatilisaient irrémédiablement.

– Marraine ! cria-t-elle en se jetant dans les bras de Madame d'York. Je refuse de vous quitter. Venez avec moi, venez…

– Cela m'est impossible, balbutia Madame d'York en serrant la princesse aussi fort qu'elle pouvait.

– Pourquoi, Marraine, pourquoi ?

– Mon enfant, ma petite fille, il faut nous dire adieu, maintenant.

– Vous êtes la seule personne que j'aime véritablement. Je ne puis me séparer de vous…

Quelques coups secs frappés à la porte interrompirent les confidences.

– Séchons nos pleurs, chuchota la duchesse.

Puis d'un ton faussement calme et déterminé :

– Entrez !

Philippe poussa l'huis. Un sourire radieux éclairait son visage.

– Nous n'attendons plus que vous, ma chère sœur, annonça-t-il avec une fierté où perçait une vive impatience.

– Je viens, répondit simplement Marguerite.

***

Marguerite d'York posa sa broderie et soupira.

– Combien je me sens seule, avoua-t-elle à la vieille domestique venue lui apporter une collation, et combien je m'inquiète !

– Si je puis vous être utile, Madame…

– Hélas, rien ni personne ne parviendra à guérir mes maux.

Elle se leva, tira d'une main tremblante le rideau de damas mordoré, glissa un regard furtif et anxieux à travers les carreaux constellés de givre. La tempête redoublait d'intensité. De violentes bourrasques, chargées d'épais flocons blancs, cinglaient impitoyablement arbres et buissons, menaçaient d'arracher les toitures, s'engouffraient, accompagnées de lugubres hurlements, dans les cheminées et sous les lourdes herses pourtant capitonnées.

– Qu'advient-il de ma Princesse ? se morfondit-elle.

Elle retourna s'asseoir au coin du feu, se laissa servir quelques oublies ainsi qu'une coupe de lait chaud parfumé à la cannelle, puis congédia sa chambrière.

La duchesse d'York goûta sans grand appétit aux pâtisseries confectionnées à son intention, une terrible appréhension l'empêchant de déguster les gourmandises que d'ordinaire elle appréciait tant. Le sort de sa filleule la préoccupait, la tourmentait sans cesse. Marguerite avait quitté la Flandre trois semaines auparavant. Et depuis, excepté le jour et le lendemain du départ, les intempéries se succédaient, la mer était démontée et la flotte emmenant la fiancée affrontait des éléments déchaînés.

Certes l'Espagne possédait les meilleurs marins, les capitaines les plus valeureux, les mieux expérimentés. Mais cela ne s'avérait pas suffisant. À l'aller, on avait déploré la perte d'une caraque, venue s'échouer sur un banc de sable, et celle d'une caravelle, engloutie dans les flots avec son équipage.

Madame d'York tressaillit. De nouveau des images sinistres dansaient devant ses yeux et l'éventualité d'un naufrage la harcelait. Pour tâcher de s'y soustraire, elle se rappela les circonstances présageant l'issue heureuse du voyage. Elle revit la mer bleue ourlée de fines vaguelettes, entendit la foule joviale crier ses encouragements, sentit la brise favorable. Elle se souvint de l'ordre donné en castillan par le commandant de l'escadre, de Marguerite agitant la main dans un geste généreux, saluant une dernière fois son peuple, et puis, dans le silence soudain revenu, des milliers de voiles claires frappées d'une croix rouge et noire que l'on hissait et qui se gonflaient de conserve en claquant dans le vent. Enfin les cent-huit vaisseaux évoluant avec une indicible majesté tels des cygnes le long des rives d'un lac, et s'éloignant vers le large, disparaissant au-delà de l'horizon.

– Madame…

La duchesse poussa un petit cri d'effroi. Plongée dans ses pensées, elle ne s'était point aperçue de la présence de l'intrus.

– Je n'ai pas pris le temps de me faire annoncer, expliqua le messager. Veuillez pardonner mon indécence.

Madame d'York réagit avec indulgence, bannissant l'étiquette, car l'homme qui se tenait devant elle n'était autre qu'un courrier de son neveu le roi d'Angleterre.

– Qu'avez-vous à m'apprendre ? susurra-t-elle, en proie à une peur irraisonnée.

– De bonnes nouvelles concernant Mademoiselle de Flandre.

– Grâces en soient rendues à Dieu… Mais comment êtes-vous parvenu jusqu'ici ?

– J'ai traversé la Manche au péril de ma vie pour vous dire que l'armada relâche à Southampton et qu'elle ne reprendra sa route que lorsque le temps le permettra.

Madame d'York porta la main contre sa poitrine. Son cœur battait follement, douloureusement. Elle essaya de respirer lentement, recouvra une certaine confiance. Elle saisit alors la main du messager.

– Je vous remercie infiniment, prononça-t-elle d'une voix à peine audible.

***

« Ma chère et bien-aimée Marraine,

Je vous écris sachant tout le tracas qu'avez dû endurer pour la cause de mon voyage.

Ce matin, avec grand soulagement, j'ai aperçu enfin le rivage d'Espagne. J'ai décidé alors de vous conter mes mésaventures.

Comme vous le savez jà, la Juana a essuyé d'effroyables orages, l'obligeant à faire escale dans le port de Southampton. Ah, combien le temps me dura à attendre un nouveau départ ! Lorsque le ciel se montra plus clément et après trois semaines de relâche, l'escadre put reprendre la mer.

Au début, Fortune nous sourit. Puis un calme plat ralentit considérablement notre allure. Enfin la pire des tempêtes éclata. Je vous avoue avoir connu le désarroi et bien cru mourir car plus d'une fois nous faillîmes chavirer. Les lames endommagèrent fort mon vaisseau et nous séparèrent du reste de la flotte tandis que nous voguions au large des côtes de Gascogne. Je dois ma survie au courage du capitaine et de son équipage, ainsi qu'aux ardentes prières que nous n'avons eu de cesse de réciter.

Ma bien-aimée Marraine, nous eûmes si peur et fûmes tant malades que nous perdîmes, mes demoiselles et moi-même, notre assurance ! Et étions si convaincues de finir englouties dans les gouffres marins que je proposai à mes compagnes d'imaginer l'épitaphe qu'il conviendrait de graver sur nos tombes !

Mais la Juana lutta si bien contre les vagues du tourment que nos vies furent sauvées. Maintenant je suis si heureuse d'accoster en mon nouveau royaume et de connaître mon époux que je me ris de notre couardise et que je vous envoie le morceau de parchemin sur lequel j'ai inscrit la pensée devant figurer sur mon mausolée.

Bien-aimée Marraine, Notre Seigneur vous tienne en sa Sainte Garde.

De ma caravelle la Juana, le dernier jour de février 1497. »

Madame d'York essuya les larmes qui perlaient au coin de ses yeux. Une incommensurable joie emplissait son cœur.

– Ma douce enfant, murmura-t-elle.

Elle dénoua le ruban retenant le billet à la lettre, le déplia précautionneusement.

« *Ci-gît Margot, la gente damoiselle*

Qu'eut deux maris et encore est pucelle. » Lut-elle avec amusement.

Sans hésiter elle défit le collier d'or qu'elle portait au cou, le contempla une dernière fois. Ses gros grains dorés brillaient comme autant d'étoiles et les initiales entrelacées qu'il portait en son centre symbolisaient l'éternel amour.

– Mon époux Charles le Téméraire me l'offrit au jour de nos noces.

Elle parlait tout haut, comme si sa filleule se fut trouvée dans la pièce, et rangeait le précieux bijou dans un écrin d'ivoire incrusté de pierres précieuses. Demain, elle le remettrait à l'ambassadeur de Maximilien chargé d'assister au mariage de Marguerite et de l'Infant.

– Je ne puis vous faire de plus beau présent, dit-elle d'une voix altérée par l'émotion.

7. LES NOCES ENDEUILLÉES

Marguerite congédia les servantes et dispensa ses demoiselles d'honneur d'assister à son coucher. La célébration des fiançailles, riche en émotions et scandée par un protocole fort astreignant, l'avait épuisée. Elle se retira donc dans sa chambre, aspirant plus que jamais au calme et à la tranquillité.

La sobriété de la pièce, le silence apaisant, la tiède clarté émanant du brasero, la solitude enfin retrouvée, invitaient au recueillement. Marguerite s'agenouilla sur le prie-Dieu placé en face d'un imposant crucifix, joignit les mains et récita avec ferveur l'oraison du soir. Puis elle se signa, saisit le livre d'heures qu'elle avait posé sur l'accoudoir dès son arrivée en cette modeste demeure réquisitionnée par les fourriers du roi, tourna les pages lentement. Devant ses yeux défilèrent les prières rehaussées d'enluminures ou ornées de miniatures.

La princesse de Flandre arrêta son regard sur un petit tableau représentant deux femmes vénérant sainte Anne. Les visages des gentes dames lui étaient familiers puisque l'artiste avait peint ici Marie de Bourgogne en compagnie de la duchesse d'York. Marguerite invoqua la sainte comme le lui avait appris sa marraine, lui dédia quelques pieuses pensées. Enfin, n'ayant personne à qui avouer ses sentiments, elle lui confia les secrets trop longtemps contenus.

Son voyage, jonché de peurs, de déceptions, lui laissait des souvenirs amers. Il lui semblait qu'une puissance maléfique s'était acharnée à assombrir son destin, l'empêchant de rejoindre son époux. Il y avait eu le départ sans cesse ajourné à Flessingue, l'épouvantable traversée de la Manche, l'exil à Southampton… Il y avait eu l'embellie freinant la course des navires, l'effroyable tempête, le naufrage auquel elle avait miraculeusement échappé… Il y avait eu l'arrivée imprévue à Santander où personne ne l'attendait, excepté le connétable de Castille, dépêché en hâte par son promis qui l'attendait à Laredo où avait accosté l'ensemble de la flotte…

Marguerite était demeurée quatre jours à Santander durant lesquels le jeune comte s'était diligemment chargé de son accueil et avait préparé sa rencontre avec don Juan. L'espoir alors était revenu. Et dès ce matin, il avait fait battre follement son cœur tandis qu'elle s'engageait, avec sa suite et son important équipage, sur le chemin caillouteux menant à Villasenil. C'est à peine si elle avait remarqué l'étrange et sauvage beauté du paysage, tant ces rêves l'absorbaient. Les collines verdoyantes dominant l'immense baie de Santander, les vallées encaissées, les hameaux nichés au creux des roches brunes, les montagnes saupoudrées d'une neige tardive avaient à peine interpellé son esprit.

Le convoi avait progressé lentement sur les routes escarpées et inconfortables, les carrosses emportés par la princesse ralentissant fortement l'allure. Mais en fin d'après-midi, il était parvenu en vue du village de Villasenil. Un émissaire s'était empressé d'avertir Ferdinand d'Aragon et son fils. Animée par un mauvais pressentiment, Marguerite avait douté du bon déroulement de la cérémonie. Pourtant, à l'horizon s'était bientôt profilé l'ombre d'un somptueux cortège.

Tout s'était alors déroulé pareillement que dans un songe. L'Infant et son père étaient allés au-devant de Marguerite. Quelques civilités, quelques paroles avaient été solennellement échangées. Après quoi les deux escortes s'étaient confondues.

Marguerite se revit, chevauchant vers sa fabuleuse destinée, entourée des deux hommes les plus éminents du royaume d'Espagne. Ferdinand, renfermé dans son orgueil et sa morgue, lui adressait parfois quelque regard furtif. De manière instinctive, Marguerite se méfiait déjà de lui, entrevoyant derrière sa fierté une personnalité rude et néanmoins sournoise. Juan, plus avenant, plus courtois, la dévorait des yeux, de ses grands yeux à la fois fiévreux et doux.

Il ressemblait au portrait qu'elle avait eu le loisir de contempler, mais il manquait à son beau visage la fraîcheur et l'éclat. L'artiste avait-il rajouté, pour masquer une santé fragile, l'indispensable étincelle de vie ? Marguerite refusait de l'admettre. Elle se contentait de lui sourire, s'ingéniant à oublier cette impression pénible, cette intuition absurde, insensée, lui faisant pressentir que son bonheur ne durerait pas.

Marguerite soumit ses inquiétudes à sainte Anne tout en continuant d'admirer sa représentation sur le livre d'heures. Mais au-delà de sa piété, c'était à sa mère et sa marraine qu'elle abandonnait ses soucis.

Un apaisement mystérieux réconforta peu à peu son âme en détresse. D'autres évènements avaient peuplé cette journée, lui restituant de merveilleuses impressions : l'entrée au village de Vallesenil, à la tombée de la nuit, la procession à la lueur des torches et, dans la pièce principale de cette modeste maison, la bénédiction des deux promis par le patriarche – évêque de Séville. Ensuite, la séparation des fiancés, puisqu'il eût été inconvenant qu'ils prissent si tôt un repas ensemble. Marguerite s'était pliée avec étonnement et docilité à ces rites fort curieux. Chacun avait donc soupé en son logis. Puis, après le repas, don Juan était revenu, accompagné d'une dizaine de nobles. Durant plus de deux heures, la salle d'apparat avait recueilli leur première véritable conversation. Si la timidité avait d'abord enrayé les propos, elle s'était vite effacée au profit d'un agréable et passionnant entretien. Une amitié avait éclose, teintée d'une mutuelle admiration. Un attachement, une inclination étaient nés, prémisses d'un tendre et généreux amour.

Marguerite ferma les paupières pour mieux s'imprégner des moments heureux. Cependant les signes fâcheux revinrent la gêner.

– Sainte Anne, je vous en supplie, implora-t-elle, ôtez de mes pensées ce sinistre présage.

Car devant elle réapparaissait l'image funeste du prince traînant derrière lui le spectre de la mort.

***

Pedro Mártir de Anghiera s'inclina devant la souveraine avec déférence et prit place en face d'elle, sur le siège qu'elle désignait.

– Le seigneur Colomb ne s'était point trompé, affirma-t-elle. La nef capitane a bien accosté à Santander.

Le regard d'acier ne laissait paraître aucun trouble. Cependant Anghiera savait qu'Isabelle tremblait encore d'inquiétude. Il était à ses côtés, à Laredo, lorsque l'Armada avait envahi le port.

– Lui seul pouvait indiquer à Son Altesse le lieu où la Juana avait des chances d'aborder.

Il observa un silence respectueux puis ajouta :

– J'ai toujours eu confiance en l'Amiral.

Isabelle le dévisagea longuement.

– Je sais, dit-elle rêveusement.

Une multitude d'affaires assaillirent sa mémoire. Sans l'influence d'Anghiera, jamais le Génois n'aurait reçu les avantages inouïs lui conférant les titres d'*Amiral de la flotte Océane, de Vice-Roi et Gouverneur des Iles et Terres Fermes découvertes et à découvrir,* jamais il n'aurait atteint les Indes par le Ponant. Et quelques mois auparavant, dans cette même salle de la Casa del Cordón, à Burgos, jamais il n'aurait bénéficié de la clémence des souverains d'Espagne.

– Pourtant, le deuxième voyage a ramené plus de désillusions, plus d'incertitudes que d'espoirs, s'opposa la reine.

– C'est oublier les croix plantées sur les terres conquises, les étendards aux couleurs de Castille et d'Aragon hissés fièrement en haut des mâts, les cadeaux fabuleux : masques en métal précieux, pépites, oiseaux multicolores…

Isabelle se leva, arpenta la pièce meublée seulement d'un bureau, de deux fauteuils et de quelques coffres. Ses longs cheveux blonds dansaient sur ses épaules, au rythme de ses pas. Le bas de sa robe effleurait le sol dallé de mosaïques dans un mystérieux bruissement.

– Je m'attendais à mieux. Où sont les richesses abondantes, les mines d'or devant renflouer les caisses du royaume ? Et que penser de ces Indiens convertis de force ou réduits en esclavage ? Que dire des accusations portées contre l'Amiral, de sa façon tyrannique de commander ses hommes, que dire des marins restés au-delà des mers ténébreuses et retrouvés massacrés par des indigènes au prime abord inoffensifs et pacifiques ? Si les expéditions de don Colomb n'engendrent que des polémiques, pourquoi continuer de parcourir le monde ?

– Pour en repousser les limites.

La reine s'arrêta de marcher, toisa son interlocuteur, finit par sourire.

– J'admire le philosophe, complimenta-t-elle.

Son regard s'anima d'une lueur inhabituelle.

– Et ne regrette point de l'avoir nommé précepteur et éducateur de mon fils…

Sensible au compliment, Anghiera se confondit en remerciement. Après quoi, en usant de délicatesse, il s'obstina à défendre le navigateur. S'il doutait de l'exactitude de ses calculs, s'il croyait que les rivages atteints n'étaient pas ceux de l'Inde, il n'en demeurait pas moins convaincu de l'importance de sa découverte et persisterait à inciter la reine à confirmer ses privilèges.

– Le premier accueil de don Colomb, à Barcelone, fut triomphal, poursuivit-il. Le suivant, à Burgos, suscita méfiance et déconvenue. Cependant que Son Altesse se méfie et ne se laisse point influencer par les médisances. La réussite engendre des jalousies et des mensonges.

Il songeait à la bulle du pape octroyant en décembre dernier à Isabelle de Castille et Ferdinand d'Aragon la mention honorifique de « *Rois catholiques* » pour avoir chassé les Maures et expulsé les Juifs à Grenade. Cette gratitude, obtenue contre l'avis de la plupart des cardinaux de Rome, avait ravivé d'anciennes haines, animé de nouvelles rivalités. La reine comprit l'allusion.

– J'approuve votre sagesse et tiendrai compte de vos conseils.

Un moment passa durant lequel chacun se perdit dans ses considérations.

– Je vous ai fait venir, reprit Isabelle, pour vous entretenir d'un sujet fort délicat.

– Je suis à l'écoute de Votre Altesse.

– Un messager de mon époux m'a rapporté que notre fils don Juan désirait ardemment avancer la date des épousailles de manière à connaître au plus tôt les doux nœuds de l'hyménée. J'aspire, en accord avec Ferdinand, à combler son vœu. La première célébration nuptiale, où le consentement des époux est échangé, aura donc lieu au lendemain de l'arrivée des promis à Burgos. J'ai aussitôt envoyé un émissaire afin d'obtenir une dispense du Saint Père. Nous serons en période de carême et…

Pedro Mártir devina le trouble de la reine. Il joignit les mains en signe de prière, l'incitant à la confession.

– Anghiera, murmura-t-elle alors, comment expliquez-vous cette impatience ? N'est-elle point péché de luxure ?

Elle semblait offusquée de cet engouement du prince à consommer le mariage avant l'heure prévue.

– Son Altesse, avança le religieux d'un ton amène et compréhensif, votre fils a été élevé selon votre volonté et la volonté de Dieu dans l'austérité, la chasteté absolue. Il a connu jusqu'à présent une vie quasi monacale. Je crois en toute sincérité qu'il est tombé sous le charme de sa fiancée, qu'il l'aime d'un amour pur et sincère, qu'il est déjà fort épris…

– Au moins ne la trompera-t-il pas.

Une ombre obscurcit ses prunelles d'azur mais aucun pleur ne perla sous ses cils. Isabelle contrôlait son émotivité. En toutes circonstances elle conservait une dignité admirable. Mais parce qu'il lisait dans son âme, Pedro Mártir savait à quel point elle avait souffert et souffrait encore de l'infidélité du roi.

***

Quand Marguerite franchit la porte du monastère, il lui sembla pénétrer dans un autre univers. La sérénité et la simplicité du lieu contrastait avec le tumulte et le faste de la ville, et le calme empreint de religiosité effaçait la somptuosité des cérémonies du matin.

La princesse flamande comprit aussitôt pourquoi la famille royale avait fait de ce couvent un lieu de retraite privilégié. Situé à quelques lieues de Burgos, occupé par des cisterciennes de haut lignage, il appelait le visiteur à la prière et à la méditation. Il rayonnait de mysticisme, loin des richesses temporelles et des foules en liesse. Il était à lui seul un havre de paix, un acte de foi.

Une sœur accueillit les Rois Catholiques, leurs filles Isabelle, Marie, Catherine, et une modeste suite, tandis que la mère supérieure se chargeait en personne de recevoir le jeune couple.

– Je vais vous conduire à vos habitations.

Marguerite se serra contre Juan, acquiesça d'un signe de tête. La religieuse se dirigea sans parler vers l'hostellerie.

Derrière elle les Infants traversèrent le cloître, puis ils longèrent l'orangeraie, pénétrèrent dans les appartements privés où déjà s'installaient Isabelle et Ferdinand. Marguerite se demanda où elle résiderait. N'osant rompre le silence, elle se contenta d'interroger son fiancé du regard. Il lui renvoya un timide sourire. Comme pour répondre à sa question, la mère supérieure s'engagea dans un couloir exigu débouchant sur des dortoirs.

– Que Dieu vous protège, chuchota-t-elle en montrant une porte située à l'écart et remettant la clé à don Juan.

Et elle se retira sans une explication.

L'Infant débloqua le verrou, poussa le lourd panneau de bois. Marguerite entra. Un frisson la parcourut. La pièce était sombre, étroite. Le mobilier se composait d'un lit rudimentaire, apparemment inconfortable, d'un chevet où étaient posés une bible, un chandelier et une feuille de parchemin comportant les horaires des offices. Une mince ouverture permettait à un rayon oblique d'éclairer un crucifix. Le reste de la cellule baignait dans la pénombre.

Marguerite se tourna vers Juan.

– Et votre logement ? balbutia-t-elle en tâchant de modérer son anxiété.

Le jeune homme devint livide. Un léger tremblement agita son corps.

– Il est ici.

– Avec moi ? Cela ne se pourrait…

– Avec moi, confirma-t-il en refermant l'huis.

– Mais nous ne sommes pas véritablement mariés. La grande messe, à la cathédrale de Burgos, n'a pas été célébrée.

– Ici, en Espagne, c'est le consentement qui valide l'hyménée. Nous venons d'échanger nos paroles devant témoins, à la Casa del Cordón, et avons reçu ensuite la bénédiction nuptiale de l'archevêque de Tolède.

Juan s'essuya le front. Il semblait terriblement embarrassé.

– C'est ainsi que se déroule le sacrement des épousailles.

Transi, il s'avança vers sa femme, lui ouvrit des bras hésitants. Elle fit un effort pour ne pas se dérober.

– Le carême interdit toute relation charnelle… s'offusqua-t-elle.

Il paraissait ne pas l'entendre, continuait de se rapprocher. Soudain, d'un geste maladroit, il l'enlaça.

– J'ai obtenu l'indult du pape. Nous pouvons nous unir en toute légalité.

Marguerite avait imaginé ses noces autrement. Elle s'affola.

– Les vêpres sont dans une heure, résista-t-elle.

Elle essayait à présent de lui échapper. Mais loin de le décourager, cette réaction inattendue le stimula, lui donna l'audace qui lui manquait.

– Alors nous avons une heure pour nous aimer, se lança-t-il en l'embrassant passionnément.

***

Le mois d'avril touchait à sa fin, emportant avec lui le tourbillon de fêtes, d'apparat, de prestige, de réjouissances, d'excès, de démesure. La Casa del Cordón avait recouvré sa quiétude d'antan, son animation, ses activités ordinaires. La cour avait quitté la capitale de Castille pour séjourner à Medina del Campo et le couple princier, après avoir prononcé des adieux officiels, s'était retiré à Almazán.

Désireux de s'éloigner de la vie mondaine, Pedro Mártir de Anghiera avait retardé son départ et s'imposait une retraite spirituelle à la chartreuse de Miraflores de Burgos. Il rejoindrait plus tard les Rois Catholiques, lorsque la sagesse aurait vaincu le tumulte, lorsque son âme, avide d'isolement et de contemplation, serait enfin en paix.

Pedro Mártir alluma la bougie et se remit au travail. Il saisit sa plume, hésita à la retremper dans l'encrier, la tourna distraitement entre ses doigts. Il réfléchit encore, tout en goûtant à la sérénité du soir. La nuit tombait. Une nuit pleine de tiédeur et de senteurs printanières. Une nuit bercée par le murmure des fontaines et les derniers cris des hirondelles. Dans le calme de la cellule, l'inspiration revenait mais l'envie de rédiger les pensées demeurait en suspens.

L'ecclésiastique considéra sa table jonchée de manuscrits. Certains contenaient les récits de voyage confiés par Christophe Colomb, d'autres consignaient les détails de la guerre de Grenade à laquelle il avait participé en tant qu'historiographe, d'autres encore relataient ses opinions sur l'éducation de la jeunesse, ses convictions d'inculquer aux fils de la haute noblesse l'amour des lettres autant que la passion des armes, ses réflexions sur la manière d'éduquer le prince don Juan. Et puis, il y avait la correspondance qu'il entretenait avec le cardinal de Santa Cruz de Rome et qu'il se devait de terminer.

Pedro Mártir parcourut la lettre inachevée. Il décrivait, déployant un grand zèle, les différentes étapes du mariage de l'Infant avec la fille de l'empereur, s'arrêtait à la dernière célébration donnée lors de la messe solennelle en la cathédrale de Burgos quand l'archevêque étendait le voile sacré sur la tête des promis agenouillés devant l'autel, et les unissait devant Dieu pour l'éternité. Il traçait ensuite le portrait de l'accordée.

– Si vous la voyiez, relut l'auteur, vous vous figureriez que c'est Vénus en personne que vous contemplez. Elle est si belle, si jeune, d'un port si élégant… Les Flandres l'ont ainsi envoyée sans qu'aucun fard ne la défigure, sans qu'aucun artifice ne soit utilisé pour la mettre en valeur…

La flamme vacilla, agitée par la respiration saccadée. Anghiera se remémorait avec effroi le contraste saisissant entre le teint frais de Marguerite et la pâleur cadavérique de son époux. Se pouvait-il, à dix-neuf ans, qu'il perdît sans raison ses couleurs ? Le maître était assez proche de son élève pour s'apercevoir de la dégradation de sa santé. Au fil des jours, don Juan semblait se vider de la vie.

D'une écriture déformée par l'émotion, Pedro Mártir poursuivit l'exposé. L'encre noire évoqua les banquets, les joutes, les lâchers de taureaux, l'arrivée de toutes les délégations d'Europe pour la cérémonie du baise-main et de la remise des cadeaux. Il fallut alors avouer le terrible incident, le drame, la chevauchée fatale.

– Durant la course, un destrier se cabra, griffonna-t-il, bouleversé. Son cavalier, le fils du commandeur de Léon, fut projeté à terre. Il succomba à ses blessures. On revêtit les costumes de deuil. Les festivités s'achevèrent dans la tristesse. Le couple princier en fut terriblement affecté.

Le chanoine pria longuement, demanda l'aide du Seigneur Tout-Puissant. Il refusait la superstition. Il essayait de s'enlever de l'esprit tous les indices prouvant que l'Infant était né sous de mauvais auspices. Pourtant le harcelait le souvenir de l'éclipse survenue à Séville, pendant le baptême de don Juan. Ce phénomène, prévu par les savants de Salamanque, avait plongé le peuple dans le désarroi. Lui-même avait cédé à la panique.

Anghiera songea aussi à la croix de patriarche de Séville, brisée par des exaltés hurlant vengeance, tandis que le cortège royal faisait sa Joyeuse Entrée dans la cité, puis de nouveau la mort de l'adolescent le hanta. Il ne parvenait pas à oublier le chagrin de ses parents, mais aussi les larmes de Marguerite.

– Ces événements semblent présager que ces noces ne seront pas heureuses longtemps, confia-t-il à son ami.

Après quoi il s'abîma dans une oraison désespérée.

8. TRÉSOR D'AMOUREUSE RICHESSE

– Il m'est si doux de contempler ce paysage en votre compagnie.

Touchée par la gracieuse confidence, Marguerite détacha ses yeux de l'horizon, les porta sur son époux en un regard languide. Juan tressaillit de bonheur. Il posa ses mains sur la nuque tiède, caressa la peau veloutée, joua avec les cheveux défaits.

– Combien de fois me suis-je posé devant cette fenêtre en pensant à vous, reprit-il. Combien de fois ai-je désiré votre présence à mes côtés, ici, à Almazán…

– Almazán, répéta-t-elle rêveusement. Je ne connais de plus bel endroit au monde.

Marguerite sourit. Elle s'était merveilleusement bien adaptée aux splendeurs parfois austères de son nouveau pays. Tout, pour elle, n'était que découverte et enchantement : le haut plateau couvert de verdure et balayé par les vents, la vieille ville cernée de remparts, les forêts, la plaine où serpentait le Duero, l'air vif des montagnes alentour, les hautes collines couronnées d'arbres, l'extraordinaire luminosité… Mais il n'y avait pas que la magnificence des lieux qui la fascinait. Almazán, situé à la frontière de la Castille et de l'Aragon, symbolisait les deux couronnes réunies, l'espoir d'une Espagne prestigieuse et forte. En donnant cette cité à leur unique enfant mâle, les Rois Catholiques se préparaient à léguer un immense pouvoir. Un jour, Juan hériterait d'un royaume à l'apogée de sa gloire. Un jour elle serait reine.

Cette perspective ravivait dans son cœur des projets ambitieux, la vengeait de sa répudiation. Désormais la France lui paraissait loin et le souvenir de Charles VIII ne la tourmentait plus. Elle parlait de lui avec indifférence, suivait ses démarches sans le moindre sentiment. Son retour d'Italie, les négociations suivies de la trêve conclue avec Ferdinand d'Aragon et l'obligeant, pendant six mois, à ne point envoyer de renfort dans les places conquises, le projet de croisade, ne l'intéressaient que d'une façon purement politique.

– Vous ne me dites rien, ma mie, s'inquiéta Juan.

Elle le dévisagea amoureusement, appuya la tête au creux de son épaule. Il saisit alors ses doigts fins, les embrassa avec une délicatesse infinie.

– Il me plaît de m'endormir en vous serrant dans mes bras, il me plaît de me réveiller auprès de vous…

Il se tut un instant pour mieux mesurer l'ampleur de sa passion, puis il eut des inflexions encore plus chaudes, plus onctueuses :

– *Comment vous puis-je tant aimer* ?

Au vers emprunté à Charles d'Orléans, elle répondit par une romance de Juan del Encina :

– *Pues que jamás olvidaros, no puede mi corazón*… entonna-t-elle d'une voix argentine.

Puis elle reprit la même phrase, en français, signifiant ainsi que le langage n'était point une barrière à sa sensibilité et qu'elle saisissait toute la subtilité de la poésie espagnole.

– Puisque jamais mon cœur ne pourra vous oublier…

L'infant écouta sa dame chanter. La mélodie suave, mélancolique, charmait, ravissait son esprit et le transportait d'admiration. Les paroles évoquaient avec une nostalgie douloureuse l'éventualité d'un funeste amour, elles étaient si prenantes, si joliment prononcées qu'elles provoquaient larmes et soupirs.

– Je souffrirai si ma chance se meurt, affirmait au travers de son œuvre le musicien attaché à la cour des Rois Catholiques.

Juan ferma ses paupières ourlées de longs cils blonds. Jamais aucune interprétation ne l'avait à ce point ému. Il attendit la fin de la chanson pour déclarer sa flamme.

– La chance ne se mourra pas car jamais de vous je ne me lasserai, avoua-t-il alors.

Brûlant d'une fièvre nouvelle, il entraîna Marguerite vers la couche qu'ils venaient à peine de quitter. Le creux des couvertures conservait encore la tiédeur de leur sommeil.

Une fois de plus, Marguerite s'abandonna à sa sensuelle étreinte. Elle éprouvait pour Juan un irrésistible penchant, une affection ardente, égoïste.

Mais le bonheur l'aveuglait. Elle ne décelait pas l'obsession, l'étrange folie, l'acharnement luxurieux de son époux lorsqu'il la désirait, elle ne voyait pas l'épuisement dans lequel il sombrait, tellement était intense son désir de maternité.

***

– Brutus ! gronda gentiment Marguerite.

Le lévrier cessa de se plaindre et vint poser son museau sur les genoux de sa maîtresse.

– Don Juan préside le Conseil. Tu dois attendre patiemment son retour.

Elle fronça les sourcils.

– Serais-tu malheureux avec moi ?

Brutus respira bruyamment puis d'un coup de tête souleva le coude de la princesse d'Espagne.

– Tu ne veux pas me laisser écrire, comprit Marguerite, tu préfères que je m'occupe te toi !

Durant un moment elle caressa le pelage soyeux tout en flattant l'animal :

– Tu n'as rien d'un chien ordinaire, et j'apprécie tes exploits.

Elle avait assisté à des démonstrations de prouesses et Juan lui avait vanté mille fois le courage, l'intelligence hors du commun, le flair extraordinaire de son chien favori.

Rasséréné par les marques d'affection, Brutus se calma. Il alla docilement se coucher devant la cheminée, s'endormit aussitôt.

– *Ma chère Louise*, relut Marguerite.

Elle réfléchit un instant, se replongea dans le contexte de la missive. Aujourd'hui, tant d'arguments, tant de certitudes se bousculaient qu'il lui était aisé de formuler dignement sa réplique. Elle rédigea ses idées, les prononçant à voix haute.

– *Madame, ma bonne cousine,*

J'ai reçu votre lettre par icelle m'annoncez la naissance de votre fils, ce pourquoi je vous félicite, et remercie la peine qu'avez pris de me donner si amplement de vos nouvelles. Pardonnez le retard que j'ai mis à répondre.

Marguerite, par pure politesse, exprima ensuite ses condoléances à la jeune veuve :

– *J'ai été avertie du trépas de votre mari, feu le comte d'Angoulême, dont me déplaît. Je prie à Dieu en avoir l'âme.*

Elle ne s'étendit pas sur le sujet, sachant la délivrance que représentait le décès de l'homme adultère, et choisit d'aborder les thèmes chers à son cœur :

– *Comme le savez déjà, je demeure en Castille, avec mon époux l'Infant don Juan, prince des Asturies. Et me réjouis tant de ce pays que n'en regrette point ma Flandre natale.*

L'infante ne dévoila pas ses sentiments profonds. L'image de son pays s'estompait, se noyait dans les brumes de l'oubli, mais son frère, son père, et surtout sa marraine lui manquaient parfois.

– *Après moult épreuves, Fortune enfin sourit à notre famille et comble ses désirs,* continua-t-elle en chassant ce soupçon de morosité.

Marguerite fit allusion au mariage de Philippe avec Jeanne, tout en laissant entendre qu'aucun enfant n'était encore attendu dans l'heureux foyer. Puis elle retrempa sa plume dans l'encrier, réprima le léger tremblement de sa main.

– *Il m'est agréable,* confia-t-elle, débordante de joie et d'émotion, *de vous révéler que j'ai, pour ma part, de sérieuses raisons d'espérer...*

Une indicible fierté transparaissait au travers des lignes. Louise décèlerait sans aucun doute le contentement inavoué de son ancienne amie. Elle lirait sûrement, au-delà des mots, les joies secrètes d'une revanche assurée. Car la petite reine répudiée offrirait bientôt un héritier au trône d'Espagne tandis que le roi ingrat, son ancien accordé, voyait mourir, l'un après l'autre, dans leur berceau, tous ses descendants.

Marguerite acheva sur cette note de bonheur :

– *Vous disant sur ce l'adieu, très chère et aimée cousine, que Notre Seigneur me permette de vous revoir et qu'il vous tienne en sa garde.*

À Almazán, le premier de juin 1497.

***

Suivi de Brutus, Don Juan traversa la cour du palais princier. Il passa sous l'arcade de pierre recouverte de lierre grimpant puis descendit l'escalier, d'un pas faible et hésitant. Une voûte de feuillage protégeait du soleil chaud de l'été les quelques marches séparant les habitations du havre de verdure, procurant une agréable sensation de fraîcheur. L'infant parvint au seuil du jardin et s'arrêta afin de reprendre sa respiration.

– Tu es plus vaillant que ton maître, dit-il au lévrier, essoufflé.

Il essuya son front moite avec un mouchoir de dentelle, et attacha son regard à l'entour. Cet endroit le rassurait par son incomparable majesté. Une succession d'espaces ornés de fontaines et de statues s'offrait harmonieusement à la vue et il exhalait des parterres fleuris maints parfums délicats. Des allées agrestes menaient à un bassin, blotti au creux de l'ombre humide. Çà et là, des bancs de granit, disposés dans l'alcôve d'un feuillage, invitaient au repos.

Don Juan s'enfonça dans l'intimité de la végétation et trouva Marguerite, assise sous les ramures d'un grand arbre, devisant avec ses demoiselles d'honneur. Il n'était point prévu qu'il vînt la rencontrer en ce lieu et à cette heure, aussi se tourmenta-t-elle sur les raisons de sa visite.

– Auriez-vous une mauvaise nouvelle à m'apprendre ? demanda-t-elle, anxieuse.

– Ma mie, dit-il en posant un genou à terre et en saisissant courtoisement sa main, il faut vous préparer à quitter Almazán.

– Déjà ? s'étonna-t-elle. Ne devions-nous pas rester ici tout l'été ?

– J'ai reçu un courrier de mes parents. Ma sœur aînée, Isabelle, accepte de se remarier au Portugal, avec le roi Manuel, cousin de son défunt mari.

Marguerite acquiesça, un peu à contre cœur. L'air était si doux, à Almazán, et la vie si belle.

– Leurs Altesses les Rois Catholiques nous prient de les rejoindre à Medina del Campo. Nous partirons demain matin.

Avec moult prévenance, il se soucia de la santé de sa bien-aimée princesse.

– Pensez-vous supporter le voyage ?

– Je ne me suis jamais aussi bien portée, sourit-elle.

Elle faillit lui retourner la question, mais songea que sa pâleur provenait de l'effort physique auquel il s'était adonné, depuis l'aurore. Pour l'avoir quelque fois accompagné, elle savait à quel point il dépensait son énergie à courre le cerf.

Don Juan se releva, rappela son chien. Il proposa à son épouse de prendre son bras, la conviant ainsi à une amoureuse promenade. Ravie, Marguerite congédia ses dames de parage.

Ils s'engagèrent ensemble sur un chemin bordé de magnolias, franchirent le petit pont tapissé de mousse. Le chant des oiseaux et le murmure du ruisseau égayaient la grâce paisible de l'instant. Brutus précédait le couple enlacé.

– Ma sœur a mis longtemps à se décider, expliqua l'Infant. Ses premières noces furent marquées du sceau du malheur. Au bout d'un an, elle se retrouva veuve.

– Qu'advint-il ?

– Le souverain tomba de cheval et en mourut.

Marguerite tressaillit. Juan sentit les frissons secouer son joli corps.

– Seriez-vous souffrante ? s'inquiéta-t-il. Désireriez-vous rentrer ?

– Non, ce n'est qu'un malaise passager. Continuons, je vous en prie.

Elle contint son émotion, ajouta dans un murmure :

– Ma mère périt de même façon…

Ils marchèrent lentement, profitèrent de cette nature si savamment, si élégamment arrangée.

– Il me coûte d'abandonner cet idyllique endroit, avoua Juan. Voyez-vous, Almazán abrite déjà les plus heureux souvenirs de mon existence.

Il exhala un soupir presque douloureux, comme s'il devait s'en aller pour toujours. Marguerite devina sa nostalgie.

– Reviendrons-nous un jour ? se troubla-t-elle.

– Bien sûr…

Un silence s'installa, bercé de rêves merveilleux.

– Juan, susurra Marguerite, je souhaiterais que notre enfant naisse ici.

Il la serra contre lui tandis que Brutus poussait un grognement sourd et plaintif.

– Alors il y naîtra, je vous le promets.

9. LE PRINCE QUI MOURUT D'AMOUR

Pedro Mártir de Anghiera pénétra dans la salle d'audience, s'inclina sans cérémonie devant sa souveraine. Isabelle perçut d'emblée la réticence de l'ecclésiastique et s'en irrita. Pour la première fois, la révérence n'exprimait pas la soumission, la déférence habituelle, mais traduisait une réserve manifeste, une formelle désapprobation.

– Je viens implorer Votre Altesse…

– Votre démarche est inutile, señor de Anghiera, coupa-t-elle sèchement Je ne changerai pas d'avis.

Pedro Mártir contint son indignation.

– Je me présente en conseilleur, non en adversaire, insista-t-il avec diplomatie. Je vous supplie de m'écouter.

– Je sais ce que je dois faire, s'opiniâtra la reine.

Elle le considéra avec insistance, mesurant ainsi sa détermination. Contrairement aux usages, il refusa de baisser les yeux.

– Si vous prétendez infléchir ma ligne de conduite, vous vous trompez lourdement, décréta-t-elle d'un ton cinglant.

Pedro Mártir évita de s'opposer âprement. D'une manière habile, il aiguisa les sentiments maternels.

– La santé de votre fils décline de jour en jour. Vous seule pouvez y remédier.

Elle se mura dans d'impénétrables considérations.

– Vous connaissez pertinemment la raison de cette maladie. Les médecins ne vous l'ont point cachée… Quant à la cour, elle ne se gêne pas pour commenter l'affaire. Je pense que vous avez dû déjà recueillir ses rumeurs…

Devant le mutisme de la reine, il s'exprima crûment :

– La copulation trop fréquente met le prince en danger.

La reine bondit, scandalisée par les paroles du prêtre.

– Comment osez-vous ? s'insurgea-t-elle.

– Je ne fais que rapporter la vérité. L'infant s'épuise au devoir conjugal, passe toutes ses nuits en compagnie de son épouse. Ses désirs impétueux, sa fougue, son amour frénétique outrepassent la mesure et la décence. Il se vide de ses forces et de sa vie.

Anghiera guettait une réaction mais Isabelle demeurait impassible.

– Il vous incombe de séparer les jeunes mariés, le temps que se dissipent nos inquiétudes. L'ordre ne peut venir que de vous. Imposez-leur une trêve, je vous en conjure.

– C'est hors de question.

– Pourquoi ?

Elle frissonna devant son assurance. Jamais, jusqu'à présent, il n'avait osé l'affronter de la sorte.

– On ne doit pas séparer ce que Dieu a uni.

– Vous vous obstinez dans vos sentiments de femme. Songez plutôt à votre devoir de reine. Par votre refus, vous envoyez votre fils vers une mort certaine. Vous condamnez un futur grand roi. Vous punissez injustement l'Espagne et la chrétienté. Vous anéantissez tout espoir de prestige et de gloire.

– Il suffit ! ordonna Isabelle.

Elle quitta son trône, alla vers la fenêtre, tournant volontairement le dos au précepteur de Juan. Sa voix prit une inflexion infiniment douloureuse.

– Anghiera, je n'ai jamais connu le bonheur conjugal.

Elle hésita, tant s'avérait difficile une telle confession.

– Lorsque j'attendais ma première fille, lorsqu'au creux de mon ventre grossissait ce précieux cadeau de l'existence, les assauts répétés de Ferdinand, impétueux jusqu'à en devenir licencieux, m'insupportaient. Maintes fois j'éconduisis mon mari.

La reine essuya discrètement les larmes qui roulaient sur sa joue.

– Alors il déserta ma couche, il aima d'autres femmes, dont il eut des enfants naturels.

Elle suspendit son récit, le temps de maîtriser son émotion. Anghiera décelait, dans le silence de l'austère donjon, sa respiration courte et saccadée.

– Cependant il fallait un héritier aux deux couronnes. Alors Ferdinand me rejoignait dans le seul but de me voir procréer. Par raison d'État, je l'acceptais, me sacrifiais à son plaisir. Mais le chagrin m'avait rendue stérile. Pendant huit années, je ne pus enfanter. Mon vœu d'obtenir un garçon fut exaucé grâce au pèlerinage que j'accomplis dévotement sur la tombe de saint Juan de Ortega.

Pedro Mártir se signa.

– J'ai toujours admiré la ferveur et le courage avec lesquels vous avez gravi, pieds nus et revêtue du miraculeux cilice, les marches du sanctuaire, dit-il sincèrement.

– Ce fils tant désiré, poursuivit la reine, ressemble à son père dans ses excès. Vous ne le guérirez pas de la luxure. Vous le rendrez adultère.

Elle se ressaisit, bannit les affections de son âme au profit de préoccupations concrètes et politiques.

– Juan et Marguerite formeront un couple exemplaire. Aucun bâtard n'entachera leur union de honte et de déshonneur.

– Je connais assez le prince pour avoir intimement participé à son éducation. Je saurais lui imposer une chasteté provisoire.

– Vos paroles sont celles d'un homme irréprochable et incorruptible. Vous surestimez le commun des mortels.

– Votre Altesse, permettez-moi au moins de tenter…

La reine se retourna brusquement. Déjà ses pleurs s'étaient évaporés. Son regard était redevenu impitoyable.

– Anghiera, vous pouvez vous retirer.

Pedro Mártir comprit qu'il avait perdu. Il salua, par pure convenance, le cœur rempli d'une amère rancune. Il appréciait don Juan plus que nul autre être au monde, avec ses défauts, ses qualités. Durant ses dernières années, il l'avait instruit, il avait forgé son caractère, sa foi. Il avait travaillé à en faire un roi cultivé, sage et bon. Et voilà qu'aujourd'hui, tous ses rêves s'écroulaient.

– Si un malheur advient, ce que je ne souhaite nullement, vous en porterez seule la responsabilité, incrimina-t-il en sortant.

***

Marguerite s'installa confortablement dans le grand baquet en bois de chêne rempli d'une eau agréablement pure où flottaient des pétales de rose. Instantanément, une délicieuse sensation de fraîcheur et de bien-être lui fit oublier l'insupportable canicule estivale. Tandis qu'elle se délassait, l'esclave mauresque préposée aux ablutions défit ses tresses mouillées de sueur, rinça sa longue chevelure aux beaux reflets cuivrés, l'enduit d'une huile douce et odoriférante.

Marguerite se laissa bercer par la litanie aux accents monotonement tristes et pourtant merveilleusement envoûtants que fredonnait la vieille femme. La mélopée véhiculait un étrange écho. Elle exprimait à la fois une passion mystérieuse, une plainte indéfinissable, la prétention de conquérir un impossible amour.

La princesse se surprit à considérer la musulmane convertie avec une certaine compassion, puis elle se souvint des recommandations de son époux et une méfiance mêlée de mépris imprégnèrent son cœur. Pour éviter l'expulsion ou la confiscation de leurs biens, beaucoup d'hérétiques, juifs ou mahométans, avaient renié leur foi. Cependant, ils continuaient à pratiquer leur culte dans l'ombre, bien que sur eux planât l'implacable menace de la Sainte Inquisition : la mort par les flammes purificatrices du bûcher.

Marguerite abandonna ses sombres réflexions, se consacra à la quiétude de l'instant. Elle prit un peu de liquide parfumé au creux de ses mains, le rejeta aussitôt. Les effluves suaves qui jusqu'alors l'enivraient l'incommodaient soudainement. Elle respirait les senteurs délicates sans le moindre plaisir. Mais elle ne s'en étonna pas. Depuis quelque temps, des malaises, des envies, des nausées, modifiaient ses goûts. Les aliments qu'elle préférait lui semblaient fades ou l'écœuraient. Les parfums qu'elle affectionnait l'attiraient puis l'incommodaient. Une fatigue permanente alourdissait son corps, altérait ses désirs. Elle aspirait au repos. Si seulement Juan avait pu comprendre sa lassitude passagère… En dépit de sa grossesse, il s'acharnait à la séduire, ne songeait qu'à l'honorer. Son obsession à accomplir l'œuvre de chair finissait par la répugner. À cela s'ajoutait une crainte bien fondée. Le prince s'étiolait au cours de ses interminables ébats. Marguerite le voyait s'affaiblir, le sentait dépérir. Ses tremblements fiévreux l'effrayaient, son teint blafard, ses quintes de toux, son essoufflement, la terrorisaient. Et pourtant elle n'osait ni refuser ses avances, ni s'opposer à son insatiable appétit, ni critiquer sa concupiscence immodérée, d'une part parce qu'il était son époux et qu'elle l'aimait, d'autre part parce que la reine lui avait formellement interdit de se soustraire au devoir conjugal.

Marguerite se pencha en avant. L'esclave frictionna son dos, massa ses épaules. Ses gestes experts ôtaient tout endolorissement, redonnait la vigueur. La princesse rêva d'un long repos, d'un lit où elle dormirait seule, d'une nuit calme. Mais peut-être ce moment se présenterait-il bientôt ? Car d'ici quelques jours, vers le treize septembre, le couple princier partirait pour Salamanque. Les Rois Catholiques et la cour accompagneraient la sœur de Juan à Valencia de Alcántara, près de la frontière du Portugal et s'en iraient festoyer. Marguerite en éprouvait un vif soulagement. La reine, qui n'avait pas voulu séparer les jeunes mariés, avait consenti à les dispenser d'assister aux noces. L'état de l'Infant avait fini par la préoccuper.

À Salamanque résidaient les meilleurs médecins. À Salamanque, Marguerite échapperait au pouvoir impérieux de sa belle-mère. Et puis, la présence de Pedro Mártir de Anghiera la rassurerait. Ne lui avait-il pas promis, dans la plus grande confidence, de tout mettre en œuvre pour guérir don Juan, y compris en transgressant les ordres égoïstes d'Isabelle de Castille ?

Salamanque ! Le nom seul résonnait d'espoir. Marguerite songea au brillant avenir qui l'attendait, à l'accueil chaleureux que la cité, renommée pour son université et ses savants, lui réservait. Elle ferma les yeux, imagina la vie, une vie régie par la bonne fortune, une vie ponctuée d'événements heureux, une vie pleine de richesse, de gloire et de prospérité.

Mais pour l'heure elle devait patienter, prisonnière du souci, captive du tourment, dans cette vieille forteresse de Medina del Campo.

***

Diego de Deza s'inclina respectueusement.

– J'eusse préféré vous retrouver en de meilleures circonstances, déplora-t-il.

Pedro Mártir considéra son ami, apprécia son extrême humilité. Deza n'avait point changé. Malgré sa dignité d'évêque et son titre honorifique de professeur à l'université, il s'adonnait encore à la stricte Observance de l'ordre de saint Dominique, demeurait fidèle aux règles de pauvreté et de chasteté, basait sa conduite sur l'abnégation et le dévouement.

– Je vous remercie de recevoir le couple princier en votre palais épiscopal, répondit-il en se courbant à son tour.

Absorbés par les mêmes scrupules, les religieux n'eurent nullement besoin d'échanger moult paroles. Une angoisse commune les unissait. Tous deux avaient vu grandir l'Infant, l'avaient instruit, lui avaient dispensé, avec une bénévolence illimitée, leur enseignement, leurs valeurs morales, leurs convictions, tout en sachant s'adapter au rythme de sa santé chancelante et fragile. À ce moment, la même image les torturait : celle d'un jeune homme maigre et livide, tenant à grand peine sur son cheval, lors de sa Joyeuse Entrée en la cité.

Anghiera confia ses craintes le premier :

– Salamanque fête son futur roi et lui réserve, ce soir, un banquet solennel. Il serait fâcheux que la fatigue aggrave la maladie du prince.

– Je veillerai à ce que mon hôte n'abuse des déduits.

– Il serait également salutaire qu'il aille se coucher à une heure raisonnable.

Pedro Mártir se pencha, chuchota à l'oreille du dominicain :

– Et seul.

Diego de Deza acquiesça d'un signe de tête.

– Je ne l'entendais pas autrement, assura-t-il.

***

Septembre se mourait, faisant place à l'automne. Imperceptiblement les ombres s'allongeaient, les feuilles se teintaient de reflets ocre, de nuances purpurines. Les fleurs refermaient frileusement leurs corolles. Une brise fraîche et légère dissipait les dernières vapeurs étouffantes de l'été.

En sortant de la chapelle, Pedro Mártir aperçut la princesse, marcha vers elle. Drapée dans sa souffrance, insensible aux charmes de la saison, l'âme meurtrie, rongée par un incommensurable désarroi, Marguerite s'efforçait d'occuper les longues journées, de tromper l'interminable attente. Assise sur la margelle du puits, dans le petit jardin jouxtant la chambre de son époux, elle lisait son livre d'heures, tournait les pages, cherchait la prière la mieux adaptée à sa peine. Mais son regard ne pouvait s'attacher à aucune supplique, il fuyait les lignes enluminées. Il fuyait, glissait hors du temps, hors des affres de l'existence.

Le prêtre aborda l'Infante avec courtoisie et bienveillance.

– Madame, commença-t-il en esquissant une révérence.

Elle semblait perdue, absorbée par un lointain mirage.

– Señor de Anghiera, dit-elle d'une voix ténue en refermant le recueil d'oraisons, je vous supplie de m'autoriser à voir mon mari, ne serait-ce qu'un instant.

Pedro Mártir sentit ses forces l'abandonner. Il avait passé la nuit à veiller don Juan. En dépit des soins qu'il lui avait prodigués, l'Infant n'avait cessé de vomir. Au petit matin, la fièvre avait empiré. À présent il délirait.

– Madame, reprit-il, la gorge serrée, l'état du prince ne permet pas votre présence à ses côtés. Vous pourriez contracter son mal.

– Peu m'importe, pleura Marguerite, je veux souffrir autant que lui.

Elle saisit la main du prêtre, la serra fortement.

– Il ne va pas mourir, n'est-ce pas ?

– Je ne puis vous l'affirmer, murmura Anghiera, désemparé. Les praticiens le pensent atteint de la variole. Ils n'ont guère d'espoir.

Marguerite s'affola. Son cœur se mit à palpiter.

– Alors consentez à ce que je reste auprès de lui. Je suis son épouse, vous ne pouvez me refuser ce privilège.

Elle cacha sa tête au creux de ses mains, sanglota. Elle regrettait soudain de s'être isolée de Juan, de s'être dérobée à sa lascivité.

– Laissez-moi l'embrasser une dernière fois.

Pedro Mártir, bouleversé, s'assit auprès de la jeune femme.

– Non, Madame. Songez à l'enfant que vous portez, à l'héritier que vous offrirez à l'Espagne. Son avenir dépend de votre vaillance et de votre sagesse.

– Vous avez raison, admit-elle. Pardonnez-moi...

– Je connais votre souffrance, je loue votre mérite.

Elle tremblait, pareille à un oiseau blessé.

– Il serait imprudent que vous preniez froid, se soucia Anghiera. Désirez-vous que je vous raccompagne jusqu'à vos appartements ?

Elle haussa les épaules.

– J'irai seule.

Elle se leva, regarda le prêtre de ses yeux infiniment tristes.

– Seule, répéta-t-elle, comme pour se convaincre de l'imminence du malheur.

***

– Votre Altesse saura-t-elle traiter avec indulgence la liberté que j'ai prise à lui écrire, à la rappeler au plus vite au chevet de l'Infant ?

Ferdinand d'Aragon serra Diego de Deza dans ses bras. Ce geste, rempli d'humanité, de simplicité, prouvait à quel point le tourmentait la santé de son fils.

– J'ai saisi, à travers votre missive, la gravité de la situation.

Le frère dominicain s'excusa encore d'avoir jeté le trouble lors des réjouissances honorant le mariage d'Isabelle avec le roi du Portugal.

– Un mauvais pressentiment, Votre Altesse, m'a poussé à vous…

– Où est don Juan ? coupa le souverain, au comble de l'inquiétude.

– Je vais vous conduire à lui, tressaillit Diego.

Puis, en faisant le signe de croix :

– Puisse Dieu vous permettre de recueillir ses confidences, avant qu'il n'entre en agonie.

***

– Père…

La voix était si faible que Ferdinand en demeura pétrifié.

– Et ma mère ? articula l'Infant avec difficulté.

Le roi ne put contenir son émotion. Il tâcha néanmoins de dissimuler son effroi, prit un ton faussement calme et rassurant.

– Je n'ai point voulu l'alarmer. Vous la verrez lorsque vous vous sentirez mieux.

Don Juan ferma les paupières. Ferdinand crut que jamais il n'aurait la force de les rouvrir.

– Je suis si triste de partir sans lui avoir dit adieu…

Un long râle s'échappa de sa bouche entrouverte.

– Jésus, haleta-t-il, eut pour le moins cette consolation en ces derniers instants.

Ferdinand d'Aragon se tourna vers Pedro Mártir. Sur son visage décomposé se lisait toute la détresse du monde. Le prêtre, d'un simple regard, l'exhorta au courage.

– Mon fils, ne vous laissez point accabler. En maintes occasions, l'espérance rendit la santé à des personnes fort malades.

– Je sens la mort s'approcher… Je vous supplie de supporter avec énergie ce que Dieu a décidé depuis le ciel, car tout cela est irrémédiable…

Ferdinand s'agenouilla, posa sa tête sur l'oreiller trempé de sueur, caressa les cheveux de son enfant, effleura de ses lèvres la joue décharnée et brûlante.

– Père…

– Mon fils…

– Allez quérir mon secrétaire, que je puisse dicter mon testament.

Ferdinand se redressa.

– Demandez aussi au frère Diego de me soutenir et de m'administrer l'Extrême-Onction…

Le roi acquiesça, impuissant devant la cruauté du destin.

– Père, acheva Juan dans un souffle douloureux, je vous confie la sérénissime princesse, mon épouse très chère et tant aimée, ainsi que l'héritier qu'elle me donnera prochainement…

Il se tut, happé par un malaise. Anghiera, d'un signe discret, conseilla au roi de s'éloigner. Ferdinand s'exécuta. D'un pas lent, grave, pesant, il se dirigea vers la porte. Mais au moment d'en franchir le seuil, il se retourna, considéra la pièce obscure d'un air implorant, angoissé. C'est alors qu'il s'aperçut que Brutus veillait, immobile et silencieux, tel une statue, au pied du lit.

***

– Madame !

Marguerite se réveilla en sursaut. Anghiera se tenait debout devant elle, une bougie à la main.

– Seigneur Tout-Puissant... haleta-t-elle, comprenant les raisons de cette visite inopinée.

– Madame... Votre époux a remis son âme à Dieu...

Elle voulut crier, hurler, mais aucun son ne s'échappa de sa gorge. De ses doigts tremblants, elle serra la couverture, la mordit nerveusement.

– Il vous est possible de vous recueillir dès maintenant sur la dépouille de votre mari. Frère Diego de Deza lui a fermé les yeux et l'a déjà revêtu de l'habit des dominicains.

Elle demeura interdite, se blottit contre les coussins. Plus rien ne l'atteignait. Elle flottait hors de la réalité, sur un nuage de souffrance. Pedro Mártir la secoua, frictionna ses joues, mais elle ne réagit pas. Déchirée, brisée par le deuil injuste qui l'accablait, Marguerite se détachait inéluctablement de l'existence.

Anghiera demeura au chevet de la jeune veuve éplorée. De temps à autre, il sollicitait sa réaction, lui parlait doucement, mais elle n'appartenait plus au monde des vivants, cherchait Juan, parmi les défunts. Soudain, elle agrippa sa manche.

– Quel jour sommes-nous ?

Il s'étonna de sa question puis pensa que l'affliction faisait vaciller sa mémoire.

– Le quatre octobre de l'an de grâce quatorze cent quatre-vingt-dix-sept, Madame.

– À quelle heure trépassa mon bien-aimé prince ?

– À minuit.

– Alors sachez, señor Anghiera, qu'à Salamanque, le quatre octobre à minuit, la princesse Marguerite d'Autriche, Infante d'Espagne, a cessé de vivre. Vous n'avez devant vous qu'un fantôme.

Il ne répondit pas, tant les propos le poignaient.

– Laissez-moi, je vous prie, ajouta Marguerite.

Anghiera obtempéra et se retira. Quand l'huis se referma, Marguerite s'effondra et pleura tout son saoul.

10. UN BIEN FUNESTE CONTE

Le jour n'était pas encore levé mais une lueur blafarde s'insinuait déjà au travers des vitraux colorés. Diedo de Deza verrouilla toutes les portes permettant l'accès à l'extérieur. Quand la cathédrale fut isolée du monde, protégée de toute intrusion indésirable, il installa le catafalque. Puis, en empruntant un passage dérobé, il retourna dans la chambre où reposait le corps embaumé du prince.

– Votre Altesse, nous allons déposer provisoirement la dépouille de don Juan dans le chœur de l'église.

Ferdinand acquiesça, résigné.

– Avez-vous l'intention de nous accompagner ?

Le roi d'Aragon toucha une dernière fois le cadavre de son fils.

– Non. Il m'incombe d'annoncer à la reine la tragique nouvelle...

Il hésita, puis avoua :

– J'ai envoyé un émissaire, cette nuit, dès le trépassement de mon fils, en le priant de l'avertir que l'Infant était au plus mal. Que Dieu me pardonne ce mensonge destiné à préparer le cœur d'une mère à la pire épreuve.

Il parut soudain fort soucieux.

– Frère Diego, nul ne doit apprendre le décès avant que je n'aie retrouvé mon épouse.

Il prit congé, s'éloigna, revint sur ses pas.

– Frère Diego, persévéra-t-il, scrupuleux, d'ici trois jours, je serai auprès de la famille royale, à Valencia de Alcántara. Alors seulement vous sonnerez le glas.

– Partez en toute assurance, s'engagea le dominicain.

***

Toute l'Espagne s'apitoyait sur le sort de l'Infant, toute l'Espagne criait sa désolation, toute l'Espagne exprimait sa détresse et son accablement. Aux portes de ses villes flottaient des étendards noirs, au cœur de ses chapelles brûlaient quantité de cierges. La consternation, la tristesse se lisait sur les visages ; le peuple avait perdu l'espoir.

Dans la cathédrale de Salamanque, la foule s'était précipitée, bousculée pour rendre un dernier hommage à son prince défunt. Des cérémonies solennelles avaient été organisées, des veillées, des offices, des processions funèbres s'étaient succédé, sans discontinuer.

Et puis, ce soir, le calme était revenu. Le cercueil, posé sur une tenture de velours noir, avait été refermé. L'église, désertée, avait recouvré une sérénité édifiante, une tranquillité mystérieuse, éthérée, une paix propice à un ultime recueillement. Demain la dépouille mortelle serait transférée dans l'église du monastère Saint-Thomas d'Aquin, près de la ville d'Ávila

Bien que harassée par les tourments, par les nuits sans sommeil, bien que déchirée par l'immensurable chagrin, Marguerite restait agenouillée sur le prie-Dieu qu'Anghiera avait fait installer pour elle. Elle demeurait auprès de son mari, égrenant inlassablement son chapelet. À ses côtés, les Rois Catholiques, leurs filles Marie et Catherine, s'abîmaient dans leurs oraisons. Au pied de l'estrade funéraire, Brutus veillait.

Avec une tendresse et une peine infinies, Marguerite, ses dévotions achevées, observa le lévrier. Il avait refusé de se séparer de son maître. On avait tenté de l'en écarter, mais sans cesse il était revenu. Finalement, frère Diego, touché par l'extraordinaire fidélité de l'animal, avait cédé. Il avait fait porter à Brutus un coussin, de l'eau et quelque nourriture.

La jeune veuve se souvint des moments heureux, ressentit davantage les frasques de l'affreuse solitude. Elle se remémora alors les paroles réconfortantes de Pedro Mártir, songea à son enfant. Lui seul la rattachait encore à la vie, lui seul constituait le lien familial indispensable l'unissant à ses beaux-parents. Car les Rois Catholiques, s'ils se souciaient de leur descendant, ne s'intéressaient guère à celle qui le mettrait au monde. À leur retour de Valencia de Alcántara, ils ne lui avaient témoigné aucune marque de sincère affection, simplement quelques condoléances dictées par l'étiquette. À présent, soudés par la tristesse, ils semblaient l'ignorer. Ne comprenaient-ils pas qu'elle souffrait autant qu'eux ?

Le tintement long et répété des cloches rompit le silence où pesaient d'angoissantes méditations. Il annonçait la fin de la prière. Ferdinand d'Aragon se leva, invitant ses proches à se rendre au palais épiscopal. L'épouse de Juan se redressa péniblement et suivit la famille de feu son mari.

– Avez-vous remarqué que Marguerite a coupé ses cheveux ? demanda alors Catherine à sa sœur, dans un chuchotement à peine perceptible.

– C'est en signe de deuil, susurra Marie.

– Cela ne l'empêche pas d'être belle…

Marie se renfrogna. La réplique de sa cadette la contrariait, aiguisait sa jalousie. La nature ne l'avait point dotée d'un aussi gracieux visage et tout compliment ne la concernant pas la blessait profondément.

– Notre frère est mort de l'avoir trop aimée, se vengea-t-elle. Il serait encore parmi nous, si elle n'avait été aussi jolie.

– Je ne vous crois pas, douta Catherine.

Elles traversèrent la sacristie, derrière leurs parents et leur belle-sœur.

– On ne peut pas périr d'amour, insista la cadette, méfiante.

– Demandez donc à père, proposa Marie d'une voix altérée par la rancune et les sanglots.

***

Marguerite s'allongea sur son lit, tourna la tête vers la fenêtre, rêva longuement en considérant les magnifiques bâtiments récemment achevés. Juan lui avait tant parlé de ce monastère, élevé à la gloire du Tout-Puissant, construit puis embelli grâce aux biens confisqués aux impies refusant d'abjurer ! Il affectionnait tellement ce lieu qu'il envisageait d'y séjourner, loin des mondanités, souhaitait y consacrer, chaque été, des périodes à la méditation. Et voici qu'elle s'y trouvait, seule… Non, pas seule, mais en sa compagnie. Car il reposait tout près d'elle, au-delà de ce cloître jouxtant sa chambre, au cœur de la petite église dédiée à saint Thomas dont elle apercevait le faîte du clocher.

Ici, le temps s'écoulait d'une étrange façon, semblait presque s'arrêter. Il suspendait les heures, effaçait son ennui. En dépit de sa peine, il l'enrobait d'un réconfort immortel, il l'habituait à la mort, la préparait aux joies de l'éternité. Le couvent respirait l'infinie bonté de Dieu, reflétait l'image du Paradis, peut-être parce que don Juan y dormait déjà de son dernier sommeil, peut-être parce que, à l'instar de son époux, elle avait décidé d'en faire son ultime demeure.

Tout en imaginant le magnifique mausolée d'albâtre qui trônerait plus tard à la croisée du transept, Marguerite contemplait l'intime jardin entouré de galeries finement sculptées. Des ombres mouvantes attirèrent alors son attention. À travers les carreaux sertis de plomb, elle distingua, se profilant à contre-jour, les silhouettes d'Isabelle de Castille et de l'inquisiteur général Tomás de Torquemada. La princesse épia le vieil homme, douta un instant de la mauvaise réputation dont on l'accablait. Se pouvait-il que le dominicain, vivant dans le dépouillement le plus total et la plus stricte austérité, ait pu créer et diriger avec autant d'intolérance et de cruauté les tribunaux du Saint-Office ?

Marguerite se rappela l'admiration que Juan portait à Torquemada. Il avait exhorté ses parents à la Reconquête, les persuadant que la grandeur de l'Espagne passait par l'expulsion des juifs et des Maures, les encourageant à condamner sans pitié les ennemis du catholicisme.

– *Le sang et la sueur de l'hérétique au bûcher, c'est la meilleure rosée divine qui puisse arroser la terre aride*, tenta de se persuader la jeune veuve en reprenant la phrase du religieux naguère rapportée par son époux.

À présent, au seuil de sa vie, le serviteur de la vraie foi s'apprêtait à léguer ses pouvoirs au frère Diego de Deza. Il rédigeait ses nouvelles *Instructions*, veillait sur la tombe de l'Infant, priait pour le repos de son âme. Mais pourtant son nom inspirait la terreur.

Marguerite se releva sur un coude, observa sa belle-mère avec une certaine curiosité. Quel secret livrait-elle à son ancien confesseur ? Épanchait-elle sa douleur ? Libérait-elle sa conscience ? Regrettait-elle son orgueil et son intransigeance ? Lui demandait-elle conseil quant à la politique ? Un grand mystère planait autour de cette obscure complicité. Isabelle de Castille avait toujours fait montre d'une incompréhensible indulgence vis-à-vis du frère prêcheur. Si elle ne tolérait aucun écart de conduite chez les religieux, elle avait accepté les mœurs dissolues de l'inquisiteur, n'avait jamais blâmé sa conduite, avait protégé ses filles et fils naturels. On disait qu'elle était liée au dominicain par un indéniable serment…

Marguerite ne chercha pas à percer les arcanes du pouvoir. D'autres préoccupations hantaient son esprit. La reine avait choisi de passer l'hiver à Alcalá de Henares, près de Madrid, et d'y attendre l'accouchement. Cette dernière décision plongeait Marguerite dans un accablement extrême : son enfant ne naîtrait pas à Almazán, comme elle l'avait souhaité, comme Juan le lui avait promis.

La princesse esseulée ressassa ses ressentiments, intériorisa ses angoisses. Après la Toussaint, en quittant le monastère, elle se séparerait de son défunt mari. Elle retrouverait sa suite, demeurée à Ávila avec la cour et s'en irait, toujours et encore, vers des terres inconnues, vers une destinée incertaine, vers des endroits où elle ne possédait aucun souvenir.

Elle ressentit soudain une lourde fatigue, se recroquevilla, essaya de s'abandonner à un somme bienfaisant. Mais le dormir l'emporta vers un gouffre de désolation lui laissant entrevoir des horizons cauchemardeux.

***

Des bruits inhabituels, des éclats de voix rompirent tout à coup l'harmonie de cette belle matinée ensoleillée de décembre. Ils attestaient sans nul doute une agitation, un affolement. Anghiera tendit l'oreille. Une porte claqua. Puis un pas précipité résonna dans le couloir. Mu par un mauvais pressentiment, il posa sa plume, sortit en grande hâte, se précipita vers la chambre de la princesse, croisa la reine.

– Comment se porte Madame Marguerite ? se soucia-t-il.

– La délivrance est imminente, haleta Isabelle.

– Ne restez-vous point auprès de votre bru ? s'étonna le prêtre.

– Je vais quérir les quatre gentilshommes choisis par Ferdinand.

Pedro Mártir blêmit. Dans un élan de colère, il attrapa le bras d'Isabelle, le maintint fortement. Elle essaya en vain de se dégager.

– Je vous en supplie, épargnez-lui ce rituel. Voilà douze jours qu'elle est en mal d'enfant et que l'on craint pour sa vie. Aucune femme, fût-elle pécheresse, ne mérite telle souffrance !

– L'usage exige la présence de témoins à l'accouchement. Souvenez-vous des substitutions…

– Si vous ne songez à l'épreuve qu'elle endure, songez au moins à sa dignité ! s'offusqua l'ecclésiastique.

Elle s'arracha violemment à l'étreinte, exaspérée par une telle audace.

– Elle cachera son visage au moyen d'un voile, comme moi, lors de la naissance de Juan. Ainsi personne ne verra ses traits déformés par la douleur.

– Votre cruauté n'a pas de limites, grommela Anghiera.

Ils se turent, ravalant chacun leur rancœur et leurs dissensions. Un interminable moment passa, froid, lugubre. Soudain, un hurlement déchira le silence. Tous deux demeurèrent pétrifiés, s'interrogèrent du regard, patientèrent dans l'illusion d'entendre le cri de la vie. Mais pas le moindre pleur ne vint mettre un terme à leur insoutenable attente.

Isabelle agrippa la manche du prêtre. Une sage-femme sortait, tenant le cadavre du nouveau-né entouré de linges sanglants.

– C'était une fille, Votre Altesse, si prématurée, si difforme que nous n'avons osé la montrer à sa mère.

Consterné, Anghiera se signa. Il proposa ensuite à la reine de l'assister dans l'épreuve, de la soutenir de ses prières mais Isabelle refusa. Elle ne s'enquit ni de la santé de sa belle-fille, ni de l'affection dont elle avait tant besoin.

– Je vais avertir mon époux, dit-elle en dissimulant son désabusement.

Et elle s'éloigna, d'une démarche lente et désespérée. Son dernier rêve venait de se briser.

***

Pedro Mártir s'approcha doucement du lit de Marguerite, se pencha sur son corps fiévreux, inerte, meurtri.

– Il faut vivre, Madame, souffla-t-il à son oreille.

Elle ouvrit les yeux. Dans son regard éteint, Anghiera lut toute la détresse du monde, devina toutes les blessures de la chair et de l'esprit.

– Pourquoi ? murmura-t-elle.

Elle baissa de nouveau les paupières, déclinant ainsi le soutien et le réconfort.

– Vous êtes si jeune, Madame.

Il hésita, poursuivit dans un balbutiement :

– Et si belle…

Elle sourit tristement. Il se raccrocha à cette ébauche de sensibilité.

– Je vais vous aider à absorber votre médecine, décréta-t-il.

Il glissa une main sous sa nuque brûlante, souleva délicatement sa tête, porta à ses lèvres tremblantes le gobelet rempli de tisane. Elle commença à avaler docilement le remède salutaire, s'arrêtant entre deux gorgées, considérant le prêtre de ses prunelles humides de larmes, le remerciant d'un battement de cils. Quand elle eut presque fini, elle repoussa le récipient, écœurée. Il n'insista pas, remit les coussins en ordre, essuya son visage angélique avec un linge parfumé. Il avait des gestes tendres, aussi tendres que ceux d'une mère.

– Señor Mártir, gémit-elle alors.

– Princesse…

– Je ne suis plus rien, ni pour l'Espagne, ni pour l'Autriche.

Il ne sut que répondre.

– Plus rien, redit-elle.

– Vous êtes tout, Madame, et pour Dieu et pour moi, finit-il par avouer.

Il la berça d'oraisons entremêlées de paroles de consolation. Lorsqu'elle s'assoupit enfin, il s'agenouilla à son chevet et pleura amèrement.

11. SPOLIAT MORS MUNERA NOSTRA[8]

– Espoir j'ai eu, soupira Marguerite.

– Et espoir aurez encore, Madame, ajouta Anghiera.

Il joignit les mains pieusement, courba la tête.

– Chaque jour je prie Dieu afin qu'il vous assiste en cette essoine*.

Puis, montrant le jardin jouxtant l'orangeraie, il l'invita à continuer la promenade, à marcher le long des canaux reflétant des ombres et des couleurs nouvelles, à respirer les senteurs printanières, à écouter des suaves ramages. Il avait le privilège d'être son unique interlocuteur, son seul confesseur et conseiller. Elle s'était retranchée de la cour, vivait à l'écart de sa suite. Mais, en sa compagnie, elle acceptait de sortir de sa prostration, de faire quelques pas, d'échanger quelques paroles.

– Dame Nature revêt sa parure fleurie et ramène ses plus gracieux oiseaux, pour votre peine amendrir*, décréta Pedro Mártir.

Elle haussa nonchalamment les épaules.

– Les hirondelles d'antan enchantaient mon cœur. Celles de cette année douloureusement le meurtrissent.

Elle poursuivit, d'une voix dolente :

– La beauté des choses accentue ma détresse, ajoute à ma mélancolie, me conforte dans mon infortune. Jamais le renouveau ne m'a paru tant sinistre.

Une indicible honte la submergea soudain.

– La sœur aînée de Juan, déjà reine du Portugal, va hériter à ma place des trônes de Castille et d'Aragon. J'ai perdu la considération de mes beaux-parents. Combien je me sens inutile à présent…

---

[8] *La mort nous dépouille de nos biens.*

– Il n'y a point de démérite à être frappée par le malheur, rasséréna Anghiera.

Marguerite hocha la tête. Un sourire incrédule flotta un instant sur ses lèvres. De la main, elle effleura un buisson, toucha l'écorce d'un arbre, caressa mollement une branche en bourgeon. Chacun de ses gestes trahissait la désillusion, la lassitude. Elle observa un long silence que l'ecclésiastique respecta.

– Chez moi, en Flandre, s'épancha-t-elle en détournant la conversation, le printemps n'est pas aussi hâtif. Au mois de mars peut encore tomber la neige.

– L'Andalousie ignore les rudesses de vos hivers et jouit très tôt de la douceur vernale.

Marguerite considéra le prêtre avec gravité.

– Quand donc m'en retournerai-je en mon pays ?

Pedro Mártir accusa secrètement une vive déception. L'éventualité d'un départ le contristait. En son for intérieur, il envisageait que la jeune veuve restât en Espagne, il souhaitait qu'elle demeurât fidèle à son époux en dépit de la mort, il implorait le ciel afin qu'elle endossât l'habit de moniale, qu'elle consacrât le reste de ses jours à perpétuer, dans la chasteté et loin des vanités du monde, la mémoire de l'Infant.

– Son Altesse le roi Ferdinand refuse d'affréter une flotte, avança-t-il d'un ton neutre.

Marguerite évoqua son premier voyage enténébré de male peur.

– Je n'embarquerai pas sur un navire, quand bien même il me le fournirait.

Elle fronça les sourcils, soucieuse et confuse.

– Aurait-il l'intention de négocier avec Charles VIII mon passage par le royaume de France ?

– Pas à ma connaissance, Madame.

Marguerite s'assit sur le rebord d'un bassin couvert de nénuphars, s'emmura dans son désarroi. Anghiera la contempla à la dérobée. Comme don Juan eût été séduit par sa vénusté naturelle ! Elle portait une robe sombre au décolleté carré rehaussé de fils d'argent, ses cheveux étaient retenus par une simple résille noire. À son cou brillait un fin collier auquel était suspendu un joyau de grand prix. Sans s'en apercevoir, elle avait adopté une attitude pleine d'amoureuse langueur, jouait distraitement avec les feuilles flottantes, les fleurs solitaires. Elle semblait attendre éternellement son promis.

– Vous possédez un fort beau bijou, complimenta-t-il soudain pour l'extirper de son mutisme. Serait-ce un cadeau de don Juan ?

Elle rougit, n'osa mentir.

– Non… Un présent de Louis d'Orléans… Pour l'anniversaire de mes dix-huit ans.

Elle comprit la peine infligée au prêtre.

– Señor Anghiera, se désola-t-elle, il est le symbole d'une sincère amitié. Mon cœur porte encore le deuil.

Son visage s'inonda de larmes.

– Jamais je ne me remarierai.

Il éprouva une sorte de soulagement, l'estima digne de confiance. Devant lui elle avait déchiré la missive de René. Le bâtard de Savoie, par-delà quelques piètres condoléances, annonçait le trépas de son père Philippe de Bresse et profitait du veuvage de la princesse pour réitérer impudemment ses avances.

Pedro Mártir de Anghiera rebroussa chemin, entraîna la jeune femme vers son cabinet de travail. Elle le suivit docilement, le vit ouvrir un coffre, sortir une lettre, la dérouler.

– Il ne voulait pas que vous la lisiez, mais je ne puis conserver le secret plus longtemps.

Marguerite saisit la feuille, reconnut l'écriture de son époux.

– Un poème ? balbutia-t-elle.

– Composé à votre intention.

Elle commença la lecture, mais à cause de l'émotion, sa vue se brouilla. Alors Pedro Mártir récita :

– Dans le jardin d'Amoureuse Espérance,
Une princesse un matin rencontrai
*Qui me sourit, quand avec attendance**
Son joli cœur et sa main demandai.
Je dis adieu à la timide errance
Jusqu'à ce jour ayant mon pas guidé
Et me fiai à la tendre plaisance,
À ce bonheur que piéça souhaitais.*
« Meshui, proposai-je à ma douce amie,*
Si vous jure ardeur et fidélité,
En ce beau lieu où fleuronne la vie*
Daignerez-vous toujours m'accompagner ? »[9]

---

[9] Auteure du poème : Isabelle CALLIS-SABOT.

– Pourquoi ne me l'a-t-il jamais donné, se lamenta Marguerite, éplorée.

– Par crainte de vous déplaire, Princesse.

– Me déplaire ?

– Pour avoir été son précepteur, je puis vous affirmer que l'Infant ne livrait ses œuvres que lorsqu'il pensait avoir atteint la perfection. Il était scrupuleux à l'excès. Cette ballade ne devait point le satisfaire. Peut-être la jugeait-il médiocre, dépourvue de talent ?

– Quand vous l'a-t-il remise ?

– Je l'ai trouvée dans ses effets personnels, après sa mort.

Marguerite serra entre ses doigts le précieux parchemin. Avant de prendre congé, elle avisa le mobilier de l'ecclésiastique, se demanda combien de mystérieux trésors il recelait encore. Puis elle découvrit, posés sur l'écritoire, les deux crucifix que don Juan avait fait placer de part et d'autre de son lit d'agonisant.

– Señor Anghiera, se tourmenta-t-elle, pensez-vous qu'il repose en paix ?

– Son testament spécifiait qu'une partie de sa fortune couvrît les frais de vingt mille messes funèbres, et votre générosité permet la célébration d'un office, à perpétuité, en l'église du monastère Saint-Thomas. Soyez certaine, Madame, que ces largesses ont contribué à son salut. Dieu a accueilli son âme au Séjour de la lumière. Elle attend dans la joie de la Résurrection, dans l'espérance et la gloire de l'Immortalité bienheureuse.

Elle parut rassurée puis, fatiguée, songea à se retirer. Il acquiesça d'un signe de tête.

– Seigneur Tout-Puissant, faites qu'elle entende votre appel, pensa-t-il en la regardant partir.

***

– Ma chère et bien-aimée Marraine, commença Marguerite, *le temps m'est si long loin de vous...*

Elle réfléchit, s'abandonna à une nostalgique rêverie.

– Voilà bientôt an que j'ai perdu mon époux et mon enfant, que je vis, prisonnière et recluse, que j'erre de ville en ville, à travers ce pays qui n'est plus le mien. Les Rois Catholiques refusent toujours de financer mon voyage. Aussi vous mande d'intervenir auprès de mon très redouté père l'empereur Maximilien et d'insister afin qu'il m'envoie l'argent nécessaire, ce qui hâterait mon retour. Qu'il intercède aussi auprès du roi de France, ce que ne veulent faire mes beaux-parents. La mort de Charles VIII, et l'avènement de Louis

d'Orléans avec qui je demeure en bonne intelligence, devraient faciliter les pourparlers et me permettre de passer par le royaume considéré comme ennemi.

La princesse de Flandre hésita à dévoiler toutes les tracasseries que son cœur meurtri endurait. Madame d'York ne s'intéressait que de loin à l'histoire de l'Espagne. Peu lui importait l'infortune de l'Infante Isabelle, morte en mettant au monde son fils Miguel, peu lui importait le trépas de l'inquisiteur Tomás de Torquemada, ou encore le troisième départ de l'Amiral Colomb vers les indes Occidentales.

– Je me réjouis de la naissance de ma nièce Éléonore d'Autriche, poursuivit-elle, *bien que cet événement heureux me rappelle de douloureux souvenirs.*

La vie ici est fort austère, dévote à l'extrême. Ma suite s'ennuie, regrette souvent les fastes de la cour de Bourgogne, les riches heures, les déduits, les beaux paysages de Flandre. Mes demoiselles d'honneur ne supportent plus la vue des bûchers. L'Inquisition, telle qu'elle sévit, les remplit de terreur. Surtout depuis le procès et la condamnation à mort de ma fidèle et vieille esclave maure, accusée de pratiquer sa religion de manière occulte. J'ai fait tout ce qui était en mon pouvoir pour adoucir sa peine, lui éviter le supplice, l'arracher à la torture, mais en vain. C'est grand pitié de voir périr par le feu quelqu'un que l'on a connu.

Cependant la décision des Rois est irrévocable, leur volonté inflexible. Mêmement mon confesseur, puisqu'il refuse absolument toute tolérance concernant les hérétiques. J'ai du mal à admettre tant de cruauté. Je lui voue néanmoins moult estime. Il fut le seul, dans cette pénible épreuve, à me réconforter.

Adonc, ma bien-aimée Marraine, je vous supplie de prendre à la tâche de convaincre mon père. Qu'il mette tout en œuvre afin que je quitte briefment ce pays où le chagrin me ronge et me consume.*

Je prie le Saint esprit vous avoir en sa garde.

Votre filleule et très chère Marguerite.

Écrit à Séville ce premier jour de décembre 1498.

Marguerite referma le pli, apposa son sceau. Elle entreprit ensuite de s'adresser personnellement au souverain de France.

– Monseigneur, très humblement à votre bonne grâce me recommande. Je sollicite votre bienveillance afin que m'accordiez la faveur...

Elle suspendit sa rédaction, ne sachant comment formuler sa requête. Quelles phrases employer qui ne puissent la compromettre ? Elle se ravisa, froissa la feuille, la jeta dans le feu. Quiconque découvrirait un tel courrier s'empresserait d'en dénoncer l'auteure.

Marguerite s'efforça de trouver une manière habile et subtile de confier ses intentions sans attirer les soupçons. Son esprit vagua parmi les méandres du passé, jusqu'à se fixer sur ce jour de Saint-Valentin où la visite fort galante de Louis d'Orléans l'avait un instant distraite de sa solitude. C'était au château de Melun. Dans des circonstances tristement similaires, elle attendait de retourner en Flandre. Ils avaient évoqué ensemble le parcours de Charles d'Orléans. Elle avait déclamé des vers. Mais lesquels ? Elle tenta de s'en souvenir.

– *De voir France que mon cœur aimer doit*... se remémora-t-elle soudain.

Le duc, ou plutôt le roi, ne devait pas avoir oublié. Marguerite prit dans sa bibliothèque le recueil du poète, relut attentivement la ballade du prince captif, recopia la dernière strophe :

– *Paix est trésor qu'on ne peut trop louer,*
Je hais Guerre, point ne la dois priser ;
*Destourbé m'a long temps, soit tort ou droit**,*
De voir France que mon cœur aimer doit !

Certes, Louis saisirait l'intention cachée derrière les mots. Il comprendrait qu'en dépit de l'adversité, elle songeait à l'amitié, et qu'elle le suppliait de lui octroyer le droit de traverser son royaume.

Marguerite, satisfaite, roula la feuille sans l'avoir signée. Si ce message se perdait ou s'il était intercepté, personne n'en devinerait ni la provenance, ni le sens profond. Elle la remettrait demain, avec la lettre pour sa marraine, en main propre à un émissaire digne de confiance. L'homme qui lui avait remis le présent de Louis d'Orléans lui avait déjà proposé ses services. Il possédait un réseau de chevaucheurs rapides, efficaces, fort discrets. Il ne la trahirait pas surtout si, en récompense, elle lui donnait ledit cadeau.

La princesse esseulée cacha les missives derrière une rangée de livres. Une mince lueur d'espoir éclairait faiblement son destin.

***

Par la fenêtre grande ouverte entrait le vent chaud de la nuit. Il restituait des parfums capiteux, des senteurs légères, des arômes enivrants. Il enrichissait le silence du murmure des fontaines, du chant des grillons, du bruissement des feuilles.

Couchée en son lit, Marguerite ne pouvait reposer. L'obscurité, loin d'atténuer ses soupirs douloureux, amplifiait son désarroi, l'entraînait vers un abîme de tourments et de solitude.

La princesse chercha dans le paysage qui s'offrait à sa vue un ultime réconfort mais celui-ci, loin de l'apaiser, ne lui dédia que sa mélancolique splendeur, son clair de lune où se profilait la silhouette de l'Alhambra, son horizon où s'étalait majestueusement la montagne dont les cimes, déjà enneigées, reflétaient la douce lumière cendrée.

– Grenade, se désola-t-elle, si belle et si funeste.

Grenade… À elle seule la ville symbolisait le mécompte, la désillusion. Elle était l'aboutissement du chagrin et de l'échec. Marguerite ne conserverait de son séjour en Andalousie qu'amertume et déceptions. Que lui restait-il de l'Espagne sinon le deuil, la honte et le déplaisir ? Sinon deux interminables années d'exil à vivre dans la froideur et l'indifférence de ses beaux-parents ? Que serait-elle devenue, sans le secours d'Anghiera, seule lueur parmi les ténèbres de son veuvage et de sa souffrance, seul soutien déférent et sincère ?

Grenade… En prononçant ce nom, l'infortunée princesse se figurait un amoncellement de malheurs. Le charme de la cité s'effaçait devant la multitude d'épreuves endurées. Ici, il y avait eu le dur combat qu'elle avait mené contre les Rois Catholiques afin de reprendre sa liberté et ses biens. Il y avait eu l'argent qu'elle avait dû emprunter aux banquiers andalous, Maximilien et Ferdinand refusant de financer son retour. Il y avait eu l'animosité d'Isabelle de Castille, la dénigrant, l'abandonnant au profit de son petit-fils Miguel, s'accaparant jalousement et égoïstement la compagnie de Brutus. Il y avait eu, harsoir, les adieux déchirants à Pedro Mártir.

Grenade… Demain, elle quitterait enfin ce lieu maudit où s'amoncelaient les mauvais souvenirs. Elle partirait pour un très long voyage, une autre destinée, laissant derrière elle l'ombre fugitive du bonheur.

Marguerite se leva. Elle étouffait sous le faix du souci, sous le fardeau du dépit. Elle s'installa devant sa table à écrire. La lune éclairait la pièce de ses rayons argentés. Il n'était nul besoin d'allumer une chandelle.

Avec une souveraine application, la princesse recopia le poème de Juan, s'imprégnant de chaque terme. Puis elle l'illustra en dessinant un arbre chargé de fruits que la foudre venait de déchirer en deux. Après quoi elle inscrivit la devise qu'elle avait adoptée à la mort de son enfant :

– Spoliat mors munera nostra, dit-elle d'une voix triste.

Avant de dédicacer la page, elle essuya les larmes tombées sur la feuille, pareilles à une pluie d'orage.

– À Pedro Mártir de Anghiera, mon confesseur, nota-t-elle. Grenade le vingt-septième jour de septembre de l'an de grâce 1499.

Durant plusieurs heures, elle demeura prostrée, en proie à une désespérante insomnie, lisant et relisant l'amoureuse ballade. Puis la fatigue eut raison de sa gêne et elle retourna se coucher.

Quand elle s'endormit, les hauts sommets de la Sierra Nevada se teintaient des premières lueurs de l'aube.

12. LE DOUX VERGER DE FRANCE

– Ma Dame, je viens vous dire le bonsoir.

Louis XII avança à pas feutrés. Les courtines dissimulaient pudiquement la reine couchée en son lit. Le roi tira le rideau de velours, esquissa une révérence, saisit la main blanche et frêle, la porta à ses lèvres.

– Ne demeurerez-vous point avec moi ce soir ? demanda Anne d'une voix langoureuse.

Il prit une escabelle, s'assit auprès de sa jeune femme.

– Je brûle de l'ardent désir de partager à nouveau votre couche, confia-t-il. Mais il convient que je patiente jusqu'au jour de vos relevailles.

Elle craignit un instant qu'il ne trouvât consolation ailleurs, dissimula son amoureuse jalousie, lui adressa un sourire tendre et complice. Il semblait sincère et les espions qu'elle employait afin de surveiller ses mœurs témoignaient de sa bonne conduite.

Anne se remémora les épreuves passées. Son ambition, son orgueil, sa fierté, son insatiable envie de pouvoir l'avaient poussée à surmonter les deuils successifs, à ne point fléchir devant les retours du destin. Au moyen d'habiles manœuvres, elle avait alors conservé son titre de reine, reconquis son duché de Bretagne. Le traité de Langeais prévoyait en effet qu'elle se remariât avec le successeur du défunt roi. Au décès de Charles VIII, le véritable héritier n'était autre que le duc d'Orléans. Mais celui-ci ne parvenait pas à se défaire de son hideuse compagne, Jeanne de France.

Il avait fallu user d'obscurs stratagèmes pour que le divorce fût enfin prononcé. Louis XII avait cédé au cardinal César Borgia, fils du pape Alexandre VI, quelques comtés et revenus en échange de l'annulation de son mariage forcé et de la dispense nécessaire à sa deuxième union. Il avait aussi offert à l'exécrable ecclésiastique délié de ses vœux la fille du sire Alain d'Albret. Cependant, la détermination de Jeanne à ne point rompre ses noces avait ralenti les démarches. Un procès avait eu lieu, rompant définitivement l'hyménée décidé par Louis XI. Le verdict du tribunal prononcé, Louis et Anne s'étaient empressés de célébrer leurs épousailles.

Anne se redressa, se pencha vers son mari. Elle appuya sa tête contre son épaule, savoura le paisible instant. Louis était si différent de Charles ! La courtoisie et l'élégance remplaçaient désormais l'obscénité ; la délicatesse et la fidélité oblitéraient la vulgarité et la trahison. Et sa vie conjugale, loin de la décevoir, la remplissait d'un bonheur tendre. Louis avait changé. Le libertin, le séducteur, l'homme qui l'avait fait souffrir en entraînant dans le stupre son ancien époux, s'était enfin assagi.

– À quoi songez-vous, ma mie ?

– À vous, mon prince, mon beau chevalier.

Elle le regarda affectueusement. Durant cette campagne d'Italie, elle avait cruellement ressenti la solitude. Mais il était revenu, couvert d'honneur et de gloire.

– Vous m'avez manqué, mon roi…

– Pour abattre le blason de Ludovic Sforza, ma reine, et vous offrir le duché de Milan.

Il jouait distraitement avec sa longue tresse, l'enroulant autour de son poignet.

– En échange duquel vous m'avez donné une jolie petite princesse[10]…

– J'eusse préféré vous bailler un garçon, répondit-elle amèrement.

– La prochaine fois, murmura-t-il à son oreille.

Anne acquiesça. Les grossesses avaient usé son corps, flétri sa beauté. La mort de tous ses enfants avait consumé son âme. Mais elle n'avait que vingt-trois ans et se devait d'espérer. Elle enfanterait l'héritier mâle qui déchoirait François, le fils de Louise de Savoie. Elle rabaisserait cette orgueilleuse, dût-elle en perdre sa fraîcheur et sa santé.

Anne contint ses ressentiments. Dès le début de son règne, Louis avait fait revenir Louise de Savoie à la cour. Cela l'insupportait. Cependant, pour ne point contrarier le roi, elle ravalait son aversion, patientait jusqu'au jour où elle savourerait sa vengeance. En attendant, un autre sujet la préoccupait.

– Beau sire et cousin, je désirerais vous entretenir d'une question importante et fort délicate, avança-t-elle soudain.

– Je vous écoute, m'amie.

– Il s'agit de Marguerite d'Autriche.

– Marguerite ?

---

[10] Claude de France, qui épousera François Ier.

– Vous lui avez octroyé la permission de traverser le royaume… Néanmoins, il serait inconvenant que nous l'accueillissions en personne. Son pays demeure l'ennemi de la France et Ludovic le More, votre principal adversaire, a trouvé refuge auprès de l'empereur Maximilien.

Elle évita de dévoiler les véritables raisons de sa réticence. Jamais elle n'oublierait l'affront que Mademoiselle de Flandre lui avait jadis infligé en refusant son cadeau d'adieu. Jamais elle n'accepterait que son époux ne revît son « *amie d'enfance* ». D'après ses agents, il affectionnait la jolie veuve au point de lui envoyer de somptueux présents et d'entretenir une secrète correspondance. Jamais elle ne permettrait à Maître Perréal de renouer avec sa belle et tendre élève, ni à Madame de Segré d'embrasser sa petite reine répudiée.

– Marguerite m'impute inévitablement son infortune, allégua-t-elle encore. Je suis la cause de son renvoi et des malheurs qui ont suivi. Je redouterais de me retrouver en face d'elle.

– Je comprends.

Louis XII réfléchit.

– Elle sera reçue à Paris, décida-t-il à regret, avec tous les égards dus à son rang. Cela vous satisfait-il ?

Anne se blottit contre le bras de son époux.

– Vous ne sauriez mieux agir, complimenta-t-elle, soulagée.

Comme il se préparait à prendre congé, elle le retint par la manche.

– Vous me quittez déjà ?

– Je vais vous laisser reposer.

– Votre visite m'a comblée de bonheur.

Louis XII se retira, mais avant de passer la porte, il se retourna, s'inclina galamment.

– Ayez une nuit bonne et douce, ma Dame.

– Elle le sera, présuma Anne, puisque je rêverai de vous.

***

– Vous permettez ? demanda Jeanne de France.

Elle s'agrippa au bras de Marguerite de façon à ne pas perdre l'équilibre. Les rues de Bourges, caillouteuses, accidentées, ne facilitaient pas le déplacement.

– Vos épreuves ont meurtri mon âme, poursuivit-elle. Sans cesse j'ai prié pour vous.

Elle adressa à son ancienne belle-sœur un regard bienveillant.

– Vous devez cultiver le peu de force que votre âme possède encore.

Devant tant de bonté, Marguerite reprit confiance. Les paroles cordiales, les manières affables, la simplicité, la foi de Jeanne réveillaient momentanément son courage, la protégeaient éphémèrement de sa détresse.

– Votre sollicitude réchauffe mon pauvre cœur. Jamais je ne vous remercierai assez pour votre hospitalité.

– Quand j'ai appris que vous traversiez le royaume, expliqua Jeanne avec modestie, je me suis empressée d'envoyer un émissaire à votre rencontre.

Un sourire généreux et sincère illumina son visage disgracieux.

– Je tenais à vous exprimer toutes mes condoléances, toute ma compassion, à vous apporter mon soutien.

– Votre amitié m'est fort précieuse, murmura Marguerite.

Elles contournèrent la cathédrale, empruntèrent une venelle étroite et pentue. Au sommet de la côte, Jeanne s'arrêta, reprit son souffle. Puis sa main noueuse montra la grosse tour qui imposait sa sinistre silhouette en barrant l'horizon.

– La prison où autrefois fut enfermé mon époux.

Il n'y avait dans sa voix ni rancune, ni haine ; seulement une immense tristesse, une nostalgie infinie.

– Je déplore votre divorce. Il vous incombait de monter sur le trône.

– J'ai souffert mais ne suis pas à plaindre, confia Jeanne avec humilité et abnégation.

Elle observa un silence douloureux. Le souvenir de son procès ravivait une inguérissable blessure. Elle avait été déshonorée, humiliée, injuriée en public. On l'avait décrétée infirme, inapte à procréer. Enfin on avait évoqué sa virginité. Jeanne s'était défendue, seule, impuissante face à un tribunal constitué de lâches ou de convoiteux. Jusqu'au dernier moment elle avait espéré le témoignage d'Anne de Beaujeu. Mais Madame la Grande s'était tue, sacrifiant lamentablement sa sœur, l'immolant pour servir ses propres intérêts. Son beau-frère et éternel adversaire le duc d'Orléans portait la couronne. Le sort des Beaujeu dépendait de leur comportement. S'opposer à la volonté royale eût été suicidaire. Alors l'épouse esseulée s'en était remise au serment de son bien-aimé, le suppliant de dire la vérité, d'avouer la consommation du mariage. Louis s'était parjuré. Jeanne, consternée, répugnée par l'odieux mensonge, avait préféré abdiquer.

– D'autres connaissent pire maux, continua-t-elle. La bonne ville que mon mari m'a concédée n'a point été épargnée par le malheur. J'oublie ma propre infortune en consacrant mon temps aux pauvres, aux malades, aux déshérités.

Elle faisait allusion au terrible incendie qui avait ravagé la cité et aux deux récentes épidémies de peste. La maladie s'était abattue sur Bourges, semant grands drames et injustices. Elle avait frappé des innocents, décimé la population. Elle avait emporté Clarisse, la servante dévouée, la ribaude repentie.

– Je m'entoure de femmes brisées par le chagrin, persista Jeanne, comme la fille du sire d'Albret, mariée à César Borgia et délaissée, enceinte, quelques semaines après ses noces…

La duchesse du Berry entraîna sa compagne sur le chemin ménagé au sommet des remparts. La vue s'étendait, au loin, sur la campagne encore couverte de givre. Marguerite contempla le plateau ondulé entrelacé de rivières.

– Bientôt je prendrai le voile, dit Jeanne en désignant un couvent en construction. La bienheureuse Mère de Jésus-Christ m'a demandé d'instaurer une religion de la Vierge. J'ai obtenu, non sans difficultés, la bulle du pape nécessaire à l'approbation des règles de l'ordre.

Jeanne invita son amie à réciter un Ave en l'honneur de Marie.

– Cette maison pourra devenir la vôtre, si vous ressentez l'appel de l'Immaculée, proposa-t-elle, une fois l'oraison terminée.

Elles scrutèrent ensemble le firmament, cherchant une réponse céleste à leurs secrètes incertitudes. Dans le ciel bleu de janvier, quelques nuages poursuivaient leur course vagabonde.

– Mon destin est ailleurs, pressentit Marguerite.

***

Des domestiques s'activaient aux cuisines, des feux crépitaient dans les cheminées, chaque pièce arborait des tables garnies de présents somptueux. L'hôtel où logeait Marguerite était habillé de faste et de luxe, comme pour une somptueuse réception. Cependant l'hôte n'était point là pour souhaiter la bienvenue à la princesse. Et l'apparence de fête accentuait l'impression de vide, de fiel, d'indifférence.

Marguerite espérait un accueil chaleureux, mais le roi de France lui avait dédié une insignifiante troupe d'archers la guettant aux portes de Paris, l'escortant à la vêprée parmi les voies désertes, la conduisant jusqu'à la vaste place, l'abandonnant au seuil de sa demeure. Lui reprochait-il son étape à Bourges ?

Après cinq mois de voyage éprouvant, Marguerite s'était installée tristement en son logis. Elle était partie de Grenade, avait traversé Burgos, Bilbao, s'était arrêtée à Bayonne, où une délégation flamande était venue à sa rencontre. La neige, le froid, le danger, la fatigue, le chagrin et l'ennui, avaient été ses principaux compagnons de route.

Elle pensait trouver à la cour de France quelque réconfort. Elle croyait effacer, auprès de Louis XII, et bien qu'elle désapprouvât son nouveau mariage, les amères réminiscences de son premier séjour. La réalité avait dissipé ses illusions. Le souverain lui avait fermé les portes de son château et, à Paris, personne ne l'attendait.

***

Le jour venait de se lever. Marguerite sortit péniblement d'un sommeil tourmenté qui alourdissait encore son corps, embrumait son esprit. Elle fut tentée de céder à une molle somnolence mais la hantise de replonger dans un mirage funèbre la maintint en éveil.

Depuis qu'elle demeurait en ce splendide hôtel de Paris, le chagrin l'annihilait et les nuits la propulsaient implacablement vers d'épouvantables cauchemars.

La forteresse d'Amboise était le théâtre de ses terrifiantes visions nocturnes. Elle apparaissait, déformée, enlaidie, au fond d'un parc immense. Marguerite essayait de l'atteindre. Elle marchait, enjambant des cadavres, repoussant des ânes qui broutaient un champ de fleurs. Mais tandis qu'elle avançait, les morts se relevaient et la suivaient, tels une armée de fantômes. Il y avait parmi eux Charles VIII et Juan d'Espagne. La princesse empruntait un sombre chemin, saluait au passage Louise, René et Philibert de Savoie, s'aventurait jusqu'aux douves. À ce moment-là, Louis XII et Anne de Bretagne relevaient le Pont-levis. Marguerite entendait alors des voix qui l'imploraient. Derrière les barreaux, tout en haut du donjon, Madame de Segré et Maître Perréal lui tendaient les bras en pleurant. Ensuite une porte s'ouvrait sur un monde apocalyptique. Un monde auquel Marguerite tentait vainement d'échapper.

– Est-ce cela la *France que mon cœur aimer doit* ? s'interrogea-t-elle, désemparée.

Certes, la France ne représentait plus qu'un vide obscur, qu'un gouffre de ténèbres. Et, penchée au bord de son puits béant, elle voyait s'éloigner l'Espagne, elle appréhendait son retour en Flandre. Son père Maximilien songeait certainement à un nouveau prétendant. Dès son arrivée, elle serait l'enjeu d'alliances politiques. Elle devrait aussi se confronter à la sœur de feu son époux. La ressemblance avec Juan, les liens de parenté, tout lui rappellerait son malheureux amour, son insupportable échec. Elle rentrerait chez elle, veuve et sans héritier, alors que Jeanne de Castille mettrait au monde son deuxième enfant.

Nulle part Marguerite ne se sentait à sa place.

La visite de Madame de Segré, celle de Jean Perréal, les égards de Louis XII et peut-être la réconciliation avec Anne de Bretagne eussent pu lui apporter une ébauche de consolation. Hélas le doux verger de France, son ultime refuge, la condamnait à l'impitoyable exil. Elle s'était bercée de chimères. La raison d'État ignorait les affaires du cœur.

Marguerite porta un regard plein de larmes sur le tableau accroché au-dessus de l'imposante cheminée. Ses yeux s'égarèrent dans la pensée de l'Infant, ressuscitèrent son souvenir. Quelques années auparavant, en contemplant ce même portrait, elle croyait en un avenir merveilleux.

Marguerite se raccrocha à des ambitions révolues, à des désirs défunts. Puis elle comprit qu'en dépit de sa persévérance ses rêves s'étaient définitivement envolés.

13. J'ATTENDS BON HEUR EN REGRETS ANGOISSEUX

– Étendez-la ici, je vous prie.

Madame d'York désigna un divan au gentilhomme portant dans ses bras la princesse inanimée.

– Dois-je quérir un médecin ? se soucia-t-il.

– Non, ce n'est qu'une indisposition passagère, due à la fatigue et à l'émotion.

Elle chassa les demoiselles d'honneur accourues en grand affolement et qui déjà s'agglutinaient, telles des insectes, autour de Marguerite. Puis elle s'adressa derechef au jeune noble :

– Retournez dans la salle du banquet et dites à l'archiduc Philippe que sa sœur regrette d'avoir interrompu les réjouissances.

Il obtempéra, s'éloigna. Derrière lui la porte se referma, étouffant les rires, les cris joyeux, feutrant les bruits de vaisselle, atténuant les éclats de la fête. Le calme revenu, la duchesse s'attacha à revigorer sa filleule. Elle tapota les joues exsangues, frictionna les mains inertes. Marguerite reprit pleinement conscience.

– Que penseront nos invités de cette pâmoison ? se lamenta-t-elle.

– Ma princesse, ils ne sauraient vous en tenir rigueur.

– Mais je suis la marraine, et me dois d'occuper dignement la place d'honneur…

Elle pleura doucement.

– Séchez ces larmes, mon ange, réconforta la duchesse. Tous les convives admirent votre courage, tous compatissent à votre malheur.

Elle serra les doigts glacés, tenta de les tiédir par un baiser chaleureux.

– Nul n'ignore votre harassant voyage, votre départ précipité d'Arras, à l'annonce de la naissance de « *Charles*[11] », votre filleul.

---

[11] Futur Charles Quint.

Marguerite semblait sourde aux arguments qui la disculpaient, tant l'absorbaient d'insondables chagrins. D'un regard morne elle fixait le candélabre posé sur le guéridon. Elle considérait, avec un détachement morbide, la lumière émanant des flammes, la mèche noyée dans la cire, les gouttes perlant, puis se solidifiant en glissant lentement le long des corps minces et frêles des bougies.

– J'étais la seule, ce soir, à porter une robe de deuil, divagua-t-elle.

Elle cacha son visage contre l'accoudoir de velours, sanglota désespérément. Madame d'York la redressa, s'assit à côté d'elle, la berça tendrement.

– Je sais, murmura-t-elle.

– Ce fut une si dure journée, continua Marguerite entre deux hoquets. Quand j'ai porté l'enfant sur les fonts baptismaux, quand les cloches de l'église de Gant ont carillonné à toute volée, quand j'ai vu la fierté de Philippe et Jeanne, quand j'ai entendu les acclamations de la foule…

Sa voix se brisa.

– Moi, je n'ai eu que la mort et le tintement funèbre du glas.

La duchesse éprouva un douloureux serrement de cœur.

– Il me semble revivre le cauchemar de mon premier retour, poursuivit la princesse. Comme les circonstances sont tristement similaires : ma solitude, l'absence de mon père, l'indifférence de mon frère…

– Philippe vous a désignée marraine de son fils, tâcha de consoler la duchesse.

Marguerite dodelina la tête en signe de déception.

– Il ne m'a pas laissé choisir le prénom, comme l'exige la coutume. Il a appelé son héritier « *Charles* », sans demander mon avis.

– C'est en hommage au Téméraire, votre grand-père, mon époux, allégua Marguerite d'York. Philippe est fort attaché à la tradition bourguignonne.

– J'eusse préféré Maximilien.

Marguerite se blottit contre la poitrine de sa marraine, épancha sa désolation.

– Je vais vous conduire à votre maisonnement, dit la duchesse après un long moment de souci et grevance*.

Elles parcoururent les couloirs déserts du palais, parvinrent aux appartements princiers. Madame d'York entra, sonna une chambrière.

– Vous devriez rejoindre la cour et assister aux déduits, avança Marguerite. Je crains que mon frère ne se fâche de votre absence.

La duchesse acquiesça. La domestique ne tarderait point et Marguerite semblait lentement s'apaiser.

– Il me sera malaisé de mener chiere lye*, vous sachant si seulette, si maleurée*, confia-t-elle, envahie de scrupules.

Elle s'approcha de la fenêtre, souleva les tentures. Dehors, la neige s'était mise à tomber. Le vent sifflait, déchirant la nuit de ses plaintes lugubres. Madame d'York frémit. À cette même époque, trois ans en arrière, elle scrutait les noirceurs cruelles de l'hiver, se consumait d'angoisse, traversait les pires tourments. Sa filleule, sa petite-fille tant chérie, bravait courageusement de violentes tempêtes, en cette Nef d'Infortune qui, contre toute attente, l'emportait vers un tragique destin.

***

Philippe remercia son espion, le récompensa largement puis lui fit quitter le palais en toute discrétion par un couloir dérobé. L'heure était fort tardive, mais les renseignements qu'il venait d'obtenir méritaient qu'il en avertît la principale intéressée.

Il se munit d'un chandelier, sortit de son cabinet de travail, gravit lestement l'imposant escalier de marbre. Parvenu à l'étage, il s'engagea dans la galerie menant aux logements privés.

L'archiduc passa devant la chambre de sa femme, s'arrêta un instant devant sa porte, tendit l'oreille. Elle gémissait encore, ce qui l'excéda.

– Pauvre folle ! songea-t-il.

Il haussa les épaules, dédaigneux. Depuis trois jours, Jeanne de Castille vivait recluse, refusait de se nourrir, de se vêtir dignement pour le punir de son infidélité. Il n'avait cure de ses cris déchirants, de sa prostration entrecoupée d'accès de fureur. Qu'elle trépigne, qu'elle griffe les murs, qu'elle hurle, qu'elle le supplie ! Il ne fléchirait pas devant cet odieux chantage amoureux. Rien ne l'empêcherait, lui, l'archiduc, futur empereur, déjà père d'un héritier mâle, de s'adonner à ses plaisirs et galanteries, de fréquenter les filles les plus jolies et les lieux les plus dissolus.

Philippe méprisa le devoir conjugal et se dirigea vers la pièce abritant une de ses illicites liaisons. Il enfonça le double de la clé dans la serrure, ouvrit doucement. Les bougies brûlaient encore, mais la belle s'était assoupie.

– Est-ce moi que vous attendiez ? demanda-t-il d'un air amusé.

Elle se réveilla, surprise. Visiblement, il n'était point l'amant qu'elle espérait, mais cette visite la réjouissait.

– Mon cher beau-fils… fit-elle en s'étirant avec langueur.

Il s'assit sur le lit. Il aimait ses manières voluptueuses, son délicieux accent…

– Je viens vous apporter des nouvelles de votre oncle, ébaucha-t-il en laissant volontairement planer le doute.

– Ludovic le More ? s'irrita-t-elle. De quelles exactions s'est-il donc rendu coupable ?

Blanche Marie agrippa la courtepointe. L'assassin de son frère avait profité du départ de Louis XII pour reconquérir, avec l'aide de Maximilien, le duché de Milan. Un sentiment de colère anima son regard.

– Vous aviez promis de me venger, et au lieu de cela, vous avez recruté des mercenaires en Suisse, vous avez grossi les troupes de votre père, pour plaire à l'empereur et nuire au roi de France. Qu'allez-vous m'annoncer à présent ?

L'archiduc arbora un sourire radieux et triomphateur.

– Que votre ennemi dormira bientôt en prison, répondit-il simplement.

– En prison ? Vous vous moquez…

– Les Français ont tenté de reprendre Milan. Nos armées se sont affrontées. Mais durant la bataille, beaucoup se sont retournés contre Ludovic. La population, versatile, a de nouveau chassé celui qu'elle avait rappelé. Votre oncle s'est enfui, déguisé, dans le but de rejoindre son protecteur, Maximilien d'Autriche.

Blanche Marie dévorait son gendre des yeux, buvait ses paroles.

– Cependant il a été trahi et livré aux Français. Un émissaire vient de me le confirmer.

Philippe saisit la main de sa maîtresse.

– Ledit émissaire a agi sous mes ordres, ma Dame. Et personne, hormis vous, n'en saura jamais rien.

Blanche Marie ne put retenir sa joie. Puis un souci lui fit perdre son enthousiasme.

– Il sollicitera l'aide de mon mari. Maximilien finira par le délivrer.

– Ne craignez rien, je m'interposerai. Et je saurai influencer mon père. Ne revendique-t-il pas, lui aussi, en votre nom, le Milanais ?

Il embrassa la jeune femme, mordilla le lobe de son oreille.

– Que diriez-vous de devenir duchesse de Milan ?

– Cela ne sera possible que si mon oncle reste captif jusqu'à la fin de ses jours, rétorqua-t-elle malicieusement

– Il y restera, jura Philippe en se glissant sous les draps d'or, à condition que vous me fassiez d'ores oublier l'exaspérante jalousie de mon épouse.

– Vos désirs sont des ordres, mon cher beau-fils, consentit Blanche Marie en soufflant la chandelle.

***

Philippe dévisagea son conseiller, comprit, à son expression, que la mission qu'il lui avait assignée avait échoué.

– Qu'a-t-elle répondu ? demanda-t-il crûment.

– Qu'elle réfléchirait à la question.

– Qu'elle réfléchirait ! s'insurgea l'archiduc.

– La tâche ne sera point facile, reprit l'homme. Votre sœur refuse que vous lui imposiez un époux. Elle désire se remarier selon sa convenance.

– Lui avez-vous clairement exposé les faits ?

– Vous doutez de mes compétences, Monseigneur ?

Philippe se renfrogna. Puis il arpenta la pièce d'un pas nerveux, les mains derrière le dos, la tête rentrée dans les épaules, ressassant ses haines, ses brigues, ses ambitions.

Le trépas de l'Infant don Miguel avait donné à son épouse Jeanne le titre d'héritière de Castille et d'Aragon. Décidé à faire valoir ses droits auprès des Cortes[12], Philippe envisageait un voyage en Espagne. Mais avant de partir, il lui fallait assurer la paix, non seulement à l'intérieur de ses terres, mais aussi à ses frontières. Il ne devait point nuire à la politique de son père. Il ne devait point contrarier le roi de France, à qui il avait secrètement prêté serment d'allégeance pour ses comtés de Flandre, d'Artois et de Charolais.

Marguerite représentait le pion le plus précieux, le mieux placé dans son jeu fort perfide. À condition qu'elle acceptât le mariage qu'il lui proposait.

En donnant sa main à Philibert, la princesse procurerait moult avantages à l'archiduc. En effet, le duché savoyard, véritable portier des Alpes, ouvrirait à Maximilien le passage vers le Milanais, et insidieusement l'interdirait à Louis XII. D'autre part, le jeune duc avait été élevé à la cour d'Amboise, il avait participé aux guerres d'Italie, combattu vaillamment aux côtés de Charles VIII, puis de Louis XII. Cette alliance ne fâcherait point le souverain français…

Philippe rêva un instant, imagina un mariage encore plus prometteur.

– Je conserve ainsi les chances d'unir mon héritier Charles à Claude de France, spécula-t-il intérieurement, bien que celle-ci fût officieusement promise au fils de Louise de Savoie.

Une autre raison hantait aussi son esprit, ravivait son orgueil : la Savoie était terre d'Empire. Par cela, le duc Philibert demeurait son vassal.

– J'ai déjà convaincu mon père que ce duc valait tous les rois, reprit-il soudain. Il faut qu'elle accepte incontinent !

– Octroyez-lui un peu de temps.

– Je commence à perdre patience. Ma sœur évince tous les prétendants que je lui propose : le roi de d'Écosse, le prince de Galles et le roi de Hongrie ont déjà essuyé son refus.

---

[12] *En Espagne, assemblée chargée de discuter des lois et de voter l'impôt.*

Le conseiller employa un argument inhabituel mais tout aussi persuasif.

– Lorsque j'ai prononcé le nom de Philibert, le regard de Madame Marguerite s'est allumé d'une flamme mystérieuse et ses joues ont légèrement rosi. Ne négligez pas ce trouble…

Philippe se radoucit.

– Un peu de temps, concéda-t-il.

Puis de nouveau sa voix se teinta d'aigreur et d'inclémence.

– L'an quinze cent un a débuté, décréta-t-il. J'exige que ma sœur soit mariée avant qu'il ne s'achève.

– Elle le sera, Monseigneur, confirma calmement le conseiller.

***

– Que me vaut l'honneur de cette visite ?

La voix de Marguerite était calme, posée, suave. Philippe s'en inquiéta. La jeune veuve s'était-elle définitivement résolue au célibat ?

– La solitude ne semble vous messeoir…

Elle désigna la campagne alentour, les vastes de prairies couvertes de mille fleurs sauvages, les forêts parsemées d'étangs.

– Je me plais au Quesnoy, dans ce château que vous avez eu la gentillesse d'aménager pour moi.

Un air malicieux égaya son visage.

– Vous n'avez point répondu à ma question.

L'archiduc esquissa une moue d'embarras. La princesse remarqua au passage combien son frère et son père se ressemblaient : même menton proéminent, même nez busqué, même bouche à la lèvre inférieure épaisse et tombante.

Philippe préféra user de prudence. Il commença par aborder un autre sujet que les épousailles.

– Je viens, Margot, vous mander d'être la marraine de notre troisième enfant.

Elle s'attendait à ce qu'il l'entretînt de ses accordailles. Aussi se réjouit-elle de cette requête dénuée d'intérêt.

– Cela bien m'agrée…

Il devina sa joie, tâcha de l'exploiter.

– Le choix du prénom vous revient, ma chère sœur, vous pouvez d'ores y songer.

Elle le défia de ses jolies prunelles.

– Votre prochain voyage en Espagne me rappelle mon bonheur perdu, commença-t-elle sur un ton empreint d'une douce mélancolie. Mon cœur de la Castille ne s'est encore délié. Il me serait agréable d'adopter « Jean » en hommage à mon premier époux, ou « Isabelle » en souvenir de sa défunte sœur.

– J'accepte votre décision, bien qu'elle m'étonne.

Il ne put s'empêcher d'évoquer le baptême de son fils :

– J'eusse pensé que vous préféreriez Maximilien.

Puis, regrettant sa maladresse :

– Ou Marie.

Elle négligea l'allusion, répondit avec détachement :

– Je réserve lesdits prénoms pour mes propres enfants.

Il la considéra, stupéfait.

– Entendez-vous par là…

– Que je consens à épouser Philibert de Savoie.

L'affirmation le laissa muet de stupeur.

– Vous me vouiez à une alliance, reprocha Marguerite. Tôt ou tard j'aurais été contrainte de me plier à vos exigences. Philibert ne m'est point inconnu, il fut le tendre compagnon de mes premiers déduits.

– Celui que l'on surnomme « *le beau* » ne vous décevra pas, bredouilla-t-il.

Elle se rembrunit sans raison apparente.

– Peu importe, avoua-t-elle dans un murmure. Je suis déjà d'amour tannée*.

Il prit son bras. Ensemble ils flânèrent, profitant de la tiédeur agréable de ce début d'été.

– Il saura vous rendre heureuse, insista l'archiduc, tant il craignait que Marguerite ne se rétractât.

Car il avait déjà envoyé un ambassadeur en Savoie, en vue de négocier le remariage de sa sœur.

***

Marguerite s'efforça de se raisonner. Depuis plus d'une heure, elle réfléchissait, s'adonnait à des pensées contradictoires, désordonnées, s'égarait dans des sentiments opposés. Derrière son front lourd, endolori, le sang battait, cognait de toutes ses forces. Ses tempes bourdonnaient, un voile opaque obstruait sa vue.

Il fallait pourtant qu'elle se rendît à l'évidence, qu'elle assumât pleinement son rôle. Le contrat de mariage avait été signé, ce jour d'hui, à

Bruxelles, l'engageant définitivement auprès du duc de Savoie. Elle aurait dû en éprouver un immense soulagement.

Au lieu de cela, elle demeurait l'esclave de son passé, la prisonnière de son ancienne liaison, de ses funestes souvenirs. L'image de l'Infant ne disparaîtrait jamais. D'ici quelques jours, la veuve inconsolée commémorerait, dans la solitude et l'affliction, le quatrième anniversaire de la mort de son mari... Combien de temps encore le fantôme de don Juan s'obstinerait-il à la poursuivre ? S'effacerait-il un jour afin que Philibert prît sa place ?

– Pourrai-je aimer, soupira-t-elle, pourrai-je aimer une seconde fois ?

Il lui semblait, en se remariant, commettre un acte abject, un adultère impardonnable.

Néanmoins elle se contraignit à imaginer sa nouvelle destinée, à fixer sa fiance* sur le jeune homme qu'elle s'apprêtait à épouser. Hélas le prince charmant n'incarnait présentement qu'un flottement, qu'un oubli, qu'une incertitude. Il symbolisait l'émergence des scrupules, l'appréhension des adieux, la douleur du partir.

Parce qu'elle ne savait plus où situer sa vie, Marguerite alla chercher les portraits de Juan et de Philibert, les posa sur son lit, s'étendit à côté d'eux, médita. Mais un bruit de pas, puis celui d'une porte que l'on ouvrait, la sortirent de ses songes. Madame d'York entrait.

– Seriez-vous souffrante ? demanda-t-elle, affolée de trouver sa filleule couchée.

– Non, Marraine

– Alors que faites-vous, mon ange, en votre lit et à pareille heure ?

Marguerite baissa les yeux, confuse de s'être laissée surprendre en ces moments d'intimes réflexions. La duchesse remarqua les tableaux, à demi dissimulés sous la couverture de velours turquin, pressentit le désarroi de la princesse.

– Que faites-vous, mon ange ? répéta-t-elle d'un ton maternel et bienveillant.

– J'attends bon heur en regrets angoisseux, se confia Marguerite en sentant couler des larmes d'amertume sur ses rêves d'espoir.

Troisième partie

***

La Dame infortunée

Dole
novembre 1501

1. DEDANS LE MOUTIER AMOUREUX

– Ma chère et bien aimée Marraine,

Je vous écris depuis cette bonne ville de Dole qui me réserva si chaleureux accueil. Pareillement qu'à Dijon, je fus reçue en grandes démonstrations de joies, aux cris de « Vive Bourgogne », et considérée comme la digne descendante de Charles le Téméraire. Le valeureux duc, votre époux, est encore présent dans toutes les mémoires, et toujours vénéré. Vous eûtes été fière d'entendre en son honneur acclamations et harangues.

Mon voyage ne ressemble point à celui qui m'emporta vers l'Espagne. Cependant il n'en reste pas moins périlleux. Nulles vagues ni tempêtes mais des voies de passage mal convenables en raison du froid intense et de la neige tombée précocement.

L'hiver sévissant, nous progressons par petites journées et faisons longues étapes. Chaque cité m'ouvre ses portes avec enthousiasme, la foule en liesse m'acclame, se glorifie de ma présence.

Néanmoins je porte encore ma robe de deuil, jusqu'à ce pays de Savoie où...

Marguerite entendit craquer le plancher de bois. Elle prêta attention au bruit de pas qui s'amplifiait. Sans aucun doute on venait. Elle cessa d'écrire, dessina quelques arabesques légères, tendit l'oreille. Des éclats de voix résonnèrent bientôt devant sa porte, puis le garde en faction frappa discrètement contre l'huis.

– Un messager demande audience, annonça-t-il en s'inclinant.

– Qu'il entre, intima-t-elle tout en continuant d'agrémenter sa feuille d'ornements à la fois capricieux et élégants.

L'homme salua courtoisement, demeura sur le seuil.

– Je suis l'envoyé du duc de Savoie, pour vous servir, Madame.

Elle releva la tête, soudain intéressée.

– Qu'est-ce qui me vaut le plaisir de votre visite ?

– Madame, je viens vous avertir de l'arrivée imminente du représentant de votre futur mari, en vue de la cérémonie des épousailles par procuration.

Elle parut rassurée. Philibert tenait parole. Il semblait même désireux de hâter les démarches.

– Vous m'en voyez ravie. Dites-lui donc que je me prépare à le rencontrer.

Elle poursuivit son dessin de manière à dissimuler son trouble.

– À qui aurai-je donc l'honneur ? demanda-t-elle d'un ton qui se voulait assuré.

– À votre futur beau-frère, Madame, René, le Grand Bâtard.

Marguerite éprouva un vif déplaisir. Sa main se mit à trembler et des gouttes ténébreuses tombèrent sur la lettre inachevée, entachant de leur noirceur sinistre les lignes relatant son chemin vers le bonheur.

***

– J'ai quitté une jouvencelle, je retrouve une femme, complimenta René en caressant la princesse du regard.

Marguerite se montra imperméable aux termes élogieux. Elle désigna un siège à son interlocuteur et s'assit loin de lui, de l'autre côté de la cheminée.

– Venons-en aux faits, décréta-t-elle froidement.

Le Grand Bâtard de Savoie se plia, non sans amusement, à la sommation. Il évoqua l'accord du pape, confirmé par la bulle de dispense permettant l'union en dépit des liens de parenté. Puis il déroula le parchemin comportant le contrat de mariage.

– Mon frère Philibert a pris connaissance que vous renonciez à la succession de votre mère, récita-t-il. Par ailleurs, il vous permet de jouir entièrement de vos revenus : d'une part de la dot léguée par votre frère et s'élevant à trois cent mille écus d'or, d'autre part de vos revenus espagnols, dont l'intégralité sert à financer le tombeau de feu l'Infant don Juan.

René remarqua la soudaine pâleur de Marguerite, continua à énumérer les articles qu'il avait lui-même rédigés.

– Il s'engage, au cas où il décèderait le premier, à vous assigner un douaire de douze mille écus d'or. Il reconnaît avoir accepté les dernières exigences de l'archiduc Philippe, étendant vos garanties aux comtés de Bresse et de Bâgé.

René se leva, tendit la feuille à sa belle-sœur.

– Cela vous satisfait-il ? demanda-t-il avec arrogance.

Il se posta derrière elle, s'appuya sur le dossier de son siège tandis qu'elle lisait le manuscrit avec une méfiance et une contrariété grandissantes.

– Je ne vois point la signature de Philibert mais la vôtre, s'étonna-t-elle, déconcertée.

– Mon frère, votre mari, m'a abandonné le gouvernement, rétorqua-t-il d'un ton orgueilleux. Il me donne les pleins pouvoirs.

Elle se redressa promptement.

– Cet acte n'a pour moi aucune valeur, s'insurgea-t-elle lui rendant le document.

– Vous avez tort, répliqua-t-il d'un ton glacial. Vous apprendrez très vite que votre mari préfère les jeux, les tournois, la littérature et la musique à la politique. Vous comprendrez bientôt pourquoi il s'est déchargé, sur moi, de ses obligations.

Il ajouta, de manière à appuyer ses affirmations :

– Ce n'est pas sans raison qu'il m'a choisi pour le représenter au jour de ses noces par procuration.

Elle ne répondit pas, lui tourna le dos, contint son dépit.

– Je connais votre histoire, poursuivit René d'une voix mielleuse, et déplore vos malheurs.

Son attitude obséquieuse, sa fausse compassion révoltèrent Marguerite. Néanmoins elle se garda d'afficher ses sentiments, de crainte d'offenser Philibert.

– Et mon promis, demanda-t-elle pour dévier la conversation, j'ai su qu'il était veuf…

– Il fut marié à sa très jeune cousine. Hélas celle-ci mourut avant de connaître les joies de l'hyménée.

Le Bâtard de Savoie saisit Marguerite par bras, l'obligea à se retourner.

– N'ayez crainte, ma mie, mon frère ne vous décevra pas. Il excelle dans l'art d'aimer.

Il eut un ricanement fort désobligeant, ne lui laissa pas le temps de riposter.

– Comme vous, Madame.

Elle tenta de se dégager, furieuse, mais il resserra son étreinte.

– Votre chasteté n'est plus à prouver… Rien ne nous empêche…

– Je vous déteste. Comment osez-vous encore me courtiser ? Vous êtes marié…

– Parce que vous m'avez éconduit, Princesse.

– Lâchez-moi, ordonna Marguerite en se débattant, et partez.

René sourit, permit à sa prisonnière de se dégager.

– Nous nous retrouverons demain, dans votre chambre, à Salins, conclut-il en sortant. Et n'oubliez pas, belle fiancée, que Philibert m'a octroyé le privilège de me coucher entre vos draps !

– Je me vengerai, pensa rageusement Marguerite quand il eut disparu, et jamais ne vous permettrai de régenter sa vie.

***

La pièce était immense, chauffée par un gigantesque feu de cheminée. En dépit de la chaleur et de l'effervescence, Marguerite grelottait. Le souvenir de la journée occupée en fêtes, danses, banquet, cérémonies, ne suffisait pas à la distraire, lui procurait même une sorte de fadeur mystérieuse. Tout autour de son lit, nobles seigneurs et gentes dames se pressaient, s'agitaient, bavardaient, débitaient bagatelles et propos futiles. Ils l'étouffaient de leurs paroles et de leur présence.

Marguerite évitait de regarder les gens de la cour qui l'épiaient, la dévisageaient impudemment. Derrière sa mine joviale se cachaient rancune, aversion et répugnance. Ses yeux fixaient la toilette de velours noir qu'elle avait ôtée pour la circonstance, et qui était exposée sur une chaise de manière à bien marquer la fin de son deuil. Présentement, couchée tout habillée, accoutrée d'une splendide robe de drap d'or brodée de perles, elle attendait la venue de son exécrable procureur. Ses mains moites serraient le cadeau qu'elle s'apprêtait à lui offrir.

La porte s'ouvrit soudain et un éloquent silence emplit la chambre. René le Grand Bâtard entra. Tout le monde se poussa, impressionné et ému.

– Je constate avec joie, ma Dame, que vous portez le cœur de diamant que je vous remis cet après-midi, lança-t-il en enlevant sa botte et en relevant son bas-de-chausses.

Un murmure d'approbation s'échappa de la gorge des spectateurs.

– Pourrais-je m'assurer qu'il en est de même pour la ceinture de perles et brillants ?

L'assistance, amusée par la plaisanterie, poussa de petits rires discrets. Prise au piège, Marguerite fut obligée de s'exécuter. Elle souleva la couverture. René se glissa contre elle, sa jambe nue boutée au lit.

– Il me semble que vous outrepassez vos droits, Monseigneur, se défendit Marguerite. La coutume veut que vous vous allongiez au-dessus de la courtepointe.

– Une accordée aussi séduisante mérite que l'on contrevienne au règlement !

On approuva à grands cris. René en profita pour enlacer sa belle-sœur. Après quoi il la requerra d'un baiser qu'elle lui accorda à contrecœur.

– Seriez-vous timide au point de simplement m'effleurer ? se moqua-t-il. Dans ce cas, il me revient de vous embrasser !

Il se tourna vers les invités qui l'approuvèrent, posa ses lèvres sur le joli front puis sur la joue tendre, lisse et délicieusement parfumée.

– Oncques ne fûtes autant désirable ! glissa-t-il à son oreille.

– Il suffit ! rétorqua-t-elle à voix basse. Veuillez poursuivre le déroulement des solennités !

Le Grand Bâtard se leva, suivit l'étrange protocole, s'agenouilla au pied de la couche.

– Dorénavant je me rends votre humble et fidèle serviteur, affirma-t-il en feignant de se soumettre au bon vouloir de Marguerite.

La princesse fit lever son chevalier servant.

– Vous pouvez disposer, concéda-t-elle en lui remettant l'anneau serti de pierres précieuses.

Ils se souhaitèrent une excellente nuit. Les témoins saluèrent respectueusement la mariée et chacun se retira. Marguerite se retrouva enfin seule. Elle enfouit sa tête sous l'oreiller, étouffa sa haine et ses ressentiments. La pire épreuve était enfin terminée.

La princesse de Flandre demeura un long moment en proie à une inconstance obscure. Elle ôta ensuite les bijoux qu'elle avait accepté de porter par pures convenances. Puis, libérée de toute contrainte, elle s'abandonna à une douce rêverie.

***

– Voici votre chambre, Madame.

Le prieur épongea son front moite d'un revers de manche. Marguerite comprit l'embarras dans lequel le plongeait sa venue. Le désordre et le bruit troublaient la sérénité, entravaient la prière et la méditation. Et la présence envahissante de toutes ces femmes l'indisposait assurément le religieux.

– Vous pouvez regagner votre dortoir, dit la princesse à ses dames de parage.

– Pardonnerez l'austérité de ces lieux, reprit Michel de Savoie lorsque le calme fut revenu, ainsi que la rudesse de mon accueil. Mais je ne suis point enclin à organiser de telles réceptions…

Il s'excusa encore :

– Je vous ai réservé mon propre logement, le moins inconfortable du monastère.

– Je m'en accommoderai, sourit Marguerite.

Elle alla se blottir contre le feu qui brûlait dans l'âtre. Cette dernière étape l'avait fatiguée, transie, endolorie. Le trajet lui avait semblé interminable, l'arrivée à Romainmôtier l'avait déçue. Comment aurait-elle pu goûter au charme du hameau caché au fond du vallon enneigé ? Philibert n'était point là. Personne ne l'attendait. Cette absence avait hélas réveillé de sourdes craintes, de funestes superstitions. Elle s'était souvenue du vide angoissant ressenti à Santander… L'âme tourmentée, ravagée par de cruels pressentiments, elle avait franchi, seule, le portail de l'abbaye.

– Mon cousin le duc Philibert de Savoie ne saurait tarder, assura le prieur.

– Il est fort tard, la nuit est tombée, le froid sévit…

– Je conçois votre inquiétude.

À peine avait-il prononcé ces mots que l'écho d'un grand fracas se répandit soudainement au travers des épaisses murailles. Hennissements de chevaux, cliquetis d'armes, tapage et clameurs retentirent à l'entour.

– Le voilà, confirma le religieux en poussant un soupir d'appréhension.

Il s'éloigna poliment, laissant l'huis entrouvert.

– Je ne saurais importuner vos retrouvailles.

Marguerite tressaillit. D'une main hésitante, elle remit sa coiffure en ordre, arrangea les plis de sa robe. Au fur et à mesure que les pas se rapprochaient, les battements de son cœur s'accéléraient, sa respiration devenait haletante, ses joues s'empourpraient.

Elle n'eut pas le temps de se préparer convenablement. Il entra sans frapper, débarqua, tout houssé, encore vêtu du costume de voyage, s'engouffra dans la pièce exiguë tel un grand vent du large balayant sur son passage les nuages de souci. Parvenu à sa hauteur, il s'immobilisa.

– Marguerite, appela-t-il doucement.

Sa voix avait des intonations à la fois graves et chaudes, profondes et tendres.

– Philibert, se troubla-t-elle.

Ils demeurèrent interdits, figés par l'émotion, se considérant avec une délicatesse mêlée de confusion, ne sachant que dire. Certes, ils se reconnaissaient. Les enfants qu'ils étaient naguère s'étaient simplement métamorphosés en de splendides jeunes gens et ils s'en émerveillaient. Un élan de passion faillit les pousser dans les bras l'un de l'autre, mais une immense pudeur les retint encore séparés, enflammant leur impatience, attisant leur désir.

Philibert enleva son chapeau mouillé de flocons. Ses cheveux châtain clair retombèrent en boucles légères et éparses sur ses larges épaules, lui conférant un air espiègle, presque puéril. Il dévora sa promise des yeux, de ses yeux bruns et extraordinairement doux.

– Je me dois rendre en mon logis et revêtir un habit de circonstance, annonça-t-il soudain.

Et il sortit aussi vite qu'il était apparu.

Marguerite se précipita sur le seuil dans l'intention d'apercevoir sa silhouette. Cependant elle ne découvrit que les couloirs vides et sombres du moutier. Il s'était déjà dérobé à sa vue.

Un peu déçue, elle s'assit sur son lit, réfléchit à la robe qu'elle mettrait, aux atours dont elle se parerait. Enfin, elle alla chercher son miroir, observa son image, se trouva mille défauts.

– Jamais je ne serais assez belle pour lui, se tourmenta-t-elle.

***

Michel de Savoie profita d'un intermède pour quérir l'attention de son cousin.

– Monseigneur l'évêque s'impatiente, lui confia-t-il.

Philibert frappa amicalement l'épaule du prieur.

– Qu'il prépare donc la chapelle pour dire messe !

Michel ne put retenir son courroux :

– Ce tumulte, ce bal improvisé l'exaspèrent, veuillez cesser vos danses incontinent.

Voyant que ses remontrances ne l'atteignaient nullement, il s'adressa à Marguerite :

– Madame, je vous prie de raisonner votre époux. Les douze coups de minuit ne tarderont pas à sonner…

La jeune duchesse acquiesça.

– Philibert, susurra-t-elle langoureusement, ne pensez-vous pas qu'il serait temps de parachever nos épousailles ?

Philibert posa sa main dextre sur sa poitrine, s'inclina avec élégance et courtoisie.

– Je ne puis décliner une invite si joliment formulée !

Il donna aux musiciens de sa compagnie l'ordre de ranger leurs instruments, appela les nobles gens à le suivre en la chapelle du moutier.

– Venez, ma mie, proposa-t-il en tendant galamment le bras à sa promise.

Le jeune couple suivit solennellement le prieur. Et derrière lui un cortège silencieux se forma.

***

Michel de Savoie poussa la porte du cloître, entra dans la petite église, s'avança, d'une démarche lente et feutrée, jusqu'à la table d'autel et se prosterna dévotieusement. Puis il se dirigea vers les stalles sculptées, s'assit aux côtés de ses frères en prières. Le lieu saint, baigné d'une douce lumière matinale, avait recouvré sa tranquillité, son harmonie et la pureté de son décor primitif. L'on avait ôté les riches tapisseries, les précieuses tentures, les tableaux colorés, les cierges et flambeaux, les prie-Dieu armoriés des époux. L'on entendait plus le bavardage de la noble assemblée mais le discret murmure du torrent dévalant le ravin.

Michel respira profondément. En dépit l'atmosphère imbue de religieuse quiétude, il ne parvenait plus à dompter ses pensées. Dans son esprit se bousculaient encore les affres de la fête donnée en l'honneur de son cousin le duc. Combien de contrariétés et de tracasseries avait-il dû supporter pour ne point déplaire à Philibert ! Philibert qui, certes, ne l'avait pas ménagé, lui faisant subir moult désagréments, déclarant cour ouverte au sein du monastère, s'adonnant aux plaisants déduits, demeurant couché, en compagnie de son épouse, jusqu'à douze heures du jour…

– Quand donc se rangera-t-il ? s'interrogea le religieux.

Michel vouait une sincère amitié à son cousin. Il désapprouvait néanmoins sa frivolité. Philibert se désintéressait de l'administration de son duché, dilapidait son temps en joyeux ébattements. Mais le mariage, peut-être l'assagirait. Marguerite semblait dotée d'une étonnante maturité et surtout elle exerçait déjà sur lui un mystérieux ascendant.

2. MA SEULE AMOUR QUE TANT DÉSIRE

Philibert se leva sans bruit, repoussa les tentures moirées, ouvrit la fenêtre. Aussitôt une lumière dorée accompagnée d'un froid mordant remplaça l'obscure tiédeur ouatée confinée dans la chambre. Marguerite s'enfonça sous la couverture en poussant un léger grommellement. Philibert revint auprès de son épouse, retrouva avec un tendre plaisir la douce chaleur de son corps ensommeillé.

– Voyez les splendeurs dont je vous parlais harsoir, dit-il en tirant la courtepointe.

Il débordait de jovialité, désirait partager le bonheur de chaque instant.

– Quelles splendeurs ? balbutia-t-elle, encore imprégnée des songes de la nuit.

Il acheva de la réveiller, l'invita à contempler la magie de la nature.

Marguerite dessilla, se redressa, cligna des paupières, éblouie par un ardent rayon de soleil. Puis elle s'habitua à la clarté et se laissa enchanter par la beauté du paysage. Au pied de la forteresse, un lac immense miroitait, étincelait de mille brasillements. Sa surface limpide reflétait avec une incomparable majesté les montagnes couvertes d'une neige immaculée et la pureté sublime de l'éther.

Le contraste était saisissant. La veille, rien ne permettait de deviner une telle féerie. Un brouillard dense inondait la vallée, offusquait l'horizon. Le château de Rolle se fondait dans l'opacité nébuleuse. Et l'on ne distinguait à l'entour ni les rives du Leman baignant la forteresse, ni les hautes cimes des Alpes pourtant si proches.

– Votre nouveau duché vous plaît-il, ma mie ?

En guise de réponse, elle lui adressa un sourire radieux auquel il ne résista pas.

– Notre voyage ne fait que commencer, ajouta-t-il, d'une voix chaude nuancée de fierté. Vous avez encore moult terres à parcourir, moult richesses à découvrir.

Il l'attira au creux de ses bras.

– Je n'ai d'autre souhait que celui de vous rendre heureuse…

Marguerite apprécia l'étreinte si agréable, si affectueuse, songea un instant à son premier mari. Comme Philibert se distinguait de Juan par sa robustesse, sa stature, sa formidable vitalité ! Il la comblait d'un amour tellement différent, simple, spontané, la chérissait d'une passion forte, sincère, presque brutale, toujours impulsive.

Elle se tourna vers lui, le remercia par un baiser léger et délicat. Il la regarda avec intensité. Au fond de ses prunelles brunes brûlait une flamme onctueuse et câline.

Quelques coups sourds frappés à l'huis rompirent le charme de la langoureuse paresse.

– Mon frère m'attend, se souvint Philibert.

– Il est encore tôt, s'interposa Marguerite en tentant de retenir son mari.

– Je ne saurais abuser de sa patience, rétorqua-t-il en s'extrayant à regret de la couche moelleuse.

Elle se tut pour ne point mécontenter son époux, pour ne point entraver le bonheur naissant. Cependant, au fond de son âme, resurgirent la haine et la rancœur. Cette attitude prouvait l'emprise du Grand Bâtard sur Philibert. Marguerite ressassa ses ressentiments. De fâcheux détails revinrent à sa mémoire. En peu de temps, elle s'était aperçue de la supériorité de René. Le félon menait grand train de vie, jouissait d'une fortune considérable, tirait maints avantages de son autorité. Il maintenait égoïstement les rênes du pouvoir. Tous le redoutaient. Tous se pliaient à ses exigences.

Marguerite ne supportait pas que son beau-frère étendît ainsi sa domination, qu'il soumît Philibert à son bon vouloir. Néanmoins, l'éloigner ne serait pas chose aisée et elle se devait d'agir avec circonspection. Sa puissance le rendait à cette heure invulnérable.

– Je viens avec vous, décida-t-elle en sortant prestement du lit.

Il parut fort surpris.

– Cela n'est point nécessaire, René doit m'entretenir de politique…

Elle se tenait derrière lui, tout près. Il fut parcouru de mille frissons.

– Octroyez-moi ce privilège, poursuivit-elle. Il m'incombe de m'initier aux affaires de mon duché.

– Très douce fleur, ma Marguerite, je ne puis rien vous refuser.

Il se retourna, effleura sa joue du bout des doigts. Puis ses pensées vaguèrent et il ne pensa plus qu'aux réjouissances que cette journée s'apprêtait à leur offrir.

– Ensuite nous partirons vers Genève. Je vous promets de fastueuses réceptions.

Il rêvait déjà de festins, de chasses, de tournois et de joutes. Il imaginait les exploits qu'il accomplirait brillamment devant sa dame. Il la retint par la taille, la pressa fortement contre sa poitrine, l'entraîna vers les songes les plus insensés. Elle vibrait au rythme de sa respiration, se fondait dans ses vertiges délicieux. Son cœur se mit à battre follement.

– Philibert… chuchota-t-elle.

Il saisit son appel, l'embrassa. Ils demeurèrent un moment enlacés, en proie à une attirance immodérée, à un enivrement exquis, transportés, éperdus, jalousement épris l'un de l'autre.

Au lendemain de leurs noces, il leur semblait qu'ils s'aimaient depuis toujours.

***

Le Grand Bâtard de Savoie assena un violent coup de poing sur la table.

– À boire, l'abbé, vociféra-t-il, pour moi et mes convives !

Le frère prieur accourut avec une cruche, commença par servir le maître de séant. René vida son hanap d'un trait, bruyamment,

– Ce moine me laisserait mourir de soif ! railla-t-il en tendant son récipient à nouveau vide.

Il partit d'un rire égrillard, désigna le gobelet de Marguerite.

– N'oubliez pas ma charmante voisine. Ce petit vin lui ôtera la fatigue de ses nuits blanches…

Puis, s'adressant à Philibert :

– N'est-ce pas, mon cher puîné ?

Philibert se contenta de sourire timidement, baissa les yeux pour ne point croiser le regard de son épouse. Marguerite ne put s'empêcher de blêmir mais elle parvint à contenir sa fureur. Toute la tablée guettait sa réaction. Elle refusa de perdre contenance, décida d'humilier son offenseur. Ce rustre n'aurait pas le dernier mot. Elle le dénigrerait publiquement, quitte à encourir son animadversion. La princesse observa posément les invités : ses deux jeunes beaux-frères, Philippe et Charles de Savoie, la bâtarde Claude, leur demi-sœur, la comtesse de Villard, femme de René, l'écuyer et le chambellan de Philibert, l'évêque de Genève. Elle leva ensuite sa coupe, en huma le contenu, se délecta de son arôme avant d'avaler délicatement une gorgée.

– Ce petit vin, avança-t-elle alors avec un calme parfait, est un véritable nectar.

Elle se tourna vers René.

– Je déplore, mon charmant voisin, que vous ne sachiez le déguster et que vous en fassiez usage à la manière des soudards.

L'arrivée d'un religieux portant un gigantesque plat fumant évita à un silence glacial et fort gênant de s'imposer. La vaste salle jadis réservée aux pèlerins recouvra son ambiance de fête, sa chaleur. Le Grand Bâtard de Savoie feignit d'ignorer la diatribe, engagea derechef la conversation.

– J'espère que cette halte improvisée au prieuré Saint-Victor ne vous cause aucun déplaisir, souhaita-t-il d'un ton affecté.

D'un regard complice, il prit le dignitaire de l'Église à témoin.

– Genève ne se sentait point prête à recevoir des hôtes aussi prestigieux. Votre Joyeuse Entrée ne s'en trouvera que plus magnifiée.

– Assisterez-vous aux réjouissances ? demanda-t-elle par courtoisie.

– Las, non, le devoir me rappelle à Chambéry.

Il avait prononcé ce nom avec une insistance, une impudence extrêmes. Elle savait que dans cette ville il dirigeait le parti français, parti qu'il n'avait pas l'intention d'abandonner, en dépit du mariage de Philibert avec la fille de Maximilien d'Autriche, farouche adversaire du royaume.

– Mon titre de lieutenant général, obtenu grâce à Philibert, me confère le commandement du duché, renchérit René.

Il toisa sa belle-sœur, tenta de la désarmer :

– Saviez-vous que votre mari a poussé la générosité à me donner les comtés de Nice et de Villars, ainsi que la seigneurie de Gourdans ? Et qu'il m'a accepté, malgré ma bâtardise, au sein de la généalogie de Savoie ?

– Ce titre n'est peut-être pas conformément établi, supposa-t-elle, saisie d'effroi.

– Détrompez-vous, ma mie, je possède les lettres de votre père certifiant ma légitimation.

Il insista lourdement :

– Le document fut signé au mois d'octobre de l'an quatorze cent quatre-vingt-dix-neuf. Il faut croire qu'alors l'empereur se souciait moins de votre retour d'Espagne que de mon ascension !

Marguerite accusa une vive vexation. Mais la haine décupla ses forces, augmenta démesurément son désir de vengeance. Déjà elle échafaudait le plan qui lui permettrait d'évincer l'infâme rival de Philibert.

– Ainsi vous voilà rassuré quant à vos origines et à votre postérité, rétorqua-t-elle avec un aplomb qui le désarçonna.

Elle goûta au mets préparé par les moines, ne montrant plus au Grand Bâtard que du mépris et de l'indifférence, chercha à attirer l'attention de son époux. Malheureusement, Philibert demeurait lointain, s'adonnait à de moroses songeries. Une tristesse imperceptible embrumait son beau regard. Elle en ressentit une douleur poignante.

La duchesse de Savoie prit une grave décision. Elle écarterait irrémédiablement René. Elle agirait dans l'ombre, soudoierait des espions, et convaincrait son père de revenir sur sa décision.

Alors seulement elle goûterait, auprès de son bien-aimé, un bonheur sans mélange.

***

Philibert fléchit le genou, honora son épouse d'une profonde révérence, dénoua le voile attaché à son bras, le porta à ses lèvres.

– Ma Dame, ma Marguerite, dit-il en tendant l'étoffe légère et vaporeuse, je vous rends les couleurs en faveur desquelles je me suis si loyalement battu, et grâce auxquelles j'ai remporté tous les tournois.

Il avait attendu de se retrouver dans l'intimité de la chambre conjugale pour déclarer sa flamme, pour avouer son ardente passion. Violemment émue, Marguerite reprit son bien, lui tendit la main. Et tandis qu'il se relevait, des images poignantes s'imposèrent à son esprit. Elle le revit, vêtu de son armure, chevauchant le splendide alezan tout couvert d'une étoffe portant les blasons de Bourgogne et de Savoie ; elle l'imagina encore s'élançant, repoussant, esquivant les assauts des autres concurrents, combattant, maniant la lance mornée avec une force, une brutalité sauvages, bravant, vainquant ses plus farouches adversaires. Devant la foule en liesse, il avait fait montre, en sa cité de Genève, d'un courage sans précédent, d'une fougue exceptionnelle.

Elle comprit qu'il avait accompli ces exploits par amour, désirant reconquérir son estime, prétendant ainsi effacer l'outrage, la honte que lui avait fait subir René, au prieuré Saint-Victor. Il avait essuyé une lamentable avanie. Alors, il s'était ce jour d'hui démené, surpassé. Marguerite saisi le sens de sa démarche. Présentement Philibert réclamait sa considération, implorait secrètement son pardon. Elle se devait de l'accueillir en héros.

– Vous fûtes le plus beau, mon champion, et le plus valeureux, congratula-t-elle.

Il parut soulagé, recouvra son assurance, lui retourna le compliment.

– Vous fûtes la plus merveilleuse…

Il hésita, puis avoua dans un murmure :

– J'ai remarqué combien les hommes vous admiraient…

Elle décela, derrière l'élogieuse remarque, un soupçon de jalousie, décida d'utiliser ce sentiment. Philibert sans le savoir, lui fournissait un avantage inespéré.

– Heureusement, le pire soupirant était absent, balbutia-t-elle.

Il se rembrunit, dévoré par d'insupportables tourments.

– Quel soupirant ?

– René, votre frère.

Il demeura muet de stupeur. Elle mit à profit son silence, se posa en innocente victime.

– Philibert, il me déplaît de vous en parler.

– Non, susurra-t-il, dites.

– René me poursuit de ses odieuses avances.

Marguerite chercha les mots susceptibles d'atteindre Philibert dans son orgueil. Cependant des scrupules vinrent insidieusement gêner sa conscience. L'impression désagréable de tromper son époux, de l'abuser, primèrent un moment sur ses désirs de vengeance. Puis le souvenir du Bâtard, de ses penchants abjects, de ses manières arrogantes, lui ôtèrent ses remords. Elle ne mentait pas. Et elle dissimulait une partie de la vérité parce que le combat ne s'avérait point courtois. Aux armes terribles de la méchanceté de son beau-frère, elle opposait donc celles bien plus subtiles mais tout autant efficaces de la ruse. Elle avait déjà mis en route la machine infernale destinée à l'éliminer, payé des épieurs, écrit à son père. La dernière étape de sa lutte consistait à convaincre son mari, par n'importe quel moyen.

– Il m'importune, m'effraie, reprit Marguerite, et depuis ma répudiation à Amboise, me harcèle, prétendant avoir des droits sur moi. Son indécence m'a nui en Espagne. Sachez aussi qu'il a poussé l'audace à me courtiser en votre nom, lors de mon mariage par procuration.

Philibert alla s'asseoir sur le lit, prit sa tête dans ses mains. Marguerite devina son extrême affliction.

– Éloignez-le de la cour, boutez-le hors du duché, implora-t-elle.

– Hélas par ma faute son pouvoir est immense, je lui ai conféré tous les privilèges.

Elle se posa à côté de lui, appuya son front contre son épaule. Cette tendresse le réconforta.

– Je crois savoir comment l'évincer. Ayez confiance. Laissez-moi agir.

Il la considéra d'un air incrédule, puisa ensuite dans son regard l'espoir et la témérité qui lui manquaient. Ses yeux d'azur reflétaient une force de caractère, une volonté incomparables. Il s'en remit à sa détermination, se reposa sur sa décision, tant il craignait que le Grand Bâtard ne lui dérobât injustement son bonheur.

– Avant notre hyménée, confia-t-il, je n'avais nulle frayeur, nulle hantise.

– Et maintenant ? se troubla-t-elle.

– Je ne puis reposer en paix, tremble à l'idée de vous perdre. Vos révélations aggravent mon souci.

Il la saisit brusquement aux épaules, la fixa d'un air à la fois dur et suppliant.

– Assurez-moi de votre fidélité. Allégez de mon cœur la pénible détresse.

Marguerite devina combien le doute lui infligeait de souffrance. Elle en éprouva une peine profonde.

– Je n'aime que vous, mon cher seigneur et époux, et vous en fais le loyal serment.

Le visage du duc s'éclaira d'un espoir nonpareil.

– Jusqu'à la mort je vous tiendrai pour ma seule maîtresse, promit-il en refoulant le mal qui le rendait martyr.

***

Marguerite relut une dernière fois sa lettre, puis la plia, satisfaite, et y apposa son sceau. Elle avait mis tout son talent, toute son application à décrire les jours heureux. Madame d'York ne s'y méprendrait pas, elle décèlerait aisément la fortune comblant sa filleule, elle adhérerait parfaitement à sa félicité.

Jamais une missive n'avait comporté autant de rêves, autant d'éclatantes joies. Les phrases décrivaient avec une limpidité, une sensibilité absolues les chemins parcourus. Rien n'avait été omis ou négligé.

Marguerite relatait d'abord le mois décembre occupé en festivités à Genève, puis l'itinéraire suivi jusqu'à Chambéry où la duchesse avait assisté, fort émue, à la translation du Saint-Suaire, du couvent de Saint-François en la chapelle privée des ducs de Savoie.

Partout il n'était question que de faste et d'éclat, de réceptions, de déduits, de festins. Les paysages eux-mêmes prenaient, sous la plume de la jeune femme, des allures féeriques. Montagnes, vallons, rivières, plaines débordaient d'élégance et de splendeur. L'hiver ne semblait point vilain mais étincelant de neige et de soleil. Le printemps rutilait de mille fraîcheurs. On sentait, par-delà les lignes, l'air embaumant les fleurs, la brise effleurant le feuillage, on voyait le renouveau rajeunir la campagne, on entendait chanter les oiseaux. Ensuite venait l'été. Il amenait, en suivant le Rhône, au bord d'un lac à la beauté enchanteresse. Dans les eaux pures, étrangement immobiles, se reflétaient des massifs verdoyants. Les rives baignaient avec une sérénité mystique la royale abbaye d'Hautecombe.

Et puis, il y avait de l'époux, le doux compagnon, qui chérissait la princesse, qui l'enivrait de son amour exclusif et ardent.

***

Marguerite se réveilla, haletante, le corps trempé de sueur. Le vent s'engouffrait sous les tentures, les soulevait avec rage et impétuosité, les cinglant, les agitant, les claquant comme les voiles d'un navire. Marguerite se dirigea en titubant vers la fenêtre, se pencha au-dehors. Le spectacle lui parût terrifiant. Des vagues courtes mais puissantes, agressives, se fracassaient contre les murailles du château. Des éclairs illuminaient les ténèbres, suivis d'un sinistre grondement de tonnerre. Elle tressaillit. Le lac, déchaîné par la tempête, lui rappelait la mer océane, et la forteresse du Bourget la caravelle affrontant le tumulte des flots.

Marguerite ferma les vantaux, alla se recoucher, essaya de supporter sa solitude passagère. Il était fort tard. Philibert jouait aux échecs avec son conseiller. Il ne l'avait pas encore rejointe. Bien qu'elle distinguât l'écho de sa voix, elle ressentait un vide immense, se désolait de son absence.

La duchesse de Savoie lutta contre le sommeil. Jusqu'alors la nuit ne lui avait apporté que d'inquiétantes visions. Si elle cédait à l'engourdissement, elle serait à nouveau la proie de cauchemars terribles, d'insoutenables obsessions. Le mausolée de Juan, éternellement inachevé, flotterait, dériverait sur les eaux noires du Bourget, puis disparaîtrait, emporté par l'ouragan. Le cercueil de Philippe de Bresse s'ouvrirait, au moutier d'Hautecombe, et le trépassé hurlerait son envie d'être enseveli en la petite chapelle Saint-Pierre de Brou, auprès de sa défunte et première épouse, il supplierait son fils de fonder en ce lieu un couvent, conformément au serment jadis prêté devant Dieu.

Marguerite repoussa l'image funeste mais d'autres préoccupations vinrent hanter son esprit. René l'obsédait. Elle ne parvenait à le chasser de sa mémoire. L'affaire, pourtant, était définitivement réglée. La guerre était finie et Marguerite avait triomphé. En quelques mois, elle avait réussi à éliminer son ennemi. Elle avait intercepté des lettres compromettantes prouvant ses exactions, découvert un acte de trahison ; elle avait recueilli des témoignages certifiant qu'il rançonnait le clergé, levait illégalement des impôts, puisait dans les caisses du duché ; elle l'avait discrédité, destitué. Philibert s'était servi de ces méfaits pour le bannir. Grâce aux confidences de Marguerite, il n'avait pas fléchi. Sans honte ni confusion il avait montré à son frère les lettres de Maximilien le rayant de la généalogie de Savoie.

René de Bresse s'était réfugié à la cour de France, auprès de sa sœur Louise. Mais depuis son départ, il ne se passait pas une nuit sans que Marguerite ne se remémorât ses menaces. Les paroles virulentes, hostiles, la lancinaient jusqu'au creux de ses songes :

– Un malheur terrible s'abattra sur vous, répétait inlassablement la voix du disgracié, et vous ne saurez même pas d'où il vient. Car à ce moment-là, au plus profond de votre désolation, quand l'Infortune vous accablera, Madame, vous m'aurez oublié. Et vous accuserez la cruauté du destin tandis que je savourerai mon implacable vengeance.

Marguerite redoutait le châtiment si crûment proféré. Néanmoins la fierté de sa victoire finissait toujours par estomper ses appréhensions.

***

L'aurore distillait déjà quelques lueurs blafardes quand Philibert vint se coucher. Il trouva sa femme assoupie.

– Ma douce fleur, je vous ai fait languir, se culpabilisa-t-il. Je vous en prie, ne m'en blâmez mie.

Il s'étendit à ses côtés, la couvrit de tendres baisers, la berça de poésie.

– Ma seule amour que tant désire…

Elle entrouvrit les paupières, le regarda. Il pensait qu'à pareille heure elle lui manderait de ne point l'empêcher dormir. Mais elle poussa un léger soupir et s'abandonna dans ses bras.

3. EN NOTRE BONNE VILLE DE BOURG

– Je refuse que nous nous endettions davantage ! Nous avons déjà emprunté sept cents florins aux prêtres de la chapelle Sainte-Marie. Cela a nécessité de longues et fastidieuses négociations.

Tout en s'adressant aux syndics qu'il avait une fois encore réunis en conseil, l'officier seigneurial se remémorait avec anxiété la réticence des religieux à délivrer une telle somme. Pour obtenir leur indulgence, il avait fallu leur concéder un acte authentique spécifiant qu'ils pourraient se rembourser eux-mêmes sur les revenus de la cité.

– L'achat de cinquante mille briques destinées à la construction des nouveaux remparts a vidé les caisses, se justifia-t-il.

Un silence pesant, alourdi de fatigue, de découragement, suivit ses paroles. Les délibérations s'éternisaient et les soucis demeuraient.

– Il convient de fêter convenablement la Joyeuse Entrée de Madame Marguerite en notre bonne ville de Bourg, s'interposa l'avocat fiscal. N'oubliez pas que notre illustre souveraine est fille d'empereur.

Une chaleur insoutenable baignait la grande salle où siégeait, depuis des heures, l'assemblée chargée de préparer l'accueil de la nouvelle duchesse. L'officier soupira, s'essuya le front, puis se tourna vers son secrétaire.

– Détaillez-moi les dépenses.

Le notaire préposé à la rédaction ouvrit son livre de comptes.

– Ont été payés : quatre douzaines de fromages au gouverneur de Bresse pour solliciter son aide et portées à Genève par Geoffroi, ci-présent ; quatre poinçons de vin étranger et douze pots de confiture pour remercier ledit gouverneur de s'être déplacé jusqu'à Bourg, une paire de brodequins neufs pour Maître Pierre, le bateleur commis à l'organisation des festivités…

Le secrétaire tourna la page en prenant garde de ne point laisser la trace de ses doigts moites sur le vélin.

– Ont été également acquittés : les tissus nécessaires à la fabrication des costumes de figurants et acteurs, ainsi qu'à la livrée aux couleurs de la ville de Maître Pierre, les tentures destinées à décorer les façades des maisons, la médaille d'or.

L'homme versé dans les écritures et les contrats considéra le châtelain d'un air soucieux.

– La liste s'arrête là, messire.

– Que reste-t-il à rétribuer ?

– Les cinq cents écussons aux armes de Bourgogne et de Savoie, les huit échafauds de théâtre.

Le chef de la cité réfléchit.

– Nous augmenterons les taxes sur le marché et créerons de nouveaux subsides. Cela renflouera le Trésor…

L'intention souleva de nerveux débats. En dépit de l'atmosphère suffocante, on délibéra vigoureusement sur le sujet.

– Les modestes bourgeois, déjà accablés de charges, ne supporteront jamais un impôt supplémentaire, objecta violemment un bailli.

– Il faut pourtant trouver un moyen d'amortir les frais considérables occasionnés par la venue du couple ducal, critiqua le responsable de la ville.

– Alors je propose que les délits fassent l'objet de plus fortes amendes, qu'il s'agisse de crimes, de vols ou d'adultère.

Des partis se formèrent, entraînant d'inutiles querelles. Irrité par ces disputes stériles, le capitaine prôna le calme et la discipline.

– Il serait inconvenant d'importuner derechef monseigneur de Loriol ! allégua-t-il d'un ton rempli de reproches.

Chacun se souvint, non sans honte, de la difficulté à trouver un cadeau pour la princesse, et du grand désordre qu'un pareil choix avait sollicité. Il avait été question d'un service composé de tasses et d'aiguières en argent, ensuite de bassins en vermeil. Enfin, la présence du gouverneur avait apaisé les dissensions. Son idée d'offrir un bijou exécuté par un orfèvre bressan et commémorant la visite à Bourg des jeunes époux avait fort séduit le conseil et dissipé les discordes.

Conscients que l'éclat des réceptions données en l'honneur de Marguerite prévalaient la manière de les financer, les syndics se plièrent aux dernières exigences du châtelain. Celui-ci décida de clore la séance, autorisa les membres à regagner leur logis. La pièce aux sobres murs de briques se vida promptement.

Resté seul, le châtelain s'adonna encore à quelques réflexions. Il pensa aux commissaires chargés de préparer, dans les six quartiers de Bourg, les logements pour la suite princière. Il s'inquiéta des préparatifs, de la répétition des mystères et mascarades. Il se tourmenta à propos du temps. Cette maudite canicule finirait par engendrer des orages. Comment monter les spectacles de rue, comment séduire, émerveiller, éblouir la très redoutée princesse, sous la pluie, le tonnerre et le vent ?

Certes, le séjour des souverains privilégiait, glorifiait la bonne ville de Bourg. C'était un témoignage d'estime dont les citadins tiraient grande vanité. Néanmoins les gens ici ne possédaient guère de richesses, et pareil accueil leur demandaient d'immenses sacrifices. Le fantôme de la peste rôdait toujours, essaimant l'appréhension de nouvelles épidémies. Le spectre de la misère hantait assidûment les rues. Les brigands, les détrousseurs, les pillards erraient à la recherche de méfaits.

Mais sur le passage de Philibert le Beau et Marguerite d'Autriche, la capitale de la Bresse devait rutiler, taire sa disette, masquer ses incommodités. On devait oublier que la petite cité s'enlisait, à la mauvaise saison, dans un cruel isolement, que ses routes, impraticables, la rendaient alors inaccessible, qu'elle n'abritait, hélas, ni artistes prodigieux, ni penseurs réputés, ni personnages imminents. On devait l'embellir, la rendre somptueuse et pleine de cordialité. On devait dissimuler l'impécuniosité sous un faste inégalé et feindre l'opulence derrière les tapisseries et costumes coûteux que l'on ne mettrait qu'une fois.

***

Un long coup de trompette, puissant et éclatant, retentit soudain dans la ville et les entours. Aussitôt cessa la fébrile attente. Du haut de son beffroi, le guetteur avait aperçu, à l'horizon, la silhouette encore floue d'un riche équipage. Les souverains approchaient.

Les syndics, revêtus de leurs longues robes pourpres, se préparèrent à sortir. Le châtelain remit au capitaine l'écrin contenant la précieuse médaille, puis il saisit en frissonnant le plateau d'argent sur lequel reposaient les clés de la cité. Enfin il descendit, escorté de ses compagnons, l'étroit escalier de pierre.

– Fasse le ciel que je ne tremble point ainsi devant la princesse, appréhenda-t-il en tâchant de contenir son émotion.

Les sentinelles en faction ouvrirent l'huis donnant sur la place ensoleillée. Dans le même moment, une immense clameur s'éleva. La foule en liesse, amassée sur le seuil de la maison communale, manifestait sa joie, libérait sa docilité trop longtemps retenue.

Protégés par des troupes d'archers, les dignitaires de Bourg s'acheminèrent avec une lenteur solennelle en direction de la porte des Halles.

Cette ouverture, pratiquée dans l'enceinte fortifiée et réservée aux entrées officielles, avait été décorée avec un soin particulier. L'emblème de la ville, une grosse tour en bois, flanquée de quatre tourelles habitées par quatre vertueuses jeunes filles, s'offrait au premier regard. Les damoiselles incarnant les quatre attributs de la Bresse : Bonté, Obéissance, Raison et Justice, s'apprêtaient à déclamer des vers. Pour plaire à Madame Marguerite qui affectionnait les animaux exotiques, un gigantesque éléphant en carton veillait au pied de l'étrange ouvrage.

Une bruyante agitation mêlant musique guerrière, piaffements et échos de voix, confirma l'arrivée imminente du couple ducal. L'épieur souffla dans sa corne. Alors les cloches des églises, paroisses et couvents, sonnèrent à toute volée. Il s'ensuivit des coups de bombarde, des détonations d'artillerie, des vivats et cris d'allégresse.

***

L'itinéraire menant au château était agrémenté de maints divertissements. Jusqu'alors, tout s'était déroulé à la perfection, aucun incident n'avait troublé le parcours. Comme prévu, à la porte des Halles, les souverains étaient descendus de leur monture, et les syndics, un genou en terre, leur avaient remis les clés de la ville. Ensuite le châtelain avait débité sa harangue, sans bredouiller, et le capitaine avait expliqué avec éloquence la signification des allégories qui allaient être présentées.

Parce qu'il lui incombait d'assurer une ombre bienfaitrice à l'aide d'un pavillon portatif, l'avocat fiscal se trouvait depuis le premier instant aux côtés de Marguerite de Savoie. Ce service, si délicat à assurer, lui conférait la faveur d'approcher la princesse. S'il n'osait l'importuner de regards insistants, il l'observait souvent à la dérobée. Sa beauté et sa prestance attiraient l'attention, suscitaient le respect, forçaient l'admiration. Combien elle rayonnait de jeunesse et de santé ! Combien son élégance et son port majestueux impressionnaient ! Tout, chez elle, n'était que splendeur : sa robe cramoisie qui lui seyait à merveille, ses longues tresses blondes débordant de sa coiffe, ses yeux d'un bleu indéfinissable, sa taille haute et élancée, son allure noble, son port majestueux. Et combien le duc Philibert, dont elle tenait amoureusement le bras, éprouvait de fierté et de bonheur !

À chaque drame théâtral, l'avocat s'inquiétait. Mais la princesse ne semblait point s'ennuyer. Elle s'amusait des mascarades, s'intéressait aux histoires, aux moralités, appréciait les mystères. Tous les tableaux l'avaient enchantée : la fontaine fabriquée par les religieux de Seillon et figurant une pucelle dont les mamelles de bronze déversaient en permanence des jets de vins ; l'invocation de sainte Marguerite ; la légende de saint Georges et saint Michel exécutée par les prêtres de Notre-Dame et les frères prêcheurs.

L'avant-dernière scène, la conquête de la toison d'Or, se jouait sur un échafaud situé non loin de la forteresse. Le cortège s'y rendait à présent et l'avocat fiscal se tourmentait. Car à sa fille cadette revenait le rôle principal. Bien qu'il lui fît pleinement confiance, d'angoissantes questions le taraudaient. Parviendrait-elle à déployer son talent en incarnant Médée ? Se souviendrait-elle de son texte ? Ne céderait-elle pas à la panique ? Maître Pierre saurait-il lui souffler discrètement les répliques si, par malheur, sa mémoire défaillait ?

Une sorte de brouillard embruma l'esprit du père lorsqu'il entendit sa puînée pleurer, hurler, supplier Jason, lorsqu'il la vit s'agiter, se démener parmi les faux morts, les dragons et les monstres de carton.

Il était si troublé qu'il vécut la pièce pareillement que dans un songe, et ce n'est que lorsque retentirent les applaudissements qu'il comprit à quel point sa fille avait merveilleusement interprété son personnage.

Alors, de nouveau, il se soucia uniquement du confort de Marguerite. Il s'appliqua à bien positionner le dais et assista, satisfait et rasséréné, à l'ultime représentation donnée au pied de l'imposant édifice.

***

Depuis bien longtemps le château de Bourg n'avait accueilli d'hôtes aussi prestigieux. La salle d'apparat s'était donc habillée pour la circonstance de riches tentures provenant de Flandres, de coffres sculptés ramenés d'Italie, de tapis précieux empruntés aux seigneurs voisins. Contre le mur faisant face à la cheminée, une estrade avait été dressée. Elle portait deux fauteuils à dossier et accoudoirs capitonnés et était surmontée d'un baldaquin en damas rouge sur lequel étaient cousus les blasons des souverains.

Le cortège pénétra dans la vaste pièce des réceptions, s'avança en parfaite ordonnance. Philibert et Marguerite prirent place sur leur trône respectif tandis que leur suite demeurait en retrait, debout, derrière les syndics.

Le duc et la duchesse considérèrent leurs sujets. Puis, d'un geste significatif, Philibert de Savoie ordonna l'ouverture de la cérémonie. Le capitaine de la ville fit quelques pas, se détacha du groupe. Dans sa main dextre il tenait l'écrin de bois où étaient peints des guirlandes de fleurs et des oiseaux multicolores.

Quand il parvint à la hauteur de la duchesse, Geoffroy s'agenouilla.

– Ma très redoutée Dame et souveraine… dit-il avec gravité.

Il souleva délicatement le couvercle de la jolie boîte. Sur un coussin de velours turquin reposait le bijou.

– Permettez-moi de vous offrir cette médaille d'or exécutée par Jean Marende, illustre orfèvre bressan, et frappée en notre bonne ville de Bourg.

Il se releva, tendit le coffret à Marguerite.

– Puisse ce présent vous rappeler éternellement ce mémorable jour du cinq août de l'an quinze cent deux, où vous nous fîtes, en compagnie de Monseigneur Philibert, l'honneur de votre venue.

Geoffroy attendit. La princesse avait saisi le coffret, exprimait sa gratitude. Ses paroles le charmaient, les mots du remerciement le comblaient. La voix suave et les prunelles irradiant de joie l'enchantaient davantage. Pourtant elle demeurait immobile, hésitante. De sourdes craintes paraissaient suspendre ses gestes, de mystérieuses superstitions semblaient l'envahir. Elle n'osait toucher l'effigie concrétisant son alliance, elle redoutait d'effleurer l'image troublante de sa félicité.

Philibert se pencha, contempla le don fait à sa dame. Dans un champ fleurdelisé se détachaient les profils du duc et de la duchesse s'entreregardant. Autour étaient gravés, en latin, leurs prénoms.

– M'amie, cueillez la fleur du souvenir… murmura-t-il d'un ton rassérénant.

Elle recouvra son assurance, prit délicatement l'objet précieux, le tourna entre ses doigts fins. Le revers, nimbé d'une légende, comportait un écu réunissant les armoiries mi-parties de Savoie et d'Autriche et couronné d'un lacs d'amour.

– Gloria in altissima Deo, lut-elle à voix haute, et in terra pax hominibus. Burgus[13].

Marguerite posa les yeux sur son époux. Un sourire charmant, passionné, flotta un instant sur ses lèvres. Le duc détacha alors la chaînette qu'elle portait autour de son cou, y enfila la médaille.

– Elle sera l'éternel symbole de notre Fortune, confia-t-il. Jurez-moi de ne vous en séparer jamais.

Les syndics exprimèrent leur ravissement et félicitèrent leur souverain. Philibert se réjouit de l'enthousiasme que cette douce attention avait suscité. Cependant l'ennui le rongeait insidieusement et sa pensée, instable et versatile, vers d'autres agréments vagabondait déjà.

D'un signe discret, il autorisa le capitaine à regagner son rang. Ensuite il se leva, proposa galamment son bras à Marguerite. Cela signifiait la fin des

[13] *Gloire au Dieu Très-Haut et paix aux hommes sur la Terre· Bourg·*

célébrations officielles. Ce protocole, qu'il avait pourtant ardemment convoité, de toute évidence, le lassait.

Philibert le Beau maintenant avait grand hâte de s'adonner aux déduits, de découvrir la suite des nobles distractions. Il brûlait d'empressement, se consumait de désirs impétueux. Il rêvait immodérément de bals masqués, de festins, de tournois, envisageait de passer des heures à jouer, d'entamer mille parties pour n'en achever aucune. Il lui tardait aussi de retrouver, à nuit close, dans l'intimité de la chambre, sa dame très gente et belle, sa seule et unique maîtresse, sa bien-aimée Marguerite.

– Que la fête commence ! enjoignit-il, impatient de s'ébaudir en de joyeux ébattements.

4. TOUJOURS M'ÊTES EN SOUVENANCE

Le soir tombait lentement, enluminant l'horizon de teintes chatoyantes, ourlant les nuages épars de reflets irisées. Le marguillier avait sonné les coups de cloches du haut de son beffroi. Les paysans avaient quitté les champs pour regagner leur logis, les gardes avaient procédé à la fermeture des six portes de la cité. Derrière son épaisse muraille crénelée sertie de larges douves et jalonnée de nombreuses tours, Bourg commençait à s'assoupir.

Une sorte de calme mystérieux descendait du firmament. Tout tendait vers un délicieux engourdissement, une sérénité grandissante. Il régnait en ce crépuscule une tiédeur que l'on aurait voulue éternelle. Mais Dame Nature pouvait encore sévir. Il arrivait souvent, au cours du printemps, qu'elle devînt capricieuse et qu'elle changeât d'humeur, ordonnant le retour d'une bise ingrate, saupoudrant les collines, ou même la plaine, d'une neige tardive.

Du haut de l'imposant donjon, le châtelain et son aumônier contemplaient le paysage qui s'enfonçait insensiblement dans la pénombre. Au loin, les prés marécageux disparaissaient sous des traînées de brume. La Reyssouse coulait paresseusement, serpentait le long des remparts, s'égarait vers les solitudes infinies des terres inondées. À mille pas de la ville, privée de toute défense, la paroisse Saint-Pierre de Brou veillait.

Le châtelain rompit le premier le charme de la rêverie.

– Je ne ramène de Chambéry que tourments et tracasseries, se plaignit-il d'un ton las.

– Quand arrive Monseigneur l'archiduc ?

– D'ici deux semaines. Les souverains le précéderont de quelques jours. Entre-temps, il faudra confectionner quatre cents écus à ses armes, un dais portant son écusson…

L'ecclésiastique observait un silence éloquent. La venue de Philippe d'Autriche, de retour de son voyage d'Espagne, et l'insistance de la duchesse Marguerite à recevoir son frère à Bourg, le contrariaient. Songer à organiser des festivités dignes des cours les plus prestigieuses en cette période d'abstinence et de jeûne ne lui plaisait guère.

– Vous êtes-vous enquis des goûts de nos invités ? demanda-t-il, anxieux.

Il n'avait nulle envie d'entendre parler de tournois, festins, amusements et vains plaisirs.

– En ce qui me concerne, ajouta-t-il.

– Notre redoutée princesse souhaiterait que soient joués des mystères selon les légendes de saint Philippe et saint Maximilien. Elle voudrait aussi que soit organisé un pèlerinage à la chapelle Notre-Dame en l'honneur de sa belle-sœur demeurée en Espagne et accouchée plus récemment d'un fils. Enfin elle demande la translation du Saint-Suaire de Chambéry en notre bonne ville de Bourg.

L'aumônier tressaillit. L'ostension de la Vénérable Relique, dont on lui confierait la garde, le remplissait à la fois de crainte et d'orgueil.

– L'adoration se fera au jour du Vendredi Saint. Elle aura lieu sous les Halles, pour le peuple, à l'endroit même où les religieux tiennent leur prêche lors des Saintes Célébrations, ensuite à la chapelle ducale pour Monseigneur l'archiduc.

– Devant ces pieuses volontés mon âme exulte. Que Dieu bénisse Madame Marguerite.

– Et que Dieu maudisse Monseigneur son frère, poursuivit le châtelain dans un souffle.

– De mauvaises pensées semblent vous lanciner, mon fils, avança le prêtre. Vous devriez décharger votre conscience.

– L'ambassadeur autrichien, dépêché à la cour de Savoie, m'a secrètement chargé d'une mission fort embarrassante, bredouilla le châtelain. Il m'incombe de choisir pour le prince quelques belles courtisanes…

– Je suppose que Monseigneur Philippe sera exempt de la redevance d'adultère, maugréa l'homme d'Église.

– Vous savez autant que moi que les grands de ce monde ne se soumettent à aucune loi, qu'ils agissent impunément !

– Favoriser le mal équivaut à le commettre.

– Je ne puis me soustraire à ces obligations abjectes ! s'énerva le châtelain.

Comprenant soudain que son irritation outrepassait les convenances, l'officier seigneurial se radoucit.

– Je vous prie de pardonner mon emportement. Ces soucis usent ma patience et ruinent ma santé.

– Êtes-vous certain de m'avoir tout dit ? douta l'aumônier.

Puis, n'obtenant comme réponse qu'un timide haussement d'épaules :

– Rendons-nous à l'oratoire, je vous y entendrai en confession.

Le châtelain obtempéra. Cette idée de contrition, de morale, finalement, le soulageait.

Car à Chambéry il avait abusé de bonne chère en dépit du carême et avait failli céder à de viles pulsions. Les remontrances et les sermons l'aideraient à réintégrer le droit chemin. Les prières lui apporteraient un réconfort, une paix momentanés.

***

Une bourrasque s'engouffra dans la rue du château. Une averse de grêle aveugla les cavaliers, surprit les chevaux qui se mirent à glisser sur les pavés humides. Les étendards mouillés claquèrent, les lourdes pelisses armoriées se gonflèrent sous le souffle brusque et capricieux comme les voiles d'un navire.

– Avril n'est point plaisant ni gentil, songea Marguerite.

Elle plissa les yeux, scruta l'horizon. Les giboulées cessèrent soudain et un coin d'azur apparut, entre deux masses nébuleuses. Un rayon chaud, éblouissant, jaillit de la trouée. La ville rutila.

Le cortège chemina le long des immenses halles couvertes, parvint en vue du beffroi. D'une main ferme, Philibert retint son splendide alezan richement harnaché, ralentit l'allure. La haquenée de la princesse suivit docilement le mouvement. De l'autre côté de la porte s'avançait, en lente et solennelle procession, l'archiduc et sa cour.

La trompette du sonneur annonça avec une frénésie inhabituelle les retrouvailles des enfants de l'empereur d'Autriche. Une violente exaltation, un déferlement de vivats, de joyeuses clameurs lui répondirent. En dépit du mauvais temps, une foule innombrable s'agglutinait au pied des remparts, envahissait les venelles, attendant, impatiente et curieuse, le passage de Philippe le Beau.

Une neige dense brouilla, occulta un instant la vive clarté. La procession s'arrêta et le couple ducal se détacha de son escorte. En pompeuse cérémonie, il s'en alla, seulement accompagné de ses écuyers, à la rencontre de son prestigieux invité.

– Philippe ! s'écria la princesse.

L'archiduc sourit tout en époussetant son vêtement que de fins flocons avaient blanchi.

– Margot !

Le porche sous lequel ils s'abritaient les protégeait des regards indiscrets. Il constituait une sorte de refuge éphémère, leur conférait une discrétion provisoire mais combien indispensable.

– Philippe, reprit la princesse, émue, il me fait grand honneur de vous présenter ce jour d'hui mon seigneur et époux, le duc Philibert de Savoie.

Elle se tourna vers son mari. À l'éclat de ses prunelles, il devina son intense bonheur.

Les deux hommes ôtèrent leurs chapeaux à plumes, se saluèrent courtoisement, échangèrent quelques paroles de convenance. Puis ils descendirent de leurs montures. L'archiduc aida galamment sa sœur à mettre pied à terre. Les officiers saisirent les rênes et se retirèrent aussitôt.

Philibert s'approcha.

– Mon cher et bien-aimé beau-frère, je me réjouis de votre venue. Puisse l'accueil que nous vous réservons revêtir l'éclat, l'apparat et la majesté que vous méritez.

Il convia le jeune homme à franchir la porte des Halles. Quand l'archiduc fut noblement introduit dans la cité, les syndics s'inclinèrent. Pour ne point contrevenir au protocole, le capitaine décrivit les mystères que l'on s'apprêtait à jouer.

– Je déplore l'inclémence du printemps, dit Marguerite.

– Je m'en accommode fort bien, rétorqua Philippe, ainsi que mes gens.

Il toisa sa sœur.

– Comme eux, je suis las de l'Espagne, de son climat aride, de ses mœurs dévotes, de sa cuisine sèche et maigre. Ce temps me rappelle ma chère Flandre, Margot, ma terre natale que, grâce au ciel, je reverrai bientôt.

Marguerite n'insista pas. Ces critiques amères ravivaient une profonde meurtrissure. L'évocation acerbe de ce pays qu'elle avait tant aimé, tant idéalisé, endolorissait son cœur. Depuis son mariage avec Philibert, elle avait cessé de se tourmenter, avait banni ses chagrins, chassé ses regrets. Philippe exhumait de son esprit les réminiscences d'un passé qu'elle croyait révolu. Elle se rapprocha de son époux, chercha, au contact de sa force douce et tranquille, un secret réconfort.

Et tandis qu'elle empruntait aux côtés du tendre compagnon le chemin conduisant au premier déduit, l'avocat fiscal remplissait son office. Il plaçait son dais portatif sur la tête joliment coiffée d'un voile de velours bordé d'une rangée de perles. Cette fois, il ne s'agissait pas de prémunir la princesse contre un soleil ardent mais contre une bise aigre chargée de froid et de grésil.

***

Marguerite enferma la lettre que son frère venait de lui remettre dans le tiroir de son secrétaire, se préoccupa fort aimablement de la santé de sa belle-sœur. Elle s'inquiéta ensuite de la situation en Flandre, déplorant les rébellions suscitées par l'absence de l'archiduc. Après quoi elle s'étonna de l'insistance de Philippe à rencontrer le souverain français.

– Ne craignez-vous point que votre séjour à Lyon, auprès de Louis XII, ne contrarie les Rois Catholiques, et qu'il n'aille à l'encontre de la volonté de notre redouté père Maximilien ?

Marguerite avait parlé sans ambages, employant un ton franc, assuré, presque viril. Philippe la regarda d'un air amusé.

– Certes, officiellement l'Autriche et l'Espagne demeurent les ennemies de la France.

Il dévisagea sa sœur avec une insistance hautaine, presque méprisante.

– La Savoie, également, de par vos épousailles et… le futur héritier qui, j'espère, ne saurait tarder à sceller cette union.

Marguerite accusa l'offense. L'éventualité de sa stérilité l'importunait et Philippe avait volontairement heurté sa sensibilité. Cependant elle décida de rester forte, de ne point faiblir devant la vexation. Elle se résolut à ne point l'accabler par quelques répliques vengeresses. Il était venu prendre congé, dans l'intimité de sa chambre. Il avait eu la délicatesse de la remercier pour les merveilleuses festivités données en son honneur, pour l'ostension du Saint-Suaire. Elle voulait qu'il s'en allât emportant de son séjour à Bourg des images merveilleuses, et non point la mémoire d'une querelle.

– Depuis le traité secret de Grenade, se disculpa l'archiduc, les Rois Catholiques et Louis XII se partagent le royaume de Naples et entretiennent de bonnes relations.

– Cette paix me paraît fort fragile. Vous semblez ignorer les escarmouches qui, l'an passé, ont opposé les deux camps. En dépit du séjour de Louis XII en Italie, les conflits persistent. À votre place, je me méfierai de Ferdinand d'Aragon…

Marguerite insinuait la traîtrise du roi à son égard. Mais victime de son opiniâtreté, Philippe ne saisit pas l'allusion.

– Je n'ai cure des menées de mon beau-père et me suis rendu en Espagne uniquement dans le but de faire valoir les droits de mon épouse auprès des Cortes. N'oubliez pas que Jeanne est l'héritière des couronnes de Castille et d'Aragon !

– Je n'oublie pas, répondit la princesse avec une mélancolie teintée de rancœur.

– En ce qui concerne le roi de France, je tiens à renouveler l'accord de mariage entre mon fils Charles et sa fille Claude, de manière à évincer votre belle-sœur Louise.

Il ajouta sur le ton de la confidence :

– Cette orgueilleuse prétend marier son fils François à ladite princesse.

Il ricana.

– On dit que Louise prie pour le trépas de Louis XII, qu'elle ambitionne le titre de régente, car son cher François accumule les chances d'accéder au trône, la reine Anne ne mettant plus au monde que des enfants mort-nés. Savez-vous que sa joie, face à ces événements tragiques, frise l'indécence ?

Marguerite ne répondit pas, revint ensuite au sujet principal de la conversation :

– Vous agissez sur deux fronts, menez un jeu double et dangereux. Je crains que vous ne vous leurriez. Louis XII a accepté votre alliance par pur intérêt, pour endormir votre méfiance et vous faire accepter ses conquêtes sur le Milanais. Quant à Ferdinand d'Aragon... je n'éprouve envers lui nulle confiance.

L'archiduc méprisa les conseils. Il avait pris l'habitude de gouverner seul et à sa guise.

– Vous devriez entretenir de bonnes relations avec la France, conseilla-t-il. Notre père Maximilien vous en saurait gré. Son projet de croisade en dépend.

– J'y réfléchirai, répondit-elle en pesant ses mots.

Elle ne prenait aucune décision légèrement. Si Philibert lui abandonnait le pouvoir, c'était pour assurer l'avenir du duché et non pour satisfaire ses caprices.

Habilement, elle avait pris la direction des affaires, s'était s'entourée d'hommes sûrs et compétents. Elle savait écouter, penser mûrement. Elle alliait adroitement l'énergie et la prudence, l'audace et la sagesse.

– J'y réfléchirai, insista-t-elle sur un ton volontaire mais qui laissait entrevoir l'espoir d'un consentement.

Elle désirait ménager la susceptibilité de son frère, dont Philibert était le vassal, tout en lui montrant qu'il lui appartenait de choisir. Dorénavant il devrait la considérer comme son égal.

Philippe parut satisfait, formula ses adieux. Puis, devant l'imminence du départ, sa voix prit des inflexions plus tendres. Il saisit la main de sa sœur, la porta à ses lèvres.

– Je ne sais si nous nous reverrons, Margot...

– Que Dieu vous ait en sa Sainte Garde, murmura Marguerite.

Elle le regarda partir, morose. Lorsqu'il eut franchi la porte, elle sortit la missive et la déroula en tremblant.

***

– Madame, toujours m'êtes en souvenance...

À la vue de ces simples mots, les yeux de Marguerite s'embuèrent.

– Señor de Anghiera, balbutia-t-elle.

Elle poursuivit sa lecture, bouleversée par des sentiments, des émotions, qu'elle croyait à jamais évanouis.

– Il me déplaît de vous écrire tant je redoute de vous importuner, tant je crains de porter ombrage à votre bonheur. Cependant il m'a semblé lire au fond de votre âme le désir inavoué de vous enquérir du service que m'aviez confié lors de votre partir...

La duchesse éprouva un serrement de cœur. Un long frisson la parcourut. Ses doigts se raidirent, blanchirent sous l'effet d'une désagréable sensation de froid. La mort de don Juan s'emparait insidieusement de tout son être.

Le prêtre surgissait du passé. Elle entendait sa voix résonner dans le silence obscur. Elle discernait sa présence au plus profond de sa solitude. Il se tenait devant elle, lui faisait part du trépas du frère Torquemada, dont les fonctions avaient été transmises au dominicain Diego de Deza. Il l'informait de l'avancée des travaux concernant le mausolée de l'Infant. Le sculpteur italien, selon les ordres de la jeune veuve, taillait dans le marbre de Carrare un magnifique gisant. Bientôt, la pierre immortaliserait le corps du prince endormi dans les bras du Seigneur. Un jour, celle qu'il n'avait eu le temps d'aimer reposerait à ses côtés. Marguerite, bercée par les mots, revoyait le monastère d'Ávila. Elle en sentait mélancoliquement les parfums, en respirait avec nostalgie la divine sérénité.

– Je prie journellement pour le repos de son âme, et emploie la somme que vous me versez à commander des offices funèbres.

Anghiera emmena ensuite la princesse sur les chemins de Castille et d'Andalousie, sur la trace des Rois, sur les choses ignorées. Marguerite, envoûtée par la magie des mots, se laissa emporter. Et lorsqu'il évoqua la disparition de Brutus, elle ne put retenir ses larmes.

En dépit de sa peine, elle continua à parcourir le texte fabuleux, saisit la deuxième page.

– Il m'afflige de vous entretenir de l'infortune du señor Colomb. J'ai grande penance à vous apprendre sa disgrâce. Car à votre égard, Madame, il nourrissait moult respect et considération, si bien qu'il nomma une île du nom de «Marguerite».*

Pedro Mártir narrait la destitution de l'Amiral. Aux heures de gloire avaient succédé la damnation. Lors du troisième voyage, Colomb n'avait rencontré que haines et jalousies. Des révoltes, des mutineries avaient éclaté qu'il avait matées avec force et sauvagerie. L'Église l'avait accusé du péché d'orgueil, les Rois avaient ordonné son arrestation. Il était rentré en Espagne, chargé de chaînes, avait été démis de sa charge. Un autre avait pris sa place, s'attribuant vilement ses mérites.

– Je suis parvenu, non sans peine, à obtenir l'indulgence des Souverains. L'Amiral est reparti, l'année dernière, pour une quatrième expédition, dans l'espoir de trouver de l'or. Il n'est pas encore revenu. Je loue son courage et sa persévérance. Je bénis sa vaillance, sa témérité et sa foi.

Marguerite goûtait passionnément au récit, s'en imbibait. Des mirages anciens s'imposaient à son esprit, de vieux rêves s'extirpaient de sa mémoire. Elle parvint à la dernière phrase, s'en étonna. Le temps s'était écoulé à la manière d'un songe, un songe à la fois consolateur et déchirant. Avec une sincérité poignante, le prêtre à présent lui témoignait son estime et sa déférence, lui confirmait son éternel dévouement, l'assurait de ses prières.

– Señor de Anghiera, dit-elle doucement.

Elle remarqua, sous la signature, quelques mots raturés.

– Vous êtes le seul lien m'unissant au prince défunt, l'unique réconfort à ma si cruelle affliction, déchiffra-t-elle.

Le chagrin trop longtemps contenu dans son cœur éclata soudain. Alors, durant un interminable moment, drapée de l'ombre funeste du deuil, elle s'abandonna à un indésirable désespoir.

Sur le luth de sa vie, Pedro Mártir de Anghiera avait fait douloureusement vibrer la corde du souvenir.

5. AU CHÂTEAU DU PONT D'AIN

Du haut de son échauguette, le factionnaire repéra une troupe portant les étendards aux couleurs de Savoie.

– Messire le duc ! hurla-t-il lorsque les hommes ne furent plus qu'à quelques portées de flèches.

Dans un grincement de chaînes, le Pont-levis s'abaissa. Les cavaliers s'avancèrent en belle ordonnance, franchirent le large fossé transformé en ménagerie. Philibert le Beau caracolait en tête, faucon au poing. Il menait fièrement le cortège, suivi des gentilshommes, nobles seigneurs, officiers de vénerie, rabatteurs, varlets, gonfaloniers. Autour du brillant équipage gravitait une meute de chiens.

Sitôt le convoi passé, les gardes relevèrent la herse mobile. Domestiques et écuyers se précipitèrent à la rencontre de leurs maîtres. La cour du château, à cette heure calme et déserte, s'anima soudain. On accourut de toute part tandis que les héros exhibaient leurs trophées. Sur le sol empierré gisaient, inertes, chevreuils, cerfs, sangliers, tous pris au péril de la vie.

Alertée par le joyeux tintamarre, Marguerite acheva ses dévotions, se signa et sortit de l'oratoire, escortée de ses demoiselles d'honneur. Elle emprunta un dédale de chambres et couloirs aux murs tendus de tapisseries, aux plafonds de bois délicatement peints, traversa la vaste galerie où, à la nuitée, serait donné le bal en l'honneur de Mai. Au fur et à mesure qu'elle progressait, un doux soulagement l'enveloppait, effaçant peu à peu les affres de son interminable attente, lui infligeant le remords honteux de n'avoir su dompter ses angoisses démesurées. Combien d'inquiétudes, de tourments, de craintes et sinistres pensers avaient rongé son pauvre cœur depuis l'aube !

Ce jour d'hui, le conseil privé avait occupé sa matinée. Il n'avait été nullement question de s'adonner au plaisant déduit de la chasse, de galoper par monts, plaines et vallées pour accompagner l'époux bien-aimé, pour tenter de modérer son ardeur et son imprudence. La princesse s'était contentée d'assister au départ, de prodiguer quelques conseils bienveillants et, sa besogne terminée, de solliciter la protection divine. La chapelle avait ainsi recueilli ses prières instantes, ses funestes pressentiments.

Comment oublier qu'en ces mêmes contrées, Philippe de Bresse, coursant le lièvre, était tombé de cheval ? Comment ignorer que dans l'une des chambres de cette forteresse de Pont-d'Ain il avait erré entre la vie et la mort ? Comment ne point se souvenir de Marie de Bourgogne, de sa fatale chevauchée ?

Marguerite atteignit la terrasse ombragée, aperçut son seigneur et mari au fond de l'immense allée bordée de tilleuls. Elle céda à un vif émoi, sentit battre follement le sang sous ses tempes. Il venait à sa rencontre, seul, poussé par l'amoureuse impatience.

– Philibert, se troubla-t-elle.

Elle le regarda s'avancer, médusée par sa prestance, sa beauté virile et majestueuse. Il n'avait pris le temps de changer d'habillement, portait encore, sur son pourpoint de satin brodé, sa cotte de maille. À sa ceinture rutilait une épée tranchante et bien fourbie.

Les dames de parages s'inclinèrent avec admiration devant le duc, se retirèrent, non sans regret. Les époux se dévisagèrent en silence, timides et impressionnés, comme à leur première rencontre.

Philibert invita galamment sa dame à s'asseoir sur un banc taillé dans l'épaisseur de la muraille, engagea une conversation courtoise, pleine de poésie.

– Le dieu d'amour est coutumier
À ce jour de fête tenir
Pour amoureux cœurs festier,
Qui désirent de le servir...

Elle sourit, charmée par la finesse de ses propos. Il montra le parc, la campagne, la rivière d'Ain qui coulait majestueusement au pied de la cité, poursuivit sa déclaration :

– Pour ce fait les arbres couvrir
De fleurs et les champs de vert gai
Pour la fête plus embellir
Ce premier jour du mois de mai.

– Mon prince, tant de délicatesse me touche au plus profond de l'âme, murmura la duchesse.

Il passa son bras autour de la taille fine.

– Depuis longtemps je songeais à vous dire cette ballade de Charles d'Orléans, avoua-t-il dans un souffle.

Puis, arborant un air rêveur :

– Ce désir m'habitait déjà à Amboise alors que je rêvais d'être votre loyal servant.

Marguerite se remémora avec un tendre amusement le jeune garçon qui avait partagé ses jeux.

– Au Verger de France, continua-t-il.

Il se leva promptement, saisit ses mains avec force, l'entraîna vers l'escalier menant aux dépendances.

– Allons au bois le mai cueillir

Pour la coutume maintenir ! allégua-t-il, enjoué.

– Par là ne sont point les champs de muguet ! s'étonna Marguerite.

– Je suis né dans ce château, en connais les moindres recoins, expliqua-t-il fièrement. Venez, m'amie, découvrir ses secrets en ma compagnie.

Sans lâcher la main de Marguerite, il se faufila sous les piliers d'une arrière-cour, non loin des cuisines. Un épais feuillage dissimulait une porte dérobée qu'il ouvrit précautionneusement.

Philibert attira sa princesse au fond d'un cachot qu'éclairait faiblement un maigre soupirail recouvert de branchages.

– Ce lieu servit jadis de geôle, annonça-t-il à mi-voix.

Elle frissonna d'horreur.

– Partons, je vous prie…

Il n'écouta pas la requête, poussa une poterne. Marguerite se retrouva prisonnière des ténèbres, embarquée malgré sa réticence dans un souterrain lugubre, humide et froid, dont les parois exhalaient une puissante odeur de terre et de moisissure. En dépit de l'obscurité, Philibert marchait d'un bon pas.

– Philibert, rebroussons chemin, supplia-t-elle soudain.

Le bas de sa robe trempait dans des flaques boueuses, sa coiffe frottait contre les murs suintants.

Il ne répondit pas, tira sur une lourde planche. Une clarté éblouissante envahit le corridor, un agréable bruissement remplaça le silence oppressant.

– Allons au bois le mai cueillir, répéta Philibert en gratifiant sa dame d'une révérence.

Elle rit de surprise et de joie en découvrant qu'elle se trouvait à l'extérieur de la forteresse. La rivière d'Ain coulait paresseusement, baignant les remparts. Les saules offraient un asile de fraîcheur et de verdure, formant, dans un creux méandreux, un îlot que nul ne soupçonnait, un jardin sauvage, mystérieux, jonché de fleurs aux clochettes parfumées.

Le duc cueillit quelques brins, les offrit à sa dame.

– Pour celle qui est mon désir…

Il ne lui laissa pas le temps de répondre, l'enlaça passionnément.

– Dites-moi que vous m'aimez, demanda-t-il d'un ton chaud et caressant.

Elle plongea son regard dans ses yeux implorants, se repaissant de sa grâce et de son charme.

– Je vous aime, Philibert, je vous aime bien plus que ne l'imaginez.

Ils restèrent un moment sans bouger, se serrant l'un contre l'autre, jalousement accrochés à leur bonheur qu'inconsciemment ils redoutaient de voir s'enfuir.

***

Marguerite ferma la fenêtre à croisillon. Les vitres colorées atténuèrent la vive clarté comme par enchantement, ne laissant filtrer qu'une lumière tamisée, légèrement opaque et subtilement diaprée. Le cabinet du Prince baigna dans une atmosphère tiède et ouatée. Des peintures murales, des dorures des boiseries émana une nuée de doux reflets chatoyants.

La duchesse désigna un coffre recouvert d'un épais coussin de velours, invita son visiteur à prendre place.

– Vous désiriez m'entretenir en toutes confidences ?

Le conseiller de Philippe d'Autriche approuva d'un signe de tête.

– Je vous écoute.

– L'archiduc a décidé d'achever sa convalescence en votre aimable présence. Je viens donc, Madame, vous avertir de sa visite prochaine au château de Pont-d'Ain.

Le visage de Marguerite se décrispa. Une lueur de joie passa dans ses prunelles. La maladie de Philippe, à Lyon, lui avait causé moult soucis. En dépit des griefs, des reproches, des dissensions, elle éprouvait une amitié sincère, indéfectible à son égard. Les liens du sang s'avéraient les plus forts.

– Comment se porte Monseigneur mon frère ?

– Il est presque remis de sa fièvre… et de ses contrariétés, avança Antoine de Lalaing.

La duchesse comprit l'allusion. Elle avait eu connaissance par ses espions de la déloyauté de Ferdinand d'Aragon. Le félon n'avait point respecté les accords de Grenade dont Philippe s'était porté garant. Traîtreusement, il avait attaqué et vaincu les Français en Italie, agissant de telle sorte que le forfait portât la signature de son beau-fils.

– Ainsi s'est-il réconcilié avec le roi de France, devina-t-elle.

– Il a réussi non sans mal à prouver son innocence dans cette male affaire.

Avec une amertume teintée de rancœur, Marguerite revit l'attitude ingrate de son ancien beau-père. Puis l'image du roi d'Aragon, tel qu'il lui était apparu la première fois, à Villasenil, lui revint à l'esprit. Elle se souvint de l'expression orgueilleuse, de la contenance hautaine, du regard sournois… Son intuition ne l'avait point trompée.

Antoine de Lalaing attendit que la princesse daignât s'intéresser de nouveau à lui.

– M'autoriseriez-vous, Madame, à vous livrer un avis personnel ? dit-il alors.

Elle opina du chef.

– Je crains que Monseigneur l'archiduc ne paye les conséquences de sa politique fort individuelle et souvent irréfléchie.

Marguerite prêtait au jeune comte une attention soutenue.

– Continuez, enjoignit-elle.

– Monseigneur se montre souvent lunatique. Il gouverne à sa guise, subit l'influence de ses maîtresses, me désavoue, use de manigances. Je puis vous certifier, pour illustrer mes dires, qu'il est l'instigateur du complot contre Ludovic Sforza et qu'il a refusé, pas plus tard qu'hier, l'indulgence de Louis XII concernant la libération du duc, prisonnier à Loches.

– Ce que vous m'apprenez me conforte dans mon opinion, répliqua la princesse, songeuse.

Elle porta sur le conseiller de Philippe un regard perspicace et lucide, pénétra ses intentions.

– Il me plairait de vous récompenser.

– Mon vœu le plus cher serait de vous servir, Madame.

Elle le connaissait depuis plusieurs années, avait maintes fois apprécié sa clairvoyance, sa sagesse, son goût prononcé pour les lettres et les arts.

– J'y consens, répondit Marguerite.

Antoine se leva, formula de courtois remerciements.

– Vous ne le regretterez pas, promit-il en s'inclinant.

***

Le jour s'évaporait, emportant avec lui la touffeur estivale. Une légère brise atténuait enfin la chaleur, imprégnait la pièce de fraîcheurs champêtres. Le parfum de l'herbe et des fleurs se mêlait subtilement à l'odeur des livres, des boiseries et des chandelles allumées. Dans le ciel crépusculaire tournoyaient encore les hirondelles, dans les bocages déjà sombres chantaient encore les merles.

– Oncques ne fus tant heureuse, constata Marguerite.

En la bibliothèque du château de Pont-d'Ain, elle passait de délicieux instants. Accompagnée de ses demoiselles d'honneur, la princesse goûtait ici aux plaisirs de la lecture, s'adonnait à la versification, composait de petites pièces poétiques, dont les thèmes tendres et bucoliques ravissaient le noble cœur de Philibert.

Cet endroit recelait les objets les plus précieux, les plus chers à son âme. Il y avait, rangés sur des étagères, toutes sortes d'ouvrages, manuscrits ou imprimés : des bibles enluminées, des psautiers, des romans de chevalerie, le livre de Charles d'Orléans, que Jeanne de France lui avait jadis offert. Il y avait, posé sur un pupitre orné de candélabres, *les Très Riches Heures du duc de Berry*, ouvert à la page préférée. Marguerite se délectait de la miniature évoquant la campagne en hiver. Ses yeux s'attardaient devant le paysage recouvert d'un épais manteau de neige, le village blotti au creux des collines blanches. Son imagination vagabondait tandis qu'elle observait les personnages et les animaux animant l'image avec une réalité surprenante : le paysan conduisant son âne, le gentilhomme coupant du bois, les moutons serrés dans en enclos, les femmes au logis se chauffant les jambes emprès* le feu, les oiseaux picorant quelques graines oubliées…

Mais les ouvrages ne constituaient pas la seule collection de la princesse. Sur les murs se côtoyaient les tableaux des grands maîtres, natures ou effigies, que l'on ne se lassait pas de contempler. Marguerite consacrait de délicieux moments à s'imbiber des images figurant les pays de Flandre, à retrouver les visages des êtres qu'elle chérissait et dont elle se trouvait éloignée. Maximilien d'Autriche, Marie de Bourgogne, Marguerite d'York, Charles le Téméraire, saisis sur le vif par les peintres de la cour, lui semblaient alors si proches…

Excepté la représentation de don Juan, demeurée à Malines, les œuvres ne quittaient jamais la duchesse de Savoie. Elles étaient soigneusement emballées, de manière à ne point s'abîmer lors des déplacements, étaient exposées dans chaque lieu où séjournait le couple ducal.

Marguerite considéra rêveusement le portrait de l'archiduc qui depuis peu de temps agrémentait le riche ensemble.

– Maître Perréal, pensa-t-elle, émue.

Elle conservait de l'artiste de tendres souvenirs noyés dans un silence qu'elle avait interprété comme une ingratitude, jusqu'à ce jour béni où son frère était rentré de Lyon, ramenant dans ses bagages le présent merveilleux… Jean Perréal, attaché à la cour de France, avait profité du séjour de Philippe le Beau, avait immortalisé ses traits, son sourire, son regard. Désirait-il que son ancienne élève pardonnât son infidélité, son manque de reconnaissance ?

Marguerite avait accueilli le cadeau avec une joie ineffable, sans aigreur ni rancune. Désormais, Philippe demeurerait toujours auprès d'elle, ne la quitterait plus. Et chaque fois qu'elle poserait les yeux sur son image, elle se souviendrait de cette période d'intense félicité.

Car les enfants de l'empereur avaient, à Pont-d'Ain, connu un bonheur sans mélange. Ils avaient vécu dans un tourbillon vertigineux de fêtes, de plaisirs, de chasses et autres déduits. Nulle dispute, nul incident n'avait entravé leur entente. Philippe et Philibert avaient partagé leurs goûts pour les armes et les jeux, ils s'étaient adonnés aux exercices les plus violents, aux activités les plus viriles, les plus dangereuses. La fin du joli mois de juin s'était ainsi écoulée pareillement que dans un conte, un conte chamarré de faste et d'éclat, de chance et d'espoir.

Hélas il avait fallu songer à se séparer. Cédant à sa mélancolie, Marguerite avait retardé le moment des adieux. Elle avait accompagné son frère sur la route serpentant le long de la rivière d'Ain, avait traversé le village de Poncin, s'était rendue jusqu'à l'église de Cerdon, là où divergeaient les chemins, là où s'opposaient les destinées.

La princesse avait retenu ses larmes. Le cortège de l'archiduc s'était lentement enfoncé au creux d'une vallée profonde, avait peu à peu disparu derrière les collines aux épaisses frondaisons. Alors elle était remontée dans sa litière et, à l'abri des regards, avait laissé son chagrin librement s'épancher.

6. L'INFORTUNÉE PRINCESSE

Marguerite s'installa devant sa table à écrire, chercha vainement l'inspiration, demeura longuement indécise, devant la page blanche. Elle ne savait à qui adresser sa lettre, à qui remettre ses intimes pensers.

– Ma chère et bien-aimée Marraine, se lamenta la princesse.

Elle soupira douloureusement.

– J'aimerais tant vous dire combien je me réjouis de revenir à Pont-d'Ain. Hélas, vous n'êtes plus, depuis presque une année…

Marguerite s'enfonça dans de cruelles réminiscences. Elle séjournait à Turin lorsqu'un messager lui avait annoncé le trépas de la duchesse.

– Mes vêtements ne reflètent plus les sombres teintes de la mort, remarqua-t-elle, la source de mes pleurs s'est tarie.

Elle posa son front sur ses mains jointes, baissa les paupières, poursuivit tristement :

– Cependant mon cœur porte encore votre deuil.

Ne parvenant à exprimer convenablement sa désolation, ne trouvant aucune personne digne de confidences, la princesse alla se réfugier au creux d'un bonheur passé. Elle ouvrit une armoire, sortit le coffret renfermant sa correspondance. Avec un plaisir empreint de nostalgie, elle relut les dernières missives. Ici, Madame d'York lui annonçait l'achèvement de son couvent des Pauvres Claires. Là, elle narrait le retour de Philippe en Flandres et ses bonnes impressions quant au pays de Bresse, puis évoquait le désir de Maximilien de partir en croisade, sous de l'impulsion du vieil ermite François de Paule. Ailleurs, à mots couverts, elle s'inquiétait que l'amour de sa filleule avec son beau mari ne portât point de fruits. Enfin, en son ultime récit, elle regrettait la disparition d'Alexandre VI, déplorait le si bref pontificat de Pie III, s'offusquait de l'élection du cardinal de la Rovere, devenu Jules II grâce à une scandaleuse simonie. Elle relatait aussi la chute de Naples et sous ses propos se devinait son contentement quant à la défaite totale des Français en Italie.

Marguerite s'aventura longuement sur les chemins parcourus, revécut par l'imagination ces agréables moments écoulés en compagnie de la veuve du Téméraire, essaya d'interpréter, à la manière des trouvères, ses profondes émotions, griffonna quelques mots.

– *Sans nul repos souvenir me tourmente*, commença-t-elle, satisfaite de sa phrase mais frustrée de ne point voir la suite en découler naturellement.

Depuis la mort de sa marraine, elle souhaitait transcender sa peine, l'immortaliser en une sublime poésie. Mais les idées manquaient, et des quelques rimes médiocrement couchées sur le papier n'émanaient aucune belle musique, aucune délicate harmonie. L'absence, la déchirante absence, entravait toute impulsion créatrice, toute forme de talent.

– *Me faudra-t-il toujours ainsi languir* ? se demanda-t-elle à voix haute, en maudissant le vide navrant qui occupait son esprit.

– Vous languissez, ma douce fleur ? Serai-je la cause de votre ennui ?

Marguerite poussa un léger cri, se retourna vivement. Philibert se tenait derrière elle.

– Vous m'avez fait grande frayeur. Je ne vous ai point entendu entrer…

– Pardonnez-moi, m'amie, dit-il en caressant sa chevelure éparse.

Il regarda par-dessus son épaule, vit l'ébauche de la ballade et la plume qui trempait dans l'encrier.

– Je ne saurai vous importuner davantage. J'étais simplement venu vous inviter à la partie chasse qui aura lieu demain, dès le lever du jour.

Elle se leva, se tourna vers lui avec une lenteur majestueuse, passa les bras autour de son cou, se blottit étroitement contre sa large poitrine.

– Je crains de vous décevoir, mon beau Prince. Ces fortes chaleurs m'incommodent…

Il décela dans la voix hésitante une confusion, un malaise inavoué, s'en inquiéta.

– Seriez-vous souffrante ?

– Philibert…

Elle se détacha, le considéra avec amour. Au fond de ses prunelles brillaient des lueurs nouvelles, des étincelles qu'il ne connaissait pas.

– Philibert, reprit-elle, j'ai de sérieuses raisons d'espérer.

Le duc contempla son épouse, incrédule, submergé d'un bonheur qu'il n'osait manifester, tant il lui paraissait fragile et incertain.

– Entendez-vous par là que…

Elle se contenta de hocher la tête, poursuivit sur le ton d'une tendre complicité :

– Je vous supplie de ne rien révéler pour l'instant.

– Je m'efforcerai de garder le silence, répondit-il.

Soudain prise d'une légère défaillance, Marguerite alla s'asseoir sur le banc taillé dans l'embrasure de la fenêtre.

– Vous voilà fort pâle, s'affola Philibert.

Il se plaça à côté d'elle, l'entoura d'une bienveillance exagérée et quelque peu maladroite.

– Où irez-vous courre les bêtes fauves ? murmura alors la princesse, en proie à une ineffable appréhension.

– Par delà les forêts d'Ambronay.

Comme elle se taisait, il chercha à deviner les causes de son inexplicable désarroi.

– Cet endroit vous déplairait-il, ma jolie Marguerite ?

Elle saisit le poignet de son bien-aimé mari, enfouit son visage au creux du bras ferme et musclé.

– Jurez-moi de ne point commettre d'imprudence, implora-t-elle.

Il releva son menton, embrassa ses lèvres tremblantes.

– Je vous le jure, ma gente Dame, sur mon honneur et sur ma foi, promit-il, profondément ému par tant de sollicitude.

***

L'automne approchait et pourtant l'étouffante chaleur persistait, sévissait. Depuis plusieurs mois, un vent torride balayait la plaine, asséchait les ruisseaux et les marais, dépouillait les bois de la moindre fraîcheur. Hommes et animaux souffraient, succombaient. Un soleil implacable brûlait les cultures, engendrait la disette. On espérait que septembre ramènerait une pluie bienfaisante, on croyait que les processions influenceraient la clémence du ciel. Hélas, la canicule poursuivait son avancée meurtrière.

Une agréable brise avait précédé l'aurore, occasionnant un répit illusoire et trompeur. Très vite les premiers rayons, porteurs d'une lumière aveuglante, avaient blanchi le firmament, transformé la campagne en un désert aride et poussiéreux, et l'air en un brasier baigné de vapeurs fébriles et suffocantes.

La battue n'avait été point bonne. Veneurs et limiers n'avaient débuché qu'un sanglier. Après plusieurs heures d'une course épuisante et pénible, les chasseurs avaient abandonné la traque. La bête, solitaire et robuste, avait semé un à un ses poursuivants.

– Par ici, hurla soudain Philibert.

Malgré l'abandon de ses gens, il avait forcé l'allure, s'était lancé sur la piste du gibier qu'il venait de repérer enfin.

Emporté par sa fougue qu'il ne savait modérer, le duc s'élança au galop en direction d'une étroite vallée. Quelques gentilshommes parvinrent à grand-peine à le rattraper au moment où le sanglier s'enfonçait dans un hallier inextricable.

– Laissons, Messire, conseilla l'un d'eux. L'endroit devient impénétrable.

– Jamais je ne renonce ! répliqua fièrement Philibert.

Il était vain de le raisonner car il ne connaissait ni fatigue, ni abattement. Sa résistance, sa vigueur, son insatiable appétit de combats et d'aventures dépassaient l'entendement. Malgré les sages recommandations, il mit pied à terre.

– Je daguerai ce maudit fauve dans les fourrés !

Il débordait d'enthousiasme, de témérité.

– Mais auparavant, il convient que je reprenne des forces !

Il détacha la gourde pendant à sa ceinture, avala avec avidité quelques gorgées de vin. Contrairement à ses espérances, le breuvage ne le satisfit que médiocrement

– Le cru de Ceyzériat me semble fort aigre, constata-t-il à regret.

Mais il avait grand soif, aussi vida-t-il le récipient, sans trop songer à sa saveur amère. Il donna ensuite des ordres à son officier de vénerie de manière à ce qu'une collation soit dressée auprès de la fontaine de Saint-Vulbas, et enjoignit à deux jeunes nobles de demeurer sur place à l'attendre.

– Messire, c'est pure folie…

Philibert sourit, haussa les épaules. Rien ni personne n'entraverait son plaisir. Il dégaina son arme et se fraya un chemin parmi les épineux massifs de ronces.

Le duc perçut bientôt un remuement de feuilles. Il marcha en direction du bruit, s'égara, revint sur ces pas, désorienté. Il patienta un instant, à l'affût. Un désagréable étourdissement troubla alors ses sens, endormit sa vigilance. Des frissons parcoururent son échine, paralysèrent ses membres. Philibert s'allongea sur un tapis de mousse jaunie. Devant ses yeux, les branches tournoyaient. Il se redressa, s'agrippa à un vieux tronc, tâcha d'avancer. Un flou indéfinissable l'envahit. Le temps cessa d'exister.

– Encore un effort, Messire, nous approchons.

Il distingua vaguement les deux hommes qui le soutenaient, avisa les tréteaux déployés sous les grands arbres, autour desquels s'activaient les maîtres d'hôtel et les officiers de bouche, progressa encore, tomba à genoux devant la source et se désaltéra longuement.

L'eau limpide ne le réconforta pas. Maintenant il grelottait, haletait. Il s'inquiéta de sa faiblesse, voulut se relever, mais de nouveau le sol se déroba. Il se laissa tomber dans l'herbe humide, terrassé par des élancements.

Sa conscience fortement altérée ne lui permit qu'une vision étrange et embrumée des choses. Il y eut le cheval sur lequel on le hissa, la route caillouteuse, la silhouette de Marguerite apparaissant, comme un fantôme, derrière la fenêtre du château, et enfin ce lit où, à présent, il gisait lamentablement.

***

– Madame, allez quérir quelque repos en votre chambre, je veillerai sur votre époux.

Marguerite essuya les larmes qui roulaient le long ses joues, se retourna vers Antoine, refusa d'un signe de tête. Ses yeux rougis, son visage défait, sa pâleur, témoignaient de son épuisement. Il insista avec une prévenance à laquelle elle resta insensible.

– Ce lit de camp n'est guère confortable et vous n'avez point dormi depuis presque une semaine.

– C'est peut-être la dernière nuit que je passe à ses côtés, dit-elle d'un ton empreint d'une poignante désespérance.

Un silence funèbre emplit la pièce, cette pièce où, vingt-quatre ans plus tôt, Philibert avait vu le jour.

– J'ai prié, reprit Marguerite, comme pour se justifier devant le sort qui l'accablait, j'ai appelé, pour le soigner, les meilleurs médecins, les plus illustres apothicaires. J'ai cru à sa guérison.

Elle poursuivit, d'un ton dolent. :

– Je le pensais invulnérable.

Antoine se raccrocha à d'ultimes illusions :

– Madame, rien ne prouve qu'il ne surmontera pas le mal. Il souffre d'un refroidissement pour avoir absorbé de l'eau glacée par trop forte chaleur…

– Il a demandé le secours de l'Église, a reçu les derniers sacrements.

Elle pleura doucement. Le cœur d'Antoine se serra.

– Je resterai avec vous ce soir, décida-t-il.

Elle accepta, jeta un regard plein d'amour à son époux agonisant, s'étendit sur la couche rudimentaire.

– Réveillez-moi si par malheur je m'assoupissais.

Puis, dans un sanglot :

– Je ne supporterai pas de manquer un instant de sa vie.

***

Philibert recouvra un soupçon de lucidité, vit son épouse, son aumônier et ses plus fidèles chevaliers agenouillés autour de lui. De sa bouche entrouverte s'échappa une plainte. Sa main laborieusement se souleva. Le chapelain suspendit son oraison, se précipita à son chevet, le redressa en calant des coussins derrière son dos.

– Laissez-moi seul avec ma Dame, réussit à prononcer le duc de Savoie.

Les hommes se retirèrent. Marguerite s'assit sur le lit, tout près de son mari.

– Je vais mourir…

Il avait saisi ses doigts, les serrait désespérément Elle se fit violence de manière refouler son chagrin et son effroi.

– Ma douce fleur…

Des spasmes secouaient tout son être. Il suffoquait. Elle le rasséréna par des mots tendres, des gestes délicats.

– Ne parlez pas, mon bel amour.

– J'ai tant de choses à vous dire…

Le moindre mouvement l'exténuait. Dans la clarté du matin, Marguerite remarqua son teint blafard, ses prunelles dont l'éclat s'étiolait.

– Promettez-moi d'exécuter le vœu de ma mère.

– Je vous le promets, balbutia Marguerite.

Ses traits se crispèrent, sa respiration devint brève, saccadée.

– Philibert, mon bien-aimé ! s'épouvanta la princesse.

Au son de la voix tant chérie, laborieusement, il reprit conscience.

– Je me dois de vous avouer…

Elle attendit dans l'angoisse.

– Il y a peu de temps, mon frère René a souhaité se réconcilier avec moi…

Marguerite tressaillit.

– J'ai refusé… par amour pour vous…

Elle versa des larmes silencieuses.

– Ma mie… j'ai tant de peine à vous quitter…

Il effleura la médaille de Bourg qui pendait au bout de la chaînette. Puis sa main retomba, lourde, inerte.

Marguerite toucha le visage figé à jamais.

– Philibert ! cria-t-elle.

Elle comprit alors que l'irrémédiable s'était produit, étreignit le corps sans vie.

– Mon Philibert…

Alerté par les gémissements, Antoine de Lalaing entra aussitôt dans la chambre. Il découvrit le duc défunt, et sa veuve, à ses côtés, évanouie.

Il la porta dans ses bras tandis que le religieux baissait les paupières sur le doux regard définitivement éteint.

***

– Madame ne répond pas…

L'aumônier avait attrapé le bras d'Antoine.

– J'ai frappé…

Il rougit de confusion, se signa.

– Que Dieu pardonne mon impudence mais n'obtenant aucune réponse, j'ai tenté d'ouvrir la porte. Elle était verrouillée.

Le conseiller de Marguerite saisit immédiatement la gravité des faits. La princesse n'était pas en état de se lever. Hier, de violents maux de ventre l'avaient contrainte à s'aliter. Mais pour quelle raison obscure se serait-elle enfermée ? Il craignait le pire. Il héla incontinent les gardes en faction, se rua dans l'escalier menant à la chambre de la duchesse.

– Madame ! appela-t-il assenant quelques coups contre la herse.

Ne décelant aucun bruit, il ordonna aux hommes de forcer l'entrée. Le loquet ne résista pas au choc.

Tous demeurèrent pétrifiés devant la scène qui s'offrit à leurs yeux. Marguerite était debout sur la fenêtre, prête à se jeter dans le vide, méconnaissable dans sa robe de bure et avec ses cheveux coupés si courts.

Antoine de Lalaing fit signe aux soldats de reculer. Il avança seul, lentement.

– Madame, je vous en supplie, descendez, murmura-t-il.

– J'ai tout perdu, répondit-elle en fixant le vide. Tout, vous comprenez ?

– Je comprends.

– Alors laissez-moi rejoindre mon bien-aimé mari.

Il fit quelques pas. Elle se pencha davantage.

– Vous n'avez pas le droit de m'en empêcher ! Sortez !

– Votre promesse, Madame… L'église de Brou que Philibert vous a demandé d'ériger…

Elle eut un moment d'hésitation et il en profita pour attraper le bas de son vêtement, pour l'arracher au vertige de la mort. Elle n'opposa aucune résistance, s'écroula, honteuse de la lâcheté de son acte.

– Courage m'a failli, se reprocha-t-elle.

Elle tâcha de se disculper :

– Trois années de bonheur en quelques jours anéanties…

Il osa prendre sa main.

– Je sais, Madame, je sais, consola-t-il, bouleversé.

Il l'aida à gravir le marchepied, à s'étendre sur le lit.

– Reposez-vous, d'autres épreuves vous attendent.

Elle se souvint des soucis entravant le bon déroulement des funérailles :

– L'église de Notre-Dame voudrait accueillir le corps du duc de Savoie.

Cette idée semblait la contrarier fortement.

– Mon bien-aimé mari souhaitait être enseveli auprès de sa mère, en la chapelle du prieuré de Brou.

– Ne vous tourmentez pas, rassura Antoine, je ferai le nécessaire.

Elle parut apaisée.

– Merci, susurra-t-elle en s'abandonnant à un sommeil douloureux.

***

Marguerite entra dans la grande église de Pont-d'Ain. Derrière elle, la porte se referma, l'isolant du monde terrestre, véritable enfer où l'assaillaient en permanence les affres de la solitude.

Ici, en cette antichambre du Paradis, elle éprouvait l'esquisse d'une consolation, elle puisait le courage de surmonter l'incommensurable malheur. Durant de longues heures, elle se recueillait devant la magnifique châsse contenant le cœur de Philibert[14]. Le temps lui semblait alors moins long, la présence de l'être aimé toute proche. Ici, elle patientait. Elle attendait, espérait de célestes retrouvailles.

Et lorsque la paix divine lui permettait de tolérer son infortune, elle rêvait. Elle oubliait sa désolation et songeait à accomplir le vœu inexaucé. La fondation du monastère occupait ses pensées, devenait son unique raison de vivre et la plus belle preuve de son éternel amour.

---

[14] *Cette église sera emportée par une crue de l'Ain, avec le cœur de Philibert.*

7. FORCE M'EST BIEN DE PLEURER TENDREMENT

Escorté par la garde de feu le duc Philibert de Savoie, le convoi s'ébranla, passa le Pont-levis, longea la rivière. Lorsqu'il parvint en lisière des bois, Jean Lemaire de Belges se retourna, distingua la silhouette de la forteresse de Pont-d'Ain noyée dans les brumes vaporeuses du petit matin.

– Bien étrange est ma destinée, se dit-il avec une certaine morosité.

Il frémit en se remémorant sa première rencontre avec Marguerite d'Autriche, revit les larmes de la princesse répudiée refusant le cadeau d'adieu qu'Anne de Bretagne lui avait fait apporter, par son intermédiaire. Délicate mission dont il s'était fort mal acquitté et qui lui avait valu, pendant quelque temps, la rancune de la reine.

Le poète se plongea dans de sombres souvenirs. Chaque étape de sa carrière s'achevait par un deuil. Il en devenait absurdement superstitieux.

– Devrais-je toujours semer le désastre sur mon passage ?

De nouveau l'idée de sortilège s'imposa à son esprit. La malédiction semblait le poursuivre, où qu'il aille, quoi qu'il entreprenne. Il avait servi la reine Anne, Charles VIII avait trépassé. Il avait rempli les fonctions de clerc des finances auprès des Beaujeu, un an plus tard son maître s'éteignait. Il avait sollicité la protection de Louis de Luxembourg qui, peu de temps après, mourait subitement. Il avait alors demandé à entrer au service de Marguerite, comme historiographe. Trois mois plus tard décédait Philibert le Beau, son époux.

Jean Lemaire surmontait péniblement ses malheurs, travaillait avec acharnement. Son ouvrage, *Illustrations de la Gaule et Singularités de Troie,* commençait à prendre forme. Parallèlement, il rédigeait des chroniques décrivant la vie et louant les vertus de la dame infortunée. L'inspiration, certes, ne lui manquait point. Il déplorait seulement d'être condamné à relater de si tristes faits.

– *La Couronne Marguaritique*... médita-t-il maussadement.

Il chassa de son cœur les images funèbres que ce titre suggérait, se soucia de ses suprêmes fonctions. Il s'en allait à Rome plaider les causes de la princesse de Flandres, solliciter du pape Jules II les autorisations nécessaires à la fondation d'un monastère. Brou... Ce simple mot évoquait à lui seul l'unique raison d'exister de la jeune veuve et son indéfectible résolution. Marguerite n'avait cure des réticences, des discordes, des conseils, des dépenses. Son attitude, ferme et déterminée, l'avait poussée à anticiper la bulle du Saint-Père. Son projet de couvent était déjà lancé.

Jean Lemaire se concentra profondément. La princesse avait placé en lui ses ultimes espérances. Au milieu de son insupportable détresse, elle se raccrochait à de pieuses ambitions, élaborait encore quelques rêves. Celui de créer son propre moutier, grâce aux revenus de son douaire savoyard, et d'y installer des Augustins de Lombardie. Celui de transférer la paroisse de Brou vers Notre-Dame de Bourg. Celui de placer l'église abbatiale sous le vocable de saint Nicolas de Tolentin que l'on vénérait le dix septembre, jour de la mort du duc.

Il n'avait point le droit de la décevoir.

Jean regarda une dernière fois le château dont seule la grosse tour émergeait de l'horizon et se jura de mener à bien la tâche que Marguerite lui avait confiée.

Car il se sentait un peu responsable de son malheur.

***

– Le duché de Savoie m'appartient, j'en conserverai l'entière souveraineté, je l'administrerai comme je l'entends !

Marguerite lança un regard courroucé à l'envoyé de Charles III. L'homme faillit en perdre sa contenance. Il connaissait le tempérament volontaire de la princesse mais ignorait jusqu'alors son intransigeance, sa ténacité.

– Charles est l'héritier légitime de feu son frère Philibert, rétorqua-t-il d'un ton cinglant. Dorénavant vos droits se bornent à une rente, Madame.

Elle blêmit de rage.

– Une rente dont il multiplie chaque jour les restrictions, s'insurgea-t-elle. Il veut m'interdire de porter le titre de « *dame de Vaux* », me reprendre les riches joyaux du Trésor, à savoir la Croix, l'Escarboucle et le Monde d'or que je détiens en nantissement, m'empêcher de nommer officiers et baillis, de présider le Conseil de Bresse, en ma bonne ville de Bourg…

Elle toisa son interlocuteur, ajouta d'une voix calme et glaciale.

– Charles succède à mon tant regretté mari, certes, mais il n'en demeure pas moins vassal de mon très redouté père, l'empereur Maximilien.

– Votre douaire est soumis à des conditions établies par votre contrat de mariage. Il me semble que vous en abusez largement !

Marguerite ravala son indignation. Jamais elle n'aurait pensé que son jeune beau-frère, d'aspect timide, de caractère instable et soumis, pût à ce point lui chercher querelle. Elle ne céderait pas. Charles de Savoie cherchait la guerre, il l'aurait, et il perdrait la partie.

– Mon père définira les chartes de mon douaire, décréta-t-elle avec une assurance déconcertante.

– Votre ambition et votre orgueil vous perdront ! marmonna l'émissaire.

Il sortit en claquant la porte. Marguerite se retrouva seule en son cabinet de travail, s'escrima à réfléchir posément. Il lui semblait crouler sous le poids du souci. Continuer à exercer le pouvoir ne s'avérerait point aisé mais elle y parviendrait. Elle n'abdiquerait pas. Elle engagerait contre son beau-frère un combat sans merci. Elle mènerait aussi contre le Grand Bâtard une lutte implacable, impitoyable. René regretterait d'avoir osé lui réclamer la restitution de ses terres et de ses dignités. Qu'il ait sollicité l'appui de sa sœur Louise et la protection du roi de France ne l'effrayait nullement. Jamais, devant lui, elle ne fléchirait.

Marguerite se renferma dans l'infinitude de sa tristesse.

– Personne ne me ravira ce que Philibert m'a donné, s'opiniâtra-t-elle avant de s'abandonner à un inconsolable chagrin.

***

Marguerite émergea de sa mélancolique insomnie, se redressa, tendit l'oreille. Le bruit s'estompa, s'amplifier de nouveau. On marchait, on approchait…

– Philibert, balbutia-t-elle.

La princesse demeura en alerte, pantelante, le cœur battant. Dans la chambre, rien ne bougeait. Un rayon de lune fluait entre les volets, répandant une clarté blafarde, dessinant des ombres peu rassurantes. Anxieuse, elle scruta les alentours. Non loin d'elle reposait la servante chargée de partager son insoutenable solitude.

– N'avez-vous point entendu ?

– Je sommeillais, Madame, répondit la vieille femme en dissimulant son trouble.

– Des pas, des marches qui craquaient…

– Peut-être avez-vous rêvé, Madame ?

– Non, trembla la jeune veuve.

En dépit de la peur qui serrait ses entrailles, Marguerite décida de vérifier la certitude des faits. Elle se faufila dans l'escalier de bois qui reliait sa chambre à celle de son époux, s'aventura jusqu'au seuil, contint son effroi, essaya d'entrer. La porte, qu'elle verrouillait chaque soir, demeurait hermétiquement fermée.

Marguerite se recoucha en son lit, hantée par d'étranges pressentiments. Le fantôme de Philibert rôdait dans le château de Pont-d'Ain, elle ressentait sa mystérieuse présence.

– Il n'y avait personne, affirma-t-elle sans grande conviction.

La fidèle servante dissimula ses appréhensions, afficha une sollicitude presque maternelle.

– Rendormez-vous, Madame, vous devez vous lever tôt, demain, pour vous rendre à Strasbourg rencontrer votre père.

Marguerite se résigna, écouta les sages conseils, se ramassa entre les draps d'or. Elle imagina son tendre mari à ses côtés, se blottit dans les chimères comme naguère dans ses bras, enfonça sa tête au creux de l'oreiller, inonda de larmes secrètes le coussin tendre et moelleux.

– Philibert, mon amour, se souvint-elle, bouleversée.

Du fond de sa mémoire surgit alors l'écho de la voix tant chérie, des paroles tant aimées :

– Ma douce fleur, ma Marguerite.

Mais aux belles images du bonheur se superposaient celles, ô combien terrifiantes, de l'infortune : la couche mortuaire, le cercueil de plomb, le convoi funèbre emportant à jamais la dépouille du beau Philibert. Ensuite d'autres réminiscences s'ajoutaient au cauchemar, amplifiaient, accentuaient sa désolation : Marguerite revoyait sa mère Marie et sa marraine la duchesse d'York. Elle déplorait la mort de Jeanne de France. L'épouse disgraciée avait rendu le dernier soupir, en son couvent des Annonciades. Qu'il lui était cruel d'admettre cette nouvelle absence…

Marguerite pensa à son ancienne belle-sœur, aux épreuves qu'elle avait subies et surmontées avec une humilité, un courage exemplaires, puisa dans la foi qu'elle lui avait jadis inculquée un immense soutien moral. À l'instar de la princesse devenue religieuse, elle s'acharnerait à fonder le monastère de Brou.

L'espérance effleura un instant son âme meurtrie. Le pape avait donné son accord quant au transfert de paroisses, le *prix-fait** pour les travaux avait été fixé, et elle venait de passer un contrat avec les maçons de Bourg.

– Puisse Dieu me permettre d'en voir l'achèvement, se tourmenta-t-elle avant d'être happée par le tumultueux tourbillon de la nuit.

***

– J'eus grande plaisance à vous revoir, père.

Marguerite avait jusqu'alors gardé envers l'empereur une distance respectueuse, bannissant l'inconvenante familiarité. Mais au moment des adieux ressurgissaient les liens indestructibles, renaissaient la tendresse refoulée, les connivences inavouées, les peines et les deuils partagés. Et les sentiments primaient la bienséance.

– Combien il m'est éprouvant de vous quitter, ajouta-t-elle, émue.

Maximilien prit la main de la princesse, l'embrassa affectueusement.

– Ma fille, chère et digne enfant de Marie…

Il la considéra avec fierté. Durant toute la séance, elle avait fait montre d'une impressionnante autorité, d'une vaillance extraordinaire, n'avait nullement fléchi face aux exigences des représentants de Charles III. Son aptitude à gouverner, à gérer les conflits, l'avait subjugué, ébloui. Le choix de ses conseillers l'avait conforté dans l'idée qu'elle était née pour régenter. Il lui avait donné entièrement raison, lui octroyant, par le traité de Strasbourg, les avantages qu'elle réclamait, hormis quelques concessions de manière à endormir la méfiance et l'agressivité du successeur de Philibert. Il lui avait aussi, en aparté, promis de déchoir le Grand Bâtard de Bresse. Il lui serait aisé d'influencer Louis XII en ce sens. Le roi lui était fort redevable. Ne lui avait-il pas récemment octroyé, en chambre secrète, l'investiture du Milanais ? René l'avait blessé dans son orgueil. Il avait réclamé la dépossession de la fille de l'empereur. Il serait puni en conséquence.

– Mon seigneur mon père, permettez-moi de prendre congé, reprit Marguerite en esquissant une révérence.

Il acquiesça d'un signe de tête, jeta un regard distrait au-dehors. Dans la cour d'honneur, les archers montaient la garde, l'équipage princier attendait l'ordre du départ, les chevaux piaffaient d'impatience.

– Nos routes se séparent encore une fois.

Les yeux de Marguerite s'embuèrent. Il découvrit alors à quel point elle souffrait, en éprouva un serrement de cœur. Sa silhouette amaigrie drapée dans une chape funeste, son visage rongé par l'abattement, son âme déchirée par les épreuves lui inspiraient soudain une inexplicable compassion.

– La solitude ne vous sied guère, s'affligea-t-il.

Elle saisit l'allusion, comprit qu'au-delà de la pitié il songeait déjà à servir ses intérêts, à l'utiliser afin de forger de précieuses alliances.

– Père dorénavant je ne cheminerai plus qu'*en la Forêt d'ennuyeuse Tristesse.*

C'était une façon élégante et subtile de refuser d'éventuelles noces. Il ne répondit pas, la regarda s'éloigner.

– Je prierai l'*amoureuse Déesse* de guider vos pas, songea-t-il mélancoliquement.

***

Marguerite renvoya ses demoiselles d'honneur, traversa l'esplanade, s'engagea dans l'allée bordée de vieux tilleuls.

– Mon doux Amour... commença-t-elle.

Elle arpenta le grand parc sinistre et désert. Les arbres défeuillés par l'hiver n'abritaient plus de leur riche feuillage les langoureuses et délicieuses promenades. Ils n'offraient en guise de refuge que leurs squelettiques ramures recouvertes d'un linceul de neige. Cependant sous les branches dénudées formant une couronne blanche et lugubre se profilait l'ombre évanescente du bonheur perdu.

Enveloppée dans son manteau ducal fourré d'hermine et fermé par une broche sertie de diamants, la princesse marchait, solitairement, insensible aux morsures du vent, sourde aux grondements sinistres de la rivière d'Ain.

– Nul souci devez vous faire, persista-t-elle, puisque votre frère a ratifié le traité de Strasbourg.

Elle parlait à voix haute, comme si Philibert l'accompagnait.

– Mon père a interdit à Charles de recevoir René à la cour. Il a également confirmé la destitution du Grand Bâtard. Les revenus du comté de Villars serviront à l'édification de votre monastère.

Un sourire confiant décrispa faiblement ses traits.

– Deux moines sont déjà arrivés de Lombardie. Le pourtraict et l'emplacement de leur futur couvent les ont fort satisfaits. Quant à notre bonne ville de Bourg, elle se réjouit à l'idée de posséder bientôt une église paroissiale à l'intérieur de ses murs.

Elle pensa aux différends opposant depuis longtemps le prieur de Brou, les prêtres de Notre-Dame et l'abbé d'Ambronay.

– Cela a mis fin à leurs querelles...

La princesse continua son austère balade au jardin des soupirs, cultivant des regrets, cueillant des souvenirs, imaginant une conversation, rêvant de mots d'amour.

– Je vous cherchais, Madame.

L'homme qui l'interpellait l'arracha brusquement à ce monologue sentimental dans lequel, déraisonnablement, elle se complaisait.

– Madame, demeurer dehors par si mauvaise froidure n'est point prudent. Vous courrez grand danger. La peste sévit, la mort rôde alentour.

Elle semblait insensible aux recommandations.

– Il faut vous résoudre à quitter Pont-d'Ain, Princesse, insista Antoine de Lalaing.

Elle contempla la forteresse. Ses prunelles reflétaient un immense désarroi.

– Où voulez-vous que j'aille ?

– Madame votre belle-mère[15] vous a invitée en son château de Poncin où le Saint Suaire est exposé. Vous devriez vous y rendre.

Elle accepta. Dans le silence glacial, la cloche de la chapelle égrena les heures monotones, interminables. Marguerite écouta la plainte, en fit le poétique écho :

– Le temps m'est long et j'ay bien le pourquoi[16]
Car un jour m'est plus long qu'une semaine
Dont je prie Dieu que mon corps tôt ramène
Où est mon cœur qui n'est plus avec moi.

Elle plongea son regard d'azur dans les yeux d'Antoine. Il s'efforça de négliger ce geste passionné. Parce qu'il savait pertinemment qu'à travers lui, c'était Philibert qu'elle mirait.

– Il est vers vous, reposant sans requoy,*
C'est pour cela que j'en suis en grand peine...

Marguerite sonda le ciel chargé de ses invisibles tourments.

---

[15] Deuxième épouse de Philippe de Bresse, belle-mère de Philibert. Mère de Charles III de Savoie.

[16] Poème écrit par Marguerite.

– Incessamment mon pauvre cœur lamente.
Sans nul repos Souvenir me tourmente,
Ayant au cœur ennui et grief tourment.
Bannye suis de tout ébattement
Et si languis près de mort véhémente.
À grand regret mon refuge m'absente ;
Voisine n'ai qui tant de douleur sente ;
Force m'est bien de pleurer tendrement
... Incessamment...

Elle se tut, et les vers par elle composés s'envolèrent, emportés par la bourrasque, pareils aux feuilles mortes. Antoine s'aperçut qu'elle grelottait.

– Rentrons, Madame, proposa-t-il, bouleversé.

Il prit courtoisement son bras, la ramena en son logis sans oser lui adresser la moindre parole. L'air résonnait encore des belles rimes, le paysage vibrait toujours de la présence du duc défunt.

Marguerite essuya ses paupières humides. À ses pleurs s'étaient mêlées les larmes mystérieuses du firmament.

8. PHILIPPE LE BEAU

Blanche Marie ouvrit la fenêtre, frémit sous le souffle du vent glacial et léger.

– Mon cher beau-fils, se languit-elle.

Lascivement, elle passa les mains dans ses cheveux défaits, imitant la dernière caresse de Philippe, celle offerte au moment des adieux, celle dont elle conservait la sensuelle empreinte.

Blanche Marie attrapa une longue mèche, l'observa avec une coquetterie entachée d'anxiété. Quelques fils blancs enlaidissaient les boucles brunes dont elle était si fière, trahissaient son âge.

– Bientôt les hommes ne me regarderont plus, se tourmenta-t-elle.

Des regrets insidieux s'insinuèrent dans son cœur jusqu'alors invulnérable. Son pouvoir de séduction, pareil à la beauté des fleurs, hélas, n'était point éternel. Sa jeunesse se fanait inexorablement. Un jour ou l'autre, Philippe se désintéresserait d'elle.

Pour l'heure, il demeurait une proie facile. Elle le tenait encore entre ses griffes acérées, jouant avec son intérêt, s'amusant de ses maladresses, profitant de ses déboires conjugaux. Mais elle lui connaissait de nouvelles conquêtes, elle n'ignorait pas l'éclatante fraîcheur des jouvencelles qu'il courtisait. Au fil du temps, elle devenait une vieille maîtresse.

Et puis il y avait Jeanne, la folle épouse, soupçonneuse, jalouse, envieuse au point de mutiler le visage de ses servantes ; Jeanne qui avait fini par rentrer en Flandre ; Jeanne qui exacerbait l'archiduc de son amour excessif et qui pourtant avait mis au monde un cinquième enfant ; Jeanne que Philippe dénigrait, battait, mais qu'il honorait par raison d'État ; Jeanne qui depuis le trépas d'Isabelle la Catholique offrait à son mari le trône de Castille ; Jeanne dont jamais Philippe ne se séparerait ; Jeanne qui embarquait ce matin pour l'Espagne aux côtés de son mari.

Blanche Marie respira profondément l'air du grand large chargé d'une indicible nostalgie. De sa chambre, elle distinguait le port de Flessingue, entendait la brise effleurant les voiles.

– Comme le temps défile, constata-t-elle en se remémorant le départ de Marguerite.

Elle réfléchit.

– Neuf ans, calcula-t-elle, neuf ans, presque jour pour jour, et des conditions étrangement similaires…

La coïncidence l'inquiéta. Elle se troubla davantage. De même que sa sœur, l'archiduc partait quérir la couronne de Castille, sous le froid soleil de janvier. Et, les relations s'étant détériorées avec la France, il s'engageait par voie de mer.

– Puisse ce hasard ne point lui porter malheur, appréhenda-t-elle.

Blanche Marie poussa la vitre, alla s'asseoir devant son miroir, se regarda longuement, attentivement, puis chassa ses mornes idées. Son image la rassura. Le temps l'avait à peine marqué de ses traces cruelles.

– Allez-vous-en d'où vous venez, ennuyeuse mélancolie, décida-t-elle.

Elle songea à ses anciens amants, à ses récentes conquêtes. Certes, elle était encore capable de séduire, d'influencer le plus puissant des monarques par un simple sourire, de le plier à ses exigences par une seule promesse.

Blanche Marie évoqua ses dernières passions. Grâce à ses tendres entremises, à ses manières habiles et voluptueuses, ses requêtes murmurées au creux de l'oreiller, elle avait convaincu les conseillers de Maximilien. Et Philippe avait ravi la Gueldre au duc Charles d'Egmont. Elle avait en contrepartie obtenu l'assurance que Ludovic Sforza demeurerait en prison.

La femme de l'empereur retourna à son poste de guet. Les navires levaient l'ancre et, à l'horizon, là où le firmament épouse les flots, s'amoncelaient d'épais nuages noirs.

– Que Dieu vous protège, mon cher beau-fils, susurra-t-elle.

***

L'archiduc s'inclina devant le roi d'Angleterre.

– Sire, permettez-moi de vous remercier encore pour votre chaleureux accueil.

– Votre aimable compagnie égaya mon ennuyeux veuvage ! rétorqua joyeusement Henri VII dans un français déformé par un accent fort curieux.

Il partit d'un rire gras, tout en assenant, du plat de la main, un grand coup sur l'épaule de Philippe.

– Mon futur beau-frère ! s'exclama-t-il d'un ton égrillard.

Il demeura un instant rêveur. La perspective de ses prochaines noces l'enchantait. Puis, soudain saisi d'un doute, il empoigna le bras de l'archiduc.

– Saurez-vous faire preuve de persuasion ?

– N'aillez crainte. Ma sœur présentement renonce à se remarier, néanmoins je la convaincrai.

Il narra les réticences de Marguerite quant à son union avec Philibert de Savoie, enjoliva la façon dont il avait imposé sa volonté.

– Tâchez de trousser l'affaire, je ne saurais attendre, les ribaudes commencent à me lasser…

Philippe ricana bêtement. Il exposa ensuite ses démarches :

– J'ai signé le contrat de mariage, Sire. Et j'ai envoyé un peintre hollandais à Pont-d'Ain, le priant de réaliser incontinent le portrait de votre accordée.

Henri VII arbora un air satisfait.

– J'ai également enjoint à Jean Lemaire de relater vos noces dans ses chroniques.

– Jean Lemaire ? s'étonna le souverain.

– Mon nouvel indiciaire, historiographe de la maison d'Autriche, attaché à la cour de ma sœur.

– Je loue le ciel de vous avoir mis sur ma route !

Philippe se renfrogna. Une grimace déforma ses traits. S'il gardait un excellent souvenir de ses trois mois de relâche passés à Londres, il n'en oubliait pas son épouvantable traversée. La tempête, l'incendie se déclarant à bord, le naufrage évité de justesse, lui procuraient encore des frissons d'horreur. Il scruta le ciel, méfiant. Henri VII comprit sa hantise.

– Vous bénéficierez de la clémence du temps, augura-t-il. Partez en toute assurance.

– Puisse l'avenir vous donner raison, espéra l'archiduc en se retirant.

***

– Doña Juana…

Jeanne ne réagit pas. Pedro Mártir de Anghiera s'agenouilla tout près d'elle, la considéra avec une gravité teintée d'une immense tristesse. Depuis plusieurs heures elle demeurait figée sur son prie-Dieu, telle une statue, les yeux rivés sur la tombe de son défunt frère. Comment l'extirper de ces égarements dans lesquels, irrévocablement, elle s'aliénait ? Comment la guérir de cette indifférence et de ce détachement morbide qui, entre deux accès de fureur, anéantissaient son entendement ?

– Juanita, appela-t-il d'une voix plus affectueuse, plus douce encore.

Le terme jadis employé par Isabelle de Castille déclencha l'amorce d'un mouvement. Elle tourna légèrement la tête, s'aperçut de la présence du prêtre avant de se renfermer dans son immobilité.

– Doña Juana, je vous supplie de m'écouter…

Ses paroles se perdirent dans la quiétude de la chapelle. Néanmoins il persista.

– L'avenir de l'Espagne dépend de vous, Madame, vous êtes l'héritière du trône de Castille.

Elle ne bougea pas. Il continua, convaincu de l'utilité de ses propos. À force de persuasion, peut-être parviendrait-il à atteindre ses sentiments, à éveiller son sens du devoir ?

– La politique de l'archiduc attise les conflits.

Jeanne fronça imperceptiblement les sourcils. Le religieux décela l'émoi que suscitait la simple évocation de l'époux trop aimé.

– La vengeance de Philippe d'Autriche outrepasse la mesure. Certes Louis XII a donné la main de sa nièce à votre père et celle de sa fille à François d'Angoulême. Certes il a violé le traité de Blois en rompant le mariage de votre fils aîné Charles. Mais la double alliance conclue avec l'Angleterre eût suffi à sauver son honneur !

Pedro Mártir contint ses ressentiments, ses intimes convictions. Si les noces de Charles d'Autriche et Marie d'Angleterre le laissaient insensible, celles de Marguerite et Henri VII le chagrinaient vivement. Quant aux exactions de Philippe d'Autriche, il les jugeait intolérables.

– En contraignant votre père à l'exil, l'archiduc a commis une incommensurable erreur, affirma-t-il.

Il se pencha, ajouta sur le ton de la confidence :

– Il encourt sa male grâce.

Jeanne se pinça nerveusement les lèvres. Pendant un court instant, Anghiera crut qu'elle allait céder à un violent délire. Cependant elle conserva son calme. Un calme absurde et effrayant. Sa réponse se borna à un regard terne, vide, absent. Anghiera frémit. L'attitude de la reine l'affligeait. Il n'y avait chez elle ni orgueil ni ambition mais négligence et renoncement.

– Juanita, je vous adjure de me dire quelques mots.

Elle le dévisagea, sortit de son mutisme :

– J'attends un enfant, fit-elle froidement avant de retomber sous le joug de la divagation.

Pedro Mártir éprouva une intense déception à laquelle se mêla un indicible désespoir. Jeanne s'avérait inapte à gouverner. Dorénavant le sort de l'Espagne dépendait d'un prince étranger, ambitieux et sans scrupule.

– Pourquoi ? s'interrogea-t-il. Seigneur Tout-Puissant, pourquoi ?

Il fixa le sépulcre de l'Infant, supposa la prospérité qu'aurait connue le royaume sous le règne éblouissant de don Juan et Marguerite. Il médita longtemps, jusqu'à ce qu'un pas feutré le ramenât vers de sombres certitudes et qu'une main se posât sur son épaule. À la façon dont les doigts agrippaient son vêtement, il pressentit un malheur.

– Christophe Colomb est mort, chuchota le frère Diego de Deza.

Le cœur du prêtre se serra.

– L'Amiral s'est éteint dans la plus grande déchéance, dans le plus strict dénuement, balbutia-t-il. Que Dieu ait son âme…

– Que Dieu ait son âme, répéta le dominicain.

Anghiera s'adonna à une oraison profonde, éthérée, déplorant l'amour et la gloire terrestres.

– *Ce monde n'est que chose vaine*, susurra-t-il mélancoliquement.

***

– Comment vous sentez-vous, Madame ?

Marguerite acheva de boire sa décoction, tendit la tasse vide au médecin.

– Mieux, répondit-elle.

L'homme de science prit la main moite, palpa le fin poignet de ses gros doigts rugueux mais habiles. Le sang battait encore vite. Il examina ensuite la duchesse, nota une sensible amélioration de sa santé. Si les yeux restaient toujours larmoyants et la gorge irritée, la respiration s'avérait régulière et les quintes de toux s'étaient fort estompées. Il en ressentit un vif soulagement. L'incurable mal qui avait foudroyé le duc Philibert hantait sans relâche son esprit, bourrelait sa conscience d'indicibles remords.

– Un peu de patience, Princesse, et ce refroidissement ne sera plus qu'un mauvais souvenir.

Il sortit de la chambre. Marguerite l'entendit s'entretenir avec la gouvernante, lui prodiguer de sages conseils. La fin de l'été s'annonçait fort humide aussi préconisait-il, en dépit de la tiédeur, de maintenir un bon feu dans la cheminée. Elle écouta un moment, puis se laissa entraîner par la fatigue. Les voix se mêlaient au chant lancinant de la pluie.

La pluie… Depuis plus d'une semaine, elle ne cessait de tomber, parfois fine et monotone, parfois drue et cinglante, parfois sous forme de violente averse, comme au jour de la grande cérémonie…

Les pensées de Marguerite vagabondèrent. Au vingt-huit août dernier, elle avait franchi une importante étape. Certes, le temps ne l'avait point avantagée. On lui avait même suggéré de remettre les solennités à plus tard.

Mais ni les bourrasques, ni le déluge, ni la foudre ne l'avaient dissuadée. Dans l'ancienne chapelle aux murs couverts de moisissures, au plafond fissuré, aux peintures détrempées, là où reposait son bien-aimé mari, la messe avait eu lieu, suivie de la lecture de la bulle du papale. Officiellement, les prêtres avaient cédé la place aux Augustins de Lombardie. Et dehors, devant une foule nombreuse, l'épouse de Philibert avait posé la première pierre de la nouvelle église de Brou. Par cet acte, elle avait affiché une incomparable détermination.

Par la Fenêtre de Malheur, Fortune s'était alors glissée, écartant les sombres rideaux du deuil, insinuant une lueur d'espoir, engendrant sur son passage une nuée d'avantages.

René le Grand Bâtard avait momentanément renoncé à reconquérir son comté de Villars par les armes et si Charles III de Savoie lui avait repris la belle Croix, il ne revendiquait plus les autres pièces du Trésor.

D'autres événements émaillaient son veuvage de rêves et de satisfactions. À la demande des sept moines habitant pour l'heure l'exigu prieuré, le projet initial, fort modeste, se teintait d'ambition. Il était maintenant question d'un monastère plus vaste, plus confortable, comportant des logis spacieux et aérés. Jean Perréal avait accepté d'en être l'architecte.

Ravir le maître à la reine Anne de Bretagne apaisait la rancœur de Marguerite, vengeait son honneur bafoué. Cela la confortait également dans ses intimes convictions : Louis XII continuait de nourrir à son égard une tendre et secrète amitié. En autorisant son Valet de Chambre à quitter sa cour, il rappelait à la princesse de Flandre son fidèle dévouement. Peut-être tenait-il aussi à ce qu'elle lui pardonnât les privilèges qu'il accordait à René de Savoie ?

L'imagination de Marguerite erra, vagabonda. Jean Perréal avait fini par ressurgir dans sa vie. La princesse partit en quête de son passé, s'assoupit un instant, lutta encore contre le mystérieux engourdissement. Le portrait de Philippe peint par Maître Jean se dessina sous ses paupières lourdes. Bientôt, l'image se déforma et d'étranges impressions se succédèrent vertigineusement. Elle sombra dans un sommeil fiévreux. Au terme du voyage, l'archiduc l'attendait.

– Enfin vous voilà, Margot, réprimanda-t-il.

Marguerite frissonna. Une scène épouvantable se dévoilait à son regard. Elle distingua son frère, couché sur un tombeau, à la manière d'un gisant. À ses pieds trônait le tableau exécuté à Pont-d'Ain par l'artiste flamand et destiné au roi d'Angleterre.

– Où suis-je ? s'affola-t-elle.

– En Espagne, ma chère sœur.

Marguerite s'approcha, découvrit avec horreur que Philippe reposait sur le caveau de don Juan. Elle voulut s'enfuir, mais il la retint fermement.

– Henri VII s'impatiente, il espère votre accord.

– Je refuse de me remarier !

Elle se dégagea violemment de l'emprise de son frère, courut à en perdre haleine. Quand elle atteignit le seuil de la chapelle, elle tomba, épuisée.

– Ma douce fleur, ma Marguerite, fit une voix.

– Philibert ?

La princesse se releva, reconnut son époux, le suivit fidèlement. Ensemble ils empruntèrent le chemin de l'éternel amour. Cependant, devant le portail du moutier, un religieux les sépara. Brusquement, le fantôme du duc de Savoie s'évanouit.

D'un geste infiniment tendre, Pedro Mártir de Anghiera prit le bras de Marguerite.

– Venez, Madame.

Il ramena la princesse jusqu'au chœur, congédia l'archiduc, détruisit le portrait. Puis il poussa la dalle funéraire, ouvrit le cercueil de l'Infant.

– Votre place est ici, Princesse.

Marguerite descendit docilement les quelques marches menant à son ultime demeure. Dans un sinistre craquement, le couvercle se referma.

Marguerite se réveilla, haletante, réalisa qu'il s'agissait d'un cauchemar. Une servante ouvrait les lourds volets de bois, un rayon de soleil imbibait la pièce de sa clarté rassurante, effaçait les visions funestes de la nuit. Marguerite respira profondément l'air vif, incroyablement pur. La journée s'annonçait radieuse et le grondement de la rivière d'Ain, plus que jamais, la réconfortait.

***

Le soir tombait lentement. Lentement le ciel se teintait de couleurs crépusculaires. Les forêts revêtaient leurs longues écharpes de brume. La nuit progressait, résorbant imperceptiblement en son silence immense l'interminable ennui.

Dans la clarté mourante, il n'était plus possible de lire. Parce qu'elle désirait profiter de la beauté nostalgique du couchant, Marguerite n'alluma point de chandelle. Elle referma l'ouvrage contenant les poésies de Christine de Pisan, le posa sur ses genoux.

– *Les ballades du veuvage*, songea-t-elle en caressant la couverture de maroquin rouge rehaussée de fils d'or.

Tout en contemplant le paysage imbu comme elle d'une profonde amertume, elle récita la strophe préférée :

– Seulette suis à huis ou à fenêtre,
Seulette suis en un anglet muciée,*
Seulette suis pour moi de pleurs repaître,
Seulette suis, dolente ou apaisée,
Seulette suis, rien n'est qui tant messiée,
Seulette suis en ma chambre enserrée,
Seulette suis, sans ami demeurée.

Tandis qu'elle s'adonnait à une langoureuse rêverie, ses yeux sondaient la campagne enténébrée. Soudain, une troupe de cavaliers surgit à l'horizon. Marguerite frémit d'appréhension. Qui étaient ces hommes ? Des mercenaires ? Des rançonneurs ? Des porteurs de mauvaise nouvelle ? Dans l'inquiétude, elle attendit. Bientôt elle distingua, sur les bannières flottant au vent, les armes de l'archiduc. Son cœur s'emballa. Les messagers portaient le costume de deuil, leurs chevaux étaient couverts de draps noirs.

Déjà on donnait l'ordre d'abaisser le Pont-levis. La princesse se précipita au-devant de la délégation en grand affolement. Elle n'osait croire à un nouveau drame. Et pourtant chacun de ses pas semblait la conduire irrémédiablement vers un effroyable malheur.

Elle atteignit la cour d'honneur où régnait une anxieuse agitation. Un mandataire avait mis pied à terre et venait à sa rencontre. Malgré l'obscurité, elle remarqua son teint livide, ses traits déformés par la fatigue due à la longue chevauchée. Elle lut aussi sur son visage la peine et l'accablement.

– Madame, commença-t-il…

Elle secoua la tête pour qu'il taise l'épouvantable vérité.

– Votre frère, Monseigneur l'archiduc d'Autriche, est mort.

Elle sentit le sol se dérober, chancela. Ses demoiselles d'honneur, dépêchées en toute hâte, réussirent à la soutenir.

Le messager tendit une missive. Elle la saisit sans même s'en apercevoir.

– Comment cela s'est-il produit ? parvint-elle à demander.

– Il faisait très chaud, votre frère a bu de l'eau glacée…

Elle n'écoutait plus. Des sanglots tentaient de s'échapper de sa gorge nouée mais demeuraient prisonniers de l'insoutenable douleur, de l'immensurable consternation.

– Non, cela ne se peut…

Sa conscience vacillait.

– Où ?

– À Burgos, Madame.

– Burgos, répéta-t-elle dans un faible chuchotement.

Un souvenir ébranla son esprit éprouvé. Elle revit la ville de son premier mariage, de ses premières illusions. Puis tout disparut. Un voile noir offusqua sa conscience. Elle s'évanouit.

Antoine de Lalaing la porta dans ses bras, la déposa en son lit, s'assit à son chevet. Jusqu'au petit matin, il veilla sur son inconsolable tourment.

***

Le beffroi de la grande tour des Halles sonna la reprise du travail. Le maître-maçon venu rendre compte de l'avancement des travaux s'inclina devant Marguerite.

– Je dois vous quitter, ma très redoutée Dame.

Elle acquiesça en masquant sa tristesse, avisa le chantier de Brou puis, au loin, les collines qu'octobre ornait de mille teintes flamboyantes. Puis elle se tourna vers Antoine.

– J'aime cet endroit plus que tout autre au monde, avoua-t-elle dans un murmure.

Elle retenait son chagrin, essayait de se résoudre à partir. L'Infortune, de nouveau, avait frappé. La mort de Philippe lui ouvrait un autre chemin, changeait le cours de sa vie. Maximilien d'Autriche lui mandait d'assurer la régence des Pays-Bas. Elle s'en retournait en son pays.

Elle laissait en Bresse des personnages de confiance, chargés d'administrer son duché et de superviser l'édification du monastère. Elle emmenait avec elle les meilleurs conseillers, les hommes les plus dignes, les plus fidèles, les plus talentueux.

L'heure du départ approchait. La princesse de Flandre remonta dans sa litière, considéra une dernière fois la petite chapelle abritant le corps de son regretté seigneur et mari.

Pour surmonter l'immense souffrance, elle tourna ses pensées vers l'avenir, se représenta sa terre natale mais au moment où le convoi s'ébranla, son cœur se déchira et elle fondit en larmes.

– Je reviendrai, Philibert, promit-elle d'une voix étranglée par les pleurs. Mon tendre amour, je reviendrai…

Quatrième partie

****

Fortune Infortune Fort Une

Malines
Décembre 1508

1. LE SANCTUAIRE DE SOUVENANCE

– Où allons-nous, Madame ma bonne Tante ? demanda Charles en enfilant sa houppelande fourrée de marte.

Marguerite saisit le candélabre que lui tendait la gouvernante tout en adressant un regard complice à l'enfant.

– C'est un secret, répliqua-t-elle en prenant sa main.

Ensemble ils sortirent du luxueux salon de musique. Bien qu'éclairée par de nombreux brandons, la cour leur parut austère et enténébrée. Leurs yeux, imprégnés de l'image des dorures, des mille cierges, des tissus moirés et nimbés de reflets chatoyants, ne distinguaient nullement le délicat scintillement des étoiles.

Marguerite et Charles se faufilèrent sous les arcades puis s'engagèrent dans le sombre couloir menant aux appartements privés de la régente.

– Avez-vous convenablement progressé en chant durant mon absence ? se soucia-t-elle tandis qu'ils parvenaient devant la porte de la chambre.

Il secoua la tête en signe d'acquiescement.

– Et en littérature ?

Il ne répondit pas, haussa nonchalamment les épaules.

– Un prince de votre rang se doit de posséder une brillante culture, réprimanda-t-elle. À votre âge je parlais le français, le latin et le castillan. Je lisais des romans de chevalerie…

Elle enfonça dans la serrure une clé ornée de pierreries.

– Je préfère la chasse ou l'art du tournoi, se défendit le jeune archiduc.

– Sachez que l'on combat autant par l'esprit que par l'épée.

La réplique n'était point anodine. Elle évoquait l'implacable lutte récemment menée à Cambrai.

Nantie par Maximilien des pleins pouvoirs, Marguerite venait de négocier un traité de paix réconciliant l'empereur d'Autriche et le roi de France. Par de belles paroles et affables manières, elle avait contraint le représentant de Louis XII à signer, conjointement avec l'Espagne et le Pape, la ligue contre Venise. De par ses manigances, elle forçait donc le souverain à concentrer ses troupes sur l'Italie et l'empêchait ainsi d'aider militairement le duc de Gueldre. Peut-être éviterait-elle cette guerre que le traître avait amorcée en envahissant une partie de la Hollande et du Brabant ? Cette guerre qui entraînait révoltes et famines, cette guerre qu'elle n'avait aucun moyen de financer, cette guerre dont ses sujets ne voulaient pas.

Charles n'osa contredire sa tante, tant il craignait de lui déplaire. Cependant il préférait adhérer aux idées que lui inculquait son maître d'armes.

– Un bon coup de dague vaut mieux que des mots, pensa-t-il en franchissant le seuil de la pièce obscure.

Il ôta son manteau, attendit, timide et indécis, l'autorisation de s'asseoir, s'installa sur un fauteuil capitonné, emprès la cheminée. Il patientait, regardait avec une curiosité imbue d'enchantement la marraine vêtue de deuil. Elle l'impressionnait, l'attirait, exerçait sur son cœur une mystérieuse fascination. Elle était sorte de fée, une magicienne qui avait bouleversé son destin. Elle remplaçait ses parents, veillait sur ses sœurs Éléonore, Isabelle et Marie. Mais surtout, elle préparait son règne. Car, lui avait-elle confié, il gouvernerait un jour un puissant royaume. Déjà à ses côtés, lors des Joyeuses Entrées, il avait connu la gloire, reçu les serments de fidélité, l'hommage des villes de Flandres.

– À quoi songez-vous, mon neveu ?

Il sourit béatement.

– À la belle réception de Gant. Gardez-vous souvenance, ma bonne Tante, de tout le luminaire que l'on déploya pour nous accueillir ?

– Je n'ai pas oublié, rêva mélancoliquement Marguerite.

Gant éveillait en elle moult réminiscences. Il y avait, certes, le triomphe, la fête nocturne, les magnificences, mais loin, plus loin sur le chemin d'autrefois, le baptême de son filleul à son retour d'Espagne…

Maudite Espagne, berceau de tant d'illusions et de désespoir ! Pays merveilleux dont les routes, hélas, ne menaient qu'à la douleur. Pays où Philippe, le frère bien-aimé, avait perdu la vie mais ne pouvait toujours reposer en paix. Car Jeanne, son épouse, se refusait à l'inhumer. Elle conservait le cercueil, le faisait ouvrir, contemplait le corps mal embaumé, embrassait la dépouille de son unique amour. Personne ne parvenait à délivrer la reine de sa monstrueuse folie, à chasser de son âme les puissances diaboliques. Jusqu'où iraient le voyage de l'horreur, la descente dans l'infernale passion ? Que deviendraient les innocentes victimes que la veuve entraînait dans son irréversible démence ? Le roi d'Aragon avait réussi à ravir à la mère indigne le petit Ferdinand. Il n'avait pu lui arracher Catherine, l'enfant posthume de Philippe.

Dorénavant, en pensant à l'Espagne, Marguerite éprouvait une indicible répulsion. Ces événements morbides l'obsédaient, contrariaient ses projets. Elle ne supportait plus l'idée d'être ensevelie auprès de don Juan. Elle imaginait Jeanne profanant sa tombe, exhumant le cadavre de don Juan, violant l'éternel sommeil des époux réunis dans la mort. L'image du mausolée d'Ávila avait pris des allures de cauchemar. Alors au moutier maléfique s'était substitué le doux prieuré de Brou. Marguerite avait décidé d'élire sa sépulture en l'église Saint-Nicolas de Tolentin et de retrouver, au-delà du trépas, son mari Philibert.

Marguerite abandonna ses lugubres desseins, vint se placer en face de son neveu, le considéra avec une gravité inhabituelle.

– Nous partons demain à Bruxelles, annonça-t-elle sans préambule.

Charles approuva d'un signe de tête. Malgré son jeune âge, il saisissait l'importance d'un tel déplacement. À Bruxelles la régente convoquerait les États Généraux, elle l'initierait ainsi aux affaires politiques, assoirait son autorité en tant que futur souverain.

– J'ai l'intention, ajouta-t-elle, de rédiger là-bas mon testament.

Un voile étrange embruma son regard.

– Je voulais vous entretenir dès à présent de mes dernières volontés, puisque d'aucunes vous concernent. Par cet acte, Monseigneur mon neveu, je vous nommerai mon seul et unique héritier.

Charles demeurait interdit. Marguerite poursuivit d'une voix brisée par l'émotion :

– Je ne me remarierai pas et n'aurai point d'enfant. Vous êtes le fils aîné de mon regretté frère, l'enfant que je n'ai jamais eu…

Elle se ressaisit.

– Et puisqu'en votre personne je mets mes ultimes espérances, puisque plus tard vous disposerez de mes biens, il convient que je vous avoue dès lors mon plus précieux souhait. Dans cet écrit apparaîtra le déroulement de mes funérailles et mon ardent désir d'être ensevelie en terre de Bresse

– Ma bonne Tante, vous n'allez pas mourir, sanglota Charles.

Marguerite s'approcha de son filleul, essuya les grosses larmes roulant sur les joues pâles.

– Non, rassura-t-elle d'une voix caressante et maternelle, j'aspire simplement à assurer ma succession, à ordonner mon service funèbre, de manière à ne point me tracasser, à l'heure où le Seigneur Tout-Puissant me rappellera à Lui.

Il n'était qu'à demi convaincu, contenait mal son chagrin. Ses pleurs témoignaient non seulement de la sincère affection qu'il portait à sa marraine mais aussi des profondes blessures infligées par la disparition de son père et l'indifférence de sa mère.

– Venez, dit-elle attendrie, venez le secret découvrir.

Une étoffe moirée séparait la chambre du cabinet privé. Charles suivit sa tante, le cœur battant. La lueur tremblante des bougies lui révéla une pièce richement décorée, à l'ambiance intime et feutrée. Sur les murs tendus de sombre taffetas trônaient les tableaux des plus illustres artistes.

– Le Sanctuaire de Souvenir, confia Marguerite.

Elle alluma les chandelles disposées dans des appliques d'argent. Charles, médusé, contempla les portraits qui, à la clarté grandissante, semblaient miraculeusement prendre vie.

– Mon père, s'écria-t-il soudain en reconnaissant le visage de Philippe le Beau.

Il promena des yeux candides et admiratifs sur toutes les œuvres, cherchant des traits familiers, reconnut, à sa coiffe de velours noir et son hennin de dentelle, la duchesse d'York. Puis il se tourna vers sa tante, l'air interrogateur. Marguerite désigna, un par un, les chers disparus :

– Ma mère Marie de Bourgogne, commença-t-elle, mon grand-père Charles le Téméraire, votre aïeule la reine catholique Isabelle de Castille, votre oncle don Juan mon premier époux…

Elle effleura ensuite de ses doigts fins une peinture représentant un homme fort beau.

– Le duc Philibert de Savoie, mon deuxième et dernier mari.

L'enfant écoutait, la bouche entrouverte, résonner les noms des défunts. Son imagination vagabondait, rejoignait les histoires que la régente lui avait maintes fois contées. Quand il eut achevé sa rêverie, il remarqua le mobilier, s'intéressa à une étagère de bois incrustée d'ivoire et de perles et fermée par une treille de fer fort bien ouvrée abritant deux boîtes magnifiquement sculptées.

– Le coffret renfermant les lettres de condoléances et la correspondance me rendant compte des travaux de Brou, expliqua Marguerite, et l'écrin contenant le Trésor de Savoie.

Elle soupira langoureusement, ajouta.

– Le Trésor de Regrets, corrigea-t-elle.

Elle ouvrit le grillage, montra à Charles le Monde d'or et l'Escarboucle.

– Il manque la Croix, déplora-t-elle.

– Elle vous fut dérobée ?

– En quelque sorte…

La régente retraça ses démêlées avec son beau-frère. Le conflit s'enlisait. Le duc de Savoie ne lâchait pas prise, tentait de s'approprier les joyaux par n'importe quel moyen, usait de sourdes menées, d'odieux stratagèmes.

Prétendument, il n'inquièterait plus la princesse si icelle l'aidait à conquérir la couronne de Chypre !

Marguerite rangea les précieux objets, tout en enseignant à son neveu de ne jamais renoncer.

– L'existence est jonchée de mille épreuves, cependant les événements pénibles, les obstacles qui éprouvent l'âme renforcent le courage.

Pour illustrer ses dires, elle dénonça la lutte engagée contre René. Le Grand Bâtard réclamait son comté, gagnait l'appui de Louis XII, et de sa sœur Louise de Savoie. En dépit des menaces, la douairière ne fléchissait nullement.

– La chance et la malchance qui régissent alternativement mes jours forgent ma résistance devant l'adversité.

Elle demeura pensive un instant, puis livra la devise qu'elle avait adoptée après le trépas de son frère Philippe :

– Fortune Infortune Fort Une…

La régente parla encore de son passé, des êtres qu'elle continuait de chérir au-delà de ses peines, au-delà de la mort. Bercé par les récits passionnants, Charles se laissait transporter. Il devinait la splendeur des châteaux du bord de Loire, sillonnait les routes de Castille et d'Andalousie, naviguait sur l'immense mer Océane. Il chevauchait en compagnie de son père et de son oncle Philibert dans les plaines verdoyantes s'étendant le long de la rivière d'Ain. Il participait à l'érection de l'abbaye de Brou. Il combattait les ennemis de la régente et devenait un invincible héros.

La cloche sonnant l'office de vêpres mit un terme à ses prodigieuses aventures.

– Déjà, se désola-t-il en se blottissant contre sa marraine.

– Déjà, confirma-t-elle.

Elle prit l'enfant dans ses bras, le porta, le serra contre sa poitrine. Charles savoura la douce étreinte, les gestes affectueux qui lui manquaient tant. Il ressentait un bonheur simple et naïf, une joie puérile et sans mélange.

– Je vous aime, ma bonne mère, dit-il spontanément.

Marguerite céda à une vive émotion.

– Je vous aime mon neveu, mon fils, susurra-t-elle, et pour cela ferai de vous un très grand roi.

2. SANS AMOUR DEMEURER

– Ma chère enfant !

Blanche Marie s'avança d'un pas lent et majestueux. Marguerite dissimula sa contrariété. Elle respecta la bienséance, abandonna ses travaux d'aiguille, salua sa belle-mère avec courtoisie.

– Votre visite m'honore, Madame, dit-elle poliment en désignant un siège à dossier.

L'épouse de l'empereur prit place à côté de sa bru, scruta la pièce obscure, arbora une moue de dépit.

– Il me déplaît de vous trouver aussi seulette à pareille heure, se désola-t-elle, et en ce sinistre lieu. Cette chambre ne possède nul agrément !

Elle poussa son fauteuil de façon que le miroir reflétât son image. Avec affectation, elle arrangea sa coiffure, ordonna les plis de sa robe. Puis elle se contempla, se félicita de son apparente jeunesse, de son artificielle fraîcheur. Le fard, savamment disposé, effaçait à la perfection le déplorable ouvrage de Dame Vieillesse.

– Pourquoi rester enfermée en ce palais ? Bruxelles est une fort jolie ville qui invite à la promenade et aux divertissements !

– À Bruxelles je préside au Conseil d'État, je traite et besogne de grandes affaires répondit succinctement la princesse. Au terme des éprouvantes journées, je ressens parfois le besoin de m'isoler en mon logis.

Blanche Marie esquissa un geste de désapprobation.

– Vous ne mènerez indéfiniment ce train de vie, alerta-t-elle. Prenez garde que ne s'étiole votre acharnement.

Elle toussota, acheva sur le ton de la connivence :

– Ma chère enfant, vous comprendrez bientôt qu'une femme s'impose difficilement sans le soutien d'un tendre compagnon.

La princesse ne répondit pas. Néanmoins elle acquiesça intérieurement.

De nouveaux écueils contrariaient ses entreprises. Il fallait lever des impôts pour rémunérer la soldatesque, contenir la guerre tout en la préparant. Le duc de Gueldre avait violé le traité de paix, les hostilités avaient repris. Et ses troupes pillaient, rançonnaient, ravageaient les villages sur leur passage. La disette, les inondations, les épidémies ajoutaient au désastre.

Il fallait également réprimer, soumettre le seigneur de Chièvres qu'elle avait nommé, obéissant à Maximilien, gouverneur et premier chambellan de son neveu. Il allait à l'encontre de sa politique, influençait dangereusement le jeune archiduc. Il tentait de rompre le mariage anglais au profit d'une alliance française. Il incitait Charles à se rapprocher de Louis XII, à lui abandonner la Bourgogne, ce précieux héritage maternel perdu au traité de Senlis. L'enfant, aveuglé par les belles paroles, les promesses ambitieuses de son précepteur, se détachait de sa tante. Guillaume de Chièvres, insidieusement, usurpait l'autorité de la régente, s'appropriait les rênes du pouvoir.

En dépit de son isolement cruel et douloureux, Marguerite s'indigna contre les propos pourtant si sages.

– Sont-ce là les volontés de mon très redouté père ? Vous envoie-t-il pour me convaincre de mettre fin à mon célibat ?

– Votre père… murmura Blanche Marie.

Elle soupira exagérément.

– Hélas, j'ai rarement le loisir de m'entretenir avec lui.

Elle considéra son existence avec une immense nostalgie : elle avait perdu Philippe, les courtisans la délaissaient et Maximilien, auquel elle tentait de se raccrocher, lui échappait inexorablement.

Dans le silence qui s'installait naissait peu à peu une douce complicité. L'épouse et la fille souffraient des mêmes absences.

– Votre père ne se soucie guère de moi, reprit Blanche Marie. Il court l'Europe à la recherche de chimères. Toujours hanté par les prêches de feu l'ermite François, il rêve de croisade. Quant à la mort de mon oncle Ludovic, elle a non seulement ravivé ses désirs de conquêtes en Italie, mais aussi son obsession de recevoir la couronne des mains du pape. Son humeur fantasque l'a engagé sur les routes de Rome. Par manque de conviction, son expédition a échoué.

– Et par manque d'argent, ajouta la princesse.

Elle se rappelait la lettre de son père la suppliant de financer le retour précipité en Autriche.

Les yeux noirs de Blanche Marie s'imprégnèrent soudain de mélancolie, sa voix se teinta d'amertume.

– Le souvenir de votre mère de l'a pas quitté. Son cœur lui est resté fidèle. Je ne représente rien…

Marguerite éprouva de sourds remords. Jusqu'alors, elle avait négligé sa belle-mère, blâmant ses manières outrées, voluptueuses, condamnant sévèrement l'infidélité que la rumeur lui imputait. Mais présentement la compassion remplaçait le ressentiment. Devant elle se tenait une femme blessée avouant sa détresse, une femme fragile en quête de réconfort.

– Espoir vous doit relenquir* pour me livrer ainsi vos tourments.

Blanche Marie approuva. Pour la première fois, elle prit affectueusement la main de sa bru.

– La mort de votre frère m'a beaucoup affectée, livra-t-elle encore, dans un souffle.

Elle parlait à mots couverts, de peur de libérer sa conscience, de dévoiler trop de secrets.

– A-t-il trouvé la paix ?

– Je l'espère. Ferdinand d'Aragon a enfermé Jeanne et sa fille Catherine dans la forteresse de Tordesillas. Il a exigé qu'aient lieu les obsèques. Le corps de mon frère l'archiduc repose dans le monastère non loin de la prison[17].

– Dieu soit loué.

Elles conversèrent un long moment, apprenant à se connaître, à s'estimer. Les malheurs, présentement, favorisaient la réconciliation.

Enfin Blanche Marie se leva. Elle avait prévu de se rendre à l'église de Bruges où était déposé le cœur de Philippe, son regretté amant. Elle prit congé de la fille de Maximilien.

– Pardonnez mon insistance mais vous ne pouvez demeurer sans amour.

Marguerite se renferma.

– Je refuse de prendre époux.

Elle avisa le tableau trônant au-dessus de la cheminée.

– Mon portrait destiné à Henri VII, exécuté à Pont-d'Ain. Il me suit dans tous mes déplacements. Il symbolise mon éternel veuvage, incarne ma résignation.

Elle allégua les caprices du sort :

– Si je m'étais unie à ce roi, je serais veuve pour la troisième fois…

– Qui vous parle de prendre époux ? rétorqua Blanche Marie.

Marguerite resta interdite.

– Ma chère enfant, je pense à un homme auquel vous ne seriez point attachée ou soumise, un homme qui, librement, vous aimerait.

---

[17] *Plus tard, Philippe et Jeanne seront enterrés avec les Rois Catholiques dans la cathédrale de Grenade.*

Marguerite rougit. La tentation, parfois, l'avait effleurée. Honteuse, elle avait étouffé, confessé les égarements de son esprit.

– D'aucuns attendent le moindre geste de votre part, persista Blanche Marie.

La régente saisit l'allusion :

– Messire de Lalaing est un ami, un véritable ami, se défendit-elle. Il a obtenu ses titres et sa place à la cour grâce à son mérite, non à mes faveurs. De plus il possède femme et enfants.

– Un mariage de raison… Vous lui plaisez, et vous le faites souffrir.

– Je ne trahirai pas Philibert ! Jamais je n'accepterai qu'une intrigue galante entache ma passion !

Elle tremblait un peu. Blanche Marie s'aperçut de son trouble, en fut presque soulagée. L'amoureux exil ne durait pas.

– Vous ne pourrez sans amour demeurer, répéta-t-elle en se retirant. Songez-y, ma chère enfant, songez-y.

***

Plus le temps s'écoulait, plus les saisons se succédaient, plus le pays s'enfonçait dans un inextricable chaos. Et la nuit, la nuit terrifiante, amplifiait démesurément le découragement. Comment lutter contre la déchéance, la décadence vers lesquelles la régence sombrait ?

Marguerite mesurait avec horreur les affres de la solitude. Couchée en son lit, elle ressassait les funestes événements. Tout s'emmêlait, les lieux, les dates, les actes malfaisants perpétrés par ses adversaires, les propos calomnieux qui l'accusaient de ruiner son peuple, de corrompre sa cour, de compromettre volontairement la paix.

Afin de chasser le malaise de son âme torturée, la princesse se cramponnait à d'heureux souvenirs, à d'ultimes espérances. De la souffrance débordaient alors des mirages lénifiants. Mais n'étaient-ils pas le fruit de l'imagination, l'aboutissement de ses peurs ? Il convenait de s'en assurer.

Submergée par le doute, dévorée par l'angoisseuse insomnie, elle se leva, se dirigea vers son cabinet secret. Au travers des vitraux, la lune, ronde et brillante, diffusait une clarté étrangement colorée, élaborait des formes nébuleuses, incertaines. Marguerite n'alluma point de chandelle de manière à conserver l'intime pénombre. Elle sortit le coffret contenant la fameuse correspondance, le vida sur sa table de travail.

– Mon duché de Savoie… en remuant fébrilement les pages.

Ses yeux larmoyants se posèrent d'abord sur un pli adressé par Laurent de Gorrevod. L'ancien écuyer et compagnon préféré de Philibert rendait compte de son voyage en Bresse.

– Combien j'eusse aimé assister à vos secondes noces, en ces belles contrées où coule la rivière d'Ain ! Combien votre seul nom m'évoque de doux moments !

Marguerite ferma ses paupières brûlantes. Immédiatement revinrent à sa mémoire les images du bonheur. Elle n'avait pas oublié le premier mariage du noble officier de Philibert, les fêtes somptueuses données en son honneur au château de Carignan, près de Turin.

Laurent, nommé gouverneur de Bresse l'année du trépas de Philibert, était resté fidèle à la princesse. Maintenant attaché à la cour de Malines, il personnifiait le fantôme du duc disparu. Il représentait aussi l'indispensable maillon liant les Pays-Bas et la bonne ville de Bourg. Ses nombreux voyages permettaient de maintenir l'ordre dans la cité livrée à la paresse et au désordre, légitimait le pouvoir de la duchesse en dépit de son éloignement. Laurent déjouait les manœuvres tortueuses du duc Charles de Savoie qui s'était allié à son jeune frère, multipliait ses exigences, créait un parti contre sa belle-sœur considérée dorénavant comme une étrangère. Ses missions permettaient à la douairière d'obtenir le recouvrement de ses revenus. Revenus indispensables et même insuffisants. Car le projet de Brou avait pris une tout autre ampleur.

Marguerite remua les parchemins décrivant l'avancement des travaux, se représenta les bâtiments : un couvent à la forme élaborée, des dortoirs presque achevés, une église manquante puisque, depuis le testament, les plans devaient être modifiés. En effet la simple chapelle prévue au départ ne s'avérait plus digne d'abriter le corps de la fille d'un empereur.

La réalisation des tombeaux occupa alors ses pensées.

Par l'intermédiaire de Jean Lemaire, devenu solliciteur des édifices de Brou, Marguerite avait mandé l'avis de Jean Perréal. La réponse s'était fait attendre ; l'impatience et l'irritation avaient régné durant de longs mois, l'artiste participant, aux côtés de Louis XII, à la campagne d'Italie… Et puis un chevaucheur avait enfin délivré la précieuse réponse.

Marguerite repéra la missive de Jean Perréal, la déroula précautionneusement. Il lui semblait détenir un trésor fragile, une chance éphémère. Les phrases du maître jaillissaient tels des rayons de soleil au milieu de la brume. Elle revit avec une intense émotion les lignes qu'elle avait pourtant maintes fois parcourues.

L'artiste se permettait de commencer par une remontrance, réclamant la pension promise depuis l'exécution du portrait de l'archiduc Philippe. La princesse, en effet, avait omis de lui verser la somme annuelle de vingt philipus *et jà s'étaient passés trois ans* sans qu'il n'ait rien reçu. Il relatait ensuite *cette dernière guerre contre les Vénitiens* couronnée par la victoire française à Agnadel, son séjour prolongé en Lombardie où la maladie l'aurait emporté si un médecin ne *l'avait tiré hors des mâchoires de la mort.*

Au travers du style savoureux et élégant apparaissait un orgueilleux désir de satisfaire la régente. Maître Jean tirait vanité de cette responsabilité. Et il avait la ferme intention de déployer un tel talent que ce nouveau chef-d'œuvre surpasserait, en splendeur et raffinement, les célèbres tombeaux[18] qu'il avait dessinés pour les parents d'Anne de Bretagne et fait exécuter par l'illustre sculpteur Michel Colombe.

Jean Perréal se réjouissait également de la visite de Lemaire à Lyon, lequel l'informait de l'intention de la princesse touchant trois monuments funéraires qu'elle voulait élever en l'église de Brou. Il citait les paroles de l'indiciaire :

– Si me dit que on vous en avoit fait quelques patrons, mais il me dit que si estoit possible d'en faire ung de quelque mode digne de mémoire, que vous l'auriez agréable.

Puis il promettait à sa *petite reine* de travailler en toute diligence :

– Si me suis mis après, tant pour mon devoir envers Votre Majesté que pour l'amour que je vous dois, et ai revyré mes pourtraitures, au moins des choses antiques que j'ai eu ès partie d'Italie, pour faire de toutes belles fleurs un troussé bouquet dont j'ai montré le jet audit Lemaire, et maintenant fais les patrons que j'espère aurez en bref.*

Il était par ailleurs question des carrières de Saint-Lothain, près de Lons-le-Saunier, lesquelles fournissaient *l'albâtre la plus blanche du monde, et à bon compte, grandes pièces et à grand quantité.* En ce qui concernait le délicat façonnement de la pierre, le maître proposait d'engager un ouvrier, *excellent disciple du nommé Michel Colombe.*

– Des mausolées à la gloire de mon perpétuel attachement, de mon absolue fidélité, rêva-t-elle.

Elle repéra sur le bureau les dessins de Perréal apportés par Lemaire, les contempla. Longtemps elle avait hésité à donner son accord, préférant user de sagesse, s'enquerrant de l'avis d'un sculpteur italien, refusant l'idée d'embaucher un subalterne. Enfin elle avait approuvé le projet, sous condition d'employer Maître Landry, un sculpteur de Salins.

Des semaines, des mois s'étaient évaporés. Jean Perréal avait reçu sa pension. Il s'était engagé à envoyer les pourtraits* des tombeaux et les plans de la nouvelle église. Cependant, rien de cela ne parvenait à Malines.

---

[18] Ces tombeaux se trouvent à la cathédrale de Nantes.

L'affaire traînait en longueur cependant que de fâcheux incidents semaient la consternation. Les moines de Brou exprimaient régulièrement leur mécontentement, réitéraient leurs exigences. Ils se plaignent d'être encore lamentablement logés dans l'ancien prieuré, insalubre, exigu et humide. Ils réclamaient des cellules individuelles, un troisième cloître.

Le très magnifique couvent de Brou sortait difficilement de terre. Marguerite semblait se perdre dans une impasse. Pourtant elle refusait de toutes ses forces l'éventualité d'un échec.

Elle regarda de nouveau le dessin des sépultures, si pur, si céleste, si harmonieux. Une mystérieuse sérénité l'enveloppa alors, ôta de son esprit la multitude de tracasseries amoncelées au fil des jours. La perspective de dormir son dernier sommeil auprès du cher et bien-aimé duc Philibert la comblait d'espérance, lui procurait un indicible soulagement. Le souhait de sublimer le vœu de sa belle-mère Marguerite de Bourbon exaltait ses sentiments, encourageait sa détermination, atténuait son ennuyeuse détresse.

Elle se remémora soudain l'allusion de Blanche Marie tout en s'attristant du récent décès de sa belle-mère.

– Je ne demeurerai pas amour, affirma-t-elle.

Pour justifier ses convictions, elle caressa la médaille d'or offerte par la ville de Bourg, la vénéra telle une relique.

– Mon ami ne m'a point abandonnée et nous restons liés à jamais, en dépit de la mort.

Tandis qu'elle portait le bijou à ses lèvres, un malaise altéra sa conscience. Elle résista du mieux qu'elle put à l'engourdissement et, exténuée, elle se mit à pleurer doucement.

– Je suis fatiguée, gémit-elle. Je suis tellement fatiguée…

Son regard ne reflétait que des impressions fluides et floues, des images qui se brouillaient, se dédoublaient.

– Je n'ai pas le droit de m'assoupir, se reprit-elle.

Le jour allait poindre. Dès l'aube, son neveu Charles la rejoindrait. Elle avait juré de l'accompagner à la chasse. Si elle faillait à son serment, il lui reprocherait sa lâcheté, se détacherait d'elle définitivement. Chièvres profiterait de sa faiblesse, tirerait bénéfice de la situation.

Et elle n'aurait plus qu'à abdiquer.

3. ME FAUDRA-T-IL TOUJOURS AINSI LANGUIR

L'affidée poussa la porte dérobée jouxtant le lit à baldaquin, s'avança en toute discrétion vers la reine.

– Madame la baronne mande à s'entretenir avec Votre Majesté, souffla-t-elle à son oreille.

Anne de Bretagne opina de la tête, congédia dédaigneusement musiciens et demoiselles de compagnie. Puis elle sonna ses servantes, leur ordonna de remettre incontinent la chambre en bon arrangement et de raviver le feu dans la cheminée. Elle se fit ensuite apporter d'autres coussins, exigea qu'on les plaçât derrière son dos et sous ses jambes lourdes et enflées.

Dans le calme revenu, Anne frappa quelques coups discrets contre le mur. Immédiatement s'ouvrit le panneau de bois dissimulé par une épaisse tenture.

– Me rapportez-vous d'heureuses nouvelles ? se soucia-t-elle tandis que la dame l'honorait d'une gracieuse révérence.

– Sans nul doute, Votre Altesse.

La reine esquissa un sourire nerveux, serra la courtepointe de ses doigts maigres. Une crampe semblait déchirer ses entrailles. Elle posa les mains sur son ventre arrondi, tâcha de déceler un tressautement. Quelques faibles mouvements apaisèrent bientôt son anxieuse impatience. Anne demeura pourtant en proie à une sourde inquiétude. Elle souffrait de gravelle, chaque maternité l'affaiblissait davantage. Et toujours rôdait autour des naissances le spectre de la mort. Sur les huit enfants qu'elle avait déjà mis au monde, deux seulement avait survécu, la princesse Claude, et la toute jeune Renée.

Le mal s'atténua. La reine respira profondément, pria le ciel de l'assister dans l'épreuve. Cette grossesse, épuisante, ruinait sa santé mais représentait l'ultime espoir de détrôner François d'Angoulême. Si elle offrait au royaume un héritier mâle, elle évincerait la présomptueuse Louise de Savoie.

Mais pour l'heure une affaire de la plus haute importance l'accaparait. Une autre vengeance était à assouvir, une autre rivale était à éliminer.

– Parlez, dit-elle d'un ton âpre.

– Le piège a parfaitement fonctionné.

La baronne afficha une satisfaction teintée d'orgueil. Elle avait usé de larmes, de flatteries et de séduction pour reconquérir le cœur de ce pauvre amant qu'elle avait jadis cruellement éconduit.

– Jean Lemaire a succombé à mon charme, se vanta-t-elle. De ce fait j'ai pu aisément le convaincre. Il se rendra en ma compagnie au banquet que vous donnerez la semaine prochaine.

– Fort bien, murmura la reine.

Elle toisa sa complice, envia un instant sa fraîcheur et sa vitalité.

– Vous a-t-il livré quelques confidences susceptibles de m'intéresser ?

– Certes, Majesté.

Elle connaissait l'animosité que nourrissait la souveraine envers Marguerite d'Autriche, aussi évita-t-elle de prononcer le nom de la princesse.

– Ses nouvelles fonctions l'absorbent démesurément. Il se démène comme un diable, se plaint de ne trouver le temps d'écrire, erre de ville en ville, de Bresse en Flandre. Ses maigres rémunérations pourvoient à peine à ses dépenses.

Anne de Bretagne éprouva une joie morbide. Ces précieux détails lui fournissaient le meilleur moyen de corrompre le poète, de le détourner de son devoir. L'argent et la liberté ramèneraient le chroniqueur à la cour de France.

– N'oubliez pas que je veux m'entretenir avec lui, en tête à tête, à l'issue du repas.

– Je n'oublie pas, certifia la jeune femme.

De façon à prouver qu'elle jouerait son rôle jusques à la parfin, elle ajouta :

– Je verserai dans sa boisson la poudre destinée à l'étourdir.

La reine se garda de tout compliment. Elle se devait d'imposer la crainte et le respect par la sévérité et les menaces.

– Votre salaire sera à la hauteur des services rendus, décréta-t-elle sèchement. Vous pouvez disposer.

La baronne se retira.

Anne se leva alors péniblement, avança de quelques pas en direction de la fenêtre. Le jour déclinait ; une fine gelée saupoudrait déjà la campagne assoupie, figeant le paysage dans une froide blancheur. Le val de Loire revêtait les couleurs de l'hiver, s'enveloppait d'un parfum de nostalgie.

Que restait-il de toutes ces années écoulées sinon l'image du bonheur flétri, des rêves fanés ? Qu'émanait-il cette existence sinon le souvenir tenace des souffrances, des luttes, de l'adversité ? Et dans cette ultime course à défendre les intérêts, Marguerite d'Autriche se dressait encore dangereusement. En se liguant contre la France, elle devenait la pire ennemie du royaume. En engageant les meilleurs peintres et sculpteurs, elle s'appropriait la gloire, le prestige et les honneurs.

Mais la reine de France refusait les défaites. Son tempérament combatif, acharné, la poussait à la révolte. Dans un dernier sursaut d'orgueil, en dépit de son extrême lassitude et du mal qui la rongeait, elle fomentait d'ultimes complots. La jalousie et la haine lui restituaient la force de riposter.

Elle s'approprierait la Bourgogne par l'intermédiaire du seigneur de Chièvres, elle affaiblirait les Pays-Bas en donnant son appui au duc de Gueldre. Et surtout elle empêcherait l'érection des tombeaux de Brou.

– Je ferai tout ce qui est en mon pouvoir pour vous anéantir, marmonna-t-elle en songeant à la fille de l'empereur.

***

– Majesté… bredouilla Jean Lemaire en titubant. Pardonnez-moi, je…

– Votre visite me réjouit, coupa la reine.

Elle feignit de s'étonner du malaise de son invité, lui permit de prendre place sur le canapé de velours réservé aux hôtes de condition élevée et de se mettre à son aise. Le poète accepta, confus mais soulagé de pouvoir s'étendre. Il reprit vaguement ses esprits, promena des regards égarés à l'entour. Il lui semblait habiter un monde idéal, séjourner loin des dures réalités quotidiennes. La librairie privée d'Anne de Bretagne était peuplée d'inestimables manuscrits, de rares incunables. Les étagères supportaient les plus prestigieuses collections. Jean Lemaire se délecta de l'odeur de l'encre, suavement mêlée à celle du papier et du cuir. Son âme céda au suave délire de l'inspiration.

Jean Lemaire avisa ensuite le pupitre sur lequel trônait *Les illustrations de la Gaule et singularités de Troie*, son œuvre récemment publiée.

– Votre dernier ouvrage, dit la reine.

Afin de lui montrer tout l'intérêt qu'elle portait à ses écrits, elle cita quelques passages qu'elle avait fort appréciés, puis elle profita de l'émotion de sa victime.

– Il me serait fort agréable de vous reprendre à mon service. Que diriez-vous de compiler à mon intention des chroniques de la Maison de Bretagne ?

L'illustre rhétoriqueur formula sa gêne :

– Je n'ai guère le temps, Majesté, bafouilla-t-il.

La reine simula l'ébahissement :

– Quelle besogne vous retient donc au point de ne plus pouvoir assouvir votre passion ?

Jean Lemaire hésita. Il était certes tenu par le secret, mais un vertige indéfinissable embrumait son jugement, le déliait de tout scrupule. Il flottait sur un nuage de félicité. Depuis bien longtemps il n'avait consommé d'aussi bons mets, bu d'aussi bons vins, porté d'aussi beaux habits, aimé d'aussi voluptueuse femme, entendu d'aussi élogieuses paroles. Une sorte de griserie le transporta, sa langue se délia.

– Majesté je travaille pour le compte de la régente des Pays-Bas, passe mes heures sur les routes à voyager, par les forêts à chercher le bois de charpente ou dans les carrières à courir grand danger. En tant que solliciteur des œuvres de madite Dame, il m'incombe de négocier les marchés, trouver les pourtraitistes, imagiers, sculpteurs, quérir les ouvriers, dénicher les bonnes pierres de taille.

– Cela doit vous rapporter richesse et considération !

– Hélas, Majesté. Les moines m'ont causé moult tracasseries en m'interdisant de loger en leur prieuré de Brou. Mes faibles revenus me suffisent juste à payer l'auberge de Lyon où j'ai pris pension.

Il sentit des larmes inonder ses paupières, dévoila malgré lui les tréfonds de sa pensée :

– J'ai faussement accusé les bénédictins d'avoir creusé un puits clandestin dans leur cave, et d'en avoir failli faire crouler le monastère…

La reine savoura l'amusante confidence, abusa de la faiblesse du poète, extirpa de sa conscience occultée les vérités qu'il dissimulait encore :

– Le projet se dessine-t-il ? demanda-t-elle innocemment.

– Assurément, Majesté. J'ai porté à la princesse les pourtraits des tombeaux et de la plate-forme de l'église et je viens de signer en son nom un contrat avec Michel Colombe.

En entendant prononcer le nom du sculpteur qui avait réalisé le monument funéraire des ducs de Bretagne, Anne blêmit de rage.

– Aurait-il accepté d'exécuter le gisant ?

– Seulement les dix Vertus entourant la sépulture de Monseigneur Philibert. Le maître est fort âgé[19], cependant il espère, avec l'aide de ses neveux, accomplir le plus parfait chef-d'œuvre.

---

[19] Il a presque 80 ans.

– Puisse Vieillesse l'en empêcher, maudit la reine intérieurement.

Elle usa soudain d'autorité, sortit d'un tiroir une bourse remplie de pièce d'or, fit tinter la monnaie. Jean Lemaire se montra indécis.

– Je ne puis…

– Auriez-vous d'autres travaux en cours que vous n'osez avouer ? s'énerva-t-elle.

Il ressentit un étrange mal-être, se débattit un instant contre d'invisibles prédateurs. Mais les mailles du filet se resserraient inexorablement. Il était prisonnier. Il succombait sous le poids des tourments, sous les méfaits de l'ivresse. Pourtant un pressentiment le contraint à se taire. Il n'avait point abandonné la rédaction de *la couronne margaritique*. Il continuait, en se cachant, de célébrer les mérites de la Dame infortunée. Il redoutait tant que son récit ne portât malheur à la princesse ! Le poète se reprochait encore le deuil de l'époux et du frère de sa protectrice. Protectrice qu'il s'apprêtait à trahir.

La reine impatiente, réitéra sa question.

– Non, Majesté, mentit-il.

Il signa à son insu le contrat régissant à la cour ses nouvelles fonctions.

– Vous me semblez fort affaibli, sourit fièrement la reine. Je vais ordonner que l'on prépare pour vous un confortable logis.

Elle saisit la clochette en étain posée sur son bureau, suspendit son geste, se figea, soutint de ses mains moites son ventre distendu.

– C'est sans importance, murmura-t-elle en grimaçant.

Mais les élancements se répétèrent et elle commença à souffrir grandement.

– Allez quérir mon médecin, haleta-t-elle.

Il rassembla le peu de force dont il disposait, se dirigea vers la porte d'une démarche mal assurée.

– Je vous somme d'agir vite, s'affola-t-elle en étouffant un cri de douleur.

***

Marguerite quitta à regret son neveu et ses nièces. Cette heure passée en leur compagnie à écouter chanter les poètes et entendre jouer divers instruments de musique l'avait ravie. Elle s'était particulièrement délectée des mélodies profanes composées à son intention par Pierre de la Rue et illustrant à merveille, par leur mélancolique sonorité, cette infortune qui si fort la guerroyait.

À cette occasion, elle avait pu constater combien ses pupilles s'intéressaient aux nobles déduits, combien s'étaient développés leur sens artistique, leur goût pour les choses belles et raffinées de l'esprit. Une immense satisfaction avait alors récompensé ses efforts, couronné sa persévérance. Assurément, elle ne manquerait pas d'en informer Maximilien d'Autriche. L'empereur attachait moult importance à l'éducation de ses petits-enfants et appréciait que sa fille lui rendît compte de leurs progrès.

Cependant l'instant récréatif s'achevait. Après s'être délicieusement diverti, chacun retournait vers ses contraintes ou obligations. Charles, Éléonore, Isabelle, Marie rejoignaient leurs précepteurs. Et la régente se replongeait dans la tourmente de Souci.

Elle ordonna qu'on ne la dérangeât sous aucun prétexte, s'enferma dans son cabinet de travail. Présentement, elle désirait s'isoler, se préserver de toute présence susceptible de l'influencer.

La décision s'avérait fort difficile à prendre. Marguerite en avait retardé l'échéance. Elle avait longuement réfléchi, laissé le temps édulcorer sa déception. Mais en vain. La rancœur primait l'indulgence. La trahison de Jean Lemaire demeurait impardonnable.

La princesse s'installa devant sa table à écrire, tâcha de concentrer ses pensées sur la lettre qu'elle avait l'intention de rédiger. Tant de fardeaux l'accablaient, tant de conflits gênaient son application. Il y avait surtout la désastreuse campagne militaire qu'elle avait engagée contre le duc de Gueldre et sans l'avis du Conseil. Il y avait aussi la réunion prochaine des États Généraux…

Marguerite trempa la plume dans l'encrier. Ce geste si ordinaire lui rappela les fonctions de l'écrivain : Jean Lemaire avait mis son talent au service d'Anne de Bretagne. Ainsi quelques éblouissantes promesses l'avaient détourné de son serment.

– Vous avez commis une faute irrémissible, s'indigna la régente. Maître Perréal n'exagérait nullement en vous qualifiant *de parleur et inventeur de menteries*. Et votre devise *De peu assez*, révèle votre manque d'ambition, votre caractère faible, lâche, déloyal.

Elle se rappela l'intense joie éprouvée tandis qu'il lui remettait les pourtraits du tombeau et de la plate-forme de l'église de Brou. Puis le ressentiment effaça l'image du bonheur.

– Celle qui jadis me ravit le trône débauche aujourd'hui mon indiciaire, ragea-t-elle en souhaitant les pires déconvenues à son éternelle rivale.

Plus que jamais déterminée, Marguerite commença la rédaction de sa lettre.

– *Très cher et bien aimé Maître…*

L'amertume et la colère guidèrent sa main. Elle n'eut pas à chercher ses mots. D'un seul jet, sans l'ombre d'un remords, elle annonça à Jean Perréal qu'elle lui accordait une exceptionnelle faveur. Désormais, le peintre et valet de chambre de la régente des Pays-Bas devenait contrôleur des travaux de Brou, à la place de Jean Lemaire, retenu de son plein gré à la cour de France.

***

Antoine de Lalaing ôta son chapeau, se courba avec déférence. Marguerite ne prononça pas une parole, le gratifia seulement d'un air grave et triste. Il devina qu'un trouble inhabituel la rongeait, se douta qu'elle devait se sentir très agrevée* pour réclamer incessamment sa présence.

– Vous m'avez mandé, Madame ? s'inquiéta-t-il.

Marguerite acquiesça en silence. Puis elle alla ouvrir une crédence en chêne sculpté, en sortit un objet enveloppé de soie noire. Antoine saisit le paquet, enleva la chape funeste, découvrit une splendide peinture sur bois. Il l'observa un moment le portrait, reconnut le visage, certes embelli par de subtils coups de pinceaux.

– L'épouse de l'avocat fiscal, s'étonna-t-il.

Tout en retenant ses larmes, la régente pointa son index sur le coin inférieur du tableau. Antoine déchiffra la signature de Perréal.

– Comment vous êtes-vous procuré ce tableau ? demanda-t-il pour aider Marguerite à s'épancher.

– Mon espion l'a ramené de ma bonne ville de Bourg.

Elle s'assit sur son lit, prit la tête entre ses mains.

– Voilà pourquoi les travaux demeurent en souffrance. Au lieu de besogner sur le chantier, Maître Jean dilapide son temps en plaisirs illicites ! Dire que je lui avais octroyé les pouvoirs exceptionnels…

Un soupir douloureux nuancé de jalousie brisa sa voix.

– Par la faute de cette courtisane, le maître s'est désintéressé du chantier, brouillé avec les religieux, les maçons, les syndics. Et mon projet, mon beau projet tombe dans l'oubli.

– Vous avez obtenu les pourtraits souhaités, temporisa-t-il. Et le monastère a grandement avancé.

Elle se leva promptement, mue par un sentiment de colère et de dépit, entraîna son interlocuteur vers le cabinet des secrets. Sur un guéridon joliment incrusté de nacre se trouvait le courrier qu'elle n'avait eu le courage de ranger. Elle effeuilla les mauvaises nouvelles.

– Les récriminations du prieur à propos de l'intolérable autorité de Perréal, la demande de délai de Michel Colombe, les plaintes de Landry dénonçant la détérioration de ses œuvres par Maître Jean, celles du Conseil de Bresse accusant le peintre de tyrannie, évoquant sa grandiloquence, son hypocrisie.

Elle s'enfonça dans une inextricable détresse, ajouta d'un ton las :

– Partout il est question de retard, querelles, empêchements. Les fondations de l'église auraient dû commencer. Au lieu de cela, l'on débat sans cesse pour décider ou non de surélever le sol…

– Pourquoi ne pas engager des artistes flamands ? suggéra Antoine.

Elle ne répondit pas, avisa la maquette en volume du tombeau de Philibert posée sur la cheminée. Il s'agissait d'une sépulture en terre cuite, aux dimensions réduites, enluminée de manière à imiter à la perfection les couleurs et la nature des pierres. Michel Colombe avait réalisé le chef-d'œuvre dessiné par Perréal. Tout resplendissait : le socle noir, la petite statuaire, et le gisant, si ressemblant, de feu le duc Philibert de Savoie.

Marguerite ressassa son infortune, imagina soudain l'effigie de son défunt époux souillée par Perréal.

– Maître Thibault Landry, susurra-t-elle, le sculpteur préféré de mon cher mari…

Une immense tristesse inonda son cœur. Elle adressa au comte de Lalaing une expression suppliante, manifesta son désarroi avec une délicatesse infinie :

– Me faudra-t-il toujours ainsi languir ?[20]
Me faudra-t-il enfin ainsi mourir ?
Nul n'aura-t-il de mon mal cognoissance ?
Trop a duré ; car c'est dès mon enfance !

Elle tourna le dos à Antoine, essuya ses longs cils emperlés de larmes, poursuivit d'une voix dolente :

– Je prie à Dieu qu'il me doit tempérance,
Métier en ai : je le prends sur ma foi ;
Car mon seul bien est souvent près de moi,
Mais pour les gens faut faire contenance !

---

[20] Poème de Marguerite.

Elle s'arrêta, comme si le poème était fini, se retourna. Les pleurs ne coulaient plus, elle maîtrisait à nouveau ses chagrins. Antoine la considéra d'un air grave.

– *Pourquoi coucher seulette et à part moi*… enchaîna-t-il

Elle resta pétrifiée :
– Vous connaissez ces vers que j'ai moi-même composés ?
Il ne l'écoutait pas, la dévisageait intensément, s'approchait.

– *Qu'il me faudra user de patience !*
Las ! c'est pour moi trop grande pénitence ;
Certes oui, et plus quand ne le vois !

– Comment cela se peut-il ? s'émut-elle tandis qu'il avançait encore.
Un pas seulement les séparait. Elle percevait sa respiration précipitée, son cœur palpitant.
– Je vous ai entendu lire ce poème, un soir, au château de Pont-d'Ain. Ma Dame, une fois m'a suffi pour le retenir.
Marguerite se sentit défaillir, chancela, se raccrocha au bras d'Antoine. Il l'enlaça, la serra pour l'empêcher de choir. Durant un moment qui lui sembla éternel, la princesse éplorée demeura captive de cette étreinte qu'il lui dérobait. Alors l'envie de céder à l'amoureux désir la tortura cruellement. Elle avait tant besoin de se blottir contre une poitrine large et puissante, d'appuyer sa tête sur une épaule réconfortante et sûre, de cueillir des mots galants, de récolter une tendre promesse. Mais le repentir l'emporta et le fidèle souvenir de Philibert s'imposa avec force à son esprit. Non sans peine, elle s'écarta du doux ami, se tint à une respectueuse distance.
– Laissez-moi à présent, Messire de Lalaing, susurra-t-elle.
Il ne bougeait pas, la fixait toujours d'un regard languide et passionné. Elle continua de reculer.
– Je vous en supplie, sanglota-t-elle, laissez-moi.
Antoine s'effaça tristement.

4. JUSQUES À LA FIN

Le carillon de la cathédrale égrena dans le matin froid et brumeux son tintement mélodieux. Loys van Boghem se frotta les yeux, bâilla bruyamment, se dirigea vers le fenestron. Une lueur blanchâtre émanait de l'horizon, s'étalait frileusement sur les toits de la ville. La nuit s'évaporait et Malines sortait de son engourdissement avec une majestueuse lenteur. L'aube invitait à une douce paresse, ajoutait à la tranquillité mystérieuse du paysage, au calme obscur de l'antichambre. Néanmoins, l'heure n'était point à l'assoupissement.

Loys van Boghem tira de sa poche une petite fiole remplie d'hypocras.

– Ce nectar me rendra mon allant, se convainquit-il en en absorbant le liquide d'un trait.

Il détestait l'oisiveté, préférant le rude labeur, le grand air, les entreprises hasardeuses, les défis insensés à la vie monotone des salons. Pour tromper son impatience et se désennuyer de cette interminable attente, le maître-maçon retourna par la pensée vers ses dernières aventures. Il n'avait guère dormi ni goûté de repos, depuis son partement* de Bresse mais ne s'en plaignait pas. Ces deux semaines de vents, pluie, neige et mauvais chemins ne l'avaient nullement dissuadé de besogner pour la duchesse de Savoie. Et surtout, cela lui fournissait un excellent motif de revendication : il exigerait de la princesse quelques bonnes gratifications. Son salaire, déjà coquet, ne le satisfaisait que partiellement. Traverser ces contrées désolées, œuvrer en un lieu pesteux, insalubre et humide, méritaient qu'on lui permît de passer l'hiver à Bruxelles, auprès de sa famille, qu'on promît de payer sa rançon en cas de ravissement*, qu'on lui octroyât maintes indemnités, dont celle de monture, et qu'on le dédommageât s'il subissait quelques molestes sur les routes.

Appâté par le gain, Maître Loys calcula les avantages qu'il pourrait tirer de la situation. Il évaluait ses profits lorsque la porte s'ouvrit.

– La régente va vous recevoir, annonça un laquais.

Aucunement impressionné, il pénétra dans la grande salle d'audience éclairée par une multitude de chandelles montées sur de splendides candélabres. Derrière un imposant bureau se trouvait Marguerite, entourée d'un secrétaire et d'un trésorier. Au fond de la pièce, sur des coffres munis de serrures à moraillon et renfermant les papiers de finances, étaient assises les dames d'atours.

– Ma très redoutée Princesse, salua-t-il de sa voix rauque et autoritaire.

Il s'inclina sobrement, posa un gros sac de cuir sur la riche table mignonnement ouvrée. Sans se soucier des convenances, il ôta sa cape de drap bourru et son béret de feutre. Sous son pourpoint de travail, fait de toile grossière, et ses chausses de laine se devinait un corps trapu, robuste. Loys demeura debout, désigna le paquet et, d'un simple signe de tête, invita la duchesse à l'ouvrir. Un large sourire éclairait son visage anguleux, ridait sa peau tannée, empourprait son teint hâlé.

Marguerite défit le lacet, sortit précautionneusement un objet qu'elle supposait aussi fragile que précieux.

– Le pourtrait de mon église, murmura-t-elle, émerveillée.

– Réalisé d'après les plans et projets que vous m'aviez confiés, ajouta Maître Loys.

Au grand étonnement de la régente, il souleva de ses grosses mains calleuses le toit de carton, détacha entièrement la couverture dont les décorations colorées reproduisaient remarquablement les tuiles vernissées. Puis il promena son index à l'intérieur de l'édifice miniature, s'arrêta sur une galerie haute séparant le chœur de la nef.

– J'ai renoncé à mettre votre maisonnement près de votre oratoire, au nord, et l'ai placé au sud, accolé à l'étage du premier cloître. Ce jubé, ma gente Dame, reliera votre logis à votre chapelle. Vous pourrez y circuler librement, sans déranger les moines.

Marguerite observa la maquette, découvrit, émue, la voie qu'elle emprunterait lorsque, sortant de ses dépendances, elle irait prier pour l'âme de son bien-aimé mari. De ce modeste lieu de culte situé en hauteur et muni d'une cheminée, elle surplomberait le tombeau de Philibert, elle assisterait aux offices divins tout en repaissant ses yeux de la statue du beau duc défunt.

– Quand débuteront les travaux ?

– Dès le printemps, souveraine Princesse.

Le maître-maçon exposa nûment ses conditions. Marguerite ordonna à son secrétaire de prendre note des prétentions et à son trésorier d'avancer les sommes réclamées. En dépit de son tempérament revêche et obstiné, cet homme lui inspirait confiance. N'avait-il pas travaillé à l'élaboration des plus beaux monuments de Bruxelles ? Néanmoins, instruite par les précédents échecs, elle voulut s'assurer de l'aboutissement de son splendide moutier.

– Saurez-vous, Maître Loys, conduire et ordonner ledit ouvrage ?

– *Jusques à la fin.*

Elle resta songeuse. Van Boghem comprit, à l'ombre qu'il décela au fond de ses prunelles, qu'elle doutait encore.

– Madame, ajouta-t-il alors, je n'ai jamais failli à ma devise.

Elle hocha la tête en signe d'approbation, se garda d'épancher l'immense espoir qui inondait son cœur. La Providence en ces temps se montrait indulgente. Déjà lui était parvenue une lettre de Pedro Mártir de Anghiera accompagnée d'un dessin, et lui rendant compte de l'achèvement du magnifique mausolée de don Juan. Par ailleurs, le peintre Jean van Roome remaniait et parachevait les pourtraits des trois tombeaux de Brou.

Marguerite domina sa joie. Affichant intransigeance et détermination, elle édicta ses volontés. Le secrétaire écrivit les articles devant figurer dans le contrat qu'elle passerait sans délai avec le maître. Puis elle fit remettre à Loys une bourse contenant forte rémunération.

– Vous m'avez promis un chef-d'œuvre, rappela-t-elle avec sévérité tandis qu'il s'emparait avidement des écus.

– Dans cinq années vous possèderez le plus bel édifice d'Europe, répondit-il en se retirant.

– Que Dieu vous entende, chuchota la princesse.

***

Une simple bougie éclairait de sa lueur tremblante et livide la chambre des époux Lalaing. Le feu s'était déjà consumé. Les dernières braises, affaiblies, agonisaient dans l'âtre. Nul crépitement, nulle chaleur, nul rougeoiement n'égayait la pièce plongée dans l'hostile obscurité de cette heure tardive. Cette heure qui ressemblait tant à l'existence…

En proie à de langoureux tourments, Antoine veillait, pensait à son impossible amour. Les flammes du bonheur s'étaient éteintes, comme ces neuf années écoulées depuis le trépas du duc Philibert. Et la froideur des sentiments avait amorti l'ardeur de la passion, étouffé la douce tiédeur de la tendresse et du désir.

Antoine froissa la feuille de parchemin sur laquelle il avait griffonné un rondeau. L'amoureuse insomnie lui avait inspiré quelques vers mélancoliques, quelques rimes empreintes d'une douloureuse nostalgie.

– Jamais je n'oserai l'offrir à ma bien-aimée Princesse, se lamenta-t-il.

Il blâma son manque de courage, s'exerça à voix basse à réciter les paroles de l'ami éconduit :

– Sur le sentier de Souvenir
Semé d'ennuis, de joie, de peines,
De doux plaisirs, de larmes vaines,
Mon pauvre cœur s'en va languir.

À quoi me sert de le tenir
Lorsque Regret ainsi l'entraîne
Sur le sentier de Souvenir ?

Un rêve qu'il n'a pu cueillir
L'attire encore et le malmène ;
De gré, de force il le ramène
Vers d'anciens vœux, d'anciens soupirs,
Sur le sentier de Souvenir.[21]

Antoine se désespéra. Marguerite semblait si lointaine, si indifférente à son égard. Pourquoi récompensait-elle son dévouement par cette cruelle ingratitude ? Pourquoi ?

Il avait été jusqu'alors le témoin privilégié des favorables instants, le confident des plus intimes contrariétés, des plus secrètes cabales.

– Ne vous ai-je pas consolée, ma Dame, songea-t-il morosement, lors des différents soulèvements populaires ? Ne vous ai-je pas réconfortée à la mort de Jules II, ce pape qui vous appréciait au point de vous offrir de précieuses reliques et de vous proposer l'excommunication du duc de Gueldre ? N'étais-je point à vos côtés quand vous signâtes la ligue de Malines ?

Antoine se remémora la cérémonie officielle et le banquet qui suivit. L'on avait fêté dignement cet accord alliant Rome, l'Autriche, l'Angleterre et l'Espagne contre le royaume de France, devenu trop puissant. Antoine avait tenu, auprès de sa princesse, la place d'honneur.

Ladite entente avait eu de sérieuses conséquences. Les Français avaient essuyé de terribles défaites et perdu leurs possessions en Italie. Négligé par son protecteur, le duc de Gueldre avait dû accepter une trêve. L'Angleterre avait envahi une partie de l'Artois et, avec l'aide de Maximilien, avait vaincu

[21] Auteure du poème : Isabelle CALLIS-SABOT.

les troupes de Louis XII. Tous ces événements s'étaient soldés par un nouveau traité. La chance, pour Antoine, avait alors tourné.

Au début des négociations, concrétisées par la promesse du mariage de Charles et de Marie d'Angleterre, rien ne laissait présager la disgrâce du comte. Celui-ci avait suivi la régente à Tournai puis à Lille où, en compagnie de son père et de son neveu, elle avait rencontré le roi Henri VIII.

Le roi d'Angleterre mais aussi, hélas, son capitaine et diplomate, le sire de Brandon…

Antoine serra rageusement les poings. La rumeur ébruitait les prochaines épousailles de la régente et de l'ancien valet.

Marguerite aurait donc cédé aux avances de l'ignoble flatteur, du méprisable libertin, du courtisan parvenu illicitement au faîte de la gloire.

– Que possède-t-il donc qui la fasse fléchir, sinon grande beauté et éminence ? récrimina le comte de Lalaing.

Il demeura longtemps sous l'emprise de Désarroi. Puis il se sentit submergé d'une inavouable honte. Comment avait-il pu croire en une liaison tendre et merveilleuse, comment avait-il pu vivre dans l'attente d'un signe affectueux, d'un geste éloquent ?

Dépité, il déchira la page contenant la preuve de son indéniable attachement. Enfin, sans prendre le soin de se dévêtir, il vint se coucher auprès de sa femme endormie.

***

Marguerite ouvrit tout doucement la porte. Les volets demeuraient clos, de manière à occulter la vive clarté estivale. La chambre était plongée dans une obscurité silencieuse, baignée d'une chaleur imprégnée de vapeurs d'eucalyptus. Lorsque ses yeux furent habitués à la pénombre, la régente distingua le lit à baldaquin où reposait son neveu ainsi que la silhouette de l'homme veillant à son chevet.

– Madame, fit Guillaume Chièvres en se levant.

Le ton, orgueilleux et impertinent, laissait volontairement filtrer son autorité, son influence dominante et grandissante : le gouverneur cédait sa place par pure convenance.

Guillaume chuchota quelques mots à l'oreille de Charles, caressa son front moite avant de se retirer. Marguerite ravala ses ressentiments, s'avança d'une allure majestueuse et s'assit au chevet du malade.

– Comment vous portez-vous, mon bien-aimé neveu ? s'inquiéta-t-elle avec une sollicitude toute naturelle.

– Un peu mieux, Dame Marguerite.

Elle tressaillit. Il ne l'avait point appelée *ma bonne Tante*. Et sa réponse brève, dénuée d'affection, la blessait profondément, révélait que sa présence s'avérait inutile, indésirable. Malgré sa peine, elle poursuivit la conversation, affichant ainsi tout l'intérêt qu'elle lui portait.

– Ce souper donné lors des noces de votre sœur Isabelle vous fut fatal, dit-elle d'une voix qui se voulait rassurante.

Il sourit poliment.

– Je me réjouis de cette union de l'Autriche avec le Danemark, ainsi que de des accordailles de Marie avec le futur roi de Hongrie.

– Votre redouté grand-père Maximilien a décidé de ces apparentements sans mon consentement, déplora la marraine.

Elle pensa avec amertume au nonchaloir de l'empereur, à ses égarements, à son inguérissable versatilité. Maximilien errait, se perdait à jamais *en la forêt d'ennuyeuse Tristesse*. En ressortirait-il un jour ? Marguerite en doutait. La mort de Blanche Marie avait eu raison de son entendement. Peu après le trépas de sa deuxième épouse, il avait songé à devenir pape. Avec moult prévenance, elle l'en avait dissuadé. Cependant ses absurdes folies, ses illusions insanes ne s'arrêtaient pas là. Il était hanté par des chimères extravagantes, parfois morbides : il rêvait de posséder l'Italie, il envisageait de délivrer le tombeau du Christ, il traînait son cercueil dans ses déplacements… Et puis, il agissait seul, dénigrant sa fille, ne la sollicitant que pour lui soutirer de l'argent. Ses décisions irréfléchies allaient à l'encontre de la politique menée jusqu'à présent. Sans même s'en apercevoir, Maximilien d'Autriche favorisait un dangereux renversement d'alliances. Déjà Louis XII s'était réconcilié avec le Souverain pontife.

– Mon grand-père a sollicité mon avis quant à ces mariages, répondit Charles fièrement. Il m'a affirmé que je pouvais d'ores décider, puisque d'ici un an j'obtiendrai mon émancipation, comme le souhaitent les États Généraux.

Marguerite blêmit. La majorité avancée de Charles signifiait la fin de la régence, l'annulation de la pension de gouvernante des Pays-Bas et de tutrice. L'archiduc règnerait, administrerait ses biens, toucherait ses revenus. Elle n'aurait plus aucune autorité, aucun pouvoir. Marguerite n'était point dupe. Son filleul ne parlait pas avec son cœur, il récitait une leçon. Une leçon que Chièvres lui avait assurément enseignée.

Guillaume de Chièvres se servait de Charles ainsi que d'un fantoche. Il le maniait à sa guise. Dans quelle périlleuse entreprise projetait-il de l'embarquer ? Marguerite n'osait l'imaginer. Le gouverneur briguerait les honneurs, tenterait un rapprochement avec Louis XII, compromettrait le mariage anglais.

Marguerite réfléchit. La reine Anne était morte, ne laissant que deux héritières au royaume. Peu après son trépas, Louis XII avait uni sa fille aînée Claude, jadis la fiancée de Charles, à François d'Angoulême. Sa dernière enfant, Renée, ne possédait point de prétendant. Assurément, Guillaume de Chièvres profiterait de la situation. Et Charles, aveuglé, romprait son engagement avec Marie d'Angleterre.

La princesse cacha ses angoisses, puisa, dans l'amour qu'elle portait au fils de son défunt frère, la force d'espérer. Elle tenta une ultime réconciliation :

– Je puis dormir près de vous, nuitamment.

Charles refusa sans la moindre hésitation :

– Monseigneur de Chièvres a prévu de rester avec moi.

Elle accusa une immense déconvenue et, se sentant gênante et importune, prit congé de son filleul.

– Nous nous reverrons, dès que vous aurez recouvré la santé, proposa-t-elle aimablement.

– Dès que j'aurai recouvré la santé, rétorqua Charles, je partirai en croisade avec mon grand-père Maximilien.

Elle acquiesça sans souffler mot et disparut en pleurant.

***

Hiver était revenu, élongeant les nuits ténébreuses et glacées, tirant derrière lui son cortège de solitude et d'ennuyeux déplaisirs. Confinée en son cabinet privé, Marguerite luttait contre l'implacable isolement, l'épouvantable détresse. Sa table jonchée de lettres témoignait de son incessant travail, de ses insurmontables soucis.

En attendant la venue du comte de Lalaing, Marguerite revivait ses rares bonheurs. Combien il était apaisant de savoir le monastère de Brou en bon avancement ! Le petit prieuré avait été démoli, l'on avait creusé les fondations et posé la première pierre de la très magnifique église. Les moines habitaient leur riche couvent, célébraient la messe en leur sacristie neuve.

Cependant poursuivre les travaux relevait de l'exploit. Jean Perréal avait menti, délibérément sous-estimé le coût de l'entreprise. De plus, les revenus du douaire savoyard étaient fort difficilement perçus car René le Grand Bâtard revendiquait encore les comtés de Villars et de Gourdans. Il profitait largement de la situation de sa sœur Louise, devenue la belle-mère de Claude de France, pour exagérer ses prétentions et obtenir la faveur de Louis XII.

Louis XII… Quel rôle jouait-il donc ? Il s'était posé en adversaire de Marguerite, en ennemi des Pays-Bas. Il s'était allié avec l'Angleterre, usant de procédés fort inconvenants.

Marguerite l'eût haï si, auparavant, il ne lui avait adressé une émouvante missive.

Avec une infinie délicatesse, dans un style affable et courtois, il rappelait à la princesse de délicieux souvenirs, de tendres complicités, se prévalait même d'avoir été son premier galant. Il louait ses mérites, compatissait à ses malheurs. Le roi s'accusait ensuite : il reconnaissait sa déloyauté, ses décisions prises à l'encontre de l'Autriche, implorait le pardon de la princesse, s'excusait d'avoir débauché son indiciaire Jean Lemaire. Enfin, utilisant des termes poétiques et élogieux, il demandait sa main, lui proposait de devenir sa *petite reine*.

Marguerite relut la déclaration d'amour. Ses pensées vagabondèrent. Pour éconduire le roi sans le froisser, elle avait évoqué une éventuelle stérilité. Argument irréfutable ! Louis XII désirait un héritier mâle de manière à écarter du trône François d'Angoulême.

Ainsi avait-il épousé la toute jeune Marie, la promise de Charles !

– Madame…

La régente sursauta. Antoine se tenait devant elle. Perdue dans sa mélancolie, elle ne l'avait point entendu entrer.

Cela faisait un an, peut-être davantage, qu'elle n'avait partagé, avec lui, de moments privilégiés, d'intimes entretiens. Elle ressentait à présent le besoin de s'épancher, désirait profiter de sa douce compagnie. Il demeurait l'ami unique, l'indispensable confident.

Elle le fit asseoir, vida son cœur qui débordait de fatigue et de souffrance. Il l'écoutait, la dévorait des yeux. Ensemble, ils renouèrent des liens d'affection, reconstruisirent un univers de connivences et de secrets. Ils se remémoraient les êtres disparus, les instants merveilleux ou éprouvants. Ils redécouvraient des lieux qu'ils avaient particulièrement chéris, des endroits inoubliables et tant regrettés, comme le château de Pont-d'Ain.

Marguerite parlait de Philibert, librement, sans retenue, clamait l'infaillible vertu, l'absolue fidélité dont elle l'honorerait tout au long de son veuvage. Antoine comprit que le sire de Brandon n'avait pu être son amant.

Au fil du temps, la conversation dévia. Il fut question de Bourg, et des problèmes que soulevaient l'indiscipline et la délinquance, puis de la construction de l'église Notre – Dame. Le regard de la princesse, soudain, s'assombrit.

– Je viens d'apprendre l'écroulement d'une partie des voûtes.

– Les dégâts sont-ils importants ? se soucia Antoine.

– Deux chapelles, ainsi que deux travées ont été fort endommagées.

Antoine jugea de la situation.

– À votre place, Princesse, je manderais conseil à maître Loys. Lui seul peut sauver l'édifice du désastre.

– Je crains qu'en s'occupant de Notre-Dame il néglige Brou...

Le comte de Lalaing secoua la tête en signe de dénégation.

– Madame, van Boghem n'est point homme à trahir sa devise. Accordez-lui votre entière confiance.

Elle approuva. Puis, soudain submergée de soucis et de chagrins, s'abandonna à de profondes incertitudes, à d'insondables terreurs.

– Messire de Lalaing, livra-t-elle dans un souffle, je n'ai plus que vous. Je vous en prie, ne me décevez pas.

– Ma très gente Dame, je resterai votre loyal serviteur.

Il la considéra avec une gravité teintée de respect et de bienveillance.

– Jusques à la fin, ajouta-t-il sous la foi du serment.

5. TOURMENTS, PEINES ET DOULEUR

– Au nom du Seigneur Tout-Puissant, j'absous vos péchés. Allez en paix.

Marguerite se signa, sortit du confessionnal, s'agenouilla sur son prie-Dieu. La chapelle répandait une mystérieuse présence divine, un silence sacré, diffusait une lumière opaque et tiède, un capiteux parfum d'encens, dispersait une quiétude qui appelait au réconfort, invitait au recueillement et au repentir. La princesse saisit le chapelet que Jeanne de France lui avait jadis offert, fit rouler dévotement les perles au rythme des Ave et des Pater, pria en vue d'obtenir la rémission de ses fautes.

Par cet acte de contrition, elle avait d'abord livré au prêtre l'intimité de sa conscience, avouant avec humblesse et sincérité son attirance pour Antoine de Lalaing. Il ne s'agissait certes que d'une amitié profonde, bercée de candeur et de tendresse, mais il arrivait que l'idylle s'aventurât fugitivement à la lisière d'un rêve troublant. La veuve de Philibert avait, au doux confident, dédié ses plus belles complaintes. Elle avait failli, dans les pires moments de solitude, céder aux égarements de son cœur.

Marguerite avait ensuite déchargé son âme de plus viles coulpes, comme sa haine à l'égard de Guillaume de Chièvres ou sa rancune vis-à-vis de son neveu, les accusant tous deux de son insupportable déchéance. L'émancipation de Charles lui avait confisqué la régence des Pays-Bas. Comment pardonner l'affront, l'humiliation, le déshonneur ? Comment ne point exécrer ce traître de gouverneur, devenu par la brigue, grand chambellan de l'archiduc ? Chièvres ne l'avait point ménagée, il l'avait obligée à suivre son neveu lors des prises de possession de ses bonnes villes, l'avait contrainte à assister aux joyeusetés, déduits et festins.

Marguerite avait également confessé le mortel ressentiment qu'elle nourrissait envers Louise de Savoie. La sœur de Philibert, par l'intermédiaire d'une lettre fort courtoise, affichait sa supériorité, blessant délibérément l'infortunée princesse. Elle se réjouissait avec indécence du trépas de Louis XII, disparu sans héritier mâle, annonçait avec une fierté et un orgueil démesurés l'avènement de son fils François. À travers ses lignes jonchées de formules de politesse, par-delà son style affecté, se devinaient son arrogance et sa vanité. Elle ponctuait parfois son récit d'allusions perfides, prenait plaisir à mentionner le mariage de la veuve de Louis XII, Marie d'Angleterre, avec le sire de Brandon, très bel homme mais fort volage. Cela ne l'étonnait guère, insistait-elle perversement. La jeune femme était, disait-on, sa maîtresse depuis des lustres... Louise poursuivait en couvrant son fils d'éloges. Elle narrait sa prodigieuse ascension, s'attardait sur sa campagne d'Italie, décrivait son extraordinaire victoire, à Marignan. Victoire qui avait restitué à la France le duché de Milan, usurpé naguère par Maximilien Sforza. Pour conclure, la reine mère transmettait le meilleur et affectueux souvenir du Grand Bâtard de Savoie. René, comte de Bresse, de Villars, et seigneur de Gourdans, présentement oncle du roi de France, brillait par son prestige et sa vaillance. Il menait brillante carrière de capitaine. De manière à récompenser sa bravoure et ses mérites, le souverain l'avait nommé gouverneur de Province.

En bonne chrétienne, Marguerite s'évertuait à oublier les offenses, à supporter les vexations. Le prêtre avait condamné toute idée de vengeance, banni toute manifestation de méchanceté. Il avait exhorté à la bonté, à l'indulgence, à la miséricorde ; il avait certifié que surmonter des épreuves pénibles augmentait la Grâce, prenait valeur de pénitence, aidait à obtenir la Vie éternelle dans laquelle elle rejoindrait son cher et tant aimé mari.

– Y parviendrai-je jamais ? se morfondit Marguerite.

Elle acheva ses dévotions, s'adonna à la méditation. Il convenait d'espérer, de persévérer, de demeurer forte malgré l'Infortune, bien qu'elle n'osât plus croire en l'accomplissement de ses vœux.

L'église de Brou, pourtant, prenait forme. D'après les missives parvenant régulièrement à Malines, *la chapelle de Madame la douairière était presque toute taillée*. Le conseil de Bresse vantait *la beauté et l'excellence de l'édifice, au quart réalisé, la grande et bonne diligence que l'on y faisait journellement.* Loys van Boghem, dans ses rapports, décrivait les magnifiques perrières de Ramasse, Jasseron, Tréconnas et Gravelle, ainsi que le chantier flamand installé au pied du monastère et comprenant charpentiers, forgerons, tailleurs de pierre, menuisiers, verriers et multitude d'ouvriers.

– Mes efforts ne s'avèrent nullement vains, se consola la princesse. Mon chef-d'œuvre surgit de l'ombre, et ma ville de Bresse sort de l'indifférence et de l'oubli.

Marguerite éprouva une vive satisfaction. En mariant sa belle-sœur et néanmoins amie Philiberte de Savoie à Julien de Médicis, frère du pape, elle avait obtenu la bulle nécessaire à la création de nouveaux évêchés. Chambéry et Bourg s'étaient vues élevées au rang de cités épiscopales.

La douairière de Savoie se félicita de cette dignité, puis le moutier de Brou occupa derechef ses pensées.

Elle oublia ses soucis matériels, ses préoccupations terrestres, éleva son esprit vers des songes éthérés. Brou l'attirait irrésistiblement. Brou réveillait son enthousiasme et sa foi. Brou la convoquait à de célestes retrouvailles.

Car c'est là qu'elle reposerait, un jour, auprès de son cher amour, dans l'absolue sérénité.

***

L'air était frais, léger, imprégné d'effluves marines, empli d'ultimes senteurs florales. Une brise agréable atténuait la chaleur des derniers jours. Déjà l'automne se substituait à l'été déclinant. La mort dans l'âme, Marguerite arpentait les terrasses du château. Le comte de Lalaing marchait à ses côtés.

– Combien ce départ m'évoque de douloureux souvenirs, soupira-t-elle.

Son regard se porta sur le sinistre lointain, sur les flots bleus frangés d'écumes, agités de courtes vagues, sur le vaste l'horizon où disparaissait la flotte emportant son neveu. Elle se recordait sa première traversée. Elle songeait à son frère Philippe, à son voyage sans retour. La couronne d'Espagne semblait porter malheur à quiconque s'en allait la quérir. Antoine saisit ses craintes, la considéra avec tristesse et admiration. Elle paraissait si fragile, si vulnérable, vêtue de son sombre costume de deuil, drapée de sa résignation.

– La mort de Ferdinand d'Aragon a décidé de son partir, déclara-t-il.

Marguerite sourcilla.

– Chièvres a décidé, corrigea-t-elle. Jeanne vit encore, recluse à Tordesillas, privée de sa raison, mais non point de ses droits. Je redoute que l'arrivée brutale de ce présumé héritier ne provoque révolte et mécontentement.

Elle se référait à son propre séjour durant le règne des Rois Catholiques.

– Charles ne parle pas un mot de castillan, ignore les coutumes, les mœurs de ce pays. Comment s'imposera-t-il ?

Elle semblait en proie à une agitation cachée, à une sourde colère, finit par exprimer d'anciens ressentiments :

– Depuis bientôt trois ans, Chièvres exerce le pouvoir, défait et conclut les traités à sa guise. Dire qu'il a promis Charles à la fille de François Ier !

Marguerite retint ses larmes, fouilla de ses yeux anxieux les flots immenses, ne distingua aucune caravelle. La brume avait effacé les voiles, le large avait englouti les mâts.

– Et voilà qu'il mène Charles et Éléonore vers une destinée incertaine…

– Son absence vous rendra une incontestable liberté, avança Antoine de Lalaing. Profitez-en pour reconquérir la confiance de votre peuple.

Elle n'était qu'à demi convaincue.

– Je vous soutiendrai, ma Dame, confirma Antoine.

– De quelle façon ? se désola Marguerite.

– Grande est mon influence. N'oubliez pas que je fais partie du nouveau gouvernement de Monseigneur l'archiduc et roi d'Espagne, et que Guillaume de Chièvres m'a légué d'importantes charges…

Elle s'abîma dans de longues investigations, puis s'en remit à l'avis éclairé de son conseiller.

– Que me recommandez-vous ? demanda-t-elle simplement.

– Ma Dame, installez-vous à Bruxelles où siègent les États Généraux, et attendez, prudemment, patiemment. Le temps agira en votre faveur.

Elle opina, observa un instant de silence.

– Auparavant j'irai à Bruges, rendre visite aux sœurs des Annonciades.

Antoine observa Marguerite à la dérobée. Un discret sourire illuminait son gracieux visage. Il pressentait qu'elle se raccrochait au moindre espoir de façon à surmonter ses rêves déçus. Il connaissait ses chagrins. Le pape avait octroyé la bulle nécessaire à la fondation d'un couvent régi selon l'ordre de Jeanne de France. Il avait permis que des religieuses de la maison mère de Bourges vinssent s'y installer. Mais il avait, à la mort de Julien de Médicis, et pour ne point déplaire au roi de France, supprimé l'évêché de Bourg et Chambéry, restituant ainsi aux cités de Lyon et Belley, la puissance et le prestige spirituels dont jusqu'alors elles jouissaient.

Soudain submergée d'un invincible malaise, Marguerite frissonna. Plus que jamais elle appréhendait les affres de l'ennuyeuse solitude.

– M'accompagnerez-vous ? se soucia-t-elle soudain.

Antoine prit sa main, posa sur la peau blanche et douce un délicat baiser.

– Bien sûr, ma Princesse, ma gente Dame, promit-il de sa voix chaude et rassurante, bien sûr.

***

– Madame, un émissaire de Monseigneur Charles, votre neveu, mande à être reçu expressément.

– Faites-le entrer.

Le laquais disparut. Marguerite s'assit pour éviter de défaillir. La malédiction planerait-elle encore sur la Maison d'Autriche ? Dans son esprit surgissaient le souvenir de don Juan, puis l'image du messager venu d'Espagne en toute hâte lui annoncer le trépas de Philippe.

– Vous me faites souffrir, dit-elle à l'intention de Charles, et cependant je vous aime toujours, comme mon propre fils. Je tremble pour votre vie…

Un temps interminable s'écoula durant lequel défilèrent, s'emmêlèrent mille tourments. Marguerite, par l'entremise de Pedro Mártir de Anghiera, était informée des affaires de son neveu. Elle savait les difficultés rencontrées par ce jeune étranger dont les partisans de Jeanne ne voulaient pas.

Et puis, l'arrivée en Flandre de Ferdinand d'Autriche, son autre neveu, élevé en Aragon, lui avait apporté maints renseignements, maints soucis aussi. Au cours de longs et aimables entretiens s'était nouée une tendre amitié, s'étaient révélés de précieux secrets.

Charles et Éléonore avaient revu leur mère et leur sœur Catherine, en présence de Chièvres ; Ferdinand d'Autriche avait renoncé à l'héritage espagnol en faveur de son frère aîné ; les noces d'Éléonore et du roi de Portugal avaient été célébrées…

Mais d'autres révélations, beaucoup plus alarmantes, confirmaient les plaintes de Pedro Mártir : les Flamands, méprisants, dédaigneux, se conduisaient en vainqueurs, en conquérants. Ils commettaient des exactions, levaient des impôts pour payer le voyage et les festivités. Guillaume de Chièvres était haï, Charles d'Autriche incompris.

L'imagination de Marguerite s'emballa. Si les Cortes avaient fini par accepter l'héritier des Rois Catholiques comme souverain, d'aucuns désapprouvaient Charles, d'aucuns désiraient peut-être sa mort, d'aucuns l'avaient déjà occis…

– Madame.

La princesse sortit de ses funestes pensées. L'homme qui l'abordait n'était point vêtu de noir et la considérait d'un air plutôt serein. Elle en ressentit un indicible soulagement.

– Je viens de la part de Monseigneur l'archiduc d'Autriche et roi d'Espagne, fit-il en s'inclinant.

Il tendit un rouleau de parchemin scellé aux armes du prince.

– Votre neveu vous restitue les pouvoirs qu'il vous a ôtés, expliqua l'émissaire, et vous prie d'assurer la régence des Pays-Bas.

Marguerite rompit le cachet de cire, lut l'acte qui lui rendait officiellement le pouvoir.

– Vous a-t-il confié d'autres documents ? Un message particulier ? Une lettre ?

– Non, Madame.

La régente déplora la froideur des démarches. À ce document n'était joint aucune formule courtoise, aucun signe de regret ou d'excuse, aucune marque d'affection. De toute évidence Charles n'était pas l'auteur de ce soudain revirement. Il avait aveuglément obéi à son tuteur.

Marguerite pénétrait aisément les intentions de Guillaume de Chièvres. Son ennemi avait agi non point par considération mais selon les intérêts de Charles. L'éloignement se révélait être un obstacle majeur à la politique, posséder des territoires aussi dispersés engendrait d'insurmontables difficultés. Les Pays-Bas nécessitaient donc d'être honnêtement administrés. Marguerite possédait le savoir-faire, les compétences en ce domaine. Chièvres avait sans nul doute appris qu'en son absence elle avait contrecarré les traîtres assauts du duc de Gueldre, reconquis l'estime de ses sujets. La sagesse, et probablement l'avis des autres conseillers, avaient primé l'adversité.

Et puis un autre péril, bien plus grave, menaçait le règne de Charles. L'ambitieux François Ier briguait la couronne impériale encore détenue par Maximilien.

– Mon très redouté père n'est point mort, songea mélancoliquement la princesse, et déjà l'on envie son titre.

François Ier avait impudemment déclaré sa candidature. La course au pouvoir suprême était engagée. Cependant, Chièvres ne laisserait pas le roi de France remporter l'élection. Le petit-fils devait succéder à son grand-père.

– Vous vous révélez fort habile, Messire, constata aigrement Marguerite. Vous jouez avec mes sentiments, aiguisez ma fierté, parce que Charles a besoin d'appui et que personne, mieux sa tante, n'est en mesure de l'aider.

Elle relut le précieux document, observa un long silence. Dans l'air délicieux du soir résonnait le chant mélodieux d'un rossignol. Perdue dans sa désillusion, blessée par l'indifférence, l'insensibilité, le manque d'amour de son neveu, Marguerite ne l'entendait pas.

– Que dois-je rapporter, Madame ? s'inquiéta l'agent.

– Dites à Monseigneur l'archiduc et roi d'Espagne que je m'acquitterai de ma tâche, rétorqua-t-elle d'un ton glacial.

***

– Ma bonne Tante, déclara Charles d'une façon mielleuse, mon bien-aimé grand-père Maximilien désire s'entretenir avec vous.

Sans chercher à comprendre, Marguerite suivit le jeune homme à travers de sombres et mystérieux couloirs. Elle avança laborieusement, traversa des paysages lugubres, méconnaissables, parvint au fin fond d'une crypte obscure gardée par des chevaliers de la Toison d'Or. Debout sur un catafalque, brandissant son épée, Maximilien l'attendait. Il était revêtu d'un linceul de soie violette brochée d'or.

– Ma fille, reprocha-t-il d'une voix courroucée, mon fils Philippe m'apprend que François Ier a été déclaré empereur aux dépens de Charles, et que vous avez favorisé son élection !

– Père, il est le neveu de Philibert, mon tendre et tant regretté époux, se défendit la régente.

– Il est le souverain de France, et en l'occurrence mon ennemi ! Avez-vous oublié que depuis votre répudiation, la Bourgogne appartient à son maudit royaume ?

– Père…

– Vous m'avez désobéi ! Vous avez déçu votre mère, déshonoré votre frère ! Vous ne méritez plus ma considération. Je vous bannis de mes terres.

– Père, hurla Marguerite, père, je vous en supplie, pardonnez-moi !

Marguerite se frotta les yeux. Un voile de tristesse occultait sa vue, embrumait son esprit. Quand elle recouvra ses sens et son entendement, Maximilien avait disparu.

– Madame, calmez-vous.

La princesse se retourna, repoussa son coussin mouillé de larmes, passa la main sur son front moite, sur ses cheveux trempés. Elle distingua soudain la domestique chargée de dormir avec elle lors des angoisseuses nuits.

– Qui a succédé à l'empereur ? se tourmenta-t-elle, tout imbue de ses mauvais rêves.

– Personne encore, Madame, rasséréna la fidèle servante, bouleversée.

Elle prit un linge imprégné d'une décoction de fleurs de tilleul, humidifia les paupières gonflées par les pleurs, les yeux rougis par un trop lourd chagrin.

Marguerite se laissa bercer par les mots affectueux, les gestes maternels. Puis, encore étourdie, elle se redressa. Une petite bougie diffusait une infime clarté. Le feu de cheminée combattait le froid mordant, luttait contre la bise s'engouffrant dans l'âtre. Elle découvrit de sa chambre l'inhabituel parement : les murs étaient tendus de noir, des rideaux de deuils remplaçaient les belles tentures. Au pied du lit surmonté d'un dais mortuaire, couchées sur des paillasses, ses demoiselles d'honneur se lamentaient, compatissaient à un inexplicable malheur.

– Pourquoi ce décor funéraire ? s'étonna-t-elle.

Elle douta un instant, tâcha de se rassurer, mais en vain. D'affligeantes réminiscences émergeaient de sa conscience enténébrée, s'exhumaient de sa mémoire occultée par une insurmontable peine.

Marguerite grelotta d'épuisement, d'épouvante et de froid. Insensiblement, la réalité s'imposait. L'horrible, l'implacable réalité.

– Père… est mort, se souvint-elle.

Des sanglots brisèrent, étouffèrent sa voix. Elle cacha au creux de l'oreiller son visage ravagé par le désespoir.

– Père est mort, répéta-t-elle dans un douloureux balbutiement.

6. AU JARDIN DE MARIE

Le cortège princier franchit l'étroite ouverture percée dans la muraille, passa le petit pont de bois enjambant la rivière, s'engagea sur un chemin caillouteux. Puis il longea un joli pré jonché de fleurs sauvages, d'herbe tendre et de coquelicots.

Le couvent des Annonciades se trouvait à moins d'une lieue de la ville. Déjà l'on apercevait, se détachant sous le ciel pur, ses modestes contours, son élégante silhouette.

Le capitaine de l'escorte fit ralentir l'allure. Marguerite se pencha à la fenêtre de sa litière, se délecta de la beauté du paysage, de la douceur matutinale. Au loin, Bruges disparaissait derrière ses remparts. L'on devinait encore, pointant çà et là par-dessus les toits enrubannés de vapeurs estivales, ses tours, ses clochers, ses beffrois.

Le chemin sinuait paresseusement à travers la campagne verdoyante et ensoleillée, jouxtait des enclos plantés d'arbres fruitiers, s'étirait jusqu'au porche du cloître. Le convoi se laissa guider par son tracé quelque peu capricieux, parvint au seuil de l'édifice. Des hennissements de chevaux, des voix d'hommes criant des ordres, alertèrent la communauté. À peine la régente eût-elle mis pied à terre que la lourde herse tournait sur ses gonds, entrouvrant au commun des mortels un mince passage vers le monde sanctifié des moniales dévouées à la benoîte Vierge Marie.

Marguerite manda au chef de sa garde de l'attendre au-dehors et pénétra, avec ses demoiselles d'honneur, à l'intérieur du monastère.

– Il n'est de plus grand honneur que celui de recevoir la fondatrice de notre Maison, chuchota la sœur portière en refermant l'huis.

Elle salua silencieusement les dames de parage, les invita d'un signe de la main à se rendre au bâtiment des hôtes, poursuivit à mi-voix à l'intention de Marguerite :

– Notre supérieure se réjouit de votre visite, et vous attend au jardin de Marie.

Elle poussa une grille en fer forgé. La princesse gravit les quelques marches séparant la grande cour d'entrée du domaine sacré. Il lui semblait s'élever vers un univers éthéré, percer les secrets de l'Éden.

Tout n'était que quiétude, splendeur, pureté, harmonie. Des fleurs uniquement blanches ornaient les allées, grimpaient le long des treilles, émaillaient les buissons, embellissaient la fontaine. De subtils parfums émanaient des pétales aux couleurs immaculées.

– Mère Ancille ? appela doucement la régente.

Dans un délicat froissement de tissu et de feuilles, la religieuse apparut.

– Ma fille…

Elle posa sur un banc de pierre ses outils, ainsi qu'un bouquet composé de lys et de roses fraîchement cueillis.

– Pour orner l'autel de la très Sainte Mère de Jésus-Christ, dit-elle avec une simplicité touchante.

Puis, considérant la princesse avec une sagacité mêlée de bienveillance :

– Je lis dans votre cœur des remords insupportables, un malaise tenace.

– Comme vous voyez juste…

Marguerite prit le bras de sa compagne. Elle recherchait à la fois la douceur, la sensibilité d'une femme, et l'autorité, la probité d'une moniale.

– Je me reproche d'avoir utilisé la corruption pour favoriser l'élection de mon neveu, s'accusa-t-elle. J'ai acheté les voix, distribué des pensions, soudoyé, convaincu les banques.

Elle respira douloureusement.

– Poussée par les vents d'Ambition et d'Orgueil, je n'ai pas hésité à me servir des mêmes armes fallacieuses que François Ier, à user de perfidie, de mensonge… Moi qui prône l'honnêteté…

Marguerite exprimait sans ambages des conflits latents, des luttes intérieures, inavoués à son confesseur. Mère Ancille écoutait, attentive, compatissante.

– Je redoute que mes agissements nuisent à l'empereur, qu'ils marquent à jamais son règne du sceau de l'Infortune.

Elle tremblait un peu, malgré la tiédeur du jour, malgré les rais de blonde et chatoyante lumière filtrant la ramée.

– Tant de malheurs sur la Flandre s'abattent depuis le sacrement de Charles !

Elle énuméra les calamités que, sous le joug de Superstition, elle imputait à ses méfaits : la révolte en Espagne, la guerre contre la France et son allié le duc de Gueldre, la prise de Belgrade par les Turcs ; mais aussi les prétentions de Charles de Savoie, ses menaces au cas où la douairière ne restituerait pas les bijoux ; et puis la disette, les hivers rudes et meurtriers, les épidémies de peste, cette abominable plaie qui avait emporté Guillaume de Chièvres.

À l'évocation du gouverneur, Marguerite céda à un instant de frayeur. Bourrelée de scrupules, elle semblait descendre aux enfers.

– J'ai commis d'autres fautes, gémit-elle.

Elle hésita, susurra :

– Maintes fois j'ai souhaité le trépas de mon ennemi.

La religieuse entoura la taille secouée de tremblements.

– J'ai également accepté d'être la marraine de la fille naturelle de mon neveu Charles. L'enfant du péché porte mon prénom, acheva Marguerite.

Elle cacha son visage entre ses mains. La mère supérieure laissa au chagrin le temps de s'épancher. Elle proposa ensuite, d'un ton calme et rassurant, une promenade dans le joli labyrinthe bordé de buissons d'aubépines et coiffé d'une tonnelle d'où s'échappait une myriade de grappes de lilas. Quand la princesse fut rassérénée, elle émit son jugement :

– Hélas le vice régit le monde d'ici-bas, professa-t-elle. Tout être humain se doit de combattre les forces du Mal, de tendre à la perfection. Reconnaître et regretter ses erreurs, aspirer au Bien, sont déjà des étapes sur le chemin de la Vérité.

Les paroles de la religieuse se mêlaient au ramage des oiseaux, au frémissement des corolles. Elles baignaient l'âme contrite, libéraient la conscience du fardeau de soucis.

– L'absence de votre neveu attise vos tourments, continua mère Ancille.

– Après deux années aux Pays-Bas le voilà reparti pour l'Espagne. Comme cela me supplicie ! Il a hérité d'une mosaïque de royaumes s'étendant de l'Autriche au Nouveau Monde, au-delà de la mer Océane. Saura-t-il diriger, unifier un empire démesurément vaste ?

Elle fronça les sourcils, inquiète.

– Sa charge lui impose de sans cesse voyager. Il est si jeune, si inexpérimenté, et de santé si fragile…

– Votre neveu bénéficiera du Saint Secours de Notre-Seigneur, consola la religieuse. Nous lui dédions nos prières. Et grâce à vos indulgences, à vos largesses, nous faisons quotidiennement célébrer une messe à son intention.

Marguerite acquiesça. Des pensées plus agréables virent alors atténuer ses préoccupations. Elle se souvint de moments heureux, des privilèges que l'empereur lui avait accordés. Charles, dans sa grande bonté, avait usé de son influence auprès du pape pour rétablir les évêchés de Bourg et Chambéry[22].

---

[22] *Supprimés définitivement après la mort de Marguerite, en 1539.*

Marguerite et mère Ancille observèrent un long moment de méditation. Elles marchèrent silencieusement, parvinrent au cœur du dédale fleuri, s'assirent sur la margelle du puits.

– Dieu protègera Monseigneur Charles pour avoir défendu la chrétienté, affirma soudain la religieuse en sortant de ses rêves mystiques.

Elle songeait à la rencontre de l'empereur et du moine Luther.

– Les réformes de cet hérétique échauffent dangereusement les esprits, murmura-t-elle en se signant dévotement, et tendent à dresser les catholiques contre le Souverain pontife.

– Elles dénoncent les abus du clergé, osa timidement Marguerite.

Mère Ancile arbora un air sévère.

– Léon X, que Dieu absolve, en digne successeur de saint Pierre, avait excommunié l'auteur de ces œuvres sataniques. Ce serait vil péché que de défendre un infidèle.

– J'en conviens, se ressaisit la régente.

La cloche de la chapelle sonna l'heure de l'office. Mues par un même désir d'élévation, une même soif de pureté et de ferveur, les deux femmes se levèrent et empruntèrent le chemin du retour.

– Et votre cher monastère de Brou ? se soucia l'annonciate en ramassant le bouquet destiné à orner l'autel de Marie.

Marguerite haussa tristement les épaules.

– J'ai perdu mes illusions. Le maître-maçon Loys van Boghem m'avait promis de terminer en cinq ans le chef-d'œuvre. Au lieu de cela, des courriers m'informent de l'éventuelle interruption des travaux, faute d'argent. Quant aux tombeaux, ils demeurent en souffrance. Néanmoins la petite statutaire est presque achevée, et la chapelle privée que j'ai accordée à Laurent de Gorrevod est maintenant voûtée.

Elles parvinrent en vue du petit portail.

– Cet endroit ressemble à celui de mon enfance, s'émut soudain Marguerite, lorsque, en compagnie de Jeanne de France, j'arpentais le parc de sa gentilhommière… Nous conversions, nous récitions des vers de Charles d'Orléans et des ballades par elle composées. Comme le temps passe ! À présent survient mon tour d'écrire des vers chargés de mélancolie.

– Il me plairait de les entendre…

L'heure et l'endroit s'avéraient propices. Marguerite s'exécuta :

– Deuil et ennui, souci, regret et peine,
Ont eslongué ma présence mondaine,
Dont à part moi je me plains et tourmente ;
Et en espoir n'ay plus un brin d'attente :
Véez là comme Fortune me pourmeine.

Cette langheur vault pis que mort soudaine ;
Je n'ay pensée qui joye me rameine ;
Ma fantaisie est de déplaisir pleine ;
Car devant moy à toute heure se présente
Deuil et Ennuy.[23]

Discrètement, la religieuse essuya les larmes qui perlaient au coin de ses yeux.

– *Deuil et Ennuy*, susurra-t-elle. Ces mots décrivent de si belle façon votre calvaire.

– J'aspire à trouver la paix de l'âme, répondit la princesse esseulée. Et parfois je vous envie.

Elle tira la grille, se faufila derrière la moniale, descendit le court escalier tapissé de lierre et de mousse.

– Je voudrais finir mes jours ici, auprès de vous, dans la sérénité de Dieu, livra-t-elle.

Elle désigna avec nostalgie le jardin de Marie, le Paradis terrestre qu'elle rêvait d'habiter, en attendant la mort.

Mère Ancile se montra prudente et réservée.

– Réfléchissez, ma fille.

Puis, refermant à clé le symbolique portail :

– J'implorerai la bienheureuse Vierge afin qu'elle éclaire votre choix.

[23] Poème de Marguerite.

7. EN MA DURE DESTINÉE

– J'ai quarante-cinq ans au jour d'hui, annonça Marguerite d'une voix morne et résignée.

– Je vous trouve encore jolie, Madame, répondit la chambrière en démêlant soigneusement les beaux cheveux aureins.

La princesse observa l'image que le miroir lui renvoyait, désapprouva le compliment. Le temps ne l'avait point épargnée. Il avait insidieusement effacé la fraîcheur de la peau, altéré l'harmonie des traits, épaissi la silhouette. Le temps ! Cet insaisissable ennemi qui prolongeait sa solitude, qui multipliait les épreuves, qui défaisait sa jeunesse, qui rendait si lointains les heureux souvenirs.

Tandis que la servante tressait les longues mèches, préparant ainsi la coiffure pour la nuit, Marguerite avisa le portrait de Philibert suspendu emprès la fenêtre. Avec une nostalgie douloureuse, elle contempla son époux. Combien il lui paraissait juvénile et plein de verdeur !

– Je pourrais être sa mère, songea-t-elle amèrement.

Cela perturbait ses rêves d'amour. Au creux de l'imagination, elle éprouvait une indicible gêne, un incommensurable regret. Ce n'était plus elle, mais son ombre, son image passée, révolue, que le cher mari étreignait.

Marguerite se contenta de tendres réminiscences, s'abandonna à une exquise langueur. Puis la fuite des jours la harcela de nouveau.

– Vieillesse n'amène que tourments, affirma-t-elle.

L'idée de la mort l'obséda alors :

– Plus j'avance en âge, plus je vois disparaître les êtres que j'ai connus ou aimés.

Elle pleura silencieusement son frère, ses parents, sa marraine, et même Anne de France, sa première belle-sœur. Elle déplora le trépas de son ancienne gouvernante.

– La Dame de Segré a emporté avec elle toute mon enfance…

Marguerite ne put empêcher son âme de dériver vers des visions encore plus violentes, encore plus funèbres. Il y avait à présent, devant ses yeux effarés, les bûchers rédempteurs où brûlaient les hérétiques. Il y avait la conquête du Nouveau Continent, jalonnée de massacres, les Indiens convertis par la force et baptisés dans le sang. Il y avait les pauvres gens emportés par la peste, la famine, les pillages, les tueries. Il y avait les soldats, occis par les armes diaboliques, les engins meurtriers qui tuaient à distance.

– Je vis entourée de fantômes, s'affola la régente.

La persistance des conflits la décourageait. Les combats s'envenimaient aux frontières, le duc de Gueldre répétait ses assauts. En Italie les armées impériales se heurtaient à celles du roi François. Les Français avaient perdu, puis repris le Milanais. Et Charles, depuis l'Espagne réclamait de quoi payer les troupes, exhortait au combat, espérait la victoire. Mais les États refusaient de financer la guerre. Marguerite persistait à lever des impôts, à mater les rébellions, à contenir et punir les révoltes. Elle restait intransigeante, excessive, impitoyable. Elle devenait impopulaire.

Quelques coups frappés à la porte dissipèrent la sourde hantise, balayèrent les considérations macabres. La dame d'atours entra, portant un sac de velours.

– Un émissaire m'a prié de remettre ceci à la très gente princesse, dit-elle en s'inclinant.

Le cœur de Marguerite se mit à battre follement.

– Vous a-t-il décliné son identité ?

– Non, Madame.

La chambrière saisit le mystérieux objet, le remit à sa maîtresse.

– Veuillez me laisser, lui enjoignit Marguerite. J'effectuerai mon coucher sans le cérémonial.

Elle attendit d'être seule, s'assit sur son lit. D'une main tremblante, elle dénoua le ruban, ouvrit la bourse, en ôta un coffret d'argent incrusté d'ivoire. Après avoir admiré le riche objet, elle souleva avec moult précaution le couvercle finement orné de marguerites et gravé de l'inscription : Fortune Infortune Fort Une.

Dans des compartiments de velours reposaient de petits pinceaux au manche de nacre et d'or ainsi qu'une palette de couleurs. Marguerite remarqua, sous les instruments à dessiner, un billet qu'elle se hâta de déplier.

– Pour remplacer votre boîte que l'on vous a dérobée et que puissiez continuer à peindre en ayant pensée pour moi. Votre chevalier d'honneur et loyal servant.

Le mot doux ne comportait point de signature mais il était aisé de deviner l'auteur du merveilleux présent.

– Messire Antoine, s'émut la régente.

À la vesprée, le comte n'assisterait ni au banquet ni au bal donnés à l'hôtel de Savoie, à Malines. De manière à contrecarrer les propos médisants, à étouffer la rumeur d'une liaison, Marguerite s'était abstenue de l'inviter. Assurément il n'en gardait point rancune. Cette délicate attention prouvait l'élégance de ses sentiments.

Marguerite, touchée au plus profond du cœur, oublia ses sinistres contrariétés. Le cadeau d'Antoine lui restituait la force de réagir, l'envie de persévérer. Elle alla chercher sur le pupitre son tableau inachevé. Il s'agissait d'un crucifix qu'elle avait l'intention d'offrir aux moines de Brou.

L'idée d'apporter elle-même son œuvre germa dans son esprit. Une joie intense alors l'inonda, lui restitua le souffle, l'ardeur qu'elle croyait à jamais perdus.

– Lorsque mon filleul sera rentré d'Espagne, je me rendrai en ma bonne ville de Bourg, décida-t-elle en en se mettant à l'ouvrage.

***

Le froid blanchissait la campagne, la bise verglaçait les chemins. Poussés par leurs cavaliers, gênés par leur carapace de cuir et de fer, harassés par l'interminable étape, les coursiers glissaient, freinaient l'allure, ombrageux et rétifs.

Le chef de l'escorte ordonna une halte. Bruxelles était encore loin. Mieux valait ménager les montures. Une petite plaine ensoleillée bordée d'un clair ruisseau fut choisie comme lieu de repos.

Laurent de Gorrevod descendit de cheval, imité par les lanciers, archers et arquebusiers constituant sa garde personnelle. Il confia les rênes à son écuyer, ôta son casque et sa cotte d'arme, s'étira de manière à détendre ses muscles endoloris. Il fit ensuite quelques pas en direction du fin cours d'eau, tâcha de calmer son impatience dans un isolement passager.

– Mon cœur tremble de vous revoir, ma Princesse, songea-t-il.

Il serra de ses doigts gourds l'étui de cuir pendant à sa ceinture et contenant les lettres de l'empereur.

– Oncques plus haute mission ne me fut confiée, ajouta-t-il. Oncques plus délicate aussi…

Le Grand Maître de l'Hôtel de Charles Quint contint son empressement, surmonta son appréhension. Annoncer à la régente la victoire de l'armée impériale à Pavie serait chose aisée et bien agréable. Lui dire le trépas de René le Grand Bâtard ne l'inquiétait nullement. Lui avouer la captivité du roi de France lui causait grand souci.

Pour avoir servi Marguerite, pour avoir maintes fois recueilli ses peines, partagé ses préoccupations, il savait l'indicible affection qu'elle portait au neveu de Philibert. Ne l'avait-il surprise, un soir de profond désarroi, contemplant le portrait du jeune monarque, cherchant à déceler une ressemblance avec son cher époux ? On venait de lui rapporter que le roi était fort bel homme, gaillard de corps, haut de taille, qu'il possédait un visage d'une rare pureté, un regard brun et doux, si doux…

Laurent demeura longtemps pensif. L'admiration, la fidélité, le respect qu'il vouait à Marguerite et à feu le duc Philibert s'avéraient sans limites et se prolongeraient même au-delà de la mort, puisqu'auprès d'eux, en la magnifique église de Brou, il serait enseveli un jour.

– Messire de Gorrevod !

Laurent se retourna, surpris.

– Nous levons le camp, expliqua le capitaine, à moins que…

– Partons, assentit* Laurent.

***

– *Monseigneur, bien cher et aimé Neveu*, commença Marguerite. *J'ai reçu vos lettres m'annonçant votre mariage à Séville, auquel me pardonnez de n'être point rendue, pour ce que me suis engagée à gouverner en votre absence vos pays de par-deçà. Je souhaite votre union heureuse…*

Elle soupira, posa sa plume. Sa main tremblait et l'écriture, au tracé incertain, aux courbes imparfaites, reflétait son émotion. Elle revoyait Séville, le palais de l'Alcazar, lieu maudit où elle avait séjourné, rejetée, inconsolable, portant les deuils d'un époux et d'une enfant…

Elle poursuivit nonobstant sa morosité, inscrivit quelques sombres phrases à propos des mauvaises finances des Pays-Bas, revint à des sujets plus intimes.

– *Les saisons se succèdent, traînant leur lot de misères. La mort de ma nièce Isabelle…*

Marguerite suspendit son récit, s'abstint de formuler de vils reproches. L'attitude de l'empereur l'indignait. Ses missives témoignaient de son détachement. Le trépassement de sa sœur ne semblait point l'atteindre, celui de son beau-frère, le roi Louis de Hongrie, survenu en repoussant les Turcs, l'effleurait à peine. Seules comptaient pour lui la gloire et les conquêtes.

– Je suis lasse de vos guerres, songea-t-elle. Elles m'épuisent, me supplicient, m'empêchent le dormir.

Elle ratura sa dernière phrase, griffonna encore quelques lignes :

– Chaque espérance de paix est suivie d'un embrasement de violence. Le traité de Madrid par lequel votre cousin François Ier a recouvré la liberté, en l'échange de ses deux fils, et vous a rendu la Bourgogne, n'était que duperie. Le roi de France, prétextant avoir signé sous la contrainte, cherche déjà à se venger de vous. Quant à la trêve que j'ai conclue avec le duc de Gueldre, elle s'avère illusoire...

Vidée soudain de tout courage, de toute force, Marguerite céda à une légère indisposition. Devant ses yeux, la feuille ondulait et les mots tanguaient tels des navires balancés par la houle du Tourment. Soudain au creux des lames fabuleuses apparut l'image de Jeanne, prisonnière à jamais de son incurable folie.

– Et si, pareillement, ma raison vacillait ?

Prise de nausée, la princesse se leva. En chancelant elle parvint à atteindre son divan, se laissa choir lourdement sur les coussins épais Elle attrapa le flacon de sels posé sur le guéridon, respira les vapeurs cordiales. Lentement le vertige se dissipa. La peur de succomber au mal de vivre, de s'abîmer dans d'irréversibles égarements, cependant, persista.

Marguerite ressentit une intense fatigue s'emparer de son corps.

– Je finirai ma correspondance demain, se résolut-elle avant de chavirer vers un sommeil déplaisant et tumultueux.

***

Marguerite brisa le cachet de cire, déplia la missive. Aussitôt la voix de Pedro Mártir de Anghiera vibra, étrange, sépulcrale.

– Ma Dame, mon ultime réconfort. L'heure est bientôt venue que je remette mon âme à Dieu.

La régente sentit de terribles frissons parcourir son échine. Des sueurs froides inondèrent son front, un fluide étrange glaça ses doigts.

– Je pars avec le regret de ne vous avoir revue. Combien votre présence eût adouci ma décrépitude, combien elle eût apaisé mes maux !

Des larmes tombèrent sur le papier, se mêlèrent çà et là à l'encre noire, emperlant les mots d'une rosée de tristesse.

– J'eusse aimé me promener une dernière fois, appuyé à votre bras, dans les jardins de l'Alhambra. J'eusse aimé, dans la quiétude d'un soir d'été, vous entendre m'évoquer le passé.

Nuit et jour j'ai prié pour le salut de don Juan. Et je n'ai cessé de penser à vous. Je vous ai accompagnée dans vos joies ou vos épreuves.

Mon vœu le plus cher eût été de vous appeler « Majesté » et d'instruire vos enfants. Ce n'est désormais qu'un pénible délire m'entraînant vers la tombe, qu'un accablant fardeau sous lequel mortellement je ploie.

Des sanglots étouffèrent les aveux du prêtre, la lame du remords entama l'ancienne cicatrice, remua l'inguérissable blessure.

– *Je vous lègue mes biens les plus précieux : les deux crucifix ayant recueilli le regard agonisant de l'Infant, et mes cahiers, dont l'un vous est dédié, contenant les récits de voyage de l'Amiral.*

Ma Princesse très bonne et très chrétienne, veillez je vous supplie de ne point laisser l'hérésie entacher vos terres.

Votre dévoué Anghiera.

– Señor Mártir… gémit Marguerite en s'effondrant.

***

– Où désirez-vous que soit posé votre chargement, Madame ?

– Emprès la bibliothèque.

L'officier enjoignit aux valets de chambre d'amener les lourdes malles. Au fur et à mesure, un secrétaire dressait sur un registre l'inventaire des meubles et de leur précieux contenu. Lorsque tout fut mis en bon agencement, Marguerite congédia aimablement ses gens de Maison et demeura seule avec son chevalier d'honneur. Elle s'accroupit alors devant un coffre en chêne orné de menus rinceaux et fins losanges, l'ouvrit avec émotion, admira les ouvrages achetés à Anvers et destinés à enrichir la librairie des moines de Brou : Bibles enluminées, psautiers, beaux manuscrits relatant l'histoire des saints.

– Je ne me présenterai pas les mains vides, projeta-t-elle.

Elle considéra son confident et ami.

– Je pris grand plaisir à choisir ces livres en votre compagnie, avoua-t-elle en se redressant.

Antoine apprécia les propos affables.

– Je remercie ma gente Dame, prononça-t-il d'un ton empreint de retenue et prévenance.

Marguerite arbora un sourire radieux, désigna d'autres présents :

– Ces tapisseries, ces tableaux orneront ma chapelle, ainsi que mon maisonnement, et resteront la propriété du monastère.

Elle rêva un instant. Il n'osa déranger sa félicité. Si rare était devenu dans sa vie l'occurrence d'espérer.

Sans abandonner sa douce songerie, Marguerite décrocha l'œuvre qu'elle avait pieçà* terminée, la rangea avec les peintures.

– Mon crucifix décorera l'oratoire dédié à l'abbé Montecuto, mon confesseur.

Elle baissa les paupières, évita de croiser le regard passionné d'Antoine.

– Les Augustins méritent quelques largesses, déclara-t-elle de manière à échapper à d'intimes sujets de conversation. Ils disent messe deux fois par jour pour le repos de l'âme de mon bien-aimé Philibert.

– Bientôt vous pourrez assister aux offices, appuya Antoine, et vous recueillir sur le tombeau de Monseigneur le duc de Savoie.

– Bientôt, douta-t-elle.

Les pensées de la régente convergèrent vers le tailleur d'images avec qui elle avait passé contrat.

– Maître Conrad Meit besogne jà aux sépultures. Il a fait le serment d'achever les gisants en quatre ans.

Elle s'avança vers la cheminée, contempla les bustes, le sien et celui de Philibert, merveilleusement taillé dans le marbre.

– J'ai mis en ce sculpteur toute ma fiance*.

– Il ne vous décevra pas, certifia le comte de Lalaing.

En dépit des paroles lénifiantes, Marguerite se troubla.

– Maître Loys m'avait également promis…

– D'après le prieur de Brou, rappela Antoine, l'église est en bon avancement, le jubé fondé, le chœur et la nef voûtés, la verrière centrale posée.

Marguerite resta silencieuse.

– J'ai hâte de visiter mon couvent, dit-elle enfin. Hélas il convient que j'attende le retour de mon neveu. L'empereur semble se plaire en ses pays de par-delà. Dieu seul sait lorsqu'il daignera revenir.

Une nuée de soucis assombrit ses prunelles.

– Fortune l'a comblé, lui a donné ce qu'elle m'a refusé : d'heureuses noces et un fils…

Marguerite essaya en vain de retenir sa mélancolie.

– En ma dure destinée, ces privilèges m'apparaissent d'autant plus injustes. Pourquoi le sort contre moi s'est-il ainsi acharné ? Que subsiste-t-il de mon existence, sinon le cruel souvenir de ceux que j'ai chéris ? Que dois-je attendre de la vie, sinon de nouveaux deuils, sinon de défuntes illusions ?

Antoine de Lalaing saisit courtoisement la main de Marguerite, entreprit de charmer sa détresse.

– Ma Dame, il ne dépend que de vous d'accéder au bonheur, susurra-t-il.

Il hésita, puis déclara sa douloureuse flamme en récitant une chanson de Charles d'Orléans :

– Ma Dame, tant qu'il vous plaira
De me faire mal endurer,
Mon cœur est prêt de le porter :
Jamais ne le refusera.

En espérant qu'il guérira,
En cet état veut demeurer,
Ma Dame, tant qu'il vous plaira
De me faire mal endurer.

Une fois pitié vous prendra
Quand seulement voudrez penser
Que c'est pour loyaument aimer
Votre beauté qu'il servira,
Ma Dame, tant qu'il vous plaira
De me faire mal endurer.

– Ma beauté s'est fanée, Messire Antoine, et mon cœur est trop vieux, trop meurtri pour aimer. Il ne souhaite que quiétude et sérénité.

Elle ne savait comment lui annoncer sa résolution sans le froisser.

– J'ai l'intention, après mon séjour en Bresse, de me retirer en mon cloître des Annonciades, balbutia-t-elle.

Il accusa une vive déception. Cependant son amoureuse complaisance l'emporta sur l'amertume et il dissimula sa secrète déconvenue.

– Quoi que vous fassiez, Princesse, vous demeurerez éternellement en mon cœur. Je m'accommoderai de votre désirance.

Marguerite appuya sa tête sur son épaule, épancha ses incertitudes, ses peurs, ses afflictions.

– Et je serai toujours là pour bercer vos chagrins, acheva-t-il dans un déchirant murmure.

8. LA PAIX DES DAMES

Après s'être fait cérémonieusement annoncer, l'évêque d'Avranches entra dans la chambre royale. Les damoiselles d'atours se pâmèrent d'admiration et se prosternèrent. Une servante, intimidée, approcha une escabelle du lit.

Le prélat considéra l'essaim de jolies jouvencelles d'un air concupiscent, puis renvoya les pécheresses d'un geste dédaigneux. Il s'assura que brûlait un bon feu de cheminée, enleva son lourd manteau de vair, le jeta négligemment sur un fauteuil garni de velours fleurdelisé. Enfin, il s'assit au chevet de la mère du roi.

– Vous m'avez mandé, Madame ? se soucia-t-il d'un ton ostentatoire.

Louise de Savoie attrapa nerveusement la main aux doigts gras et sertis de bagues.

– Monseigneur, se lamenta-t-elle, vous êtes mon dernier recours.

Une grimace déforma son visage déjà ravagé par les pleurs.

– Ma conscience me torture, haleta-t-elle. Le Seigneur Tout-Puissant m'inflige d'insoutenables remords. Je me sens responsable du malheur de mes petits-enfants.

L'évêque fronça les sourcils.

– Qu'attendez-vous de moi ?

– Une absolution et un service fort particulier, soupira la reine mère.

Elle considéra son confesseur et affidé. Il n'agissait jamais sans promesse de gratification.

– En échange de quoi je doterai vos filles naturelles.

L'évêque soupira d'aise.

– Je vous écoute, obtempéra-t-il avec condescendance.

– C'est une histoire très ancienne de vengeance et d'ambition, Monseigneur… Une histoire que je ne maîtrise plus…

Louise raconta son enfance. Après la mort prématurée de sa mère, elle avait été confiée à sa tante, Anne de Beaujeu. Cette femme austère, dénuée de sentiments, l'avait élevée sévèrement, sans la moindre affection, l'avait maintes fois humiliée, rabaissée, puis l'avait contrainte à épouser un homme grossier et débauché.

– Je nourrissais pour elle une incommensurable rancune, lui imputait à juste titre mon infortune, avoua-t-elle, et fomentais déjà un implacable châtiment.

D'innombrables souvenirs s'entremêlaient en son esprit. D'une manière saccadée, elle les exhuma de sa mémoire en s'efforçant de respecter l'ordre du temps.

– Mes enfants m'apportèrent le courage, la force de me venger. Dieu exauça mes viles prières. Je vis s'éteindre un à un les héritiers du trône de France. Mon fils devint roi.

Elle toisa le religieux. Une orgueilleuse fierté irradiait de ses prunelles. Il afficha sa supériorité en brandissant sa croix.

– Lors du sacre, reprit humblement Louise, je m'aperçus, par la magnificence, la puissance et la richesse qu'il déployait, que le gendre de Madame et donc mon cousin, représentait une menace pour le pouvoir. Cependant mon cher François, au début de son règne, n'afficha, envers son vassal, aucune animosité. Il le combla même de privilèges en lui remettant l'épée de connétable.

Elle parlait d'une voix chevrotante. Ses yeux maintenant humides fixaient l'ecclésiastique, guettaient un signe de rémission. Elle se tut un instant, gênée par les aveux qu'elle s'apprêtait à faire.

– Continuez, enjoignit l'évêque, poussé par une curiosité malsaine.

– Afin de nuire à ma tante, je m'acharnai dès lors contre le connétable de Bourbon. J'usai de toute mon influence pour provoquer sa destitution. Je parvins à convaincre mon fils de ne point lui payer ses pensions, et de le déshonorer en lui ôtant le commandement de l'avant-garde…

– Cette idée venait de vous ? s'étonna le prélat.

– Il y a pire, encore, chuchota Louise.

Elle prit une profonde inspiration. Ses lèvres se mirent à trembler.

– Quand Suzanne[24] mourut, je proposai secrètement à Bourbon de m'épouser. Il ne possédait point d'enfant et je savais que la succession de Madame irait au fruit d'un second mariage. En dépit de mes quarante-quatre

---

[24] *Suzanne était la fille d'Anne de France et de Pierre de Beaujeu, et l'épouse du connétable de Bourbon.*

ans, j'espérais mettre au monde un héritier qui dépouillerait ainsi ma tante de ses biens.

– Je ne vous pensais pas aussi pernicieuse !

– Le connétable repoussa mes avances. Enfiévrée de honte et de jalousie, je jurai sa perte. J'usai de mes droits et réclamais ma part d'héritage.

– D'où le procès, enchaîna l'évêque.

– D'où aussi la trahison, se lamenta Louise. Par ma faute, le connétable entra au service de Charles Quint, entraînant avec lui ses troupes. Il se rallia à l'armée impériale, en Italie. Vous connaissez la suite…

– La défaite de Pavie, la capture du roi, son emprisonnement en Espagne.

– Et l'odieux échange contre les fils de François.

Louise versa des larmes silencieuses.

– Voilà deux ans qu'ils demeurent captifs, subissent de mauvais traitements ! Par ma faute…

Elle se ressaisit, continua de s'accuser :

– Ma méchanceté a déclenché un déferlement de violence. La haine entre le roi et l'empereur ensanglante l'Europe. Aucun arrangement, aucun compromis n'est envisageable. François refuse de verser la rançon de mes petits-fils, exclut de rendre la Bourgogne. Le sac de Rome par l'armée de Charles Quint, où Bourbon a trouvé la mort, a attisé sa férocité. Il s'est allié à l'Angleterre, a déclaré la guerre éternelle à son cousin.

– Quelles sont donc vos intentions ? s'impatienta l'évêque.

Louise évita toute tergiversation.

– Vous irez par-devers ma belle-sœur Marguerite d'Autriche, lui proposerez officieusement un accord. Cette entente devra aboutir à une paix garantissant la réconciliation de Charles et François. Suggérez-lui également que mon fils est veuf, ainsi que sa nièce Éléonore. Des épousailles scelleraient à jamais ce traité.

– J'ai parfaitement compris, Madame.

– Usez de manigance, de mensonge et de bassesse autant qu'il vous plaira mais ne revenez qu'avec l'assentiment de la régente. Je ne veux pas mourir sans avoir assisté à la libération du dauphin Henri et de son jeune frère.

Elle avait hâte d'en finir.

– À présent, pardonnez mes péchés.

– Vous avez gravement offensé Dieu… Cette indulgence, Madame, mérite obole…

Parce qu'il s'acquittait sans faillir de ses tâches, Louise acceptait la cupidité de son confesseur. Elle sortit une aumônière, jusqu'alors dissimulée sous les draps d'or.

– Ceci vous convient-il ?

Il s'assura du contenu.

– Incontestablement, sourit-il.
Puis il entama la célébration de pénitence.

***

– Ma dame, l'équipage est prêt. Nous attendons vos ordres.

Marguerite hocha la tête, se dirigea en claudiquant vers la fenêtre. Dans la cour de l'abbaye, les archers montaient la garde. Une foule joyeuse s'agglutinait devant sa litière. Des écuyers s'affairaient autour des chevaux, des domestiques s'inquiétaient d'un manquement, d'un oubli. Comtes et gentes dames, officiers, secrétaires, devisaient, commentaient les événements de ces derniers jours, contenaient avec difficulté leur impatience, leur fébrilité coutumières.

– Je viens, se résolut la princesse à contrecœur.

– Je vais annoncer l'imminence du départ, dit Antoine de Lalaing. Je ne vous dérangerai davantage.

– Non, restez un instant, se ravisa Marguerite.

Elle arpenta nerveusement la pièce, malgré la blessure qui endolorissait son pied.

– La paix des Dames, murmura-t-elle…

– Vous fûtes éblouissante, félicita Antoine, et conduisîtes remarquablement les opérations.

– Me remettrai-je de cette épuisante épreuve ?

Elle se recorda* les mois de pourparlers qui avait précédé sa venue à Cambrai, les fourberies de l'évêque d'Avranches qu'elle avait habilement déjouées, puis la rencontre avec Louise de Savoie, les semaines de négociation, les entretiens empreints de méfiance, les concessions, les menaces, les disputes, les provocations. Enfin l'alliance, fort profitable pour l'empereur. Car si le roi de France ne cédait pas la Bourgogne, il renonçait entre autres à ses droits sur l'Artois, la Flandre, abandonnait ses prétentions en Italie, s'engageait à payer la rançon de ses enfants, à épouser Éléonore.

Marguerite sourit mélancoliquement. Le chevalier d'honneur devina son trouble. Derrière l'accès dérobé, une galerie privée conduisait aux appartements de Louise. En ce moment même, le roi de France rendait visite à sa mère, lui témoignait toute sa reconnaissance.

– Désirez-vous que je retarde le voyage ? se soucia Antoine.

Elle haussa les épaules, hésitante. Elle demeurait à l'affût du moindre bruit, espérait entendre retentir un pas.

– François m'avait écrit une lettre tellement émouvante, confia-t-elle soudain. Il implorait ma générosité, me suppliait d'intervenir auprès de Charles. La captivité de ses enfants lui était devenue intolérable. Je pensais qu'il…

Elle n'eût pas le temps d'achever. La porte s'entrouvrit. Antoine comprit et s'en alla discrètement.

– Madame ma chère Tante, appela une voix chaude et douce.

Marguerite s'immobilisa, médusée devant l'élégance et la majesté de l'homme qui marchait vers elle.

– Mon neveu ? demanda-t-elle.

Il sourit, ôta son chapeau de feutre, s'inclina. Elle remarqua ses boucles folles, ses larges épaules, sa stature impressionnante. Son cœur se mit à battre follement.

– Je suis venu vous dire le merci.

Il la fixait de ses beaux yeux bruns. Elle prit sa main, sa main grande et fine, la pressa tendrement contre sa joue humide de larmes.

– François, balbutia-t-elle.

Ils échangèrent quelques mots agréables, quelques paroles de convenance, se quittèrent en se jurant une amitié fidèle et tendre.

– Combien vous ressemblez à votre oncle Philibert, s'émut Marguerite lorsque le roi eut disparu.

***

Marguerite laissa chevaliers et dames de parage au fond l'église Notre-Dame, marcha lentement vers le chœur. Un prie-Dieu avait été installé à son intention devant le tombeau de Marie de Bourgogne. La princesse s'agenouilla, pria intensément.

Lorsqu'elle eut achevé ses ferventes oraisons, elle se consacra à des méditations intimes et profanes.

– Mère… prononça-t-elle tout bas, impressionnée par la magnificence de la sculpture.

Au milieu de la pénombre, caressée par la lumière blonde du matin, la gisante resplendissait de sérénité. Marguerite baissa les yeux, éblouie par l'image de la jeune femme figée dans un sommeil éternel, drapée dans une éclatante dorure. Marie, la tête ceinte d'une couronne, le corps vêtu d'un magnifique manteau ducal, les mains jointes, semblait dormir.

La princesse libéra une profonde repentance. Depuis le traité de Cambrai, d'inavouables scrupules embrumaient sa conscience.

– Mère, pardonnez-moi, mais je n'ai pu négocier autrement.

Sa gorge se noua. La pénible sensation d'avoir mal agi de nouveau l'oppressa.

– Je vous ai offensée en cédant définitivement votre duché au royaume de France, mère.

Devant l'héritière de la Maison de Bourgogne, elle éprouvait le besoin se justifier.

– Il fallait mettre un terme aux véhémentes querelles. Vouloir reprendre la Bourgogne eût été déclencher de nouvelles guerres. Mère, le duc de Gueldre s'est soumis, François Ier a déposé les armes, l'Angleterre et Rome ont signé une alliance. Mère, en ces temps difficiles où les Turcs menacent Vienne et les protestants l'Allemagne, il s'avérait essentiel que je ramène la paix.

La culpabilité peu à peu s'estompa, remplacée par un ineffable soulagement. Au plus profond de son âme, Marguerite savait que Marie, désormais, l'approuvait.

– Ma politique a grandement abouti, légitima-t-elle encore. Hier votre descendant Charles a été couronné par le pape. Hier, le jour de ses trente ans…

Elle s'affola soudain :

– Il y a trente ans, j'assistais à son baptême. Je rentrai en Flandre, veuve pour la première fois, et j'ignorais ce que l'Infortune me réservait…

La régente s'abandonna à de funestes considérations. Ce vingt-quatre mars de l'an quinze cent, le petit Charles de Gant devenait son filleul. Déjà elle lui vouait la tendresse maternelle dont sa mère jamais ne le comblerait.

– Son ingratitude me blesse cruellement, songea-t-elle.

Pressé de rencontrer Clément VII, d'obtenir le sacre que Maximilien s'était toujours vu refuser, Charles s'était rendu d'Espagne en Italie. Sans guère se soucier de sa marraine, il s'en était allé quérir les suprêmes honneurs. Présentement, l'empire fêtait son incomparable succès. Partout n'étaient de cris de joie, ébattements, déduits.

– Pourquoi ? s'interrogea-t-elle.

Elle aurait préféré qu'il vînt la saluer, qu'il lui proposât d'assister aux cérémonies. Certes, en raison de sa mauvaise santé, elle eût décliné l'invite.

– J'ai pourtant tenu ma promesse et fait de lui un très grand roi, se morfondit-elle, déçue.

9. VOUS DISANT LE DERNIER ADIEU

– J'ai froid, grelotta Marguerite.

L'intendant dévisagea la princesse, s'inquiéta de son extrême pâleur.

– Nous devrions rentrer.

Elle considéra le jardin joliment fleuri, résista à l'alanguissement, désigna un banc taillé dans une embrasure déjà baignée de soleil.

– Le médecin m'a préconisé un peu de marche et beaucoup de grand air.

Ils quittèrent l'allée ombragée, prirent place dans la chaude lumière d'été, poursuivirent leur conversation.

– Les récriminations du prieur de Brou étaient fondées, Madame. L'inimité entre Loys van Boghem et Conrad Meit a considérablement retardé les travaux. Il y eut de vives altercations, de fréquentes rixes.

– Pour quelles raisons ? se désola la régente.

– Au fil des années, l'autorité du maître-maçon s'est accrue, imposée sur le tout le chantier. Dès son arrivée, le sculpteur a refusé de se soumettre, affichant nettement son désir d'indépendance.

L'intendant se remémora les colères de van Boghem, les injures proférées à l'encontre de ses subalternes, et surtout la façon dont il avait entravé la besogne de l'imagier, allant jusqu'à bloquer pendant deux années la commande des blocs de marbre de Carrare destinés aux gisants.

– C'est grand pitié de voir s'affronter deux artistes possédant un talent exceptionnel, ajouta-t-il.

– Je réunirai mon Conseil privé et déciderai du rôle de chacun. En attendant menacez-les l'un et l'autre de peines de justice.

La régente étendit son membre engourdi et parcouru de fourmillements, s'appuya contre le dossier de pierre. Durant un instant qu'elle jugea interminable, une étrange sensation de déséquilibre perturba le déroulement de ses idées, sema la confusion au sein de sa mémoire. Puis elle recouvra ses sens, s'enquit de la délinquance régnant en Bresse.

– Les hérétiques de Bourg, dont le faux dominicain, ont péri par les flammes, selon votre ordonnancement.

– Ce genre de châtiment me rebute, avoua-t-elle d'une voix blanche. Et cette violence m'effraie. Dieu seul sait où elle nous conduira…

Un nouvel étourdissement la frappa, l'empêchant cette fois de parler. Sa jambe, vilainement boursouflée, l'élançait douloureusement, l'entraînait dans un vertige de faiblesse et de souffrance.

– Rentrons, Madame, insista le magistrat de Bourg.

***

Les flammes avaient cessé de lutter contre l'atmosphère glaciale de la nuit. Dans l'âtre les braises s'étiolaient, ne dispersant plus qu'une faible lueur rougeâtre, qu'une insignifiante tiédeur. Antoine posa la chandelle, se dévêtit en hâte et s'enfouit sous la couverture en évitant tout contact avec sa compagne. Le moindre frôlement le répugnait.

– Comment se porte la régente ? interrogea ironiquement la comtesse.

Il hésita à répondre tant le cœur lui saignait. Les heures passées auprès de Marguerite lui laissaient le souvenir d'un véritable calvaire, d'une insurmontable épreuve.

– Le chirurgien a ouvert la plaie, finit-il par répondre. Il semblerait que depuis l'état de la princesse s'améliore.

Il se tourna de manière à masquer son trouble, feignit de s'endormir pour échapper à d'importunes questions. Mais le tourment l'envahit soudain et il rechercha, au travers d'une banale conversation, un réconfort dérisoire.

– Je crains que la fin n'approche, avoua-t-il, désemparé.

– Qu'est-ce qui vous fait dire cela ?

– Voyez ces ouvrages sur la table.

Il montra du doigt *Les décades* d'Anghiera, et *L'institution du prince chrétien*, qu'Érasme avait écrit à l'intention de l'empereur.

– Ce sont ses biens les plus précieux… elle me les a offerts ce soir…

Antoine effleura l'émouvant instant :

– Madite dame était si triste de me rappeler l'indifférence de son neveu pour la littérature.

Il étouffa un sanglot puis, d'une haleine vacillante, souffla la bougie, éteignit ses espérances.

– Elle m'a nommé son exécuteur testamentaire et m'a confié le gouvernement des Pays-Bas, se désola-t-il encore.

Un silence éloquent opposa les époux, déjà séparés par un gouffre d'indifférence.

– Vous l'aimez, affirma froidement la dame de Lalaing.

– Elle ne fut jamais ma maîtresse, s'esquiva Antoine.

Et il se réfugia dans un rêve douloureux.

***

Antoine rassembla son courage, poussa la porte, franchit le seuil en réprimant une nausée de peur et de dégoût. La chambre était plongée dans une pénombre sinistre et pestilentielle. Les relents de la mort absorbaient les vapeurs suaves s'échappant des brûle-parfums, annihilaient tout espoir de rémission.

Antoine se glissa sans bruit jusqu'au chevet de la moribonde où se relayaient en permanence les meilleurs médecins. Il entendait maintenant, se superposant au chant lugubre de la pluie de novembre, le chuintement provenant d'une respiration saccadée, laborieuse. Il distinguait, au fond de la pièce, des religieuses qui veillaient, un prêtre qui priait.

Antoine, fort anxieux, considéra la princesse endormie puis l'homme sensé la guérir.

– Le mal a rapidement progressé, murmura ce dernier. J'ai renoncé à l'amputation.

Le comte lui renvoya un regard fulgurant, chargé de reproches, d'incrédulité.

– Messire, c'eût été lui infliger d'inutiles souffrances.

Un geignement s'échappa soudain de la gorge fébrile et haletante de Marguerite. Antoine s'agenouilla au pied du lit.

– Ma Princesse, appela-t-il.

Elle dessilla. Sous les paupières lourdes, brûlantes, tuméfiées, apparurent des yeux ternes, des yeux qui ne saisissaient plus le monde des vivants.

– Philibert, délira-t-elle, Philibert, mon tendre amour…

Il surmonta son immense peine, tenta de la ramener à la raison. Mais elle le fixait passionnément, attendait un écho à son amoureux appel.

Antoine combattit la répulsion que lui procurait l'idée d'un mensonge, lutta contre le souci qui déchirait son cœur. Il s'approcha de la princesse, chuchota, d'un ton languide, au creux de son oreille :

– Ma douce fleur, ma Marguerite.

Elle arbora un sourire béat avant de retomber dans les affres d'une funeste inconscience.

– Messire de Lalaing, dit le médecin avec une gravité teintée de résignation, il est grand temps d'avertir l'empereur.

***

Sur un lit douillet imprégné de substances odorantes, la princesse reposait, immobile, insensible, muette. Tout avait été savamment pensé pour améliorer ses derniers instants, pour lui procurer une infime sensation de bien-être. Les sœurs de l'Hôtel-Dieu avaient apporté un arceau de bois qui protégeait la jambe malade, car ainsi le drap ne touchait point la chair en putréfaction. Les servantes avaient relevé la tête à l'aide de coussins moelleux, nettoyé le visage avec des compresses parfumées, oint la chevelure d'une huile aromatique. Selon les ordres du comte de Lalaing, l'apothicaire avait administré une forte potion d'opium, et rendu la plaie indolente.

Marguerite ne souffrait plus. Une tranquillité mystérieuse, une sérénité artificielle l'habitaient. Elle respirait avec calme et lenteur. Antoine se raccrochait à son souffle brûlant, fragile, à peine perceptible. Inlassablement il l'observait, se tourmentait. Elle n'avait parlé ni bougé depuis deux jours. Deux longs jours durant lesquels il n'avait cessé de guetter le signe d'une amélioration.

Un susurrement attira subitement son attention. Il se pencha sur le corps inerte mais recelant encore d'un soupçon de vie.

– Messire de Lalaing, émit faiblement Marguerite.

– Princesse…

– Mon codicille, l'ai-je dicté ?

Le puissant remède altérait sa mémoire.

– Il est là, Princesse, dans ce coffre à archives.

Elle fronça les sourcils, s'évertua, mais en vain, à se souvenir.

– Que comporte-t-il ?

– Ma Dame, ce codicille confirme votre testament de 1509 instituant votre neveu Charles Quint comme héritier universel.

Elle approuva par un léger clignement.

– Il mentionne des dons pour les églises et monastères, des dots pour cent pucelles de Bresse, des récompenses pour les personnes vous ayant si bien servie. Il supplie l'empereur de non abolir le nom de la Maison de Bourgogne, de conserver le duché en acceptant de demeurer le vassal du roi François.

Marguerite parut rassurée. Puis ses prunelles s'assombrirent.

– Mon neveu… où se trouve-t-il ? articula-t-elle avec difficulté

– En Allemagne, ma Dame

– En Allemagne ?

Son esprit défaillait. Le nom de ce pays lui semblait inconnu, perdu en des sphères lointaines

– Viendra-t-il ? parvient-elle encore à demander.

Antoine ne sut que répondre. L'empereur ne se souciait guère de sa tante. Seuls lui importaient l'avancée de Soliman le Magnifique, l'élection de son frère Ferdinand comme roi des Romains, la lutte contre les protestants.

Pour éviter d'infliger à la régente une insupportable blessure, l'ami préféra trahir la vérité :

– Je ne pense pas, ma Dame, l'Allemagne est si loin…

Des larmes perlèrent au coin de ses yeux atones. Puis elle ferma les paupières et se rendormit.

***

Antoine parcourut la missive qu'il rédigeait à l'intention de Charles Quint. Elle comportait moult ratures, moult macules d'encre, moult éclaboussures de pleurs. Il la froissa, insatisfait et dépité, renonça à poursuivre la détestable besogne.

Présentement, il ne se sentait pas capable d'annoncer à l'empereur le trépas imminent de sa tante. Car entre chaque mot il surveillait le souffle déclinant de Marguerite, entre chaque ligne il versait des larmes de désespoir, entre chaque phrase il relisait la magnifique lettre que la princesse, ce soir, avait dictée dans un ultime moment de lucidité. Magnifique message d'amour dédié à un filleul égoïste et combien ingrat ! Émouvantes pensées qu'il avait recueillies, couchées sur cette feuille :

– *Monseigneur,*

L'heure est venue que je ne vous puis plus écrire de ma main, car je me trouve en telle indisposition que doute ma vie être brève. Pourvue et reposée de ma conscience, et de tout résolue à recevoir ce qu'il plaira à Dieu de m'envoyer, sans regret quelconque…

Des images poignantes se suppléaient aux propos déchirants : Marguerite recevant les derniers sacrements, Marguerite attendant le bon vouloir du Tout-Puissant …

– *Je vous ai institué mon héritier universel…*

Antoine étouffa un profond ressentiment. Charles ne méritait pas une telle gratification.

– *Je laisse vos pays de par-deçà, que durant votre absence n'ai seulement gardé, comme me les laissâtes à votre partement, mais grandement augmentés, et vous rends le gouvernement d'iceux, auquel me cuide* être loyalement acquittée et tellement que j'en espère rémunération divine, contentement de vous, Monseigneur, et au gré de vos sujets, vous* *recommandant singulièrement la paix, et par spécial avec les rois de France et d'Angleterre...*

Antoine connaissait à la perfection les ultimes paroles de la princesse. Depuis plusieurs heures, il s'en imbibait, les ressassait à l'infini.

– *Vous disant le dernier adieu. De Malines, le dernier jour de novembre 1530. Marguerite.*

Exténué par d'angoisseuses nuits de veille et d'insomnie, le comte posa son front sur la table et s'assoupit, sinistrement bercé par les lamentations des damoiselles de parages auxquelles s'ajoutait, mystique et ténébreuse, la voix de l'aumônier récitant la prière des agonisants.

Il y eut alors un râle, suivi d'un horrible, intolérable silence. Antoine émergea de son désagréable engourdissement, demeura pétrifié. Des sueurs froides inondaient ses tempes, des bourdonnements l'assourdissaient, un voile humide brouillait sa vue.

Derrière un écran de consternation et de solitude, il discerna une silhouette obscure se penchant sur la princesse, une main caressant le visage livide aux prunelles déjà closes.

– La régente a rendu son âme à Dieu, entendit-il chuchoter, pareillement que dans un cauchemar.

– Non, se révolta-t-il, éperdu de chagrin. Non, ma belle et gente Dame, non…

10. J'AI FAIT L'OBSÈQUE DE MA DAME

La chapelle retentissait encore des oraisons funèbres, des éloges chantés à la gloire de la défunte princesse. Devant l'autel, sur un catafalque habillé de velours noir, entouré de quelques modestes cierges, le cercueil reposait.

La foule recueillie, qui tout à l'heure emplissait l'édifice et l'illuminait de milles torches ardentes, s'était maintenant retirée. Les cérémonies venaient de s'achever. Et ici, dans l'austère sérénité du couvent des Annonciades, selon son pieux désir, feu Marguerite attendait désormais l'achèvement et la consécration de l'abbatiale de Brou.

Si éprouvant, si accablant s'était révélé le sentier funéraire menant à la provisoire demeure.

Malines avait d'abord rendu à la régente les honneurs dignes de son rang, célébrant, durant trois jours, de solennelles obsèques. Le lendemain l'on avait acheminé, au son lugubre du glas, la dépouille vers Bruges. En l'église abritant le tombeau de Marie de Bourgogne avait été déposée l'urne de plomb contenant le cœur de la trépassée.

L'imposant cortège avait ensuite rejoint le cloître et assisté à un dernier office, émouvant de sobriété. Le dénuement des lieux, la pauvreté, la sévérité de l'ordre religieux, avaient suscité un incomparable élan ferveur. Enfin, sous la garde d'une escorte officielle, hauts dignitaires, chevaliers, nobles seigneurs et dames, avaient formé de nouveau un sombre défilé et franchi le seuil de l'édifice. Après avoir pénétré les ténèbres du deuil, chacun s'en était retourné vers la lumière de la vie.

De l'autre côté, au-dehors, les conversations à présent redevenaient profanes, s'animaient, se teintaient de gaieté. Le soleil éblouissant de janvier se chargeait de sécher les pleurs, d'évaporer la tristesse. Il tempérait les peines, estompait les angoisses tandis que ses rayons ardents effaçaient les traces du convoi laissées dans une neige oublieuse et éphémère.

Antoine avait choisi de rester seul un moment, seul avec sa tant regrettée princesse. Il souhaitait lui dédier un ultime hommage, un poétique adieu. Mais que dire, que confier à celle qui l'avait quitté pour toujours, et qui gisait dans ce coffre de bois refermé pour l'éternité ?

Il caressa d'une main hésitante la devise gravée sur le couvercle, chercha des mots de circonstance, trouva parmi les ballades de Charles d'Orléans, les rimes exprimant de manière sublime ses états d'âme.

– Quand Souvenir me rementoit
La grant beauté dont estoit plaine
Celle que mon cœur appeloit
Sa seule dame souveraine,
De tout bien la vraie fontaine,
Qui est morte nouvellement,
Je dis en pleurant tendrement...

Une voix à la fois ferme et imbue de bonté termina la strophe à sa place :

– Ce monde n'est que chose vaine.

Antoine sursauta.

– Mère Ancile ? s'écria-t-il, surpris et confus.

La religieuse montra subtilement au comte qu'elle perçait ses plus intimes secrets, et que son propre cœur, pourtant voué à Dieu, savait ce que signifiait la perte d'un être cher. Elle poursuivit, sur le ton de la connivence :

– Amour, pour vérité certaine,
Mort vous guerrie fellement ;
Se n'y trouvez amendement,
Ce monde n'est que chose vaine.

– Comment pourrais-je remédier à un tel malheur ? s'abandonna Antoine. Comment vais-je combler ce vide, cette absence ?

– En dévouant votre existence à Notre-Seigneur et à notre glorieuse Vierge Marie.

Mère Ancille observa le comte. Il possédait une beauté quelconque mais une prestance, une élégance, une délicatesse infinies émanaient de sa personne, se devinaient à chacun de ses gestes, à chacune de ses paroles. Sans lui avouer, elle s'apitoya sur son sort. Il semblait tellement désemparé, tellement fragile… Mais alors qu'elle le dévisageait, elle aperçut, pendant à son cou et bien dissimulée sous sa chemise, une petite chaîne qu'elle reconnut soudain. Intriguée, elle tira l'insolite objet, découvrit une médaille en or. Elle adressa alors à Antoine un regard lourd de reproches.

– Marguerite vous aurait-elle donné ce à quoi elle tenait le plus ?

Antoine secoua la tête négativement, saisit le bras de la moniale.

– Ce joyau rejoindra ma Dame dans le tombeau de Brou.

Il ajouta à voix basse :

– Ma mère, je ne voulais pas qu'il échoie à l'empereur.

Puis sa voix se brisa tandis qu'il expliquait les raisons de son acte.

– Charles Quint n'a jamais répondu à mes lettres le pressant de venir, il ne s'est point rendu au chevet de sa tante ni à ses funérailles. Son unique souci fut de confier en toute diligence la régence à sa sœur Marie. Il ne mérite nullement ce bijou.

La moniale approuva discrètement. Elle exhorta ensuite Antoine au courage et à la foi, lui imposa le partir. Le couvent allait refermer ses portes pour s'isoler dans la contemplation.

Antoine hésita. Mais tandis qu'il se résignait, la supérieure comprit son déchirement.

– Nous veillerons sur la défunte princesse, promit-elle. Nous prierons nuit et jour.

Elle le vit s'éloigner, drapé de sa chape de détresse.

– Il l'aime au-delà de la mort, songea-t-elle mélancoliquement.

***

– *Aux prêtres et chantres de l'église Saint-Pierre, la somme de dix livres pour un service divin fait le premier jour du mois de décembre de l'an 1531, en la ville de Malines, pour le salut et remède de l'âme de feu Marguerite d'Autriche, que Dieu absolve.*

Antoine joignit la missive qu'il venait de rédiger à une bourse contenant la forte rémunération. Ces générosités, tirées de sa caisse personnelle, prouvaient l'importance qu'il accordait encore à sa regrettée Dame et les indulgences qu'à son intention il sollicitait.

Six livres eussent bien suffi à payer l'office. Cependant, le comte avait ajouté de larges gratifications, de manière à solliciter des actions de grâce, à réclamer des prières pour l'achèvement du monastère de Brou. Car, il en était persuadé, Marguerite ne trouverait le véritable repos qu'auprès de feu le duc Philibert.

Mais quand se dérouleraient les funèbres retrouvailles ? Si Conrad Meit avait achevé les tombeaux, les menuisiers bressans n'avaient point fini de tailler les stalles. Quant à Loys van Boghem, il demandait, avec son arrogance habituelle, de nouveaux délais et autres gages.

– Maudit soit-il, maugréa Antoine.

Il ne céderait pas à l'odieuse pression du maître de chantier et lui verserait son salaire lorsqu'il se serait entièrement acquitté de sa tâche.

Antoine s'abîma dans de sombres évocations. Il se souvint de Marguerite, de son désir de visiter le chef-d'œuvre de Brou.

– Ma bien-aimée Princesse, pensa-t-il amèrement, je n'obtiendrai de réconfort qu'en la bonne cité de Bourg, une fois votre vœu exaucé, une fois votre testament accompli. Alors seulement je me sentirai digne de vous avoir survécu.

***

Ce n'était plus une foule riche, innombrable et en sincère lamentation qui franchissait les remparts de Bruges derrière la dépouille princière, mais une poignée de fidèles, un maigre et triste cortège escortant le cadavre d'une princesse oubliée.

La translation du cœur de Marguerite de l'église Saint-Pierre jusqu'au couvent des Annonciades, et celle de son corps vers la Savoie, n'avaient suscité aucune émotion. Le glas ne sonnait pas. Le peuple, affligé par un hiver effroyablement meurtrier, ne pleurait plus sur le passage de l'insignifiant convoi. Le départ de feu la régente vers la Bresse lointaine n'émotionnait personne, hormis les moniales et quelques proches.

Antoine de Lalaing montait un superbe alezan tout drapé de noir et menait la marche macabre. De temps à autre, il se laissait distancer, chevauchait aux côtés du chariot mortuaire. On le voyait alors se pencher, murmurer des paroles mystérieuses, inaudibles, couvertes par le bruit des sabots et le grincement des roues sur les pierres du sentier. La compagnie de Marguerite ravivait sa douleur mais palliait son immense solitude.

La beauté candide du paysage, le renouveau, la douceur printanière, entouraient d'une gaieté absurde l'insolite procession, la guidait vers une promesse sépulcrale, vers des noces posthumes. Marguerite, en ce joli mois de mai fleuri, s'en allait rejoindre son époux très cher, son tant aimé Philibert.

Car l'église de ladite dame avait enfin été consacrée. Van Boghem avait rendu l'ouvrage parfait. Le comte de Lalaing s'en était d'ailleurs assuré en envoyant de bons et loyaux maîtres visiter les lieux. Puis il avait préparé le déplacement, commandé des sermons funèbres. Il avait emballé les précieux présents, livres, tableaux, reliques, destinés aux religieux du monastère.

Dans l'indifférence, Marguerite quittait sa Flandre natale, effectuait son dernier voyage. Une fois de plus, elle s'apprêtait à traverser le royaume de France. Mais là encore, nul ne l'acclamerait.

Elle avait disparu des mémoires, surtout de celle de l'empereur. L'héritier de la princesse, occupé à mâter les rébellions protestantes en Allemagne, à repousser les Turcs campés aux portes de Vienne, à rêver de l'Espagne et du Nouveau Monde, négligeait sa tante, méprisait le tombeau de Brou. Il avait même refusé de payer le grillage destiné à protéger des intempéries la magnifique verrière historiée du transept.

Antoine scruta l'horizon. La route serait laborieuse, parfois dangereuse en dépit de la troupe d'archers qui, jusqu'au bout, le protégerait. Il cheminerait par longues étapes, il éviterait les villes, ferait halte dans les abbayes.

Le chevalier d'honneur, le loyal servant de la princesse regarda ensuite le cercueil se balançant au pas des chevaux. Sous une des sangles servant à l'arrimer, mère Ancille avait fixé une rose blanche. Effleurés par la brise, ses pétales tremblaient, pareillement que le cœur d'une jouvencelle impatiente de revoir son accordé, et frémissant d'espoir dans l'attente de vivre un éternel amour.

***

Le cœur d'Antoine se serra. L'éclaireur revenait à bride abattue.

– Tout est prêt, messire, annonça-t-il. Les représentants de la cité viennent en belle ordonnance à notre rencontre.

Le jour déclinait lentement. Il ne restait qu'une lieue à parcourir, qu'une côte à gravir. Le comte donna l'ordre de repartir.

Le convoi s'engagea sur la dernière pente, continua sa progression. Antoine ferma les yeux. Ses forces l'abandonnaient. Durant trois semaines, il n'avait cessé de parcourir plaines, monts et vaux. Durant trois semaines il avait accompagné sa dame, sans jamais la quitter, la veillant chaque nuit tandis qu'elle sommeillait dans les chapelles des couvents.

À présent, une fatigue insidieuse alanguissait son corps, une sourde appréhension remuait ses entrailles. Il allait découvrir, seul, le magnifique chef-d'œuvre. Combien il ressentait cruellement l'absence de Marguerite, combien il craignait d'assister de nouveau à de solennelles et émouvantes funérailles, combien il redoutait de se séparer de sa défunte amie, cette fois pour toujours…

– Messire !

Antoine releva les paupières.

– Seigneur Tout-Puissant, balbutia-t-il, ébahi.

Le petit prieuré qu'il avait jadis connu s'était mué en un somptueux monument. Et il surgissait, là, devant ses yeux, majestueux, resplendissant de gloire et d'incomparable splendeur. Sa ligne noble, élégante, dentelée, se détachait sur la campagne verdoyante. Son clocher, dont le dôme[25] reflétait l'or du soleil couchant, s'élançait vers le ciel.

– Princesse, susurra Antoine, profondément troublé.

Il ne pouvait détacher ses regards du sublime moutier. Les couleurs rosées du firmament l'enveloppaient d'une divine sérénité, caressaient sa toiture aux reflets chatoyants, déposaient au creux de chacune de ses pierres une teinte douce et tiède.

– Ma Dame souveraine, puissiez-vous admirer votre ouvrage *par les fenêtres de mes yeux,* souhaita Antoine.

Des larmes ruisselaient le long de ses joues. La lumière baissait insensiblement. Le bourdon égrenait dans le soir ses notes lentes et graves. L'on avait ralenti l'allure tandis qu'arrivaient, vêtus de noirs costumes, les syndics de Bourg. Leurs silhouettes sombres se fondaient au sein de l'obscurité grandissante. Seule la lueur tremblante de leurs torches témoignait de leur avancée.

Les deux cortèges se retrouvèrent sur le parvis de l'église. L'évêque fit ouvrir le grand portail.

Marguerite franchit le seuil, traversa la nef immense, s'engagea sous le jubé, passa non loin la chapelle où gisait déjà Laurent de Gorrevod. Puis elle parvint au milieu du chœur où demeuraient les tombeaux.

On déposa le cercueil devant l'autel, on installa le riche luminaire. Antoine, médusé, n'appartenait plus au monde des vivants. La perfection de l'édifice dépassait son entendement. Il flottait au-dessus des sphères terrestres, porté par un rêve, un rêve céleste et mystique, un rêve cruel et déchirant. L'invisible présence de Marguerite l'envoûtait, le torturait.

Des images assaillirent son esprit éprouvé, des ressouvenances le hantèrent, qu'il ne put chasser. Philibert, Philippe, le château de Pont-d'Ain, et toutes ces années occupées à consoler les chagrins de sa Dame.

– Je vous ai menée au terme du voyage. Votre vœu est accompli, songea-t-il avant d'être happé par une étrange pâmoison.

***

---

[25] *Ce dôme sera démoli à la Révolution, ainsi que les tombeaux en bronze de la famille de Gorrevod.*

Antoine sortit du maisonnement de la régente. Il ne pouvait dormir. Le souci tourmentait son cœur endeuillé, le contraignait à l'insomnie. Dès l'aurore, il faudrait songer au partement.

Les moines chantaient l'office de nuit. Sans les déranger, il se rendit dans l'oratoire situé de l'autre côté de l'église, en emprunta le couloir cheminant au-dessus du jubé.

Antoine s'agenouilla et pria longuement. La chapelle privée surplombait le mausolée de la princesse et offrait à la vue un spectacle d'une rare beauté. De sa place, sans abandonner ses oraisons, le comte admirait non seulement le tombeau de Marguerite de Bourbon, mais surtout le gisant de Philibert que la lune embrasait de mille paillettes argentées.

La voix des religieux emplissait l'édifice, une lumière cendrée irisait les merveilleux vitraux, éclairait le délicat pavement. Après les funérailles, pompeuses et solennelles, le sanctuaire s'imprégnait d'une infinie tranquillité, d'une harmonie lénifiante, mélancolique et bouleversante. Antoine pleura silencieusement :

– J'ai fait l'obsèque de ma Dame,
Dedans le Moutier amoureux
Et le service pour son âme
A chanté Penser douloureux…

Il resta prostré plusieurs heures, regrettant son passé, ressassant ses souvenirs. Cependant, lorsque les premières lueurs du jour apparurent, ses angoisses, insensiblement, s'estompèrent. Les pénibles moments s'effacèrent avec l'aube au profit d'un mystérieux bonheur. Un ineffable soulagement pénétra son âme. Il comprit alors qu'il pouvait s'en aller.

Marguerite et Philibert reposaient en paix, réunis dans la mort pour un éternel sommeil d'Amour.

Chronologie

1470 Naissance de Charles VIII, fils de Louis XI.

1476 Naissance à Pont-d'Ain de Louise de Savoie.

1478 Naissance de Philippe d'Autriche à Bruges (22 juin). Naissance de l'Infant don Juan à Séville (30 juin).

1479 Naissance de Jeanne la Folle, sœur de don Juan.

1480 Naissance à Bruxelles de Marguerite d'Autriche (10 janvier). Naissance à Pont-d'Ain de Philibert de Savoie (10 avril).

1482 Mort de Marie de Bourgogne (27 mars).

1483 Mariage de Charles VIII et Marguerite d'Autriche (23 juin). Mort de Marguerite de Bourbon, mère de Louise et Philibert de Savoie. Mort de Louis XI et avènement de Charles VIII (30 août).

1486 Maximilien d'Autriche devient roi des Romains.

1490 Mariage par procuration de Maximilien d'Autriche et Anne de Bretagne (19 décembre).

1491 Répudiation de Marguerite d'Autriche. Mariage de Charles VIII et Anne de Bretagne (6 décembre).

1492 Prise de Grenade par les rois d'Espagne (3 janvier). Découverte de l'Amérique par Christophe Colomb (12 octobre).

1493 Renvoi de Marguerite d'Autriche après le traité de Senlis (mai). Mort de Frédéric III de Habsbourg (19 août).

1494 Mariage de Maximilien d'Autriche et Blanche Marie Sforza (mars). Naissance de François Ier (12 septembre).

1495 Mariage par procuration à Malines de Marguerite d'Autriche et don Juan d'Espagne (5 novembre).

1496 Mariage de Philippe d'Autriche et Jeanne la Folle d'Espagne (21 octobre).

1497 Mariage à Burgos de Marguerite d'Autriche et don Juan d'Espagne (mars). Mort de don Juan (7 octobre). Mort de Philippe de Bresse, père de Philibert de Savoie (novembre). Naissance et mort de l'enfant de Marguerite d'Autriche (8 décembre).

1498 Mort de Charles VIII (7 avril). Sacre de Louis XII (27 mai). Naissance d'Éléonore d'Autriche.

1499 Mariage d'Anne de Bretagne et Louis XII (8 janvier). Marguerite d'Autriche quitte Grenade (septembre).

1500 Naissance de Charles d'Autriche, futur Charles Quint (24 février).

1501 Naissance d'Isabelle d'Autriche. Mariage par procuration à Salins de Philibert de Savoie et Marguerite d'Autriche (28 novembre). Mariage de Philibert et Marguerite à Romainmôtier (3 décembre).

1502 Joyeuse Entrée de Philibert et Marguerite à Bour en Bresse (5 août).

1503 Naissance en Espagne de Ferdinand d'Autriche (10 mars). Joyeuse Entrée de Philibert et Marguerite à Pont-d'Ain (11 avril). Mort de Marguerite d'York (23 novembre).

1504 Mort de Philibert de Savoie à Pont-d'Ain (10 septembre). Mort d'Isabelle de Castille (24 novembre).

1505 Mort de Jeanne de France (4 février). Naissance de Marie d'Autriche (septembre).

1506 Contrat de mariage entre Marguerite d'Autriche et Henri VII d'Angleterre (mars). Mort de Christophe Colomb (20 mai). Mort de Philippe d'Autriche à Burgos (25 septembre).

1507 naissance de Catherine d'Autriche en Espagne (janvier). Marguerite d'Autriche est proclamée régente des Pays-Bas à Louvain (22 avril).

1508 Mort de Ludovic Sforza.

1509 Marguerite écrit son testament (20 janvier). Mort d'Henri VII d'Angleterre (avril).

1510 Mort de Blanche Marie Sforza.

1514 Mort d'Anne de Bretagne (9 janvier). Mariage de Louis XII et Marie d'Angleterre (9 octobre). Mort de Louis XII (31 décembre).

1515 Avènement de François Ier (1er janvier). Émancipation de Charles d'Autriche (5 janvier). Victoire française de Marignan (13 septembre).

1516 Mort de Ferdinand d'Aragon (23 janvier).

1517 Apparition du protestantisme. Luther publie ses thèses.

1518 Charles d'Autriche rend les pouvoirs à sa tante Marguerite (24 juillet).

1519 Mort de Maximilien d'Autriche (11 janvier). Charles d'Autriche est élu empereur.

1520 Sacre de Charles Quint à Aix le Chapelle (23 octobre).

1521 Prise de Belgrade par les Turcs.

1522 Naissance de Marguerite, fille naturelle de Charles Quint (août). Mort d'Anne de France (14 novembre).

1525 Bataille de Pavie (24 février). Mort de René le Grand Bâtard.

1526 Mort d'Isabelle d'Autriche (janvier). Mariage à Séville de Charles Quint et Isabelle de Portugal (10 mars). Mort de Pedro Mártir de Anghiera.

1527 Mort du connétable de Bourbon (mai). Naissance de Philippe, fils de Charles Quint et Isabelle de Portugal.

1528 Naissance de Marie, fille de Charles Quint et Isabelle de Portugal (juin).

1529 Marguerite d'Autriche et Louise de Savoie signent la Paix des Dames (5 août). Siège de Vienne par Soliman le Magnifique.

1530 Mariage de François Ier et Éléonore d'Autriche (juillet). Mort de Marguerite d'Autriche (30 novembre).

1531 Mort de Louise de Savoie.

1532 Consécration de l'église de Brou (22 mars). Cérémonies d'inhumation de Marguerite d'Autriche à Brou (10, 11 et 12 juin).

Glossaire

Du temps de Marguerite, l'orthographe n'obéissait pas encore à des règles strictes. Que le lecteur ne s'étonne pas de trouver les mêmes mots écrits de différentes manières.

Adonc : alors
Agrevée : accablée
Amendrir : atténuer
Angoisseux : angoissant
Animadversion : antipathie déclarée, aversion
Assentir : consentir
Attendance : égards, prévenance
Aurein : blond cuivré
Bébévolence : bienveillance
Bliaud : longue tunique
Bon, bonne : cher, chère
Briefment : rapidement
Ce jour d'hui : aujourd'hui
Château du pont d'Ain : château de Pont-d'Ain
Cilice : chemise ou large ceinture de crin portée sur la peau par pénitence
Confort : réconfort, plaisir
Cuider : croire
Déconfort : tristesse, déplaisir
Déduit : divertissement
Desconforté : triste
Destourbé m'a long temps : elle m'a longtemps empêché
Ébattements : ébats, jeux
Emprès : auprès de
En un anglet muciée : en un coin cachée
Entremets : divertissement entre deux mets
Essoine : épreuve, peine
Estafette : porteur de dépêche
Fiance : confiance
Fleuronne : fleurit
Fortune : chance
Gêne : tourment, embarras
Gent, gente : noble

Haquenée : petit cheval ou jument qui va l'amble
Harsoir : hier soir
Heur : chance
Humblesse : humilité
Imagier (ou ymagier) : tailleur d'images, sculpteur
Immarcescible : qui ne peut se flétrir, éternel
Incontinent : immédiatement
Indult : dérogation accordée par le pape
Infortune : malchance
Jà : déjà
Las : hélas
Livre d'heures : livre de prières
Lors : alors
Maleurée : malheureuse
Ma mie ou m'amie : ma chérie, ma douce amie
Mener chiere lye : être d'humeur joyeuse
Meshui : désormais
Messeoir : ne pas convenir
Morné : garni d'une morne (protection pour rendre la lance inoffensive)
Moutier : monastère
Mystère : drame religieux se jouant sur le parvis des églises
Ne… mie : ne… pas
Onc, oncques : jamais
Penance : peine, chagrin
Parfin : fin
Partement : départ
Penser : pensée
Perrières : carrières
Personnage (ne pas avoir) : ne pas être à la hauteur
Pièça : depuis longtemps
Plaisance : plaisir, joie
Pourctraire : faire le pourctrait, dessiner
Pourctrait (ou pourtraict ou pourtrait) : dessin, maquette, croquis
Prix-fait : devis
Ravissement : rapt
Recorder (se) : rappeler (se)
Redouté : respecté, honoré
Relenquir : manquer, faire défaut
Requoy : quiétude
Revif : regain

Reviré : révisé, revu
Ribaud : débauché, ribaude : prostituée
Soulais (je) : j'avais l'habitude
Souvenance : souvenir
Tannée : meurtrie, blessée
Templectes (ou templettes) : parure en tissu recouvrant les tempes
Tollu : enlevé, ravi
Valet de Chambre : officier d'une Maison royale ou princière
Varlet : valet, page
Vesprée (ou vêprée) : soir

Table des matières

Fortune Infortune Fort Une 281

Note de l'Éditeur

Nous sommes heureux de vous avoir fait découvrir cet ouvrage d'Isabelle CALLIS-SABOT, qui nous a confié le soin de le mettre au jour.

Si vous souhaitez féliciter, questionner ou remercier l'auteure, nous nous ferons un plaisir de lui communiquer vos commentaires.

Cette feuille est la vôtre chère lectrice, cher lecteur.

Nom : ....

Prénom : ....

Adresse : ....

....

Tél : ....

E-mail : ....@..........................

☐ J'autorise les Éditions Alexandra de Saint-Prix à utiliser mes coordonnées pour m'envoyer des informations sur leurs nouveautés ou promotions.

Commentaires pour l'Auteure

……………………………………………………………………………
……………………………………………………………………………
……………………………………………………………………………

……………………………………………………………………………

À renvoyer par E-mail à : alexandradesaintprix@gmail.com
Ou par courrier à :

Éditions Alexandra de Saint-Prix

21 allée des Prairies

66470 SAINTE-MARIE-LA-MER

Couverture réalisée avec des photos d'Isabelle CALLIS-SABOT

Réimpression réalisée en octobre 2018
En Union Européenne

Dépôt légal : juin 2014

IMPRIM'VERT®

www.editions-a-de-saint-prix.fr